Folio Fantasy

Jonathan L. Howard

JOHANNES CABAL, I

Le nécromancien

Traduit de l'anglais
par Jérôme Vessière

Gallimard

Jonathan L. Howard a travaillé comme scénariste de jeux vidéo dans les années 1990, notamment pour la série des *Chevaliers de Baphomet*, qui a connu un grand succès. *Johannes Cabal : Le nécromancien* est son premier roman. Il vit aujourd'hui avec sa femme et sa fille près de Bristol.

À Noel et Enid Howard

Chapitre 1

Où un scientifique se rend en enfer et conclut un pacte

WALPURGISNACHT, *L'HEXENNACHT*. La dernière nuit d'avril. La nuit des sorcières, lorsque le mal sort de sa tanière.

Il se trouvait en un lieu solitaire et écarté du monde, à l'abri des oreilles et des regards indiscrets. L'air dégageait une odeur métallique de sang frais. Rien d'étonnant vu le corps décapité du chevreau vierge qui traînait non loin de là. Dans sa main droite, il tenait une épée à lame fine du plus pur acier. Il avait en outre pris soin de remonter sa manche de chemise au-dessus du coude. Dans la poche de son gilet se nichait une pièce d'argent enveloppée de papier et devant lui brûlait un feu de bois blanc.

Il s'appelait Johannes Cabal, et il invoquait un démon.

— … Oarios ! Almoazin ! Arios ! Membrot ! (Les noms psalmodiés s'évanouissaient dans la nuit d'un calme inhabituel, et seul le crépitement des flammes l'accompagnait.) Janna ! Etitnamus ! Zariatnatmix… etc. (Agacé par le rituel, il prit une inspiration et lâcha un long soupir.) A. E. A. J. A. T. M. O…

Les noms qu'il devait prononcer avaient un sens caché, tout comme les lettres qu'il lui fallait psalmodier. Cela ne voulait cependant pas dire qu'il devait y croire, ni même qu'il était impressionné. Récitant la Grande Évocation, il se dit que certains magiciens auraient rendu de plus grands services au monde en écrivant des mots croisés.

Puis l'espace se déforma, et quelqu'un le rejoignit.

Le démon s'appelait Lucifuge Rofocale. Il était un peu plus grand que Cabal, qui mesurait tout de même un mètre quatre-vingts, mais son bonnet de bouffon (trois cornes ou tentacules mous dont les extrémités avaient tout l'air de pointes de flèche) faisait constamment varier cette taille. Dans une main, il tenait un sac censé renfermer toutes les richesses du monde, du moins sur le plan symbolique, et dans l'autre un cerceau doré. Il portait une jupe de cuir clouté lamellaire digne d'un légionnaire romain. En dessous, ses jambes couvertes de fourrure s'achevaient sur des sabots. Il avait une grosse queue de fourmilier et une petite moustache ridicule, semblable à celle d'Hercule Poirot. Comme c'était souvent le cas avec les démons, Lucifuge donnait l'impression d'être le fruit d'une version anatomique du jeu du cadavre exquis.

— Salut ! s'écria le démon. Je suis là ! Que me veux-tu ? Pourquoi viens-tu troubler mon repos ? Et cesse de me frapper avec cette verge foudroyante… Tiens, mais où est-elle ? demanda-t-il en examinant Cabal.

— Je l'ai laissée à la maison. Je ne pensais pas en avoir besoin.

— Hé ! Mais tu ne peux pas m'invoquer sans une verge foudroyante ! s'indigna Lucifuge.

— Tu es pourtant là, non ?

— Eh bien, oui, mais ma venue s'explique par d'autres raisons. Tu n'as pas de peau de chèvre, ni de guirlandes de verveine ou même de chandelles de cire produites par une jeune fille vierge et dûment bénies. As-tu au moins la pierre connue sous le nom d'*Ématille* ?

— Je ne sais même pas ce qu'est l'*Ématille*.

Comme le démon n'en savait rien non plus, il laissa tomber et changea de sujet.

— Quatre clous du cercueil d'un enfant mort ?

— Ne sois pas idiot.

— Une demi-bouteille d'eau-de-vie ?

— Je n'en bois pas.

— Ce n'est pas pour toi.

— J'ai une flasque, dit Cabal avant de la lui lancer.

Le démon l'attrapa, en but une gorgée.

— À la tienne, fit Lucifuge avant de la renvoyer à l'expéditeur. (Ils se dévisagèrent pendant un long moment.) C'est du grand n'importe quoi, reprit finalement le démon. Bon, pourquoi m'as-tu convoqué ?

Les Portes de l'enfer sont vraiment impressionnantes. Une gigantesque masse de roche adamantine, d'un kilomètre de diamètre et de trois kilomètres de haut, jaillit des plaines désertiques craquelées et desséchées des limbes. D'un côté de cet édifice impénétrable se trouvent les Portes elles-mêmes, une imposante construction en fer de plusieurs dizaines de mètres de large, et haute de trois cents mètres. Leur surface grossière, à peine ouvragée, est hérissée de gros boulons plus ou moins disposés en lignes, d'immenses bandes d'airain s'y superposant à intervalles irréguliers. Et dire que certains s'imaginent que l'enfer est un endroit à la mode.

Cela dit, aussi surprenant que cela puisse paraître, ce n'est peut-être pas complètement faux.

Dans la plaine, on se demande souvent ce qui se passe une fois franchie cette porte épouvantable. Certains pensent que l'enfer est confiné dans la masse rocheuse, que les distances et les volumes n'y ont plus aucun sens. D'autres prétendent que, derrière les Portes, dans la roche creuse, apparaît un gouffre qui ouvre sur l'enfer, et que ceux qui s'y aventurent plongent à coup sûr vers la damnation éternelle. D'autres encore croient que le rocher cache le sommet d'un imposant escalier roulant. Nul ici-bas n'en est sûr, mais chacun aimerait bien le savoir car tout, absolument tout, vaut mieux que les formulaires.

Des tas de formulaires. Des monceaux de formulaires. Une moyenne de neuf mille sept cent quarante-sept formulaires était nécessaire pour mettre les pieds en enfer. Le plus long renfermait quinze mille quatre cent quatre-vingt-dix-sept questions. Le plus court cinq seulement, mais d'une phraséologie si subtile, d'une grammaire si labyrinthique et d'une ambiguïté mâtinée d'une telle malice, que dévoilé au monde des mortels, il aurait certainement constitué la base d'une nouvelle religion, ou, au moins, d'un cours de management.

Il s'agissait là du tout premier supplice de l'enfer, tout droit sorti de la cervelle d'un employé de banque.

Nul n'était obligé de les remplir, bien évidemment. Mais vu que l'alternative était de rester nu pour l'éternité dans un désert sans fin qui ne connaissait pas la nuit, la plupart des gens finissaient par rejoindre la queue qui s'allongeait non loin de la poterne du concierge taillée dans l'une des Portes de l'enfer. Chacun y recevait le « Formulaire d'Admission des Régions Infernales d'Hadès (autorités locales) – Provisoire (AAAA/342) » et un crayon.

Des pelletées de suppliants faisaient la queue près des Portes telle une ligne tracée par quelqu'un désireux de connaître la quantité d'encre qu'il pouvait tirer de la cartouche de son stylo. Le désert, si calme autrefois, bourdonnait à peu près autant qu'un hall de gare plein de gens qui ne cessaient de lire et de tourner des pages. De nouveaux arrivants comme des habitués faisaient patiemment la queue pour arriver à la porte du concierge, qui leur tendait leur formulaire. Au mieux, il fallait en remplir deux mille sept cent quatre-vingt-cinq pour se sortir de cette paperasserie – mais vu la dimension *drastique* des conditions imposées, personne ne s'en tirait aussi vite. Pour beaucoup, il fallait multiplier ce nombre par trois ou quatre, sans compter les formulaires refusés pour cause d'erreurs. Les agents administratifs, des diablotins triés sur le volet qui géraient les admissions, n'aimaient pas les erreurs et ne distribuaient pas d'effaceurs.

Au travers de la foule murmurante, enjambant sans prendre la peine de s'excuser tous ceux qui remplissaient leur formulaire, vint un homme pâle. Johannes Cabal se rendait en enfer.

Les cheveux filasse, maigre, âgé de moins de trente ans, mais pourtant dénué depuis bien longtemps de toute pensée juvénile, Cabal semblait pour le reste parfaitement quelconque, à l'exception peut-être de ses vêtements et de son air déterminé : il semblait *vraiment* décidé à atteindre la loge.

— Hé, fais gaffe ! vociféra Al Capone qui tentait tant bien que mal d'épeler « vénérienne » lorsque Cabal l'enjamba. Pourquoi tu ne fais pas..., commença-t-il. Hé... Hé ! Mais ce type a des frusques ! Il a des fringues !

En effet, ce type avait des vêtements. Une courte redingote noire, un chapeau noir à larges bords, un pantalon noir, des chaussures noires, une chemise blanche et une cravate noire parfaitement nouée. Il portait des lunettes aux verres teintés bleu foncé, munies de protections latérales, ainsi qu'un sac diligence noir. Des vêtements sans grand intérêt, mais des vêtements quand même.

C'était la première fois que le désert connaissait une telle agitation. Les damnés s'écartèrent devant Cabal qui, pour sa part, trouva cela parfaitement normal. Certains s'imaginèrent avec excitation qu'il s'agissait d'une sorte de messager de l'Autre Lieu, que la fin des temps était enfin arrivée. D'autres crurent bon de préciser que rien dans la révélation ne parlait d'un homme au chapeau noir et aux chaussures confortables.

Cabal se dirigea droit vers la porte du concierge

et frappa à la fenêtre fermée. En attendant qu'on lui ouvre, il regarda tout autour de lui et foudroya les damnés de son regard impassible, dénué d'âme.

La fenêtre s'ouvrit avec un bruit sec.

— Que voulez-vous ? demanda un homme à la mine chafouine affublé d'une visière de guichetier – un individu répondant au nom d'Arthur Trubshaw.

Sartre disait : « L'Enfer, c'est les autres. » Et parmi ces autres figurait Trubshaw, qui avait mené une existence de bureaucrate et une carrière d'employé dans une banque poussiéreuse d'une ville poussiéreuse de l'Ouest poussiéreux. Il mettait une barre aux « t » et un point aux « i ». Puis il procédait à la comptabilité en partie double de ses parties doubles, classait les « t » dotés d'une barre, renvoyait les « i » accompagnés d'un point dans un formulaire en colonnes face aux « j » eux aussi accompagnés d'un point, barrait les zéros pour éviter toute ambiguïté, et colorait les fréquences relatives sur un diagramme en camembert de son cru.

Cette vie de procédures licencieuses s'acheva brutalement lorsqu'il fut abattu lors du braquage de la banque. Il n'était pas mort en héros, sauf évidemment à considérer comme méritoire le fait de demander un reçu à des bandits.

Même en enfer, Trubshaw s'obstinait à ne rien laisser dépasser et se montrait particulièrement tatillon, y compris pour les cas les plus insignifiants, pour tout ce qui avait empoisonné son âme et signé sa perte. Vu sa manie de l'ordre, un antre du chaos tel que l'enfer aurait dû constituer une punition idéale. Mais non, Trubshaw ne voyait là qu'un challenge.

Au début, ses aspirations firent rire hystériquement les démons chargés de le supplicier – ils guettèrent avidement le doux nectar qui dégouline inévitablement des espoirs brisés. Pour découvrir ensuite que, pendant qu'ils se poilaient, Trubshaw avait rationalisé leur calendrier de tourments afin de l'optimiser, fait une étude de leur cadence de travail et mis de l'ordre dans les commodes de sous-vêtements des princes et princesses démons. Lilith en fut tout particulièrement mortifiée.

N'étant pas du style à gaspiller un talent aussi agaçant, Satan confia à Trubshaw la responsabilité des admissions. L'enfer venait d'accoucher d'une toute nouvelle coterie, officieuse celle-ci.

— Je veux voir Satan sur-le-champ, fit Cabal d'un ton sec, avec un accent légèrement teutonique. Et je n'ai pas pris rendez-vous.

Trubshaw, qui venait de remarquer ses vêtements, imaginait déjà plusieurs explications possibles.

— Et vous êtes qui ? L'archange Gabriel ?

Il avait commencé sa phrase sur le ton de la plaisanterie, avant d'en changer à mi-chemin. Après tout, il était peut-être dans le vrai.

— Je m'appelle Johannes Cabal. Soyez sûr que Satan me recevra.

— Alors vous avez rien de spécial, hein ?

Cabal lui lança un regard glacial.

— Je ne suis pas forcément le mieux placé pour en parler. Maintenant, ouvrez-moi cette porte.

Vêtements ou pas vêtements, Trubshaw se dit qu'après tout, il était en terrain connu. Il sortit un exemplaire du formulaire AAAA/342 et le tendit à Cabal.

— Vous allez devoir me remplir ça, monsieur !

Il produisit un son affreux, digne d'un coq de basse-cour agonisant.

Cabal jeta un coup d'œil au formulaire et le lui rendit.

— Vous ne comprenez pas ; je ne reste pas. Je viens simplement parler affaires, puis je partirai.

L'assistance médusée en resta bouche bée ; quant à Trubshaw, il plissa les yeux.

— Vous croyez pouvoir partir ? Eh bien *moi* je crois que vous faites erreur. Ici, mon vieux, c'est l'enfer. On n'en sort pas comme d'un moulin, si vous me permettez l'expression. Vous êtes mort et vous restez. Ça s'est toujours passé comme ça et c'est pas demain la veille que ça changera. Z'avez compris ?

Cabal le dévisagea pendant un long, très long moment. Puis il sourit en dévoilant un épouvantable rictus qui lui monta au visage aussi vite qu'un coup de grisou. La foule se tut alors et Cabal se pencha vers Trubshaw.

— Écoute-moi, pauvre minable… pauvre *carcasse* minable. Tu fais une grossière erreur. Je ne suis pas mort. J'ai essayé, mais je n'ai guère apprécié. Là, à l'instant même où je regarde droit dans tes petits yeux chassieux de cadavre, je suis vivant. Je suis venu ici au prix de dérangements personnels et professionnels considérables pour parler à l'ange déchu miteux qui te sert de patron. Maintenant, ouvre la porte, sans quoi tu vas le regretter.

Chacun prêta une attention toute particulière à Trubshaw. Il allait y avoir du sport.

— Non, monsieur Chuis-Encore-Vivant-Et-J'ai-Un-Super-Futal. Je n'ouvrirai pas cette porte et ça m'étonnerait fort que je le regrette. Vous savez pourquoi ? Parce que, comme vous l'avez remarqué au travers de ces lunettes ridicules, je suis mort et, mieux encore, figurez-vous que j'ai un job. Un job qui consiste à faire en sorte que chacun remplisse la paperasserie. *Toute* la paperasserie. Sans quoi, les gens n'entrent pas. Là, à l'instant même, c'est aussi valable pour vous, sale enfoiré. Alors, qu'est-ce que vous comptez faire maintenant ? Hein ?

En guise de réponse, Cabal leva son sac jusqu'au niveau de la fenêtre. Puis il l'ouvrit prudemment et, d'un grand geste digne d'un magicien de cabaret, en sortit un crâne.

Trubshaw s'effaroucha brièvement, mais la curiosité prit le dessus.

— Et qu'avez-vous là, pauvre taré ?

L'horrible sourire de Cabal s'élargit.

— C'est ton crâne, Trubshaw. (Trubshaw blêmit, écarquilla les yeux.) Je l'ai… exhumé du vieux cimetière de ta ville. On y parle encore des circonstances de ta mort, tu sais. Tu es devenu une sorte de célébrité locale.

— J'ai toujours fait mon travail, répondit Trubshaw sans parvenir à quitter le crâne des yeux.

— Oh, oui. Personne n'a oublié ton nom.

— Vraiment ?

— Oui.

Cabal attendit que Trubshaw ait commencé à gonfler la poitrine d'orgueil pour ajouter :

— Ton nom est devenu synonyme de crétinerie. (Le charme brisé, Trubshaw cligna des yeux.) Eh oui. Est-ce vraiment étonnant lorsqu'on se fait tuer pour un simple reçu ? Les enfants disent : « T'es bête comme Trubshaw » à leurs petits camarades. Quand leurs parents parlent d'une personne particulièrement stupide, ils disent : « Eh bien, c'est un vrai Trubshaw, décidément. » On peut même acheter des souvenirs et tout le tralala. C'est devenu une véritable industrie familiale.

Il sourit ; une sorte de bienveillance se dessina pour la première fois sur son visage. C'était certainement dû à un jeu de lumière.

Trubshaw était furibond.

— Bon sang de bonsoir, et comment pensez-vous que vous allez passer, foutu Boche ! Vous commencez sérieusement à me taper sur le système ! Les poules auront des dents avant que je vous laisse entrer, nom d'une pipe !

Cabal fit mine de bâiller.

— Ta réputation est méritée, Arthur Trubshaw. Tu crois que j'ai volé ce crâne en guise de souvenir ? Sais-tu qui je suis ?

— Je me fous de savoir qui vous êtes, monsieur ! Vous pouvez reprendre votre sac plein d'os et vous l'enfoncer dans le…

— Je suis Johannes Cabal. Nécromancien.

Le silence retomba des deux côtés de la porte. Les nouvelles vont vite dans les endroits mal famés. Les macchabées échangent ragots et commérages, et tous ont entendu parler des nécromanciens, des sorciers qui se servent des morts. Ce sont les croquemitaines du croquemitaine.

— Maintenant, Arthur, tu as le choix. Tu peux ouvrir la porte et me laisser entrer. Ou je peux repartir dans le monde des vivants de très mauvaise humeur, te sortir de cet endroit, et mettre ton âme d'abruti dans quelque chose qui te fera office de corps jusqu'à ce que tu me supplies de te tuer à nouveau. Et je peux répéter l'opération autant de fois que nécessaire.

Cabal baissa ses lunettes à verres fumés, suffisamment pour dévoiler ses yeux froids – le gris mêlé de bleu évoquait une volonté de fer, qui présageait de moments très pénibles pour tout fauteur de troubles. Trubshaw comprit alors qu'il ne plaisantait pas.

— Quelle est ta décision ?

L'archidémon Ratuth Slabuth avait été prévenu de l'invasion de l'enfer. Certes, il comptait parmi les généraux des Hordes infernales, mais allait-il pour autant faire quelque chose ? Des diables volants furent chargés d'effectuer une petite reconnaissance des forces ennemies, mais ils revinrent bien vite et, quelque peu penauds, annoncèrent que les envahisseurs se limitaient finalement à un homme de mauvaise humeur équipé d'une paire de lunettes de soleil. Intrigué, le général avait décidé de prendre personnellement les choses en main – et d'en profiter pour dégourdir ses épineux tentacules frétillants.

Ratuth Slabuth était une véritable masse d'angles en changement perpétuel, qui aurait donné le tournis à Euclide. Il possédait en outre un crâne de cheval évoquant les casques stylisés de la Grèce antique – un crâne qui toisait l'humain insolent.

— Ici, on est en enfer, tenta-t-il d'expliquer pour la troisième fois. Rien à voir avec un centre d'accueil. Vous ne pouvez pas vous pointer en disant : « Oh, je passais dans le coin, et je me suis dit que j'allais vous rendre une petite visite histoire de tailler une bavette avec Satan. » Ça ne se fait tout simplement pas.

— Non, rétorqua le mortel exaspéré. Ça ne s'est pas fait *jusqu'à présent*. Il y a une petite nuance. Je peux passer, maintenant ?

— Non, ce n'est pas possible. Satan est quelqu'un de très occupé… Euh, il n'est d'ailleurs pas disponible à l'heure qu'il est. Il ne peut pas se permettre de prendre une pause pour tous les Pierre, Paul et Johannes…

Il marqua un temps d'arrêt pour soigner son effet, mais l'humain lui lança un regard apparemment empreint d'une certaine pitié.

— Ou encore les Jacques, oui c'est ça, qui sortent d'on ne sait où et demandent une audience.

— Vraiment ? dit Cabal. Je ne m'en rendais pas compte. J'imaginais que ce genre de requête était plutôt rare, voire sans précédent, mais vous semblez suggérer le contraire. Très bien. (Ratuth se disait qu'il avait plutôt bien géré toute cette histoire, quand Cabal le montra du doigt.) Foutu menteur ! cracha-t-il. Vous êtes d'une mauvaise foi sans nom et tenez des propos fallacieux, sans compter que vous vous comportez comme un véritable amateur.

— Quoi ? hurla le général démoniaque. QUOI ? Toi, un simple mortel ! Comment oses-tu me parler ainsi ?

Les angles fantastiques s'élargirent, les ténèbres qui l'enveloppaient parurent s'assombrir un peu plus et il se redressa comme un redoutable oiseau de proie.

— Je devrais te tuer ! Je devrais te dépecer, te vider les os et jouer ta complainte funèbre avec eux ! Je suis

Ratuth Slabuth ! Le Noir Général des Hordes infernales ! Le Père de la Désolation ! Le Spoliateur de l'innocence ! Contemple-moi, mortel, et retiens bien qui signe ta perte !

Malgré sa colère, il remarqua que Cabal restait calme. C'en était même inquiétant.

— « Ratuth Slabuth », hein ? Tu n'aurais pas débuté ta carrière sous le nom de Finaud la Canaille, le Cailleur de Lait et l'Emmêleur de Lacets, par hasard ?

Le résultat ne se fit pas attendre. En un clin d'œil, Ratuth Slabuth se replia comme un gros paquet de cartes jusqu'à atteindre la même taille que Cabal.

— Comment sais-tu un truc pareil ? s'enquit-il sans délai.

— Je suis un nécromancien. Tu serais surpris de connaître nos sources. Bon, est-ce que j'ai mon audience avec Satan ou dois-je propager des rumeurs au sujet du passé d'un certain général diabolique ? Quelle est ta décision ?

— Johannes Cabal… Johannes Cabal… Je suis sûr de connaître ce nom.

En fait, Satan était heureux qu'on le sorte de l'administration routinière de la masse des Damnés Éternels. Bien décidé à prendre un peu de bon temps, il avait simplement fait un geste à l'attention de Ratuth Slabuth, contrit et embarrassé, resté derrière le trône.

Un trône qui, d'ailleurs, n'en était un qu'en vertu de sa taille. Pour le reste, il ne s'agissait que d'un imposant fauteuil en pierre situé au bout d'une péninsule rocailleuse, qui s'étendait jusqu'au centre d'un lac de lave bouillonnante. À bien y penser, cela ressemblait plus à une petite discussion au coin du feu qu'à une audience en bonne et due forme.

Fort d'un incroyable charisme et d'une grande courtoisie, Satan était confortablement assis sur le siège de basalte. Mais le plus flagrant, c'était qu'il était exactement comme on se l'imaginait. *Exactement*. Il claqua des doigts.

— Oui, bien sûr. Le nécromancien. Je m'en souviens, maintenant. Tu as signé un contrat avec moi, je crois. C'est bien ça ? (Il fit un geste ; une secrétaire démoniaque apparut aussitôt dans sa main colossale.) Jetez un coup d'œil aux contrats et ramenez-moi tout ce que nous avons sur Johannes Cabal, voulez-vous ?

La démone griffonna quelques mots sur un bloc jaune avant de s'envoler dans les airs sulfureux et de disparaître.

— Oui, répondit Cabal. Vous avez mon âme, et j'aimerais la récupérer. (Ratuth Slabuth étouffa un rire. Cabal lui jeta un regard à cailler le lait avant de poursuivre.) Je vous ai vendu mon âme il y a quelques années maintenant. Ce fut une erreur ; son absence est un poids insupportable. J'aimerais donc la récupérer.

Ratuth Slabuth pouffa bêtement ; Satan le réduisit au silence d'un regard avant de s'adresser à Cabal.

— Nous avons comme un petit problème, Johannes. (La secrétaire se posa sur la main que Satan venait d'ouvrir d'un geste nonchalant ; elle lui remit un rouleau de parchemin avant de s'évanouir purement et simplement. Satan le déroula entre ses doigts, commença à le lire tout en parlant.) Vois-tu, j'ai pour règle de ne pas rendre les âmes. Cela pourrait créer un précédent. C'est d'ailleurs ce qui arrive souvent dans ce genre de cas. Ceci, fit-il en désignant le parchemin d'un doigt dont l'ongle avait la taille d'une pierre tombale parfaitement manucurée, est un contrat tout ce qu'il y a de plus standard, qui stipule cependant que tu renonces à ton âme sur-le-champ, sans attendre la mort ou une quelconque carence, la clause de Faust comme on l'appelle parfois. Mes notes précisent même que l'idée est de toi.

— Je pensais que mon âme ne m'était d'aucune utilité dans mes recherches, aussi étais-je bien décidé à déterminer les différences empiriques existant entre ceux qui possèdent une âme et ceux qui n'en ont pas – moi, en l'occurrence. J'ai eu tort de la croire inutile. Je ne supporte plus les interférences causées par son absence.

Intéressé, Ratuth Slabuth se pencha en avant.

— Des interférences ? demanda-t-il. Quel genre d'interférences ?

— Je ne voudrais pas passer pour un idiot, mais je parle des vôtres, répondit Cabal en désignant Satan.

Surpris, Satan se tapota la poitrine.

— Mes interférences ?

— Des interruptions incessantes. Des jeux stupides. Des interférences, quoi. Vous savez très bien de quoi je veux parler.

Pas vraiment, vu la mine de Satan. Dont le grand front finit néanmoins par se dérider.

— Sans ton âme, acquiesça-t-il, tu as tendance à attirer mes avatars. Plutôt amusant.

Mais cela ne faisait pas rire Cabal – pas du tout.

— Et je pense plus particulièrement à un horripilant petit homme à la longue barbe. En raison du vide spirituel dont je souffre, mes expériences produisent des résultats inattendus. Je ne parviens pas à suivre deux fois la même procédure en étant sûr que j'arriverai aux mêmes résultats. J'ai perdu des années à tenter de régler le problème. C'est pour cela que je suis venu ici, pour remédier à cette situation.

C'était la vérité, mais pas *l'entière* vérité.

En qualité de scientifique, Cabal avait besoin de rigueur dans son travail. L'absence de son âme constituait cependant une gêne quantifiable, qui ajoutait de l'incertitude à ses recherches, et les rendait donc inutiles aussi sûrement que deux et deux font quatre. C'était de la chicanerie de scientifique, une bonne explication rationnelle. Johannes Cabal n'avait aucun mal à l'accepter et à l'exprimer.

Mais il y avait autre chose. Quelque chose de plus profond, et très, très bien caché. Vu le chic légendaire qu'avait Satan pour dénicher les secrets, Cabal ne pouvait se permettre de lui donner le plus petit indice sur cette autre vérité, car il savait que son interlocuteur allait alors se sentir obligé de creuser le sujet. Non, Cabal ne pouvait décidément pas se le permettre. C'était ses affaires, et cela ne regardait personne d'autre. Aussi se concentra-t-il sur les aspects scientifiques et quantifiables, sans rien laisser transparaître de cette autre vérité, bien plus importante, dans sa voix.

Satan examinait le contrat.

— Tu as vendu ton âme pour jouir de connaissances en matière de nécromancie. Si je te la rendais, je serais obligé de te les reprendre. Cela te causerait un certain ennui, non ?

— J'ai besoin de ces connaissances, dit Cabal. Ce n'est pas négociable.

Satan sourit.

— C'est donc ça. Tu ne peux pas avoir le beurre et l'argent du beurre, Johannes. Je suis désolé, si, si, je t'assure.

Pendant une longue minute, Cabal lança un regard furieux à Satan, qui continua de sourire en se tournant les pouces, comme s'il attendait déjà la suite. Et il ne fut pas déçu.

— Je… (Cabal marqua un temps d'arrêt. C'était comme s'il avait affaire à un concept complètement étranger.) Je vais…, reprit-il en toussant. Je vais vous proposer un pari. (N'étant pas bien sûr d'employer le bon terme, il marqua une pause.) Vous avez la réputation, je crois, d'accepter les… paris. J'aimerais vous en proposer un.

Satan attendait, mais aucune explication ne vint. Il se pencha alors en avant et prit la parole :

— Très bien. Les paris, j'aime ça, en effet. Et quel est le tien ? (Cabal fut visiblement déconcerté.) Pas quelque chose que tu as déjà fait, hein ? Peu importe… Puis-je te faire une suggestion ?

Il laissa le silence de Cabal devenir légèrement embarrassant, avant de le prendre pour un consentement.

— Comme je te l'ai déjà dit, je ne peux commencer à rendre les âmes à tout va, sans quoi je n'ai pas fini d'en entendre parler. Tous les geignards feront la queue jusqu'au Tartare, et je ne supporte pas ces singeries. Tu conviendras donc que ce pari doit être particulièrement difficile. *Pour décourager les autres*[1]. Tu me suis toujours ?

— Je comprends parfaitement.

— Excellent. Je te propose donc de remplacer ton âme dans ma petite collection…

— Vous voulez juste une autre âme ?

—… au centuple.

— Cent ? (Cabal n'en croyait pas ses oreilles.) Cent ? Pour qui me prenez-vous ? Un tueur en série ?

— Vous ne m'écoutez pas vraiment, Johannes. Je veux des âmes, pas des carcasses. Pas des morts. Des damnés. Signés, scellés et livrés. Je fournis les formulaires, et rien ne les oblige à signer de leur sang, mais ce serait bien que l'un d'eux fasse l'effort de temps à autre.

Perdu dans ses pensées, Cabal baissa les yeux au sol. Au bout d'une minute de réflexion, il répondit à contrecœur :

— J'imagine que c'est du domaine du possible…

— Et tu as un an devant toi.

Cabal plissa les yeux derrière ses lunettes.

— Vous êtes fou ? Un an ? C'est impossible.

— Allons, Johannes. Tu as la langue si bien pendue que les gens s'empresseront de signer leur damnation. Ces facultés d'orateur que tu peaufines depuis si longtemps…

— Vous pouvez garder vos sarcasmes, dit Cabal. Je suis venu ici en espérant négocier avec un adulte. Et là, je n'ai droit qu'à des insultes et des caprices qui ne riment à rien. Bonsoir.

— Oui, je suis un peu d'humeur fantasque en ce

1. En français dans le texte (*NdT*).

moment. Je suis désolé, Johannes. Je ne voulais pas froisser ton orgueil. Vraiment pas, ajouta Satan en faisant une tête qui en disait long sur l'intérêt qu'il portait à l'amour-propre de Cabal. Je t'aime bien. Il t'a fallu du cran pour descendre jusqu'ici alors que rien ne t'y obligeait. Cependant, je ne veux pas que tu repartes fâché en pensant que je ne t'ai pas écouté. D'ailleurs, je vais même t'aider à réunir tes cent âmes.

Il est certes difficile de sourciller pour un crâne de cheval, mais l'une des orbites béantes de Ratuth Slabuth parut s'élargir légèrement.

— Slabuth, dit Satan. Tu as toujours cette boîte pleine de bric-à-brac ? (Le général se mit à farfouiller ses poches intradimensionnelles ; Satan se baissa, reprit sur le ton de la confidence :) Le général et moi faisions justement un petit nettoyage de printemps. Tu serais surpris de voir toutes les cochonneries que nous entassons et que nous sommes obligés de trier régulièrement. Pas de repos pour les braves.

Ratuth Slabuth sortit de nulle part une boîte à thé cabossée et la tendit à son maître. Satan l'examina en soupirant.

— Non. Non. Non. Pourquoi avons-nous perdu tout ce temps avec ces idioties ?

Il sortit alors une liasse de dossiers de la boîte et examina l'étiquette du premier.

— Mon dieu, j'avais oublié tout ça. L'un de ceux-là devrait faire l'affaire.

— De quoi s'agit-il ? demanda Cabal, curieux malgré lui.

— Aimes-tu les foires, Johannes ?

— Non.

— Dans ce cas, elles feront parfaitement l'affaire. Ce sont des foires, des fêtes foraines, des parcs d'attraction, etc. J'ai pas mal investi au fil des ans, et ces entreprises sont tout bonnement splendides. Les gens qui cherchent à passer un peu de bon temps se méfient moins, vois-tu. C'est là que tu interviens et que tu les chopes. Impeccable. Elles sont moins populaires qu'autrefois, mais il n'y a pas mieux en matière de style.

Il avait ouvert le premier dossier et en lisait les notes.

— La Fête foraine du Cougar et de l'Ombre. Malheureusement, non. Celle-là a été fermée. (Il le remit dans la boîte et prit le suivant.) La Fête foraine de Brown, le « docteur Brown de renommée internationale ». Elle en est où, celle-là ? Et lui, qu'est-ce qui lui est arrivé ? (Il prit quelques secondes pour lire la suite.) Mon Dieu, comme c'est horrible.

— Ce n'est pas comme ça que vous allez susciter mon enthousiasme, dit Cabal.

Satan n'écoutait pas : il était déjà passé au dossier suivant.

— Le Jardin des tortures du Dr Diabolo, fit-il en souriant avec fierté. Un incroyable succès. Nous en avons la franchise.

Tout cela semblait de bon augure aux yeux de Cabal.

— Alors… je vais… ?

— Non, dit Satan, c'est hors de question. Ce serait bien trop facile. Il faut que ce soit un véritable défi, Johannes, pas une promenade de santé.

Il laissa retomber le dossier dans la boîte. Il n'avait

plus qu'une liasse de papiers en main. Il prit la première feuille et se mit à lire à voix haute.

— Calendrier prévisionnel. Projet « Fête foraine de la Discorde ».

Il parcourut les pages suivantes.

— Proposé par Léviathan, appuyé par Baal-berith. C'est nouveau, hein, Slabuth ? Première fois qu'il est d'accord avec quelque chose. Oh, mais voilà pourquoi. *Objectif : susciter des comportements litigieux, blasphèmes, querelles et meurtres.* Il n'y a que Baal-berith pour croire que les gens vont à la foire dans le but de se chamailler, de cracher sur la Bible et de s'entre-tuer. Pas étonnant qu'il ait été archivé. Mais la patte de Léviathan figure sur le reste de la proposition. C'est très professionnel. Avec un homme motivé à la barre, ça pourrait nous rapporter pas mal d'âmes. Qu'en penses-tu, Johannes ? demanda-t-il en baissant les yeux. Pourrais-tu être cet homme ?

— Je ne suis pas franchement connu pour ma gaieté…, commença Cabal.

— Mince alors ! Vraiment ?

— … Je ne saisis pas les implications de cette histoire de « fête foraine », et je ne suis pas franchement sociable. Honnêtement, je ne trouve pas votre défi très juste.

Un silence de plomb s'abattit un long moment sur eux.

À l'instar de nombreux managers, Satan était de bon poil tant qu'on ne remettait pas en cause ses propos. Il fit une grimace monstrueuse, et son sourire retomba comme un cochon huilé glissant du toit d'une église. En quelques secondes à peine, le lac de lave refroidit et la roche rougeâtre prit une vilaine teinte grise, puis noire. Elle aussi se rafraîchit considérablement. Une couche de givre commença même à apparaître sur les parois de pierre.

— « Pas très juste », répéta Satan, qui n'avait plus rien de l'hôte affable. « Pas très juste ? » (Sa voix évoquait désormais le blizzard : une sorte de hurlement glacé, malfaisant, qui emplissait la caverne – il évoqua au nécromancien un Wendigo cannibale sur des patins à roulettes.) Je suis Satan, également connu sous le nom de Lucifer, le Porteur de Lumière…

Cabal tressaillit. Pourquoi donc les démons se sentaient-ils toujours obligés de parler de leur histoire personnelle ?

— Dieu en personne m'a banni dans ce puits sombre et sulfureux en me condamnant à y passer l'éternité…

— Avez-vous au moins tenté de vous excuser ? le coupa Cabal.

— Non, jamais ! J'ai été envoyé ici-bas pour un péché d'orgueil. Je ne serais pas très crédible si je disais : « Désolé ! ».

— J'ai ma fierté, moi aussi. Vous insistez pour que j'accepte une quête ridicule visant à me faire passer pour une sorte de forain. Où est la justice là-dedans ?

Satan s'enfonça dans son trône.

— Jette un œil à la définition de « Satan » dans un dictionnaire, mortel. (Vu le ton qu'il venait d'employer, il était clairement sur le point de mettre un terme à la conversation.) Tu y trouveras des termes comme « mal absolu », « mal incarné » ou encore « géniteur du péché ». Si tu y trouves « brave gars », « mec cool » ou « incarnation de l'équité », je t'invite à t'en acheter un autre. Bon, marché conclu ?

Cabal réfléchit.

— Cent âmes ?

— Oui.

— Un an ? Jusqu'à la prochaine *Walpurgisnacht*, à minuit ?

Satan poussa un gémissement.

— Oh, non, on n'est pas déjà à la *Walpurgisnacht*, si ? Je savais bien que j'oubliais un truc. Je suis censé être en vadrouille, cabrioler avec des sorcières. (Il fit une moue truculente.) Je n'ai vraiment pas que ça à faire cette année. Je vais laisser les avatars s'en charger. Donc… tu disais ? Ah, oui. Jusqu'à la prochaine *Walpurgisnacht* à minuit, c'est ça.

— J'ai la fête foraine pour m'aider.

— Tout à fait.

— Et si j'échoue ?

— Je m'en fiche un peu. Je pourrais sans doute… (il parut chercher l'inspiration)… prendre ta vie. Ça me semble pas mal. Selon mes critères en tout cas. (Cabal semblait méfiant.) Je n'ai rien de mieux à te proposer, Johannes Cabal. C'est à prendre ou à laisser.

L'endroit se réchauffait ; la glace du lac fondait lentement.

Cabal regarda tout autour de lui, comme pour mûrir sa décision. Refuser le pari revenait à condamner ses recherches. Pire encore : si d'aventure il les menait à leur terme sans son âme, elles n'auraient aucun sens. S'il acceptait le pari et échouait, il allait découvrir de près l'idée que se faisait ce stupide moine médiéval du supplice éternel.

Il claqua la langue. Après tout, il n'avait pas le choix.

— J'accepte votre offre, dit-il en hochant la tête.

Il n'arrivait pas à comprendre pourquoi les gens perdaient leur temps et leur argent à la fête foraine alors qu'ils avaient mieux à faire par ailleurs, mais il était certain d'y voir un peu plus clair en se mettant à leur niveau.

— Bien. Magnifique.

Satan lança l'épais dossier à Cabal, qui manqua de se faire assommer.

— Voilà ta fête foraine, voilà ton budget. (Il serra le poing jusqu'à ce que ses ongles s'enfoncent sous sa peau. Une goutte de sang noir tomba au sol et forma une sphère gelée scintillante de la taille d'une *medecine ball.*) Et voici ton année. (Il claqua des doigts de son autre main et un sablier apparut. Il le retourna et le posa devant Cabal.) Profite et porte-toi bien. Maintenant, ouste ! Je t'ai assez vu.

— Une minute, dit Cabal, dont l'incertitude laissa place à la méfiance. Qu'entendez-vous par « budget » ?

— La Fête foraine de la Discorde n'a jamais vu le jour. Les matières premières sont bien là, mais pas les hommes. Tu trouveras tout dans le dossier. Cette sphère de sang représente mon pouvoir et mon influence diaboliques. Chaque fois que tu y feras appel, son volume diminuera. Utilise-la avec sagesse, Johannes Cabal. L'entretien est terminé, conclut-il enfin.

Il claqua une fois encore des doigts et Cabal se retrouva soudain ailleurs.

Chapitre 2

Où Cabal apprend à lire une carte et retrouve une vieille connaissance

Les Plaines s'étendaient à perte de vue : franchement plates, franchement ennuyeuses et trop près du niveau de la mer pour qu'on s'y sente vraiment rassuré. Les champs, pareils à des marais, semblaient comme attendre quelque chose, certains donnaient même l'impression de ne plus *rien* attendre du tout. Des clôtures en bois délabrées délimitaient des parcelles de terre maladive. Les murets en pierre ne tenaient plus le coup et s'enfonçaient dans le sol. Sur deux cent soixante-dix degrés, il était difficile de différencier la terre grise du ciel gris ; sur les quatre-vingt-dix restants, un long talus de terre courait jusqu'à l'horizon.

C'était un endroit terriblement déprimant, et Cabal fut très surpris de s'y retrouver aussi soudainement. Quelques instants durant, il mit toute dignité de côté pour se persuader qu'il n'était plus en enfer : le nécromancien virevolta sur lui-même comme un type qui vient d'entrer dans les toilettes des femmes. Quand il comprit enfin qu'il s'était fait chasser manu-militari, il poussa un vilain juron dans une langue morte depuis huit mille ans, faisant ainsi preuve simultanément d'une étonnante érudition et d'une détestable grossièreté.

Cabal posa son sac diligence, se débarrassa des dernières odeurs de soufre qui collaient à ses vêtements en s'époussetant avec son chapeau, puis ouvrit le dossier. Après quelques pages, il trouva une carte de la région. Il lui fallut un moment pour s'orienter. Sans boussole ni soleil apparent, une carte des Plaines faisait penser à l'une de ces photos qui offrent un tout autre spectacle quand on les retourne, sauf que là, l'interprétation était la même, quel que soit le sens dans lequel il la lisait.

Il trouva quelques chemins qui filaient bien droit, jusqu'à ce que celui qui les avait tracés prenne conscience qu'il n'avait guère de chances de les emprunter un jour. Ces petites routes avaient été achevées à la hâte, avec d'étranges chicanes, comme si cela avait été l'objectif depuis le départ. Seul l'ouvrage de terrassement ressortait dans ce paysage monotone, mais il n'apparaissait malheureusement pas sur le plan. Enfin, après une série de soupirs exaspérés quelque peu théâtraux, Cabal remarqua une vague suite de pointillés sur la carte, accompagnés de la mention « Tracé proposé de la ligne de desserte ». La croix rouge qui, pensa-t-il, correspondait à sa destination, figurait sur la ligne, mais cette dernière était si fine qu'il ne l'avait tout simplement pas vue.

Ça doit être ça, conclut-il. C'était une vieille carte, et la fameuse ligne de desserte avait été construite depuis. L'ouvrage surélevé devait accueillir les rails. Facile. Content de son raisonnement, il se retourna pour ramasser son sac et s'avisa qu'il n'était pas seul.

Les deux hommes, qu'il venait d'apercevoir alors qu'ils espéraient se montrer discrets, avaient l'air louche. Pour être clair, un dictionnaire illustré aurait sans doute accompagné la définition du mot « louche » de la photo de l'un ou de l'autre. Peut-être même des deux. Il suffisait en effet qu'un insignifiant détail de fausseté épargne l'un d'eux pour qu'on le retrouve chez son partenaire. L'un était petit et crasseux. L'autre était plus grand, et on aurait pu croire que sa mère avait eu une relation extraconjugale avec un vautour galeux. Ils grimacèrent ; Cabal faillit soupirer face à la navrante prévisibilité de la suite qu'allait prendre cette histoire. *Bien. Finissons-en.*

— Puis-je vous aider, messieurs ? demanda-t-il sans la moindre trace d'ironie.

— Oh, il nous a appelés « m'sieurs », Dennis. T'as bin entendu ça ? fit le petit.

— Hé, hé ! « M'sieurs », hein ? répondit le grand, Dennis, qui semblait être aussi le plus brillant des deux.

— Cé très pôli, hein ? Vraiment très pôli. Oh, ouais. Y parle comme un gentyomme.

— « Gentyomme », hé, hé. Ouais, Denzil. Très pôli.

Dennis opina du chef et dévoila une dentition en piteux état.

Cabal sentait la moutarde lui monter au nez. Son emploi du temps était très serré, et il aurait bien aimé qu'ils passent la seconde.

— Bah, dit Denzil, le cerveau de cette opération. On s'demandait si z'aviez payé le péage, si vous voyez c'que j'veux dire.

— Bien sûr, répondit Cabal, qui savait mentir comme un arracheur de dents lorsque la situation l'exigeait. J'ai payé à la barrière de péage.

Dennis et Denzil en restèrent cois. Ils avaient passé des semaines à préparer cette agression ; des diagrammes sur des tableaux noirs, des petits dioramas avec des figurines les représentant au côté de leur victime potentielle : un minuscule Sioux, un petit ours équipé d'une paire de cymbales et un lama, respectivement. Mais cette éventualité ne leur avait, de toute évidence, pas traversé l'esprit.

— Y'a pas d'barrière à péage, marmonna Denzil.

— Ah, non ? Dans ce cas, il n'y a pas de péage, dit Cabal avec un illogisme qui allait à l'encontre de son esprit rationnel.

Il se voyait déjà le regretter au petit matin, mais il voulait mettre un terme à tout cela au plus vite.

Dennis secoua lentement la tête, s'efforçant de se souvenir du plan de secours. Ils n'en avaient pas préparé, cela ne lui prit donc pas bien longtemps. Ils y avaient bien songé, mais ils s'étaient aussi pris une bonne cuite. S'ils l'avaient bel et bien prévu (et rien ne prouvait qu'ils l'aient fait), ils l'avaient oublié aux environs de la dixième pinte. Ce n'était pas bien grave, car ils n'avaient jamais eu besoin de plan B avant cela. En fait, ils n'avaient jamais eu besoin de plan A non plus, sans doute parce qu'ils n'avaient jamais trouvé personne sur les petites routes si peu fréquentées des Plaines. Avec la découverte inopinée d'une victime potentielle, les failles de leur machination finirent par apparaître.

Dennis secoua à nouveau la tête mais, quand ses facultés cognitives se mettaient en marche contre son gré, la simple sensation de réflexion était comparable au frétillement de vers dans un pot de confiture et il voulait que ça s'arrête. Dans le même temps, Denzil, à l'intelligence très vive, vint à sa rescousse.

— J'me fous d'savoir qu'il y a pas d'péage. On t'vide les fouilles dans tous les cas.

Il sortit un petit couteau à la lame rouillée, donna des coups de coude à Dennis jusqu'à ce qu'il en fasse de même. Ils étaient désormais en terrain familier. Ils avaient déjà tué et s'en étaient sortis par on ne sait quel miracle. Si ce tas de pisse atrophié ne leur crachait pas son flouze sur-le-champ, ils comptaient bien risquer une nouvelle fois la potence, pour finir peut-être en enfer. Cabal haussa les épaules.

— Je n'ai pas d'argent, dit-il en toute honnêteté.

Denzil désigna le sac.

— Et y'a quoi là-d'dans ?

Vient un moment où le fragile écheveau de possibilités qui nous tient dans l'inconnu se dilate et se déchire par endroits. Pour Dennis et Denzil, ce moment était venu. Cet écheveau se distendit, gagna en transparence tel un ballon qu'on gonfle lorsque Cabal se pencha pour ramasser son sac.

— Rien qui vous intéresse. Je suis un scientifique. Il s'agit simplement de mon matériel.

— Un scientificse ? gémit Dennis avant de poser la main sur l'épaule de Denzil. L'aura pas d'fric. Viens, Denzil. Cassons-nous.

L'écheveau s'épaissit, commença à retrouver sa forme. Denzil semblait cependant avoir une dent contre Cabal. Celui-ci ne possédait rien d'intéressant, mais Denzil était foutrement convaincu qu'il fallait lui faucher quelque chose. Il repoussa rageusement la main de Dennis de son épaule.

— Non, j'veux tout c'que t'as, tronche de carême. Ouvre-moi c'foutu sac avant qu'j'te plante.

Tendu comme une peau de tambour, l'écheveau était maintenant aussi fin qu'une bulle. Cabal se mordit les lèvres, ouvrit le sac, et l'écheveau se déchira d'un bout à l'autre. Dennis et Denzil n'avaient pas encore bien compris ce qui leur tombait sur le coin de la figure, mais ils étaient d'ores et déjà condamnés.

Cabal y plongea la main et en sortit un crâne humain. Denzil et Dennis reculèrent d'un pas. Cabal se demanda un instant s'il allait leur expliquer ce qu'il fabriquait avec un crâne d'employé de banque, mais il décida finalement de ne rien en faire.

— C'est un *memento mori.* (Il les voyait déjà lui répondre qu'il s'agissait d'un crâne, aussi se hâta-t-il de poursuivre :) Un rappel de notre mortalité. Que nous sommes tous issus de la terre. Que nous mourons bel et bien tous.

La dernière phrase fut prononcée d'un ton plein de sous-entendus, mais les deux voleurs en étaient tellement bouche bée qu'ils n'avaient guère fait attention à la nuance. Il remit le crâne dans le sac et en sortit une petite serviette en cuir, qu'il ouvrit d'une chiquenaude pour dévoiler des sondes et scalpels reluisants.

— Ce sont mes instruments de chirurgie.

— Alors z'êtes un toubib ? dit Denzil, qui se demandait combien pouvaient valoir ces objets.

Cabal les rangea aussitôt.

— Pas vraiment. Il s'agit là de fioles renfermant l'échantillon test 247, poursuivit-il en sortant une boîte matelassée de la taille d'un étui à jumelles.

Il défit l'ardillon avec le pouce et l'ouvrit de manière à leur montrer plusieurs tubes à essai bouchés à la cire ; des esprits imaginatifs auraient pu distinguer un curieux symbole dessus.

Denzil comprenait qu'ils n'allaient rien tirer de toute cette histoire.

— Bah, ça vaut quoi ?

Cabal referma l'étui et le rangea.

— Si vous ne savez pas comment vous en servir, ça ne vaut rien. Et pour finir, dit-il en farfouillant dans le sac diligence, voici le 577 Webley.

Cabal sortit un énorme revolver – jamais Denzil et Dennis n'en avaient vu d'aussi gros.

— Hé, fit Dennis avec un enthousiasme renouvelé, ça doit bien valoir qu'q'chose, hein ? Hein, Denzil ?

Il se retourna et aperçut Denzil filer aussi vite que ses petites jambes grasses le lui permettaient. Au cœur de la partie reptilienne de son cerveau, Dennis eut le sentiment qu'il était peut-être dans la mouise – une impression que la balle qui le frappa dans le dos ne diminua en rien. Dennis s'écroula, son activité cérébrale réduite cessa enfin, et Cabal visa soigneusement la silhouette de Denzil qui rapetissait à vue d'œil. Le premier tir lui envoya des fragments de cailloux dans les talons. Cabal releva légèrement le nez de son arme et tenta à nouveau sa chance. Denzil s'effondra comme s'il venait d'être transpercé par une lance.

Il lui fallut un peu de temps pour trouver un endroit où escalader les haies maladives qui poussaient le long du talus, puis quelques minutes de grimpette dans les broussailles pour atteindre le sommet. Il s'agissait bien, comme il l'avait présumé, de la « ligne de desserte proposée » mentionnée sur la carte. Son état de délabrement le poussa d'ailleurs à se demander de quand datait cette carte. Les rails étaient salement rouillés, les traverses rongées par la pourriture et les champignons, tandis que des mauvaises herbes et des arbustes de près d'un mètre de haut poussaient à perte de vue tout le long. Il consulta à nouveau sa carte. Depuis ce poste d'observation idéal, il put enfin distinguer ce qu'on aurait pu qualifier, tout du moins au niveau local, de points de repère : des étangs, des marais et des embranchements routiers. Il tourna la carte à plusieurs reprises jusqu'à comprendre où il se trouvait, puis fit face au nord avant de regarder l'emplacement signalé par un mystérieux « X » sur son plan. La végétation y semblait beaucoup plus ancienne, constituée d'un bosquet d'arbres dense qui enjambait la ligne et envahissait le talus de chaque côté. *C'est forcément ça*, se dit-il.

Il prit la direction des arbres d'un air déterminé, mais s'arrêta au bout de quelques mètres à peine en entendant quelque chose chuter lourdement sur les rails derrière lui. Il se retourna.

— Remuez-vous ! gronda-t-il. Nous n'avons pas toute la journée.

Denzil cligna lentement des yeux en le regardant puis se tourna vers Dennis, qui essayait de se relever, mais dont le pied était pris sous une traverse pourrie. Denzil mit un moment à comprendre qu'il pouvait venir en aide à Dennis en lui donnant des coups de pied dans la cheville jusqu'à ce qu'il se dégage. Il visa lentement et soigneusement, balança un coup de pied puissant de sa jambe gauche, mais le rata et tomba sur le dos. La tête tournée vers le ciel gris, il cligna des yeux sans rien comprendre à ce qu'il lui arrivait. Tout semblait beaucoup plus compliqué maintenant qu'il était mort.

Cabal sortit de sa poche un petit livre noir accompagné d'un crayon, puis il rédigea une note. L'échantillon 247 semblait agir vite, mais n'avait pas d'effet tangible sur la coordination des sujets.

Avec le recul, se dit-il, peut-être aurait-il dû s'appliquer à prendre leur âme dans les règles et faire d'eux les premiers donneurs sur la centaine qu'il lui fallait réunir. S'il ne s'y était pas résolu, c'était en partie parce qu'il ne savait pas exactement comment s'y prendre, mais également parce que ces deux-là l'avaient vraiment mis en rogne.

— Je vais par là-bas, dit-il en leur montrant les arbres. (Il rangea son carnet.) Rejoignez-moi quand vous le pourrez.

Ce qui, songea-t-il d'un air piteux, risquait de leur demander un certain temps.

En se rapprochant des arbres, Cabal s'aperçut que le boqueteau s'étendait sur près de quatre cents mètres. Vu l'état de décrépitude des environs, c'était suspect en soi. Dans les parages, rien ne semblait en mesure de produire plus que des cure-dents, mais ces arbres avaient l'air de bêtes emmêlées qui se découpaient sur le paysage comme si on les avait peints à l'encre noire. Des branches privées de feuilles se dressaient vers le ciel et l'écorce torturée des troncs évoquait des visages humains déformés par le supplice, du moins pour un esprit bourré d'imagination.

— Là, ce doit être l'endroit, dit-il tranquillement. Quelle comédie.

Dans un arbre tout proche, qui ressemblait à un orme copieusement arrosé de LSD, une corneille noire dévisageait Cabal avec intérêt. Elle pencha la tête et croassa comme pour se moquer de lui. Puis elle vit Dennis et Denzil trébuchant sur la voie ferrée, à quelque cent mètres derrière lui. Pleine d'espoir – et d'humeur à se faire un casse-croûte –, elle s'envola pour aller y jeter un coup d'œil.

Cabal passa devant l'orme torturé, enjamba les racines d'un hamamélis tout droit sorti de l'esprit d'un cinglé, et se retrouva face à face avec le Monstre.

Le nécromancien lâcha une brusque expiration ; son teint habituellement pâle vira au gris l'espace d'une seconde, le temps qu'il ait retrouvé son sang-froid. Parfaitement immobile, il s'efforça de ne plus respirer, de faire croire au grand Monstre noir qu'il n'appartenait plus au monde des vivants. Puis il prit une profonde inspiration, quoiqu'un peu hésitante, fit un pas en avant et posa la main sur le visage de la chose.

Mais pour cela, il lui fallut poser le pied sur le chasse-pierres.

C'était la plus étonnante merveille d'ingénierie qu'il lui avait été donné de voir, et il en avait vu plus d'une. Une énorme locomotive qui, même ici, bien que morte et oubliée, avec sa chambre de combustion depuis longtemps éteinte, forçait tout naturellement le respect. Avec son chasse-pierres et sa cheminée cannelée, elle n'était pas sans rappeler le Far West, mais son châssis évoquait le Vieux Monde, en raison de son allure carrée agressive, prête à aiguiller tous les wagons d'ici jusqu'en enfer. Peut-être en était-elle d'ailleurs capable. Cabal acquiesça d'un air approbateur. Il n'était pas ingénieur de formation, mais il savait reconnaître le fruit d'un travail soigné.

Comme tous les animaux des environs, apparemment. Malgré le nombre de perchoirs potentiels auxquels auraient pu prétendre des oiseaux incontinents, seule une curieuse couche de rouille noire qui se détachait sous le doigt, comparable à une suie très grossière, souillait l'engin. Cabal la renifla avec prudence et songea aussitôt aux folles soirées passées dans la cave, à débiter les preuves à la scie et à les jeter dans la chaudière avant que la police ne se pointe. Il remonta ses lunettes teintées sur son nez, cligna pensivement des yeux. À quoi marchait cette chose ? Au bois ou au charbon, espéra-t-il. C'était tellement plus pratique.

Il entendit du bruit, fit volte-face. La corneille s'était posée sur la tête de Denzil et tentait de la béqueter, en s'attaquant plus précisément à ses yeux. Le malheureux cadavre avait la tête basse, les bras tendus et tournait maladroitement en rond dans l'espoir de déloger le volatile. Il n'arrivait cependant à rien, et la corneille semblait bien accrochée. De son côté, Dennis ne facilitait pas les choses en tentant de frapper l'oiseau avec un jeune arbre déraciné.

Les coups pleuvaient sur le dos de Denzil sans jamais effleurer la cible, et la terre des racines volait en tous sens.

— Arrêtez ce cirque ! vociféra Cabal. (Les deux morts ambulants comme l'oiseau obtempérèrent. Dennis tenta de dissimuler l'arbre situé derrière lui.)

Toi, la corneille. Approche. (L'oiseau s'envola avec une extrême hésitation, puis se laissa descendre jusqu'à effleurer le sol avant de remonter à hauteur de tête d'homme, de slalomer nonchalamment entre les arbres et de se poser sur l'épaule de Cabal. Ce dernier tourna les talons et entreprit de longer l'énorme locomotive pour se diriger vers les wagons et voitures accrochés derrière elle.) Tu vas pouvoir manger bientôt, l'oiseau, alors ne me crée plus d'ennuis, entendu ? (La corneille cligna des yeux.) Oh, et pendant que j'y pense, si jamais tu me chies sur l'épaule, tu finiras dans la vitrine d'un taxidermiste en deux temps trois mouvements. Pigé ?

— Kronk ! répondit la corneille, ce qui voulait sans doute dire : « Oui, maître », ou peut-être : « Faudra d'abord que tu m'attrapes, dugland. » En tout cas, le piaf serra les fesses.

Cabal marchait lentement le long du train. Il y avait quelques voitures de voyageurs, plusieurs plates-formes couvertes de planches autrefois colorées et, vers la fin, un bon nombre de wagons de marchandises fermés. Il arriva à hauteur du premier, s'arrêta près de la grande porte coulissante qui devait faire près du quart de sa longueur. Il se demandait comment y entrer lorsqu'elle s'ouvrit toute seule dans un horrible grincement de métal rouillé.

— Oh, fit Cabal, nullement impressionné. C'est toi.

Le Petit Vieux finit d'ouvrir la porte et baissa les yeux vers son interlocuteur.

— Oui, c'est moi, jeune Cabal. Tu as pris ton temps.

Cabal posa le pied sur un échelon en métal,

agrippa la poignée de la porte et se hissa. La corneille quitta son épaule et vint se poser sur un étançon situé tout près. Elle s'installa confortablement, prête à observer la scène de ses yeux de fouine.

— Estime-toi heureux de me voir, car la carte était quasiment inexploitable, dit Cabal en essuyant la rouille qui lui couvrait les mains et l'épaule, là où il avait touché l'encadrement de la porte. (Il se tourna vers l'homme.) J'espérais que Satan allait m'envoyer autre chose que toi, espèce de vieille mule.

L'individu se mit à rire. Ou plutôt à *glousser*.

— Oh, on se connaît depuis une paye, Johannes. Le Vénérable a pensé qu'un visage familier te ferait plaisir.

Cabal jeta un œil dans le wagon plongé dans l'obscurité.

— Si seulement je pouvais y coller une balle, répondit-il sans cérémonie.

Le Petit Vieux n'était ni petit ni un homme. Par contre, il était vraiment vieux. C'était l'incarnation même d'un archétype : un vieillard à la barbe grise, coiffé d'une casquette. Il gloussait, roulait des cigarettes à l'odeur immonde, et il lui arrivait même de baver à ses heures. Grâce à ce genre de personnage, tous les jeunes se sentaient élégants. C'était aussi l'un des nombreux avatars de Satan : des fragments de ses personnalités et des pensées aléatoires ayant pris forme dans le royaume des mortels. Ils lui permettaient de maintenir un relent de mal pur dans le monde tout en se concentrant sur des choses plus importantes en enfer. Sa partie de crib, par exemple. Jusqu'à récemment, le Petit Vieux avait été le seul contact de Cabal avec Satan. C'était l'entité à laquelle il avait vendu son âme des années plus tôt, mais également celle dont les ingérences lui avaient si souvent valu de mettre ses recherches à la poubelle.

Le Petit Vieux s'assit sur une caisse pour observer Cabal, occupé à examiner chaque recoin du wagon.

— Oh, Johannes, je suis peiné, dit-il sur un ton joyeux. Après tout ce que nous avons traversé ensemble.

Cabal, qui en avait terminé avec son examen superficiel du wagon de marchandises, revint vers lui.

— « Tout ce que nous avons traversé ensemble ? » Tous les problèmes que tu m'as causés, tu veux dire. Si tu n'avais pas acheté mon âme et que tu n'étais pas devenu une nuisance permanente depuis, rien de tout *ceci* (il fit un geste qui englobait l'ensemble du train) n'aurait été nécessaire.

Le Petit Vieux haussa les épaules.

— Je faisais simplement mon boulot. Tu ne peux tout de même pas t'attendre à une démonstration d'altruisme de la part d'un adjoint de Satan.

Cabal soupira.

— Écoute, j'aimerais vraiment pouvoir te dire que je me réjouis de te voir en forme et que je suis heureux de te voir, mais ce serait mentir.

— Je sais.

— Dans ce cas, est-ce qu'on pourrait y aller ? J'ai un emploi du temps un peu serré, je ne te le cacherai pas.

— Un emploi du temps, dit le Petit Vieux en levant un doigt. Heureusement que tu me le rappelles. Tu auras besoin de ceci. (Il plongea la main dans son vieux manteau sale et en sortit un sablier d'un peu moins de trente centimètres de haut. Il n'était cependant pas rempli de sable, mais d'une poudre incroyablement fine. De minuscules grains passaient du récipient supérieur au récipient inférieur au moyen d'un étroit conduit. Mais, malgré l'écoulement continu, le fond était simplement couvert d'une infime couche de poussière.) Cela te montre le temps qu'il te reste. Tu sais comment ça marche, n'est-ce pas ? (Cabal lui lança un regard.) Oui, bien évidemment, malin comme tu es. Bon, une fois le sable passé de haut en bas, le temps sera écoulé. Pas compliqué, hein ? Oh, et une dernière chose à ne pas oublier. Ce n'est évidemment pas le vrai sablier, celui que mon boss garde là où ça chauffe. C'est une sorte de reproduction, rien de plus. Tu peux lui faire tout ce que tu veux, ça n'affectera pas le temps qu'il te reste. Regarde. (Il retourna le sablier et la poussière s'écoula vers le haut. Le Petit Vieux le tint à différents angles, mais rien n'y fit. Le temps s'écoulait et le sable n'en finissait pas de filer au même rythme.) Dingue, hein ? Un vrai tabac en soirée, je peux te l'assurer.

— Vraiment ? fit Cabal en prenant le sablier. Je vais devoir en organiser une pour impressionner mes amis.

— Tu n'as pas un seul ami.

— Et je n'organise pas non plus de soirées. Le sarcasme est un concept qui t'est inconnu, n'est-ce pas ? As-tu encore quelque chose de fascinant à me faire partager ou puis-je balancer ta misérable carcasse ratatinée par la porte, comme j'en meurs d'envie ?

Le Petit Vieux prit la mouche.

— Tu n'es pas très sympa.

— Ton… (Cabal chercha le mot adéquat)… *créateur* m'a chargé de condamner cent âmes à une éternité de supplices. Pour être franc, il y a peu de chances que je devienne un jour très populaire.

— Là, tu marques un point.

Le Petit Vieux farfouilla dans son manteau informe, qui recelait manifestement de nombreuses choses, et en sortit un dossier A4 de quelques centimètres d'épaisseur. Il défit le bolduc noir, tourna la couverture et en montra le contenu à Cabal. C'était une liasse de formulaires imprimés sur une sorte de parchemin légèrement jauni. Cabal se pencha et lut la ligne du haut.

— « Formulaire de damnation volontaire. À remplir par le damné. EAGH/1. » Je vois là l'œuvre d'Arthur Trubshaw, fit-il en se raidissant.

— Tu n'as pas tort, répondit le Petit Vieux en refermant son dossier. Cent formulaires à faire remplir scrupuleusement en un peu moins d'un an. Tu te sens à la hauteur, Johannes ?

Il lui tendit le dossier ; Cabal s'en empara tout en regardant autour de lui.

— Pas sûr. J'ai accepté ce défi en pensant avoir avec moi la Fête foraine de la Discorde. Pour l'instant, j'ai l'impression qu'on m'a simplement refilé une boutique de brocante. Dis bien à Satan : pas de fête foraine, pas de marché.

— Pas de fête foraine ? Pas de *fête foraine* ? Mais elle est là ! Tous ces wagons ! Sous le plus grand chapiteau du monde ! Sers-toi un peu de ton imagination quand même !

— De mon imagination ? Il faudrait que je sois

victime d'hallucinations pour voir dans ce bordel le plus grand chapiteau du monde.

Le Petit Vieux se releva, avança jusqu'au mur du fond en secouant la tête et en marmonnant quelque chose au sujet des jeunes d'aujourd'hui. Contre le mur étaient posées de larges planches de bois en partie recouvertes par une toile goudronnée. Il la retira d'un geste tout droit sorti de la plus mauvaise pièce de théâtre de tous les temps pour montrer qu'il s'agissait de pancartes ; délabrées et écaillées, mais des pancartes quand même.

— Et voilà ! Voici tes attractions. Regarde ! « De l'Orient Mystérieux ! L'Énigmatique Cléopâtre ! Trois Mille Ans dans son Tombeau et toujours la plus Belle Femme du Monde ! » Pas mal, hein ? Allons bon, que dit celle-là ? « Émerveillez-vous de l'Enfant à Face de Chauve-souris ! Originaire des Jungles les plus Sauvages ! » Ouah ! C'est flippant, hein ?

— La simple prépondérance de points d'exclamation me terrifie à elle seule.

— C'est pour respecter les conventions. « Gare à la Femme à Tête de Bûche ! » Ce n'est pas possible, dit-il en regardant de plus près la peinture écaillée. Ça devrait dire : « Gare à la Femme à Tête de Cruche », non ? Oooh, non. Ça dit bel et bien « Tête de Bûche ! » Ça va attirer les foules ! ajouta-t-il en hochant la tête avec confiance en direction de Cabal.

Celui-ci en avait plus qu'assez des sornettes du Petit Vieux. Posté près de la porte grande ouverte, il regardait sans réel intérêt Dennis et Denzil avancer à une allure d'escargot le long de la voie ferrée.

— Oh, oui, lança-t-il par-dessus son épaule. Ils

viendront de toute la région pour voir ça. « Approchez, approchez, venez voir la plus grande collection de pancartes antédiluviennes du monde. Gare à la décrépitude ! Attention à la grammaire ! Un spectacle fascinant à la hauteur des cochonneries que vous avez dans le nombril ! » C'est sûr, il va falloir que je les repousse avec un bâton.

Le Petit Vieux plissa les yeux d'un air songeur.

— C'était du sarcasme, pas vrai ?

Cabal contempla à nouveau les Plaines. Tout cela n'avait plus aucun intérêt. Il s'agissait d'une nouvelle farce crétine de Satan. Il ne savait vraiment pas pourquoi il perdait son temps.

— Oui, c'était sarcastique, répondit-il en se dirigeant vers les panneaux. C'est une vaine entreprise, et je n'ai aucun employé. Je suis seul.

Un son leur parvint aux oreilles ; tous deux se tournèrent vers la porte. Dennis était en train de songer à la meilleure façon de grimper quand Denzil, qui avait trouvé son rythme sans réfléchir aux complications liées à l'immobilisation de ses jambes, lui rentra dedans. Ils disparurent tous deux en tombant. Au bout de quelques secondes, on entendit des bruits de bagarre.

— Enfin, personne qui ne me soit d'un réel secours, rectifia Cabal. Si je n'ai même pas les gens nécessaires pour *tenter* de tirer quelque chose de ce bazar, autant que tu reprennes ces formulaires tout de suite.

Le Petit Vieux gloussa.

— Comment peux-tu dire une chose pareille, Johannes ? N'aimes-tu pas les défis ? Et ton goût pour l'aventure ?

— Il est très sérieusement ébranlé par le sentiment qu'on se fout de moi.

— Mais pourtant, tu es entouré. Enfin, en quelque sorte. Regarde autour de toi.

Cabal s'exécuta. Il était seul dans le wagon de marchandises crasseux avec le Petit Vieux, dont la compagnie était plus que louche.

— J'ai beau regarder, je ne vois que des déchets. Où veux-tu en venir ?

Le Petit Vieux se rendit au centre du wagon et écarta les bras comme pour en embrasser le contenu. Le geste, fort théâtral, aurait parfaitement trouvé sa place dans une comédie musicale.

— Voilà tes gens, tout autour de toi. (Il plongea la main dans une boîte et en sortit un os que Cabal identifia aussitôt comme un fémur humain.) Voici tes manutentionnaires… (il le lâcha, puis sortit d'un sac une boule de cheveux)… ainsi que tes rabatteurs, ajouta-t-il en posant la main sur ce que Cabal avait pris pour des rouleaux de tissu traînant dans un coin. Et les forains des stands de ta concession. Ta fête foraine est là au grand complet. Fais simplement preuve d'un peu d'*imagination*, conclut-il en se tapotant la tempe.

Cabal s'approcha pour jeter un œil à l'un des rouleaux.

— Qu'est-ce que tu veux dire ? (Il examina de près le tissu, et comprit avec un temps de retard ce dont il s'agissait.) Ceci, dit-il d'un ton sec, est de la peau humaine.

Il n'eut droit à aucune réponse. Il regarda tout autour de lui, mais le Petit Vieux avait disparu.

Formidable, pensa Cabal. *Je n'ai même pas le mode d'emploi.*

Il extirpa un petit objet noir de sa poche, appuya sur un bouton ; une méchante lame en jaillit aussitôt. Il déroula une partie du « tissu » et en coupa une longue bande. Il prit ensuite une boulette de cheveux du sac, un chiffon trouvé dans un baril, sans oublier le fémur. Il attacha soigneusement les cheveux à l'os en se servant de l'étoffe.

— Un chiffon, un os, une mèche de cheveux, entonna-t-il doucement en enroulant le tout dans la bande de peau. (Il observa le fruit de son travail en secouant la tête d'un air méprisant.) Je déteste ce genre de truc. (Il chercha un bout de plancher à peu près dégagé.) Je t'invoque, ajouta-t-il en lâchant la masse désordonnée.

Plus bas, en enfer, le volume d'une sphère de sang noir diminua très légèrement.

La masse se disloqua bien avant d'atteindre le sol, qu'elle heurta avec une violence surprenante. L'os frappa le premier, arrêté net à la verticale. La peau le recouvrit alors, l'enserrant si fort qu'il fut bientôt impossible d'en distinguer les bords. Il se mit à vaciller quand des esquilles commencèrent à en émerger, mais chaque fois qu'un nouvel os se montrait, il se retrouvait aussitôt englouti. La petite boule de cheveux tomba au sommet de la masse grossissante de matières organiques, chancela et bascula. Elle tenta bien de regagner son perchoir à plusieurs reprises, mais ses efforts semblaient voués à l'échec. Le chiffon se mit à tournoyer dans le wagon à une vitesse telle que Cabal avait du mal à le suivre, mais il eut la très nette impression qu'il changeait de couleur. La masse d'os était en train d'assembler une colonne vertébrale en produisant un bruit sec pour le moins désagréable chaque fois qu'une nouvelle vertèbre jaillissait de la précédente. Tandis que la cage thoracique se mettait elle aussi en place, des côtes poussèrent à l'image d'un parapluie privé d'étoffe. La peau, quant à elle, remontait comme le niveau d'un liquide s'élevant dans un verre, en dissimulant en grande partie la formation des organes protégés par le torse. Des bras jaillirent soudain aussi brutalement que la lame d'un couteau à cran d'arrêt, ce qui fit penser à Cabal de ranger le sien. La tornade de chiffons dessina un motif très complexe tout près du corps, sur lequel se dessinèrent des vêtements. Semblable à un toast tout droit sorti d'un grille-pain d'outre-tombe, la tête surgit du cou en affichant une grimace comme seuls les crânes en ont le secret. Elle continua d'ailleurs à sourire à Cabal avec une joie indécente lorsque la peau vint la recouvrir, avant de s'étaler sur la voûte crânienne comme la marée vient recouvrir un rocher sur la plage, puis d'arriver finalement au sommet et de refermer le tout.

Devant Cabal se tenait un homme qui n'existait pas une minute plus tôt ; un homme légèrement moins grand que lui, à la peau noire, terriblement mince, vêtu d'un pantalon noir, de chaussures blanches et de demi-guêtres noires, d'une chemise blanche, et d'un gilet scintillant couvert de rayures verticales noires et blanches. Il tenait en main un canotier agrémenté d'une bande jaune. L'homme se le flanqua sur la tête au moment où la touffe de cheveux voulut prendre place sur son crâne entièrement chauve. Quelques cheveux tentèrent leur chance du côté du front : ils formèrent rapidement des sourcils, mais le reste demeura tristement perché sur le canotier pendant quelques secondes, avant de tomber par terre, sans vie. L'homme les regarda choir non sans désarroi, puis s'empressa de soulever le chapeau pour tâter son crâne. Et le découvrir aussi lisse qu'une boule de billard, à sa grande déception.

— Hé, gémit-il, hé, mec. Et merde ! finit-il par lancer d'une voix exaspérée. (Il se regarda alors de haut en bas, examina ses poignets, dévisagea Cabal comme si le toit venait de lui tomber sur la tête et se mit à courir en tous sens.) Un miroir, mec ! Il y a bien un miroir quelque part !

Cabal le regarda courir. L'homme trouva un gros morceau de verre argenté crasseux ayant peut-être – jadis – joué le rôle d'un miroir, puis le souleva à hauteur de son visage. Ne croyant pas ce qu'il voyait, il se mit à en frotter la surface – en vain.

— Regarde-moi, gémit-il. Regarde-moi. Tu as fait de moi le type le plus maigre du monde entier !

— Je n'ai rien fait de tel, répondit Cabal d'un ton irrité. (Les gens se montraient si critiques, tellement ingrats.) Je vous ai invoqué, et c'est comme ça que vous êtes apparu. Alors n'essayez même pas de me mettre sur le dos vos éventuelles imperfections physiques.

— Mais, mais…, balbutia l'homme, qui posa le miroir et s'approcha de Cabal en insistant sur chaque syllabe au moyen de ses mains. Mais c'est bien toi qui as choisi les pièces détachées, mec. Alors où est ma graisse ?

— Votre graisse ? (Cabal comprit qu'il avait peut-être oublié quelque chose par inadvertance.)

Chiffon, os, cheveux. Ce sont les éléments traditionnels. Personne ne m'a jamais parlé de graisse.

L'échalas agita les mains d'un air incrédule. Il balaya des yeux le contenu du wagon, se rapprocha à grandes enjambées d'un coin, jeta son dévolu sur une caisse et la tira vers lui. Sur le côté était écrit : « Saindoux. »

— Un petit morceau, c'est tout, mec. C'est tout ce dont j'avais besoin ! J'aurais pu avoir un physique avantageux, vieux. Maintenant, je ne suis qu'un sac d'os.

Il lança un regard suppliant à Cabal, qui le dévisagea sans la moindre forme de compassion.

— Écoutez, *Sac d'Os*, que voulez-vous que j'y fasse ? Une intraveineuse de beurre fondu, c'est ça ?

— Tu crois qu'ça pourrait marcher ? demanda Sac d'Os, avec une lueur d'espoir à faire pitié.

— Aucune chance. Écoutez, dans un peu moins d'un an, tout ceci, fit-il en désignant les environs immédiats, aura disparu. Et vous, mon illusoire ami, vous retrouverez la forme de pièces détachées à partir desquelles je vous ai animé. Alors maintenant vous allez devoir vous mettre une chose simple dans le crâne. Dans un an, il ne restera rien de vous, du moins pas assez pour amuser un clébard. Conclusion : je me fous pas mal de savoir à quoi vous ressemblez, et vous avez tout intérêt à en faire de même. Notre seule préoccupation est désormais de mettre en scène ce spectacle. Donc : vous allez me donner un coup de main, ou vais-je devoir disposer de vous au titre d'expérience ratée avant de retenter ma chance ?

Sac d'Os posa ses mains contre ses lèvres et

s'immobilisa dans une pose qui n'était pas sans rappeler une tipule.

— O.K., z'êtes le patron et chuis l'gars à la con qui doit vous obéir, pas d'problème.

— Excellent, répondit Cabal, qui ne se laissa pas démonter. (Il se tenait près du tas de pancartes.) Maintenant, approchez.

— C'était sarcastique, ajouta Sac d'Os en s'approchant du nécromancien.

Il avait repris sa voix normale : un phrasé cadencé, qui montait dans les voyelles longues, avec un accent américain mâtiné d'un soupçon de français.

— Non, c'était assommant. Regardez ça.

— Monstres de foire, exploits, huitièmes merveilles du monde. Des attractions classiques, dirait-on.

— Lesquelles vous semblent intéressantes ? Lesquelles attireront les gens de tout le pays ? Il faut que je sache.

Sac d'Os le regarda d'un air interrogateur.

— Pourquoi vous m'demandez, patron ? C'est vous qu'avez un plan, non ? (Il regarda plus attentivement Cabal – lequel, de son côté, continua d'éplucher les pancartes dans l'espoir d'en découvrir le secret.) Rassurez-moi, vous avez bien un plan ?

Cabal se releva et s'éloigna, puis il regarda les pancartes d'un air furibond.

— Je ne comprends pas. Qui voudrait perdre son temps à venir voir ce genre d'absurdités ? Ça ne vaut pas un clou ! Des exhibitions bidon, des mutations à la noix, des mensonges ! Rien de tout ceci n'est réel ! Rien qui tienne la route ! Ce ne sont que des…

(Il s'affaissa. Cela faisait des années qu'il ne s'était pas senti aussi inutile.) Des chimères. Je n'y comprends rien.

Sac d'Os avait lui aussi un problème.

— Mais vous vous êtes porté volontaire pour tout ça, pas vrai ? L'autre en bas ne vous aurait pas collé ça dans les pattes si vous ne saviez pas ce que vous faisiez, hein ?

— C'est un… pari.

— Un pari ? (Si Sac d'Os avait vécu le temps d'une génération pour chacune des cinq minutes qu'il venait de passer parmi les vivants, il n'aurait pas pu être plus surpris.) Z'avez fait un pari avec le Boss en personne ? Mais vous êtes dingue ou quoi ? Personne ne gagne contre le Boss ! C'est… (Sac d'Os tenta de trouver une métaphore convaincante, mais il n'y parvint pas.) C'est le BOSS, mec !

Derrière ses lunettes de soleil, une étincelle apparut dans les yeux de Cabal.

— Celui-là, il ne va pas le gagner.

— Vous rêvez ! marmonna Sac d'Os sans prendre la peine de dissimuler son mépris. Y'a qu'les personnages de roman qui parviennent à se jouer du luciférien Satan. Désolé d'être celui qui vous l'apprend, mais vous vous êtes fait enfler, Jacquot.

Cabal l'ignora. Il examinait à nouveau les pancartes.

— J'ai un budget et je ne peux pas tout lancer d'un coup. Il me faut prendre des décisions en bon gestionnaire, choisir certaines choses et renoncer à d'autres. Certaines de ces attractions seront utiles, tandis que d'autres me feront perdre du temps. J'ai besoin de conseils. M. Sac d'Os, dans quelles attractions dois-je investir ?

Sac d'Os secoua la tête à regret.

— Je peux pas vous aider, patron. D'une certaine façon, je suis qu'un tas de poussière ambulant. Vous êtes la seule personne réelle dans l'coin, alors à vous d'choisir.

— C'est impossible, répondit catégoriquement Cabal. Je ne comprends pas plus les gens que toi. Je vais devoir trouver conseil ailleurs. (Son regard se perdit dans le vague pendant quelques instants, puis il prit une profonde inspiration.) Je crois que je connais justement la personne qu'il me faut. (Il se dirigea vers la porte et sauta sur la voie. Denzil et Dennis, assis près du train, lançaient des cailloux sur la corneille. Aucun de leurs projectiles n'était menaçant, mais il les observa avec la plus grande attention.) Vous deux, lança-t-il d'un ton sec. Obéissez à M. Sac d'Os jusqu'à ce que je revienne.

Ils levèrent les yeux vers Sac d'Os, dont la tête apparut à la porte.

— Salut ! lança-t-il en grimaçant.

Ils lui sourirent d'un air débile, lui firent un geste de la main.

— La corneille ! Ici ! ordonna Cabal. (Le volatile vola jusqu'à lui sans la moindre hésitation et se posa sur son épaule.) Tu viens avec moi. Au moins, je serai sûr que tu ne feras pas de bêtises.

— Kronk ! répondit l'oiseau d'un air suffisant.

Sac d'Os s'appuya contre le montant de la porte.

— Z'attendez quoi de moi et des macchabées pendant votre absence, patron ?

Cabal désigna la locomotive.

— Je ne sais pas combien de temps je vais m'absenter. Peut-être quelques jours. Pendant ce temps, nettoyez la locomotive et trouvez du carburant. Vous savez à quoi elle marche ?

— À peu près n'importe quoi.

— Parfait. Chargez le wagonnet de bois, et remplissez la chaudière d'eau. Il y a pas mal d'étangs et de ruisseaux par ici. Ça ne devrait pas vous poser de problème. Ensuite, voyez si vous pouvez dégager la voie jusqu'à l'embranchement. Nous devrons nous mettre en route dès que la fête foraine sera prête.

Sac d'Os se tourna vers les arbres et fit la moue. Ça n'allait pas être une mince affaire.

— Et ce s'ra tout ? Rien d'autre ?

Cabal réfléchit. Sac d'Os soupira. Lui et sa grande gueule.

— Eh bien, s'il vous reste du temps après tout ça, je veux que le nom de la fête foraine soit peint sur la première voiture, des deux côtés. Vous vous sentez capable de peindre une enseigne ?

— Bien sûr. J'peux faire quasiment n'importe quoi quand j'décide de m'attaquer à quelque chose. Et comment voulez-vous l'appeler, patron ?

Cabal lui répondit.

Sac d'Os siffla de plaisir.

— Z'êtes vraiment plein de surprise, mec !

Chapitre 3

Où Cabal revient en terrain connu et met le spectacle sur les rails

L'ENTERREMENT EST UN CHOIX TRÈS PERSONNEL. Bien évidemment, certains refusent encore l'inhumation ; ils préfèrent être brûlés, abandonnés aux vautours ou livrés à un sort tout aussi contraire aux règles d'hygiène.

Mais ce n'est pas d'eux dont nous parlerons ici.

Ceux qui souhaitent être enterrés ont souvent un avis bien tranché sur la localisation de leur dernière demeure, comme si cela pouvait encore avoir une importance à ce moment-là. Certains s'imaginent un cimetière verdoyant par une journée de printemps, le son des cloches appelant les fidèles à venir prier, la pelouse impeccable et les chemins de gravier blanc. D'autres – ceux qui traitent Byron de fou malfaisant, en général, mais qui auraient *adoré* le rencontrer – rêvent de cimetières ténébreux cachés dans l'ombre de monstrueuses églises gothiques, sous un ciel bas menaçant de se déchirer à chaque instant. Néanmoins, un enterrement près d'une mer s'étalant à perte de vue ne leur déplairait sans doute pas non plus. D'autres aimeraient qu'un arbre soit planté sur leur tombe parfaitement anonyme, afin que leur corps nourrisse les racines d'un majestueux chêne ou sycomore.

Chacun est en mesure de comprendre de tels souhaits, qui attirent plus ou moins la compassion. Impossible cependant de savoir ce qui pouvait bien passer par la tête des gens qui s'offraient une concession au cimetière de Grimpen. Peut-être détestaient-ils leurs proches au point de vouloir les amener dans l'un des endroits les plus hideux et déprimants de la Terre, ne fût-ce que pour leurs obsèques.

Le cimetière de Grimpen se trouvait (pour peu qu'il s'agisse du bon verbe, « se vautrer » dans le cas contraire) au cœur du dernier marécage de la région, où, jusqu'à peu, on pouvait encore attraper la malaria. Il n'avait même pas été nécessaire de lever le petit doigt pour éradiquer les derniers moustiques porteurs de la maladie : ils avaient tout simplement renoncé à vivre.

Le cimetière était astucieusement situé à l'entrée de la péninsule, qu'on ne pouvait rejoindre en toute sécurité qu'en traversant un long isthme sinueux bordé par un marais dangereux, de ceux qui apparaissent dans de nombreux récits d'aventures. Nul ne s'imaginait combien de criminels, de gitans diaboliques et de « choses que l'homme préférerait ne pas connaître » y avaient rendu leur dernier souffle avant de disparaître sous la boue poisseuse. Leur nombre devait être élevé.

Après avoir suivi ce chemin abominable et tortueux, on finissait par atteindre le portail rouillé du cimetière. Comme de coutume, l'un des deux battants ne tenait plus qu'à un gond – il grinçait de manière inquiétante à la plus légère brise. Au cimetière de Grimpen, la brise était toujours très légère, car un vent plus fort aurait sans doute eu raison de la brume. Et cela n'était pas envisageable. Les gens parlent souvent de la purée de pois de Londres, mais bien que ce brouillard légendaire soit parfois jaune, insalubre ou assez épais pour être mis en bouteille, il n'a absolument aucune élégance. La brume de Grimpen, elle, avait un certain panache. Elle dérivait lentement, de manière fort mystérieuse, en s'accrochant à tout. Comme en *attente* de quelque chose. Les gens détestaient assister à des enterrements là-bas. La brume, l'infâme brume, semblait surveiller les vivants. Et attendre qu'ils meurent.

Le cimetière était fermé, néanmoins – pour la simple et bonne raison qu'il était plein. Plein de morts que les gens *voulaient* oublier. Des pères malveillants et des fils illégitimes, des mères folles à lier et des filles malades. Ils étaient venus là, tous autant qu'ils étaient, dans leur cercueil en sapin ou en teck dernier cri, pour être inhumés dans ce lieu reculé, où pouvaient commodément les oublier les gens qui se tenaient, les yeux secs, devant leurs tombes béantes. Certaines de ces dernières demeures étaient identifiées au moyen de pierres tombales raffinées taillées dans un marbre exotique ou un granit venu de contrées lointaines. D'autres, moins somptueuses ou moins hypocrites, signalaient la tombe de défunts qui ne manquaient à personne au moyen d'ardoise locale, de craie bon marché, ou même de bois. Des magnats méprisés côtoyaient des héritiers issus d'unions avec la soubrette, unis par le simple fait qu'ils n'occupaient de place dans le cœur de personne.

Mais malgré tout cela, le cimetière n'était pas *totalement* plein. Tout au fond, dominant le marécage, au point le plus éloigné de la grille, se situait un endroit où restaient encore quelques places. C'était la seule crypte familiale des lieux, et son histoire est extraordinaire.

Les origines des Druin remontaient à l'invasion des Normands. Leur patronyme était d'ailleurs une déformation présumée de « de Rouen », même si rien ne prouvait qu'ils venaient effectivement de cette ville. Le rôle de leur ancêtre dans l'invasion est encore sujet à débat. Les descendants affirment qu'il chevauchait au côté de Guillaume le Conquérant, en tant que confident et qu'aide de camp de premier plan. À la lueur de découvertes historiques récentes, il semblerait que Guillaume voulait surtout garder un œil sur lui. Peu importe la vérité, la famille dispose quoi qu'il en soit d'une parcelle de terre à perpétuité, une parcelle qui incluait le marécage et le cimetière qui y avait été bâti.

La famille s'en sortit tant bien que mal au fil des siècles. Ils pariaient régulièrement sur le mauvais cheval dans une multitude de conflits, parvenaient néanmoins à se retrouver dans le camp des vainqueurs au tout dernier moment en se livrant aux pires perfidies. Selon certaines rumeurs, Richard III se serait su condamné lorsqu'il apprit que les Druin le lâchaient en pleine bataille au profit de la maison des Lancaster. Il fit alors quelques commentaires au sujet des rats quittant le navire avant de filer dans l'espoir de retrouver son canasson.

Depuis l'ère des Plantagenêts, on dit les Druin capables de se convertir du protestantisme au catholicisme, et vice versa, en moins de temps qu'il n'en faut pour célébrer l'office à l'église. En effet, une bibliothèque secrète découverte lors de rénovations effectuées dans le manoir familial renfermait une copie du catéchisme, la Bible en grec, en latin et en anglais, un traité sur le calvinisme, le Coran, le Tripitaka et un livre arabe relié d'un cuir étrange qui, par la suite, fut dérobé par un gang constitué d'un antiquaire, d'un truand et d'une femme zozotante.

Au fil de nombreux changements, la famille réussit à garder une place à la cour jusqu'à la révolution industrielle – elle s'aperçut alors qu'il lui était possible de gagner davantage d'argent, à la manière des nouveaux riches. Elle investit alors énormément dans les usines et le chemin de fer, envoya des enfants aux mines et le mot « philanthropie » disparut du dictionnaire familial. Les Druin devinrent de plus en plus riches, toujours plus riches.

C'est à ce moment-là que leur fortune, assortie d'un petit bagage héréditaire, commença à signer leur perte. La consanguinité, largement imposée par un monde qui faisait grand cas des mauvaises réputations, s'en prit à leur santé mentale collective. Ils devinrent de plus en plus dingues, toujours plus dingues, mais s'en tirèrent toujours à bon compte.

Béatrice bâtit le musée de la Légumineuse, qui abritait la plus vaste collection de pois et de haricots au monde. Horace creusa une inversion du palais de Westminster, un gigantesque modèle en gelée de la mère des Parlements. Jeremy forma une meute de renards avec laquelle il partait à la chasse au beagle, avant de perdre complètement les pédales et de tout saccager chez les gens en compagnie d'une troupe de blaireaux dressés.

L'atmosphère de dégoût mutuel et de folie monomaniaque devint presque palpable. Tante Sophia, la seule à ne pas perdre la boule, partit à l'étranger dans l'espoir de trouver une solution.

Selon toute vraisemblance, ce fut un échec, mais elle revint après des années de voyage, étonnamment sereine et tolérante, dotée d'une certaine assurance.

À son retour, sa première initiative fut de créer le cimetière de Grimpen et d'y faire bâtir la crypte familiale dans le recoin le plus inaccessible. Chaque membre encore vivant de la famille y avait une place, à l'exception de Sophia. Quand on lui en demandait la raison, elle répondait avec une sinistre satisfaction que, s'il y avait bien une chose qu'elle avait apprise lors de ses voyages, c'était que la lignée ne pouvait se défaire de sa folie et qu'elle était vouée à disparaître. Quant à savoir pourquoi elle n'avait pas sa place dans la crypte, c'était tout simplement parce qu'elle comptait leur survivre.

Le reste de la famille se jeta des regards lourds de sous-entendus. Fous ou non, ils n'avaient pas besoin d'un météorologue pour leur dire d'où soufflait le vent.

La chance sembla soudain quitter Sophia. Elle fut victime d'une série d'accidents fatals. La poisse ne la lâchait plus d'une semelle et elle fut reconnue morte à plusieurs reprises. Une poisse qui se manifestait parfois sous la forme d'un sac de ciment tombant de haut, parfois d'un objet dense et rapide qui croisait malencontreusement le chemin de sa tête.

Chose étonnante, les autres membres de la famille n'étaient jamais là quand la poisse frappait (fort, il faut le reconnaître) et tous avaient alors un alibi en béton, parfois prévu des jours à l'avance. Mais Sophia finissait toujours par reprendre conscience à la morgue, avant de s'étirer et de demander à quelle heure on lui apportait le thé.

Elle fut finalement emportée par un accident particulièrement malheureux, qui réunit au même endroit et à la même heure un rouleau compresseur, Sophia et près de quatre tonnes d'explosifs. Cette fois, plus de pause-thé possible en pleine autopsie. Les restes de Tante Sophia furent récupérés dans les arbres, ramassés sur la route et sortis d'une mare pleine de canards au moyen d'épuisettes. Ensuite, on la déposa en grande pompe dans sa baignoire sabot préférée, vêtue de sa tenue de bain favorite, puis elle fut enterrée dans le coin le plus sombre de la crypte familiale. Et on n'en entendit plus parler. Du moins, pendant près de deux mois.

Un matin, la famille se réveilla et s'aperçut qu'il manquait quelqu'un au petit déjeuner. Ils découvrirent Béatrice attachée au lustre par la cheville, le visage marqué par l'effroi. Elle était bel et bien morte, et le sol de la pièce était couvert de poils. L'autopsie en révéla près de trois kilos supplémentaires, qu'on lui avait enfoncés dans la gorge, ce qui avait obstrué son œsophage et entraîné son décès par asphyxie. Un mois plus tard, la tête de Jeremy apparut sur une plaque de la salle des trophées. Quinze jours après, le corps mutilé d'Horace fut retrouvé au fond de la tour inversée de Westminster, à quelque quatre-vingt-dix mètres sous le terrain familial.

Ils moururent les uns après les autres, des mains de quelqu'un qui, selon toute vraisemblance, connaissait leurs petites marottes sur le bout des doigts. Felix perdit la vie sous un menhir. Daphné se noya dans de la gelée. Vu le passe-temps favori de Julian, sans doute valait-il mieux qu'on ne retrouve jamais la moitié inférieure de son corps. Autant dire que la crypte des Druin se remplit rapidement.

Si seulement quelqu'un avait songé à chercher tante Sophia dans sa baignoire. Si seulement quelqu'un avait pris la peine de se renseigner sur ce qu'elle avait fabriqué toutes ces années à l'étranger. Si seulement quelqu'un s'était posé des questions au sujet de la vague d'anémie infantile qui sévissait dans les parages. Ah, le « mal mystérieux de Grimpen ». Aucun enfant n'en était mort, et tous ceux qui quittaient le coin s'en remettaient rapidement. Les médecins en perdaient leur latin.

S'ils avaient comparé leurs notes avec un peu plus de soin, un trait curieux que partageaient les enfants malades les aurait assurément intrigués. Tous avaient fait le même cauchemar la nuit où la maladie s'était déclarée. Tous rêvaient d'une petite pièce noire et crasseuse, semblable à une cave ou une geôle, aux murs creusés de profondes niches. Tous se sentaient obligés de se rendre jusqu'à un coin de cette pièce qui prenait la forme d'une alcôve lugubre. En ce lieu abandonné, ils avaient la mauvaise surprise de trouver une vieille baignoire sabot. Les yeux remplis de terreur, ils se rendaient alors compte que quelqu'un y était assis, une vieille femme livide au regard hypnotique et cruel, dont le visage affichait une soif telle qu'ils gémissaient et sanglotaient rien qu'à y repenser. Ils se retrouvaient ensuite dans l'impossibilité de bouger ou de prendre la fuite tandis que la femme sortait de la baignoire et s'avançait vers eux, lentement mais sûrement, telle une grande araignée albinos, sans qu'ils ne puissent rien y faire. « La dame de la baignoire ! La dame de la baignoire ! » hurlaient-ils.

La vague d'anémie se poursuivit, même lorsque le dernier des Druin fut inhumé dans la crypte. On crut pendant des années le marais insalubre, si bien que les parents qui pouvaient se le permettre envoyaient leurs enfants ailleurs jusqu'à ce qu'ils soient assez grands pour « résister » à la « maladie ». Dans le même temps, le cimetière se remplit des parias dont nul ne voulait. Une fois plein, il fut tout bonnement abandonné et, avec le temps, l'endroit commença à se dégrader.

Nul ne venait par ici sans une bonne raison. Même les poètes cyniques ou sérieusement gavés de laudanum avaient autre chose à faire que venir prendre place sur l'une des tombes pour y écrire un sonnet. Même l'écriture d'un haïku y aurait pris trop de temps.

Cet endroit laid et abandonné fut donc oublié, et « l'épidémie d'anémie » se poursuivit.

Jusqu'à il y a huit ans environ.

Johannes Cabal franchit le portail délabré et regarda autour de lui avec curiosité. Le cimetière s'était très sérieusement détérioré depuis son dernier passage, huit ans plus tôt. D'ailleurs, tout laissait penser que nul n'y était venu entre-temps, mais cela ne le surprit nullement. Les pierres tombales penchaient dangereusement, la mousse s'attaquait à la maçonnerie, et il fallait s'armer d'une brosse métallique et d'une lampe pour lire les inscriptions. En revanche, aucun signe de présence humaine. *Parfait*, pensa-t-il. Cela réduirait les risques de cette délicate entreprise. Il serra la poignée du sac de voyage qu'il tenait de la main gauche et reprit son chemin. Sur son épaule, la corneille agitait la tête dans tous les sens. Elle se montrait un peu inquiète et n'aimait manifestement pas cet endroit.

Cabal poursuivit son bonhomme de chemin parmi les pierres et les hautes touffes d'herbe, en empruntant l'allée la plus courte pour rejoindre le caveau familial des Druin. En marchant, il se souvint de ses études sur la nature de la vie, de la mort, et de ce qui se tient entre les deux. Des études qui l'avaient conduit en ce lieu, qu'il avait quitté d'un bon pas, voire en courant.

Distrait par ses souvenirs, il trébucha sur quelque chose qui traînait dans l'herbe et manqua de tomber. La corneille battit des ailes de toutes ses forces, et le nécromancien finit par retrouver l'équilibre. Il se retourna, ouvrit le volet de sa lanterne sourde pour comprendre ce qui lui avait valu ce désagrément. Inexpressif de nature, il n'en sourcilla pas moins en poussant un discret : « Oh. »

C'était une vieille radio de l'armée dont le coffret en bois était dans un état de décomposition avancé, au point qu'il n'osa pas y toucher. Le combiné en Bakélite ne se trouvait pas bien loin, et Cabal compris après quelques secondes d'observation que le fil du téléphone menait à une tombe entrouverte. Il se rappelait vaguement avoir vu l'objet lors de sa visite précédente. Il se pinça les lèvres et se redressa. Le téléphone abandonné avait sans doute une histoire farfelue, mais il n'avait ni le temps ni l'envie d'en apprendre davantage. Il était venu là avec une mission et ne pouvait souffrir aucune distraction.

Il se tourna donc vers le caveau des Druin et reprit son chemin.

La crypte était principalement souterraine, protégée des eaux par un superbe travail de maçonnerie et beaucoup de plomb. À la surface, l'entrée offrait l'allure d'un petit édifice utilitaire évoquant un hangar à charbon d'allure gothique. Les seules caractéristiques notables étaient le nom DRUIN, écrit en lettres capitales au-dessus de la porte, et la porte elle-même, constituée d'un ensemble impressionnant de lamelles de pierre assemblées au moyen de bandes de fer adonisées. Cabal s'intéressa cependant davantage à la serrure. Celle de la porte avait été forcée jadis par un amateur. Elle était autrefois associée à un énorme cadenas passant dans des moraillons solidement fixés à la surface, mais celui-ci était en partie caché par les massifs de broussailles malsaines qui poussaient dans les environs. Cabal n'eut pas besoin d'y regarder à deux fois pour comprendre qu'on l'avait laborieusement coupé avec une scie à métaux. À sa place figurait un cadenas reluisant en acier inoxydable. Il le soupesa d'une main et fit jouer au moyen de son pouce le cache de la serrure, qui bougea facilement. Celle-ci était en parfait état malgré les années passées dans cet environnement humide.

Aucune trace d'effraction n'était visible. Cabal sortit un trousseau de sa poche à l'aide de sa main libre, sélectionna dedans une petite clef. Il l'introduisit dans la serrure et tourna lentement, prit conscience de chacune des pièces de métal qui coulissaient. Le déclic de la serrure fut à peine perceptible. Il n'en montra aucun signe, mais Cabal fut content de lui en dégageant doucement le cadenas du moraillon avant de le ranger dans sa poche. *Il est toujours bon de jouer la carte de la qualité*, pensa-t-il.

La porte s'ouvrit en exhalant un grondement sourd ; derrière se trouvait un escalier en pierre, tout juste assez large pour permettre à un cercueil et ses porteurs de descendre. Une lueur blafarde et surnaturelle, apparemment produite par un lichen phosphorescent, illuminait légèrement les marches. Il semblait tout recouvrir d'une mince patine, et produisait une lumière si légère que le nécromancien doutait que le végétal soit vraiment là. Comme une image rémanente entrevue sur la face interne de la paupière, Cabal distinguait le bord des marches, les pierres nimbées de cette lueur fantomatique et quelque chose au pied de l'escalier. Des bouts de bois brisés, apparemment.

Dans un coin de la pièce, en périphérie de son champ visuel, quelque chose se déplaça au niveau du sol, parmi les débris de cercueil.

Les bruits de criquets, d'engoulevents et de grenouilles coassant dans les étangs du marécage cessèrent aussitôt. La corneille quitta son épaule et se dirigea vers la grille en poussant un « Kronk ! » inquiétant. Cabal regarda autour de lui avec mauvaise humeur.

— Bon. Alors c'est comme ça que tu m'accueilles ? dit-il tranquillement.

Levant la lanterne sourde bien haut, il en ouvrit le volet en grand et tenta d'éclairer les profondeurs du caveau au moyen de la vive flamme d'acétylène. Ce qui bougeait s'arrêta aussitôt. Cabal profita du silence qui s'ensuivit pour s'éclaircir la gorge.

— Je suis revenu, dit-il. (Il entendit plus bas un souffle brusque, comme un sifflement, qui semblait presque humain.) J'ai une proposition à te faire, reprit Cabal. (Rien. Cabal se pencha en avant et posa la main sur le chambranle de la porte.) Tu m'entends ? Une proposition. (Toujours rien. Cabal se mit à tapoter le chambranle du doigt.) Je sais que tu m'entends. On peut discuter en adultes ou bien je peux te renfermer, jeter la clef dans le marais et t'oublier définitivement. Ce n'est pas bien folichon ici. Tu t'imagines y rester des décennies, ou même des siècles ? (Il entendit une fois encore du mouvement, mais cela cessa presque aussitôt.) Très bien, dit Cabal, ça me va. Si c'est ce que tu veux, je te souhaite bien du courage. Car tu vas en avoir besoin. Au revoir. (Il fit mine de refermer la porte.)

En contrebas, la chose bougea à nouveau. Elle apparut dans le cercle de lumière, en rampant lentement telle une araignée géante. Échevelée et informe, elle se glissa et se traîna parmi les fragments de bois jusqu'à parvenir au pied de l'escalier. Cabal atténua un peu la lumière de la torche. Il s'avisa qu'il avait du mal à contempler cette horreur.

— Voilà, dit-il avec une assurance dont il était dépourvu. C'est mieux.

La chose de la crypte releva brutalement la tête au

son de sa voix, et Cabal eut un léger mouvement de recul face à son regard profondément méprisant ; deux yeux légèrement luminescents en raison d'une haine d'une violence inouïe. Malgré la fraîcheur de la nuit, Cabal prit conscience qu'il était en nage. C'était beaucoup plus dur qu'il ne se l'était imaginé. La chose fut prise d'une toux gutturale, comme si sa gorge se remettait en marche après des années d'inactivité.

— Espèce de salopard, commença-t-elle d'une voix râpeuse en raison du manque de pratique. Foutu salopard.

Cabal cligna des yeux. Il ne s'attendait pas à une telle hostilité.

— Comment va Sophia ? demanda-t-il pour gagner du temps, mais la chose ne le quitta pas des yeux.

— En poussière. Comme tu devrais l'être toi aussi. (La chose baissa les yeux.) Et comme je devrais l'être moi aussi.

— Tu l'as eue, alors ? Je savais que tu y arriverais.

La chose produisit un son qui pouvait aussi bien être une quinte de toux qu'un rire.

— Oh, oui, je l'ai eue. Mais trop tard pour que ça me serve à quoi que ce soit.

— Les autres ont-ils… ?

— Non. Comment auraient-ils pu ? Elle n'a jamais tué personne ainsi. Toujours ces meurtres stupides. Ils se voulaient ironiques. Ironiques. Elle ne voulait pas faire de mal aux enfants. Les autres, ici, n'étaient que des cadavres. Au moins n'ont-ils pas couiné quand je les ai dévorés. (Pause.) J'ai faim.

Cabal sentit comme une forme d'excuse inconsciente dans le ton de sa voix. Bien, peut-être avait-elle encore une once d'humanité. Peut-être pouvait-il encore trouver une solution.

— Comme je l'ai dit, reprit-il, j'ai une proposition à te faire.

— Une proposition. (La chose refit ce bruit à mi-chemin entre la toux et le rire.) J'ai toujours su que tu reviendrais. J'ai toujours *espéré* que tu reviendrais. Pour me libérer, pour me sauver. Et tu réapparais avec une *proposition*. Tu n'as décidément pas changé. (Les yeux luisants se concentrèrent de nouveau sur le visage de Cabal.) Pourquoi m'as-tu abandonné ? J'ai cru que tu avais pris peur, mais je m'interroge maintenant. Peut-être m'as-tu simplement laissé moisir ici en sachant que tu aurais besoin de moi un jour. C'est bien ça ?

Cabal repensa à la douleur qui lui avait serré les tripes lorsqu'il avait entendu le cri venu d'en bas, bien des années plus tôt. Il se souvint du contact de la porte de fer et de bois contre sa main, du son qu'elle avait produit en claquant, lorsqu'il avait refermé le moraillon au moyen du cadenas apporté en prévision d'une urgence. Il se souvint d'avoir couru sous le coup de la peur, d'avoir trébuché sur les pierres avant de se relever à la hâte, animé par de véritables sursauts de panique. Il se souvint d'avoir couru jusqu'à ce que ses poumons le brûlent comme une fournaise, d'être tombé dans les herbes hautes et d'avoir sangloté jusqu'au lever du soleil. Plus encore, il se souvint de la voix qui l'appelait derrière lui, étouffée d'abord par la porte puis par la distance grandissante – jusqu'à ce que la fin des mots en devienne inaudible. Mais il ne se faisait pas d'illusions : « Johannes ! À l'aide ! À l'aide ! » Il respira profondément, le temps d'être certain de pouvoir parler d'une voix qui ne chevrotait pas.

— Quelque chose dans ce goût-là, finit-il par mentir. Mais rien de ce qui est arrivé n'était prévu.

— Le soleil s'est couché une heure avant l'heure prévue. Tu devais pourtant vérifier l'almanach. Comment as-tu pu faire une erreur pareille ?

— L'horloge avait du retard et je n'ai pas remis ma montre à l'heure. Simple inadvertance.

— Ce n'est pas ton genre, siffla la chose avec un mépris palpable. Tu n'as jamais fait ce type de bévue.

— J'en ai pourtant fait une cette fois-là, répondit Cabal d'un ton sec, conscient de la distraction dont il avait fait preuve. Je ne suis qu'un humain.

Le rire de tuberculeux se fit une nouvelle fois entendre.

— Comme c'est gentil pour nous autres.

Un silence gênant s'installa.

— Ma proposition. J'ai…

— J'ai faim, le coupa la chose. Depuis combien de temps suis-je ici ?

Cabal fit le calcul en une fraction de seconde.

— Huit ans. Enfin, un peu plus.

— Et à combien s'élève cet « un peu plus » ?

— Trente-sept jours.

— Huit ans et trente-sept jours. (La chose réfléchit quelques instants.) J'ai vraiment très faim.

— Je vais te trouver quelqu'un, dit Cabal sans cacher son impatience. On peut continuer, maintenant ?

— Tu vas me trouver quelqu'un? (Le rire l'emporta sur la toux, mais pour la remplacer par un cynisme que Cabal trouva bien plus inquiétant.) Sais-tu à quoi tu me fais penser? Tu passes du nécrologue amateur au maquereau. Tu as connu une véritable ascension sociale.

— Nécromancien, le corrigea Cabal sans réfléchir, pour le regretter aussitôt.

— Ne te donne pas de si grands airs. Nous en avons déjà parlé, tu te rappelles? Pour obtenir ces connaissances, tu aurais dû… Oh, Johannes, tu n'as quand même pas fait ça? (Incrédule, la créature se mit à haleter de joie.) Tu l'as fait? Espèce d'idiot! (Elle se mit à rire à gorge déployée, et se plia en deux sous le poids de la jubilation.) Espèce d'abruti! Rien ne vaut cela.

La chose se roula par terre en riant d'un air hystérique, au point que cela en devint inquiétant.

Cabal se pinça les lèvres.

— C'était nécessaire.

— Pour quoi? (Allongée sur le dos, elle recouvrait lentement son sang-froid.) Pour quoi? Tu ne sais même plus pour quelle raison tu fais ça, n'est-ce pas?

— Pour les mêmes raisons, depuis toujours, dit calmement Cabal.

Les dernières traces de rires s'évanouirent brutalement.

— Ça fait plus de huit ans, Johannes! s'exclama la créature. Tu as même procédé au sacrifice. Je pensais que tu avais échoué.

— Je n'ai pas encore essayé. Je dois être sûr de réussir. Il n'y aura pas de seconde chance. Il est… fit

Cabal d'une voix hésitante. Il est peut-être déjà trop tard.

— Je ne peux pas t'aider. « Trop tard », ça l'est déjà pour moi. Tu ferais mieux de me renfermer et de filer.

— Non, dit Cabal d'un ton ferme. J'ai besoin de toi.

— La dernière fois que je t'ai donné un coup de main, ça m'a valu un sacré bail dans une crypte qui n'est même pas la mienne. Pour être franc, je ne suis pas très enthousiaste à l'idée de t'aider une fois encore.

— Je crois que tu devrais pourtant y réfléchir.

— À quoi ? À t'aider ou à me sentir enthousiaste ?

— Les deux. Je crois pouvoir être en mesure d'inverser ce qui t'est arrivé.

— Tu crois pouvoir. Un tel élan de positivisme me donne envie de siffler de joie. Et comment ?

— La... maladie... que tu as contractée contamine l'âme. J'ai gagné pas mal d'expérience dans ce domaine récemment, en frayant notamment avec les autorités qui régissent les âmes. Je crois pouvoir te trouver un remède.

— Et ce « crois » qui revient encore. (La créature soupira.) Très bien, qu'attends-tu de moi ?

— J'ai... (Cabal songea à plusieurs moyens de s'expliquer, mais tous lui parurent ridicules.) Je suis depuis peu le propriétaire, à titre temporaire, d'une fête foraine.

La chose le dévisagea sans même chercher à dissimuler son incrédulité.

— Toi ? *Toi* ? Une fête foraine ? Ils en ont changé la définition pendant que j'étais au placard, ou quoi ?

Une fête foraine est toujours un endroit où les gens viennent pour s'amuser, hein ?

— J'imagine que c'est leur motivation première.

— Johannes, en y mettant la meilleure volonté du monde, tu serais aussi drôle qu'un lépreux dans une orgie.

— Pourquoi tes comparaisons sont-elles toujours d'ordre sexuel ? Ça m'a toujours agacé.

— Tu viens de répondre à ta propre question. Une fête foraine ? Qu'est-ce qui t'a poussé à acheter une fête foraine ?

— Je ne l'ai pas achetée. Je n'ai fait que l'emprunter. Pour un an, enfin un peu moins maintenant. Dans le cadre d'un pari.

— Un pari. De mieux en mieux (La créature secoua la tête.) Tu ne paries pas, tu n'es pas drôle. Tout cela n'a aucun sens.

— Le pari consiste à…

— Non, ne me dis rien. Laisse-moi deviner. Je ne me suis pas franchement diverti pendant tout ce temps. Le clou de mes soirées, c'était les courses d'araignées. J'avais pour habitude de manger les perdantes. Puis je mangeais la gagnante afin de la remettre à sa place. Quoi qu'il en soit, voyons si mon cerveau fonctionne encore. (Perdue dans ses pensées, elle marqua une pause.) Jamais tu ne ferais un pari, sauf pour quelque chose que tu voudrais arracher à quelqu'un de réticent à te le céder. Quel que soit ce quelqu'un, il n'est sans doute pas capable de refuser un pari aussi tentant. Il a certainement imposé ses conditions, car tu n'aurais jamais suggéré quoi que ce soit qui implique une fête foraine. Ce quelqu'un a un sens certain de l'ironie – voilà que le terme revient sur le tapis – ou du sadisme le plus élémentaire. Et ça me rappelle qui ? (La créature n'eut pas à réfléchir bien longtemps.) Oh, Johannes, gémit-elle d'une voix exaspérée. Pauvre idiot. Tu veux récupérer ton âme, c'est bien ça ? N'as-tu donc rien appris ? Tu ne peux pas le battre. Il ne parie que lorsqu'il est sûr de son fait.

— C'est ce que les gens se tuent à me répéter, répondit Cabal, qui commençait lui aussi à se sentir exaspéré. Enfin, je dis « les gens », mais c'est un terme qui n'est pas forcément très approprié. Je dois remettre la main sur mon âme. Ce n'est pas négociable. J'ai accepté le seul marché qu'il a bien voulu me proposer. C'était à prendre ou à laisser. Et j'ai pris. Peut-être est-il imbattable. Je ne sais pas, mais je vais donner le meilleur de moi-même. Et si j'échoue, ce ne sera pas par manque de volonté ou défaitisme. Je pourrai regarder Satan droit dans les yeux et dire : « J'ai fait de mon mieux, et je ne suis pas passé loin de la victoire. Et pendant que tu es resté là assis sur ton gros cul sulfureux, j'ai tenté l'impossible, alors n'imagine pas une seconde que tu as ta victoire, grosse enflure. »

Il s'arrêta, le souffle court.

— Eh bien, dit la créature, heureux d'entendre que tu as préparé ton discours de perdant, parce que tu vas en avoir besoin. Et qu'es-tu censé faire de cette fête foraine ?

— Elle fait partie des festivals diaboliques, comme la Fête foraine Dramatique ou la Fête foraine des Démons.

— La tienne aussi commence par un D ?

— La Fête foraine de la Discorde. Elle était

remisée dans les cartons, apparemment pour des raisons de politique interne. Tu y crois ? J'imaginais que les immortels avaient mieux à faire.

— C'est inutile et ça prend du temps. Parfait pour faire passer les millénaires. Continue.

— Ce pari consiste à réunir cent âmes en un an.

— Cent. (Cabal remarqua quelque chose d'insondable dans la voix de la créature.) Cent âmes.

— Je sais, ça fait beaucoup.

Cabal crut l'entendre soupirer.

— Dis-moi pourquoi tu es venu. Pourquoi n'es-tu pas à courir par monts et par vaux dans le but de soulager tes concitoyens de leur âme contre, j'imagine, de la verroterie ?

— En réalité… la fête foraine n'est pas exploitable en l'état. J'ai pas mal de matériel qu'il me faut réparer, et les ressources nécessaires pour tout retaper et payer les employés.

— C'est merveilleux. N'oublie pas de m'envoyer une poupée Kewpie.

— Une quoi ?

— Une poupée Kewpie. Une poupée bon marché qu'on donne en lot sur les stands.

— Comment ça les stands ?

La chose secoua lentement la tête.

— Tu vas être obligé de revoir ton discours de perdant, Johannes. Tu sais, la partie où tu prétends être passé à deux doigts de t'en sortir. Tu n'as décidément pas la moindre idée de ce que tu es en train de faire.

— Je sais, admit Cabal. C'est pour ça que j'ai besoin de toi. Tu sais comment fonctionnent les endroits comme ça, contrairement à moi. J'ai besoin de ton savoir-faire.

— Mon savoir-faire ? Je n'ai jamais travaillé dans ce milieu.

— Mais tu le connais. Tu y es déjà allé, je m'en souviens parfaitement.

La créature perçut une note de désespoir dans la voix de Cabal. Au plus profond d'elle-même, quelque chose d'*humain* s'adoucit un peu.

— Eh bien, oui. Je suis allé à la fête foraine chaque fois que j'en ai eu l'occasion. J'avais l'habitude d'y faire un tour. D'ailleurs, j'ai songé à m'y faire embaucher une fois. Peut-être aurais-je dû. Au moins, je ne serais pas là aujourd'hui.

Cabal haussa les épaules.

— Ça va sans doute te faire une belle jambe, mais je suis désolé de t'avoir abandonné. J'ai cru que tu étais mort. Ou pire encore.

— Tu as raison sur toute la ligne, dit la chose avec amertume. Mais je ne comprends toujours pas ce que tu attends de moi. Certes, il m'est arrivé de fréquenter des fêtes foraines, mais cela ne fait pas de moi un expert. Tu dois sans doute pouvoir trouver des gens pour s'occuper de tout cela, des gens qui ont une réelle expérience.

— Je ne crois pas que ce niveau de connaissance sera nécessaire. La fête foraine tournera en grande partie toute seule. Il y a quelques frais généraux, pas de salaires, et les lots, la nourriture et les boissons sont fournis. Nous n'avons même pas à nous préoccuper des taxes et impôts, car l'endroit disparaîtra avant la prochaine année fiscale. Et malgré leur ténacité légendaire, les contrôleurs des impôts ne feront sans doute pas une descente dans les fosses infernales pour y récupérer l'argent de l'État. Ce dont j'ai vraiment besoin, c'est de quelqu'un qui comprenne les gens et ce qu'ils attendent d'une fête foraine. Par ailleurs, un individu plus qualifié risque bien de prendre la poudre d'escampette quand je lui annoncerai : « Au fait, la fête foraine est financée par Satan, et nous préférons nous emparer de cent âmes plutôt que de gagner de l'argent. »

La créature grogna d'un air amusé.

— Pas faux. (Elle s'accroupit en silence pendant quelques instants, avant de relever la tête pour regarder Cabal droit dans les yeux.) Tu crois vraiment pouvoir faire quelque chose pour ça ? lui demanda-t-elle en se désignant d'un geste désespéré.

Cabal s'aperçut qu'il lui était impossible de mentir. Pas cette fois.

— Je n'en sais rien, mais je vais essayer, tu as ma parole. Je pense avoir depuis peu une idée de ce qui t'est arrivé. Je vais essayer. Je suis désolé. C'est tout ce que je peux te promettre.

La créature l'observa avec minutie et, après un long moment, afficha un sourire. Un sourire de carnassier à n'en point douter, mais Cabal n'y vit que sincérité. Quand bien même, la vue de ces dents jaunies et la pensée de ce qu'elles avaient pu déchiqueter le mirent mal à l'aise.

— C'est à peu près la seule chose que j'aie jamais admirée chez toi, Johannes. Tu es un homme de parole. Tu *l'étais*, en tout cas. Je vais prendre le risque, et partir du principe que tu l'es encore, même si tu n'as plus d'âme. Très bien, je vais prendre la tête de ta fête foraine. Décider de ce qui est amusant, écarter ce qui ne l'est pas. C'est bien ça que tu veux, hein ?

— Exactement, oui. (Cabal ne put dissimuler son soulagement.) J'ai besoin de quelqu'un pour s'occuper de la gestion au jour le jour… (La chose lui lança un regard sévère.) Je parle bien évidemment au sens figuré. La gestion nocturne de la fête foraine. Pendant que je m'assurerai de remporter ce pari ridicule. Est-ce que ça te convient ?

— Pas vraiment, mais tu sais que je ferais n'importe quoi pour une bonne tranche de rire.

— Excellent. Il ne reste qu'un point à régler. Ma sécurité personnelle.

La chose fronça les sourcils en toute innocence.

— Allons, Johannes, crois-tu vraiment que je pourrais te faire du mal ?

— Oui, répondit Cabal d'une voix égale. Être resté cloîtré ici pendant huit ans…

— Et trente-sept jours.

— … ne t'aura sans doute pas rendu très charitable à mon égard. Peut-être as-tu pensé que je suis responsable de ce qui t'est arrivé.

— Dieu m'en préserve ! Jamais je n'ai eu de telles pensées. Parce que je suis venu ici à ta demande, parce que je suis descendu le premier en raison de mon « pied particulièrement sûr », parce que j'ai été attaqué par quelque chose de fort désagréable en raison de ton incompétence due à une horloge qui avait du retard et parce que, alors que j'avais le plus besoin de toi, tu m'as abandonné. Tu crois vraiment que je pourrais t'en garder une quelconque rancune ? Mon cher. Ce n'est pas très gentil. Je suis froissé.

— Épargne-moi tes sarcasmes. Je dois avoir ta

parole, sans quoi je refermerai cette porte et m'en irai trouver un autre partenaire. Alors, qu'en dis-tu ?

La créature le regarda d'un air amusé, un air que Cabal n'aimait pas du tout.

— Ce que j'en dis ? Voici comment je vois les choses.

Elle se volatilisa. Cabal eut brièvement conscience de voir une forme sombre passer au travers du faisceau de la lanterne, mais ses yeux ne purent la suivre et il se retrouva brutalement allongé sur le dos, les bras plaqués contre le sol, la créature en surplomb de son corps. Elle avait parcouru en un clin d'œil les vingt et quelques marches d'un escalier fort raide. Cabal déglutit. Il eut l'horrible sentiment qu'il avalait sa salive pour la dernière fois, aussi le refit-il dans l'espoir de se calmer.

— Voilà ce que j'en dis, déclara-t-elle tout en collant son nez contre le sien. J'aurais pu te tuer au moment même où tu as ouvert la porte. J'aurais pu te décapiter et boire jusqu'à la dernière goutte de ton sang. Mais malgré tout, je suis un homme raisonnable. J'ai attendu pour comprendre pourquoi tu revenais après si longtemps, alors que toute autre personne, eût-elle connu la même peur que toi, serait revenue au point du jour, en se sachant à l'abri. Elle aurait au moins fait cet effort, même si elle savait qu'il n'y avait aucun espoir. Bien, j'ai écouté ta proposition. Ton marché. Espèce de petite merde bouffie de suffisance. Si tu avais le moyen d'inverser ça, tu me l'aurais apporté sans l'assortir de conditions. Il n'y a qu'une chose qui me retient de te tuer sur-le-champ, et ça ne marchera pas une seconde fois, crois-moi. (Elle se releva d'un bond et s'éloigna.) Marché conclu. Mais c'est tout ce que tu obtiendras de moi. Je prends la tête de ta fête foraine, tu remédies à ce qui m'est arrivé, et je disparais. Cabal se releva plus lentement.

— Je me suis dit que tes vêtements seraient dans un piteux état, lança-t-il en faisant comme si rien ne s'était passé. En voici de nouveaux. (Il ouvrit son sac de voyage, et en sortit un costume accompagné d'une chemise. La créature les prit, examina la coupe d'un œil critique, soupira et entreprit de s'habiller.) Je t'ai également apporté des articles de toilette : un peigne, une brosse et de quoi te raser. (Une pensée lui traversa l'esprit.) Dis-moi, tu as encore un reflet, n'est-ce pas ?

La chose, qui commençait enfin à ressembler à un homme, lui jeta un regard de dégoût.

— Comment le saurais-je ? Donne-moi ça. (Le presqu'humain se regarda dans le miroir.) Tout semble parfait. Encore une légende qui s'en va mordre la poussière. Bonne nouvelle, j'ai à peine vieilli. Toujours aussi mignon. Mais j'ai une mine épouvantable, on dirait que je suis malade. (Il lança un regard plein de sous-entendus à Cabal.) Il faut que je mange.

Cabal eut un mouvement de recul.

— Tu as promis de ne pas me faire de mal.

La créature l'observa, un petit sourire aux lèvres.

— J'ai dit que je ne te tuerai pas. Et tu ne vas pas mourir.

— Si tu me contamines, je ne pourrai pas t'aider ! dit aussitôt Cabal.

— Ça ne marche pas comme ça. Les enfants n'ont pas changé, rappelle-toi. Il faut un minimum de réciprocité. C'est le mélange des sangs qui propage l'infection. J'aurais dû y penser avant de tenter de manger Sophia. (Cabal cherchait le porche du cimetière des yeux ; de toute évidence il comptait décamper. La chose cessa de le suivre, écarta les mains.) Allons, qu'est-ce qui t'embête ? Le fait que je sois un homme, c'est ça ? (Cabal se mit à courir.) Hé ! Cesse de t'envoyer des fleurs ! lui cria la créature hétérosexuelle avant sa transformation, mais qui ne savait plus trop où elle en était à ce niveau-là. C'est juste une transfusion, pour l'amour de Dieu ! (Cabal avait presque atteint les grilles.) Tu as toujours été une vraie peste, marmonna-t-elle avant de s'élancer comme une tornade.

Il lui fallut un peu plus de temps pour revenir au train que Cabal n'en avait mis pour se rendre au cimetière de Grimpen, tout simplement parce qu'ils ne pouvaient voyager que de nuit. Les collines basses laissèrent finalement place au marécage, et ils arrivèrent bientôt en vue de la voie ferrée désaffectée. Malgré la distance, il distinguait la longue crête qui dominait les environs et les lumières dans le petit bois, qui avait de toute évidence déjà perdu des plumes. Le nécromancien se rapprocha et désigna le train, dont la masse sombre dominait une portion du talus.

Tout en parlant, il posa la main d'un air absent sur les deux plaies qui apparaissaient au niveau de son artère jugulaire. Quel soulagement de découvrir qu'il pouvait encore se promener en plein jour, avec pour seules protections son chapeau et ses lunettes de soleil, sans être obligé de s'enfermer dans un cercueil bordé de terre de sa région natale, ce qu'il redoutait tant. En fait, même cette histoire de cercueil était un conte de bonne femme. Le compagnon de voyage de Cabal pouvait dormir n'importe où dans la journée. Il fallait juste que le soleil ne le touche pas.

Plus près encore, ils découvrirent de nouveaux détails. Les arbres qui empêchaient le train d'accéder à la voie principale avaient été abattus, et les souches arrachées. Une bonne partie du boqueteau avait d'ailleurs connu le même sort. Le tas de bois chargé sur le train était impressionnant. Les bûches étaient certes vertes et humides, mais au moins allaient-elles lui permettre d'avancer jusqu'à ce qu'on trouve une meilleure solution. De grandes torches au naphta jetées sur les gravillons de la voie flambaient dans la nuit étoilée. Ici et là, des silhouettes besognaient avec diligence sans jamais s'arrêter. Sac d'Os avait de sa propre initiative créé du personnel supplémentaire. Cabal n'aurait su dire si c'était une bonne chose, mais vu l'ampleur du travail, rien n'aurait pu être fait dans les temps s'il s'était contenté des services plus que douteux de Denzil et Dennis. Il avait donc fait le bon choix, conclut le nécromancien.

— Mon Dieu, entendit-il son compagnon murmurer en voyant la locomotive de près.

Cabal n'en montra rien, mais fut heureux de cette réaction. Sac d'Os et ses ouvriers avaient fait un travail splendide. La locomotive démoniaque avait été nettoyée d'un bout à l'autre avant d'être repeinte. Le noir était tellement intense qu'il était difficile de dire où le train s'arrêtait et où la nuit commençait. Une mince ligne vermillon rappelant la couleur du sang courait le long de la chaudière ; elle soulignait les contours du chasse-pierres et de la cheminée, les seuls éléments colorés. Mais c'était le wagon positionné juste après le tender qui attirait l'attention. Peint en rouge et jaune sur un fond bleu et noir, le nom de la fête foraine présentait d'extravagantes fioritures de champ de foire, ornées certes, mais parfaitement lisibles. Son compagnon s'immobilisa et se mit à rire.

— Tu avais vraiment confiance, Johannes, dit-il.

— Je savais que sans ton aide, c'était fichu. L'autre possibilité était que tu me tues. Dans les deux cas, je ne perdais rien à faire preuve d'anticipation.

Sac d'Os les remarqua et s'avança jusqu'au bord de la voie.

— Salut, patron ! Comment la trouvez-vous ? (Il fit un geste en direction de l'enseigne.) « L'Illustre Fête foraine des Frères Cabal », comme vous l'avez demandé.

— Très bon travail, M. Sac d'Os. J'étais sûr de pouvoir compter sur vous. Du reste, j'aimerais vous présenter…

Son compagnon s'avança en souriant et tendit la main à Sac d'Os.

— Horst Cabal. Ravi de faire votre connaissance.

Chapitre 4

Où Cabal donne de sa personne
et obtient des résultats mitigés

JOHANNES CABAL était en train de compulser son registre, installé à son bureau. De l'autre côté de la pièce, une grosse malle à vêtements tout en longueur occupait un angle. C'était assurément le genre de meuble qui poussait les oncles débonnaires (les pires) à dire en riant : « Hé, mais tu planques un cadavre là-dedans, ou quoi ? »

Pour le coup, c'était vrai. Dans la malle se trouvait le corps de son frère, Horst, allongé sur des couvertures, froid comme le marbre, mais néanmoins d'une beauté agaçante. Son charisme naturel avait toujours profondément ulcéré Cabal, qui trouvait presque insultant de constater qu'il faisait un cadavre séduisant une fois lavé de la tête aux pieds.

Cabal écarquilla les yeux, cligna des paupières et extermina un bâillement naissant venu du fin fond de sa gorge. S'avisant que le soleil était presque couché, il alla se poster devant la fenêtre. La campagne défilait, illuminée de rouge sous le ciel couvert. Ils quittaient le marais et commençaient à gravir les collines basses, vers le nord. Le nécromancien observa le coucher de soleil une minute supplémentaire, en se demandant ce qu'il avait pu trouver naguère de beau à pareil spectacle, puis fit volte-face pour retourner à son bureau. À peine eut-il fait quelques pas qu'il s'arrêta pour écouter le sifflement de la locomotive.

Le train noir filait à toute allure vers l'horizon. Sa chaudière à vapeur hurlait de temps à autre, produisant un son perdu et solitaire empreint d'une horreur qui n'était pas sans évoquer le monstre Grendel appelant sa mère. À l'avant, sur la large plate-forme de la locomotive, Dennis et Denzil tiraient chacun à leur tour sur la corde du sifflet. On leur avait fourni des salopettes et de chouettes couvre-chefs à la Casey Jones, au point qu'ils n'avaient jamais eu si fière allure. Denzil observait d'un œil autoritaire Dennis ramasser des bûches et les jeter dans la chambre de combustion. Tout se passait bien, semblait-il penser de l'air détaché propre aux morts. Soit dit en passant, ça ne le changeait pas vraiment de la façon dont il pensait avant d'être assassiné par Cabal, si bien que la transition s'était faite en douceur. Il était secrètement heureux de ne pas avoir à manger de cervelle humaine, car le pudding à la viande de bœuf et aux rognons l'écœurait déjà bien assez comme ça. Il faut reconnaître qu'il n'aimait plus guère la viande cuite, mais c'était sans doute dû aux cercles haut placés au sein desquels il évoluait désormais. Il était d'ailleurs sûr qu'il allait finir par en venir au steak tartare, sophistiqué et de bon goût. Il huma l'air. Malgré les odeurs de feu de bois qui se dégageaient des bûches encore vertes, l'air était pur et frais, mais il sentit un parfum caractéristique de cuisine, probablement dû à tout ce qui venait de lui traverser l'esprit. Puis il s'avisa qu'il était appuyé contre la chambre à combustion et que son avant-bras gauche était certainement « à point », un peu trop rissolé pour de la chair normale. S'il s'était agi d'un steak, il l'aurait assurément renvoyé au chef en ne se privant pas de quelques remarques crues. Quoi qu'il en soit, Denzil prononça son premier mot depuis qu'il avait changé de vie, et autant dire que ce ne fut pas très joli à entendre.

Derrière la locomotive venaient des voitures et wagons de marchandises pleins de matériel, d'accessoires, de choses qu'on aurait pu prendre pour des gens dans la pénombre, mais aussi d'objets un peu plus présentables. Horst avait travaillé sans relâche au cours des huit dernières nuits, étudiant tout ce dont ils disposaient, se débarrassant de certaines bricoles, en créant de nouvelles, formulant des plans, dressant des listes et préparant son programme. Dans la journée, Cabal mettait tout cela en œuvre. Il lui arrivait de revoir très légèrement certains points, mais il n'en remettait jamais en cause l'esprit. Il lui fallait faire confiance à Horst. Au début, soucieux d'économiser la sphère de sang de Satan restée en enfer, il demanda des explications au sujet de certaines décisions. Pourquoi tel rabatteur sur telle attraction, pourquoi tel stand, pourquoi telle animation et non une autre, etc.

— Eh bien, observe, avait dit Horst en lui présentant deux pancartes, l'une issue de la pile « retenu » et l'autre de la pile « à brûler ».

Cabal les avait alors examinées. L'une était pour *Marko l'Homme Qui Perd ses Poils*, l'autre pour *Layla la Femme Caoutchouc*.

— Tous deux m'ont l'air parfaitement ridicules. Je ne vois pas bien qui voudrait voir l'un ou l'autre.

— Tu as raison au sujet de l'un d'eux. Marko, avait dit Horst en brandissant la pancarte, est un homme qui perd ses cheveux. Ils ne tombent pas sur commande, pas plus qu'ils ne créent de motifs fascinants, et ne repoussent pas davantage sur son ordre. Ses seuls pouvoirs sont de boucher les lavabos et d'être fort mal vu dans les magasins d'ameublement. (Il avait jeté le panneau dans le tas de bois à brûler.) Layla, en revanche, est… eh bien… (Il s'était mis à dévisager son frère de plus près, avant de comprendre qu'il perdait son temps.) Les gens aiment ce genre de chose. Crois-moi.

Cabal n'avait pas d'autre choix. Horst savait ce que les gens aimaient ; il l'avait toujours su. Il avait fait un malheur dans les cercles sociaux à l'école, puis à l'université et dans la suite de son parcours. Les hommes l'admiraient, les femmes l'adoraient et son frère cadet l'avait détesté. Détesté pour sa décontraction en toutes circonstances, pour son vaste cercle d'amis, et la façon parfaitement répugnante qu'avait le monde de tourner comme s'il lui devait la vie. Il changeait fréquemment de travail, même de carrière, et cela lui réussissait tout le temps. Ses parents lui accordaient la plus grande attention, si bien qu'il ne craignait pas que leur nouveau fils le supplante en termes d'affection. *Vraiment aucune chance*, pensa Cabal avec amertume. Il lui fallait travailler vraiment dur pour attirer leur attention.

— À quoi penses-tu ? fit une voix derrière lui.

Cabal se retourna et vit Horst assis dans sa malle.

Le soleil avait fini par se coucher alors qu'il réfléchissait.

— Je me rappelais combien je te haïssais, dit-il en revenant à son bureau.

— L'honnêteté. J'aime ça. Je savais que tu ne m'appréciais pas, mais au point de me détester ? Allons, Johannes, tu y vas un peu fort.

— J'imagine que tout ça, c'est du passé. Peut-on revenir à nos affaires ? (Il déroula une carte et montra une ville qui y figurait.) Merton Pembersley NewTown, notre premier port d'escale. Nous y arriverons tout juste avant l'aube. Je dois être sûr que nous pourrons nous y déployer sans accroc.

Horst bâilla et dévoila ses canines hypertrophiées.

— Nous en avons déjà parlé mille fois.

— Douze.

— Peu importe. Oui, nous pouvons nous installer dans six heures et être prêts au coucher du soleil, aucun problème. (Il afficha un large sourire.) Ces pauvres péquenauds ne vont pas comprendre ce qui leur arrive.

Posé sur une étagère, le sablier poursuivait son œuvre, le roulis du train ne perturbant en rien son écoulement.

Le chef de gare lança un regard froid au train, et plus froid encore à Cabal.

— Vous ne pouvez pas stationner ici, finit-il par dire avant de repartir vers son bureau.

Cabal lui emboîta rapidement le pas.

— Mais il faut bien que nous nous arrêtions quelque part. Nous avons une fête foraine à monter, dit-il avant de sourire.

Le chef de gare s'arrêta, vit sa mine et botta en touche.

— Écoutez, mon vieux, il vous faut toutes les autorisations nécessaires. Vous ne pouvez pas occuper la voie de garage de quelqu'un et espérer vous en tirer aussi facilement.

— Pourquoi donc ? Il n'y a personne.

— Ah ! Pour l'instant, oui.

Ce genre d'employé lui faisait toujours perdre son sang-froid, Cabal le savait. Et il perdit bel et bien son sang-froid.

— Ne soyez pas ridicule. L'herbe qui pousse sur cette voie m'arrive à la taille. Aucun train n'y est passé depuis des années. Si vous voulez une sorte de… je ne sais pas, d'indemnité de stationnement, dites-le, mais ayez au moins l'amabilité de ne pas vous montrer à ce point borné.

— Une indemnité ? Essayez-vous de me corrompre ? s'écria le chef de gare, qui en faisait un peu trop pour être de mauvaise foi. Je travaille pour le patron de cette entreprise et son fils depuis près de trente ans. Si vous pensez pouvoir m'acheter avec un détestable petit pot-de-vin, vous vous fourrez le doigt dans l'œil !

Il se rua dans son bureau et Cabal l'y suivit.

— Et si nous parlions d'un détestable *gros* pot-de-vin ? tenta-t-il.

— Monsieur, je suis un fidèle employé de cette entreprise. Reprenez votre bakchich et fichez le camp ! Et emmenez ce foutu train avec vous !

Cabal comprit que l'art subtil de la diplomatie n'allait pas suffire. Les deux hommes se regardèrent en chiens de faïence pendant un moment, jusqu'à ce que le chef de gare décide de prendre ses aises en s'enfonçant dans son gros fauteuil en cuir pivotant. Ce faisant, il baissa les yeux vers un tiroir ouvert de son bureau. Il s'empressa de le refermer, mais le nécromancien, qui vit alors une certaine détresse envahir son visage, eut quand même le temps de se faire une petite idée de son contenu. Il baissa ses lunettes fumées pour laisser son interlocuteur bien voir qu'il le dévisageait consciencieusement, puis les remit en place, fit volte-face et se retourna.

Quand il revint au train, Sac d'Os l'attendait sur la marche du fourgon de queue.

— Est-ce que ce type va nous poser autant d'problèmes qu'il en a l'air, chef? demanda-t-il à Cabal qui s'approchait en enjambant tranquillement les rails livrés aux longues herbes. Vous voulez qu'moi et les gars on lui rende une petite visite, si vous voyez c'que j'veux dire ?

Cabal jeta un œil à la gare par-dessus son épaule et sortit ses gants de chevreau noirs avant de les enfiler.

— Cela ne sera assurément pas nécessaire, M. Sac d'Os. Je suis certain que nous allons parvenir à un arrangement. Le chef de gare a des… revues intéressantes dans son bureau. Je crois que quelque chose le démange, mais qu'il ne peut pas se gratter.

Sac d'Os posa son coude osseux contre son genou osseux, et son menton osseux dans sa paume osseuse. Il avait une sainte horreur de voir le patron jouer au plus malin.

— Quel genre de magazines ? *Dermatologie pour Tous*, ou quelque chose dans c'goût-là ? demanda-t-il d'un air un peu narquois.

— Pas ce type de démangeaison. Trouvez Layla et ramenez-la-moi. Et assurez-vous qu'elle porte un manteau.

— Layla ? Layla, la fille caoutchouc ? Pour quoi faire, patron ?

— Elle va lui faire une proposition qu'il ne pourra pas refuser, répondit Cabal avec un sourire si malsain que Sac d'Os fut heureux de ne pas pouvoir sentir ses cheveux se dresser sur la tête. Dans l'attente, reprit Cabal, commencez à décharger. Nous allons nous installer dans ce pré.

— Vous avez eu l'autorisation ?

— Je n'ai besoin d'aucune autorisation, dit-il en souriant à nouveau. Si quelqu'un se plaint, envoyez-le-moi.

Quelqu'un se plaignit : un paysan rougeaud d'une cinquantaine d'années, qui gravit les marches à toute allure et fit irruption dans le bureau de Cabal en baragouinant des propos ennuyeux et incohérents traitant d'agriculture et de la législation en vigueur. Le nécromancien l'écouta attentivement ou, pour être plus précis, l'observa attentivement. Le fermier avait d'étonnantes arcades sourcilières, comme on en voyait rarement chez les êtres humains. Cabal commença machinalement à en faire un croquis, alors même que le paysan continuait à gesticuler. Quand il vit le crayon s'animer, sa colère monta d'un cran et il exigea de savoir ce que Cabal gribouillait.

— Le pourcentage que nous vous reverserons en échange de votre champ, dit Cabal. Je pensais à vingt-cinq pour cent.

— Bruts ou nets ? demanda le fermier d'un air méfiant.

— Nets.

— Trente pour cent.

— N'ergotons pas. Vingt-sept pour cent.

— Trente, dit le paysan, qui ne cachait pas son enthousiasme.

— Mais c'est un champ en jachère, comme vous l'avez dit vous-même. Vous ne vous en servez même pas. (Le fermier plissa les yeux et n'en démordit pas. Beau joueur, Cabal haussa les épaules pour admettre sa défaite.) Je vois que je ne pourrai pas vous faire changer d'avis. Entendu, allons-y pour trente pour cent. (Il se pencha par-dessus la table et serra la main du paysan, qui s'enfonça dans sa chaise avec suffisance. Cabal déverrouilla l'un des tiroirs de son bureau et en sortit un contrat écrit en pattes de mouche.) J'ai bien peur de devoir vous demander une petite signature. Ne vous en faites pas, dit-il en voyant la mine du fermier. Le contrôleur des impôts ne saura rien de notre petit arrangement. C'est juste pour mes archives et le siège social.

Le fermier prit le parchemin et l'examina. Cabal feignit de s'en désintéresser, mais il était heureux qu'Arthur Trubshaw ait découvert les plaisirs illisibles de la police *copperplate* en gras et italique de taille de caractères 4.

Il avait lui-même parcouru les contrats avec une loupe de bijoutier, pour découvrir à son grand ravissement que les signataires n'avaient pas besoin de savoir précisément ce qu'ils signaient pour que ça marche. Cela lui avait permis de songer à des moyens beaucoup plus… directs pour les faire signer, mais il avait vite écarté cette idée, peu élégante et fort dangereuse. S'il y avait bien une chose dont il n'avait pas besoin, c'était de passer l'année à fuir les forces de police et la justice. Non, il comptait bien jouer selon les règles de Satan, en les contournant très légèrement au gré des circonstances, comme c'était le cas en ce moment même.

— Qu'est-ce que c'est que ça : « À remplir par le damné » ? (Le fermier dévisagea à nouveau Cabal d'un air méfiant.) Damné ? Qu'est-ce que ça veut dire ?

— Juste un terme juridique anachronique. Sans doute un vestige du droit commun médiéval. Un verre ?

Il fit un pas en direction de la cave à liqueurs.

— Oui, un whisky avec de l'eau. Mais ne me le noyez pas, hein, dit le fermier en signant.

Cabal lui tendit son verre, prit le contrat et le rangea sous clef dans le bureau.

En voilà un, plus que quatre-vingt-dix-neuf, pensa-t-il.

La fête foraine fut montée rapidement. Sans toutes ces pauses thé ou cigarette propres aux humains, les choses allèrent vite. Les tentes et baraquements de bois poussèrent partout dans le champ comme des champignons géants, de ceux qui s'accompagnent de fléchages et de panneaux d'affichage criards conçus pour attirer le chaland.

Cabal parcourait ce capharnaüm avec Sac d'Os à ses côtés. Rien de tout cela n'avait de sens à ses yeux, mais il avait aveuglément suivi le plan de Horst, qui semblait sûr de son cap. « C'est un premier site. Nous

ferons des erreurs, dont nous tirerons les leçons. »
Horst et ses truismes m'exaspèrent, pensa Cabal.

Ils arrivèrent près de l'orgue à vapeur. C'était une machine énorme, extravagante, qui occupait un wagon à elle toute seule quand ils voyageaient. De grands tuyaux jaillissaient du sommet tels des mortiers baroques sortant d'un véritable enchevêtrement de bois aux couleurs vives. Elle accueillait une représentation d'un kiosque à musique plein d'automates de mauvais goût, qui tenaient de minuscules reproductions d'instruments assez fidèles. À l'avant se tenait un chef d'orchestre pourvu d'une baguette. Il possédait plus d'articulations que les musiciens, et adressait un clin d'œil jovial – Cabal le trouvait surtout *concupiscent* – à la foule. Un petit groupe de monteurs se disputait de l'autre côté.

— Quel est le problème ? demanda Cabal. Le soleil se couche dans moins d'une heure. Il faut que cette chose marche d'ici là.

L'un des monteurs vint à lui en serrant sa casquette entre ses mains.

— Nous n'arrivons pas à charger la musique, admit-il, penaud. Elle ne veut pas partir. Et même si nous y arrivions, ils ne nous laisseraient pas nous servir de la vapeur que produit la loco.

— Qui ça « ils » ? demanda Cabal.

Le monteur désigna la grande locomotive. La tête penchée à l'extérieur de la cabine, Dennis et Denzil souriaient tels deux ahuris, comme si leur travail consistait à enquiquiner le monde. Denzil faisait de grands gestes et Cabal remarqua que des bouts de son avant-bras gauche se détachaient. Il allait devoir s'occuper de ça, sans quoi cet idiot risquait d'effrayer les clients. Ou plutôt les péquenauds, se corrigea-t-il.

Cabal se dirigea vers eux et les regarda, bras croisés.

— À quoi jouez-vous, tous les deux ?

Denzil cessa de s'agiter et de sourire. Dennis n'en fit de même qu'après avoir reçu un coup de coude assez fort pour lui casser une côte, voire deux. Il tomba en arrière, disparut, puis on entendit son crâne se briser contre le métal. Dennis dit son premier mot depuis sa mort, et il ne fut pas très joli à entendre non plus. Cabal désigna le bras grillé au feu de bois de Denzil.

— Quelle honte. Regarde dans quel état tu es. (Denzil dissimula le membre fautif derrière son dos ; il remua sa lèvre inférieure, l'air confus. Cabal devint quant à lui très, très pâle.) Ne joue pas sur les sentiments avec moi ! Descends tout de suite.

Denzil s'exécuta et s'arrêta devant lui, la tête basse. Cabal claqua des doigts, ce qui produisit un vilain son malgré le cuir de ses gants.

— Montre-moi.

Denzil sortit lentement son bras. Cabal l'examina attentivement et enleva un gant, aussitôt remplacé par son double en latex. Sac d'Os observa ce changement avec une incrédulité non dissimulée.

— Pourquoi vous z'avez ces trucs en caoutchouc, patron ?

Cabal le regarda calmement. Puis il enfonça brusquement son doigt dans l'avant-bras de Denzil jusqu'à la deuxième phalange. La chair offrit à peu près autant de résistance qu'un blanc-manger et Denzil émit un horrible son aigu que Cabal ignora.

— Voilà pourquoi. (Il retira son gant d'un geste sec qui envoya des bouts de viande liquéfiée dans toutes les directions, à l'exception de la sienne, puis le jeta à un monteur, qui l'attrapa sans réfléchir.) Sois gentil, débarrasse-moi de ça.

Cabal se tourna alors vers Denzil.

— J'aurais dû te laisser face contre terre sur la route, espèce de crétin pleurnichard. Vivant, tu constituais un véritable gâchis de protéines, et maintenant que tu es mort, tu ne nourris même pas les arbres. (Le nécromancien frappa le bras en question du revers de la main et lui revint soudain en tête qu'il venait d'enlever son gant en latex. Il s'essuya alors sur la salopette de Denzil.) Les dommages sont irréparables. Tu comprends ou pas ? Je ne peux rien y faire. Ça va finir par tomber ou… ou… (Il prit le temps de la réflexion.) Je peux le faire fondre, cautériser le moignon et tenter d'animer les os. Un problème intéressant. Retrouve-moi à mon bureau demain à neuf heures trente. Ce sera tout. (Prenant conscience de la présence des monteurs, il se rappela ce qui l'avait amené ici.) Et donne-leur toute l'aide dont ils auront besoin pour relier l'orgue à vapeur à la chaudière de la locomotive. Compris ?

Un croassement retentit. Cabal leva les yeux : posée sur le tuyau d'orgue le plus grand, la corneille l'observait en arborant un air de supériorité non justifié.

— Et toi, fit Cabal en la montrant du doigt. Si tu fais quoi que ce soit sur ces tuyaux, je te tords le cou personnellement. Compris ?

La corneille agita la tête à la manière d'un humain, comme pour dire : « Et puis zut ! Tu ne me laisses jamais m'amuser», avant de partir s'installer sur un piquet de tente.

Cabal fit volte-face dans le but de s'en aller quand il entendit un bruit qui le poussa à se retourner. Le va-nu-pieds couvert de sang qui apparut par la cabine du train tentait de remettre en place son cuir chevelu de ses doigts maladroits, mais il lui retombait systématiquement sur le front comme le bord d'un chapeau fantaisie particulièrement moche. Il regarda Cabal et dévoila des mains noires de sang caillé avant de gémir en frissonnant. Tout le monde recula d'un pas, à l'exception de Cabal.

— Ça va, n'en fais pas trop, gronda celui-ci. Viens à dix heures.

Il fallait encore installer le rouleau à musique. Confronté au mécanisme, Cabal fit appel à toute sa logique. Agissant avec rapidité, il tendit la main, tira un levier qui entraîna une traverse, ouvrit deux panneaux latéraux, prit le rouleau des mains d'un des monteurs fascinés, examina les traits qui y étaient imprimés pendant quelques instants, le feuilleta, en retira quelques pages, le logea dans un emplacement parfaitement anodin, aligna dents et pignons, l'enfonça d'un coup sec, le tint en place en refermant les panneaux de sa main libre, et repoussa le levier pour finir.

— Je ne vois pas où était le problème. J'espère que tu as tout retenu. (Le monteur afficha un sourire hésitant, et Cabal se releva – il souffrait d'une crampe à l'épaule.) Est-ce qu'on a de la pression, maintenant ?

Sac d'Os tapota un cadran de l'articulation du

doigt, loucha en direction de l'aiguille oscillante, et fit signe que tout allait bien. Cabal ouvrit une soupape et embraya.

Au début, l'orgue se contenta de produire des souffles et des cliquetis guère convaincants – signes que la vapeur circulait dans sa tuyauterie. Un régulateur se mit à tourner lentement pendant que le lecteur tirait à lui le papier à musique à une vitesse d'escargot. La machine commença alors à traiter le papier perforé en produisant un sifflement lugubre, et la grosse caisse s'anima. Une partie des tuyaux se mit en branle dans un enchaînement désordonné, ponctué par le rythme de la grosse caisse, une note de triangle, suivis d'un coup de moulin particulièrement douloureux contre le tambour à timbre. Le chef d'orchestre en bois acheva son clin d'œil avec difficulté et se retourna pour faire face au groupe d'automates en exécutant un curieux mouvement, qui le classait assurément dans la catégorie des danseurs avant-gardistes atteints de paraplégie.

— Regardez et apprenez, dit Cabal aux monteurs. Commencez par ouvrir la soupape. (Il la désigna du doigt.) Attendez que la vitesse soit correcte, ajouta-t-il en désignant le régulateur, *puis* engagez l'embrayage. (Il tapota le levier.) Cette mise en route poussive est épouvantable.

Les boules figurant aux extrémités des bras du régulateur n'étaient guère plus visibles maintenant que l'ensemble tournait de plus en plus vite, évoquant désormais une roue de cuivre scintillante. Lentement, la couronne s'élargit et s'éleva jusqu'à atteindre sa vitesse de croisière. Puis la bague se mit à cracher une fine colonne de vapeur et Cabal prêta attention à la musique.

Il n'y connaissait pas grand-chose en la matière, mais il savait ce qu'il aimait. Conséquence directe, il savait aussi ce qu'il n'aimait pas, mais ce ne fut pas aussi simple cette fois-ci. L'air rappelait une valse au rythme étrange, aux dissonances calculées. Cabal observa le chef d'orchestre agiter sa baguette à peu près en cadence et faire une grimace par-dessus son épaule toutes les vingt et une mesures environ, mais il n'arrivait toujours pas à se décider. Il ramassa le tube dont il avait sorti le rouleau de papier et en lut l'étiquette : *Manège*, par J. Lasry. Encore incertain, il le reposa.

Il sentit alors qu'on tirait avec insistance sur son manteau, ce qui le sortit de ses pensées. Il baissa les yeux et aperçut deux gamins, âgés de huit ou neuf ans.

— Que voulez-vous ? demanda-t-il sèchement.

— Monzieur, za commenze quand les manèges et tout le rezte ? s'enquit le plus morveux des deux, en s'essuyant le nez sur sa manche à des fins d'illustration.

Cabal jeta un œil en direction de la grille. Les clôtures étaient montées depuis des heures. Il baissa à nouveau les yeux vers les garçonnets.

— Comment êtes-vous entrés ?

Le moins morveux lui tendit une carte sérieusement chiffonnée.

— Nous avons des mi-llets-de-sa-veur.

— J'en doute, répondit Cabal en prenant la carte entre le pouce et l'index. Il la défroissa un peu et lut : « L'Illustre Fête foraine des Frères Cabal ! Billet de

Faveur. Valable pour 1 Personne et Pour 1 Nuit Seulement. »

— J'en ai un auzzi, dit le gamin qui parlait du nez, en tendant à Cabal un ticket non seulement chiffonné, mais également humide.

— Entendu, dit Cabal en rendant son ticket à l'autre enfant. Puis-je vous demander qui vous les a donnés ?

— Z'ui-là, répondit Morveux, en tendant le doigt derrière Cabal.

Cabal se retourna lentement.

— Bonsoir, Horst. Je ne m'étais pas rendu compte qu'était venue l'heure de te lever. (Il contempla ses vêtements.) Où as-tu trouvé ça ?

— Oh, j'ai demandé au tailleur de me les fabriquer. Tu aimes ?

C'était un extraordinaire costume d'un violet majestueux qui scintillait légèrement à la lueur des lampes électriques. La longue redingote recouvrait un élégant gilet noir, rouge et argent. Horst, qui tenait sous un bras une canne au pommeau argenté, inclina son chapeau violet foncé pour faire bonne impression.

— Oh, oui, répondit Cabal sans enthousiasme. Tu as le physique de l'emploi.

— Filez, les enfants, dit Horst aux gamins. C'est au coucher du soleil qu'ouvre *cette* fête foraine.

Il gratifia Cabal d'un regard de biais. Les garçonnets détalèrent vers le centre du champ de foire, où les manèges prenaient peu à peu vie, où les rabatteurs commençaient à attirer de petits groupes épars devant les tentes. Tout sourire, Horst les regarda partir, avant de se tourner vers Cabal.

— Toi, tu n'as certainement *pas* le physique de l'emploi. De comptable, oui. De propriétaire de fête foraine et de forain, non. J'irais voir le tailleur dès demain, si j'étais toi.

— Mais tu n'es pas moi, dit Cabal. Tu assures la gestion en première ligne, et je me charge de tout le reste en coulisse. C'était le deal.

— Oui, convint Horst. C'était le deal.

Il afficha un rictus devant lequel Cabal avait déjà vu des araignées prendre la poudre d'escampette.

— Oh, non, non, non. Laisse-moi deviner : tu vas m'annoncer une amusante petite surprise à laquelle je vais devoir répondre : « Non, pas ça. »

— Nous nous sommes trompés sur le nombre d'attractions que nous avons mises en place.

— Comment ça ?

— Il y a un déséquilibre entre le nombre d'attractions et l'effectif des rabatteurs, nous allons devoir y remédier.

— Les rabatteurs. Ceux qui se tiennent devant les stands et beuglent à qui veut l'entendre combien leurs animations sont fantastiques, c'est ça ?

Horst acquiesça en souriant très légèrement.

— Oui.

Cabal n'aimait pas la tournure que prenait cette conversation.

— Trop de rabatteurs ? tenta-t-il en faisant preuve d'un optimisme rare.

Le sourire de Horst s'élargit. Cabal se renfrogna un peu plus.

— Non. Non. Non. S'il y a des problèmes avec les employés, tu n'as qu'à m'en parler au bureau.

— Tu ne veux donc pas récupérer ton âme ?

demanda Horst avec une innocence telle qu'on lui aurait donné le bon Dieu sans confession. (Cabal se mordit la lèvre.) Ce n'est qu'une attraction.

— Mais peut-être la mauvaise. On ne sait jamais. Après tout, on n'en a pas tant que ça.

Cabal fit mine de prendre le temps de la réflexion, mais il savait que Horst avait raison. Il n'avait pas le choix.

— Entendu. Pour cette nuit seulement.

— « Pour cette nuit seulement. » (Horst tendit les mains vers une pancarte imaginaire.) « Viré des meilleures universités, excommunié par toutes les grandes religions et nombre des plus obscures, tout juste rentré de l'enfer, nous vous présentons Johannes Cabal, le Nécromancien ! Taratata ! »

Il mima un chœur de trompettes.

— Ton hilarité ne connaît aucune limite, c'est ça ? demanda Cabal, qui ne souriait pas. Et sache pour ta gouverne que je n'ai été viré d'aucune université. J'en suis toujours parti de mon plein gré.

— Et toujours aux premières lueurs du jour, ajouta Horst. Écoute, Johannes. Malgré tout, je t'ai toujours apprécié. Avant que tu ne quittes l'espèce humaine, ton cœur était généralement à la bonne place, enfin plus ou moins. Ce sera du gâteau. La Maison des Monstruosités Médicales t'a été réservée. Tu connais parfaitement le corps humain : comment il fonctionne, comment il ne fonctionne pas et comment, s'il ne fonctionne pas, le réveiller, si je puis dire. (Il éclata de rire ; Cabal comprit qu'il parlait de Dennis et de Denzil. Cabal s'indigna : ce fichu échantillon test allait finir à l'évier dès qu'il aurait le temps d'en concevoir un meilleur.) Quoi qu'il en soit, cette activité suscite ton enthousiasme. Crois-moi, quand on parle de ce qui nous passionne, ça passionne aussi les autres. C'est communicatif.

— Communicatif ? fit Cabal.

Il n'y croyait pas une seconde. Plus jeune, il s'était souvent fait coincer par des gens ennuyeux fascinés par des sujets ennuyeux. Leur enthousiasme ne s'était pas franchement avéré « communicatif ».

L'expression d'incertitude qu'affichait Horst indiquait qu'il n'était lui-même pas bien sûr que ce grand principe s'applique à son frère.

— Je vais te rédiger quelques notes, dit-il sur un ton conciliant.

— Hum ! « Approchez, approchez ! Vous voulez frissonner d'épouvante ? Vous voulez découvrir les pires atrocités que Mère Nature ait jouées à l'humanité ? Alors entrez dans la Maison des Monstruosités Médicales. »

Cabal leva les yeux de ses notes. Il avait face à lui un public composé d'une personne, une fillette qui lui tirait la langue avec une telle force qu'il en avait presque mal pour elle. L'espoir était son seul allié. Il prit une profonde inspiration et poursuivit.

— « Dans la maison des horreurs qui se dresse derrière moi se cachent les plus terribles mutations, les monstres les plus grotesques, les plus épouvantables blessures d'accidents du travail. Venez voir. » (Il s'aperçut un peu tard qu'il avait oublié les points d'exclamation.) « Venez voir ! L'homme aux intestins apparents. Venez voir ! Alicia et Zenia, la femme à deux têtes. Venez voir ! » (Il ne comprenait pas pourquoi il lui fallait répéter sans cesse « Venez voir ! ». Il n'imaginait pas comment un péquenaud moyen pouvait vouloir toucher, sentir ou goûter les vedettes de son spectacle.) « Venez voir ! M. Sac d'Os, le Squelette Vivant. »

C'était d'ailleurs très gentil de sa part de combler le manque d'effectifs, mais pour être honnête, il avait sauté sur la chance qui s'offrait à lui de glandouiller en string toute la soirée.

Cabal leva les yeux. Il n'y avait toujours face à lui que la fillette, qui persistait à tirer la langue. Sa mère arriva en trombe.

— Ah, te voilà ! Je t'ai cherchée partout ! Et ne t'ai-je pas déjà dit de ne pas faire de grimace ? Ton visage restera coincé comme ça si le vent tourne.

— Certaines techniques chirurgicales font des merveilles, fit observer Cabal.

La femme leva les yeux vers lui avec une animosité coutumière.

— Et qui êtes-vous ? demanda-t-elle. Vous avez l'air d'un entrepreneur de pompes funèbres.

Malgré ses vêtements noirs, Cabal savait pertinemment qu'il ne ressemblait en rien à un croque-mort. Il n'aurait pu en reproduire la mine moralisatrice, même s'il avait eu devant lui un mois pour s'entraîner.

— Madame, dit-il. Ou devrais-je plutôt dire « belle plante ».

— Oh ! dit-elle, délicieusement outrée. (Elle remit en place sa permanente généreusement laquée.) Je suis une femme mariée.

— Pardonnez-moi. Si je puis me permettre, votre mari est un homme chanceux, mentit Cabal. (Son visage se déforma jusqu'à afficher ce que le dictionnaire appelle un sourire. La fillette gémit et alla se réfugier dans les jupes de sa mère.) Madame, l'attraction qui se situe derrière moi est la Maison des Monstruosités Médicales. Venez voir !

Il retrouva l'endroit où il s'était arrêté dans ses notes, reprit son souffle et poursuivit, avant de se débarrasser finalement du papier.

— Madame, poursuivit-il, derrière moi se trouve une véritable foire aux monstres. Un étalage de malheureux, de rejetés et de parias. Les voici réunis pour vous donner à vous, qui êtes normale, l'occasion de railler et de conspuer ceux qui ne sont pas nés sous une bonne étoile. Imaginez ! Vous êtes mécontente du profil de votre nez, des contours de votre mâchoire ou de vos yeux globuleux. Mais tout ceci n'est rien comparé à un homme dont la colonne vertébrale lui sort par le sommet du crâne. Des poils faciaux disgracieux ? Nous avons une femme à barbe ! Des problèmes de poids ? Nous avons l'éventail au grand complet : un squelette vivant et quelqu'un de si gras et adipeux que nous ne sommes toujours pas en mesure de certifier son sexe. Si vous avez le moindre complexe, c'est un endroit à ne rater sous aucun prétexte, dont vous ressortirez en vous disant : « Mince ! Ça aurait pu être moi ! »

La foule grandissait. Une jeune femme leva nerveusement la main.

— Je… j'ai… j'ai des taches de rousseur.

Cabal fit un geste brusque du pouce par-dessus son épaule.

— Nous avons l'Enfant Dalmatien. Suivant ?

Un homme se manifesta.

— J'ai les dents du haut qui cachent celles du bas.

— Dans ce cas, venez profiter de la vue du Requin Humain. Suivant !

— J'ai un petit nez, dit une blonde frisant le stéréotype accrochée au bras d'un homme riche.

— Il ne peut pas l'être autant que celui de Simone Sans-Nez. Suivant !

— Je suis roux, fit un ado.

— En effet. Oui, mes amis ! La Maison des Monstruosités Médicales ! Venez étancher votre soif d'abominations et de difformités ! Offrez-vous un véritable plaisir des yeux grâce à des gens qui sont bien pires que vous ! Retrouvez-vous un peu d'amour-propre face à tant d'avilissement !

Il y avait désormais beaucoup de gens devant lui, mais nul ne voulait être le premier à acheter un ticket. Un mouton devait prendre la tête du troupeau. Il considéra rapidement tous les visages niais et enthousiastes qui s'offraient à lui, jusqu'à en apercevoir un qui semblait bloquer sur les décorations criardes qui ornaient la façade de l'attraction. Cabal leur jeta un rapide coup d'œil. Ensuite, avec une assurance tranquille, il se tourna à nouveau vers la foule sans fixer personne en particulier. Par une pure coïncidence, il croisa le regard de l'homme au moment de reprendre la parole.

— Et pour la première personne qui achètera un billet, la chance d'être pris en photo aux côtés de Layla, l'affriolante, la souple, l'agile Femme Latex.

— J'achète un ticket ! hurla inutilement fort l'homme, qui en avait déjà les lèvres couvertes de bave. Moi !

Cette année allait décidément être une expérience

intéressante en matière de psychologie comportementale, le nécromancien commençait à le comprendre. Jamais Marko, l'Homme Qui Perd ses Poils, ne lui aurait permis de faire une chose pareille.

— Vous, monsieur ! Vous êtes en veine, croyez-moi ! Et voici ! Ticket numéro un !

Ses boniments commençaient eux aussi à lui venir tout naturellement. Il suffisait de donner à ces pauvres idiots l'impression de leur faire une faveur, et ils venaient vous manger dans la main. L'argent lui fut remis contre un petit bout de carton. L'homme ne tenait plus en place. Cabal se demanda ce qu'il aurait donné en échange d'un peu plus qu'une photographie. Le nécromancien commençait à croire qu'il avait laissé le chef de gare s'en sortir un peu trop facilement…

— Mais ne soyez pas déçus ! lança-t-il alors à la foule. Au fil de la soirée, nous offrirons d'autres lots de choix en fonction de votre numéro de ticket, alors… alors… (Il n'y avait plus qu'une chose à dire.) Approchez ! Approchez ! Venez tous ! Dites à vos amis que vous avez eu le cran, que vous avez eu le courage d'entrer dans la Maison des Monstruosités Médicales !

Et c'est ainsi, alors qu'il souriait de toutes ses dents, que la fête foraine entama sa première nuit.

Chapitre 5

Où Cabal joue à la poupée et Horst élargit son vocabulaire

LES FOIRES ET LES FÊTES FORAINES constituent rarement des expériences intenses. Leur but est simplement d'amuser et de distraire, de sortir les gens de leur quotidien grisâtre pour lui donner un parfum d'extraordinaire. Les lumières sont éblouissantes, les attractions étonnantes, les manèges excitants et les stands frustrants, mais l'ambiance y est bon enfant. Il faut sans doute voir en elles de jolis pickpockets et de charismatiques escrocs. Les péquenauds... les gogos... les *clients* savent parfaitement que leur portefeuille et leur bourse se vident à chaque seconde passée sur le champ de foire, mais ces mêmes clients... gogos... ou *péquenauds* ne connaissent que ces manières. Ils n'ont rien contre une petite virée tant qu'ils s'amusent. C'est là le principe des foires et des fêtes foraines.

Celle des Frères Cabal avait cependant quelque chose de spécial, d'inhabituel, de différent. Là où une fête foraine classique est une expérience éphémère et superficielle censée sortir les gens de leur routine et les flouer (tant qu'ils sont prêts à se *faire* flouer) en les persuadant qu'il suffit de quelques éclats de rire et d'un peu de bonne humeur pour s'amuser, la Fête foraine des Cabal portait cette croyance comme un masque. Mais ce n'était que le fac-similé d'une façade. Derrière le large sourire chaleureux se dissimulait un piège ayant pour leurres désirs et joies, plaisirs et popcorn, hédonisme et hot-dogs au contenu douteux. Satan, qui, après tout, faisait figure d'autorité en matière de tentation, n'avait pas tort quand il prétendait que ceux qui mettaient les pieds à la fête foraine baissaient la garde. On vient y passer du bon temps en sachant qu'à un moment ou à un autre on va se faire arnaquer. La seule différence dans ce cas précis, c'était l'ampleur de l'arnaque.

Mais tout ceci n'est que théorie. Les exemples sont beaucoup plus parlants.

— On est là pour s'amuser.

Vu le ton qu'il avait employé, l'alternative passait par une gifle et une lèvre ouverte.

Rachel espérait ne pas en arriver là, car la dernière plaie venait tout juste de cicatriser.

— Mais je *m'amuse*, dit-elle avant de sourire.

Ce ne fut pas un sourire très convaincant, mais suffisant pour que Ted ouvre le poing qu'il avait inconsciemment serré contre sa cuisse. Il faut dire que ses mains passaient une bonne partie de leur temps fermées.

Il regarda tout autour de lui. Devant eux s'étalait la fête foraine, un véritable capharnaüm, très prometteur, de bruit, de lumière et d'odeurs. L'orgue à vapeur, les néons et le parfum de pop-corn frais donnaient vie à un nouveau monde, un lieu de merveilles, excitant et divertissant. Oui, son véritable rôle était de susciter des comportements litigieux, blasphèmes, querelles et meurtres, mais on pouvait aussi y gagner des noix de coco.

Ted observait tout ça avec la mine revêche d'un homme qui s'attend forcément à être déçu, et qui règle généralement ses problèmes en expédiant leur source à l'hôpital. Il tendit la main vers Rachel, qui la prit rapidement avant d'être entraînée vers les grilles et de pénétrer sur le champ de foire. En entrant, ils croisèrent le paysan sur les terres duquel s'était installée la fête foraine.

Il se tenait là, les pouces rentrés dans les poches de son gilet, manifestement très content, souriant et saluant tous ceux qui s'arrêtaient aux grilles pour acheter un ticket comme s'il était le propriétaire de la foire. En vérité, il vérifiait le nombre de personnes présentes, notamment pour s'assurer de ne pas se faire gruger sur son pourcentage, mais surtout pour le plaisir de faire les comptes en se livrant à une petite gymnastique arithmétique et se délecter de la coquette somme qui se dessinait à droite, après le signe égal. Il se serait sans doute montré de bien moins bonne humeur s'il avait su ce que lui réservait l'avenir, sitôt qu'il aurait quitté son lit de mort. S'il avait l'impression que le ministère de l'Agriculture était fondu de paperasserie, sa première rencontre avec Trubshaw allait sérieusement relativiser ses certitudes.

Ted et Rachel parcouraient les larges allées qui séparaient les attractions. Il aurait suffi qu'un passant un peu curieux les observe quelques minutes pour se demander ce qu'ils étaient venus faire là.

Rachel semblait parcourir une version diminuée de la fête foraine. La plupart du temps, elle paraissait inquiète et réservée, et même s'il lui arrivait parfois de réagir favorablement à quelque chose qui attirait son attention, le sentiment disparaissait bien vite de son visage, chassé par une ombre d'incertitude conditionnée. Elle avait depuis longtemps appris à ne pas avoir d'avis, et quand elle ne pouvait s'empêcher d'en avoir un, elle se gardait bien de l'exprimer en présence de Ted, qui pouvait en avoir un tout autre. L'incertitude déteignait sur son physique. Parfaitement quelconque pour les autres hommes, elle essayait bien de se faire jolie pour Ted, en vain. Au final, il s'agissait d'une femme effacée, vêtue d'habits élégants, mais ternes. Elle se maquillait beaucoup trop (fard à paupières et anticernes), ce qui dissimulait sa beauté naturelle, mais également autre chose.

Ted était lui aussi un personnage aux motivations incertaines. Il était venu en ce lieu où les gens étaient censés s'amuser, mais il ne s'amusait pas. Il avait une petite amie, qui n'était pas son amie. Il ne marchait pas à ses côtés, mais la traînait comme un chien de berger hargneux qui surveille de près son bien. Il était tiraillé par deux sentiments contraires : l'exhiber, sans perdre de vue que d'autres hommes risquaient de s'intéresser à elle. Si notre passant un peu curieux avait continué d'observer avec insistance, il se serait sans doute retrouvé face à Ted, les yeux écarquillés et la bouche grande ouverte, avec ses habits du dimanche et sa pauvre coupe de cheveux, et lui demandant ce qu'il trouvait de si fascinant chez sa petite amie.

Ils déambulaient entre les stands, lui chargé de méfiance, elle en proie à la crainte, sans même s'apercevoir qu'ils avaient attiré l'attention d'un passant singulier.

Horst Cabal, que seuls les chats les plus perspicaces et les chiens les plus méfiants pouvaient remarquer, les regardait passer. Se rendre invisible aux yeux des hommes et des animaux comptait parmi les petits tours que l'on apprenait quand on n'était plus complètement vivant, en plus de la force, de la célérité et, au besoin, du mesmérisme. Son œil averti et son cœur compatissant étaient cependant bien les siens. Il écouta leur conversation factice (les affirmations de Ted, les faux-fuyants de Rachel), et en tira ses conclusions.

Il attendit qu'ils quittent son champ de vision avant de se rendre visible et resta là tranquillement, une expression contemplative sur le visage. Puis il disparut, et l'endroit redevint désert.

Johannes Cabal en terminait avec sa première expérience de rabatteur quand Horst lui mit le grappin dessus. Celui-ci réapparut d'ailleurs devant plusieurs clients, qui tous sursautèrent et poussèrent des cris de surprise.

— Mon frère, leur expliqua Cabal, qui sourit avec autant de chaleur que le four d'une maison de poupées. Un magicien plutôt doué. (Il attendit que la foule refroidie et pas totalement convaincue ne se disperse avant de se tourner, en colère, vers Horst.) Qu'est-ce que tu fabriques ? Tu sais bien que ces moutons s'effrayent pour un rien.

Horst lui tendit une bouteille qu'il avait ramassée

en le rejoignant à toute allure. Chose étonnante, son contenu avait survécu au voyage.

— Bois ça, dit-il, indifférent à la colère de Cabal. Tu dois préserver ta voix pour la prochaine session.

Cabal prit la bouteille d'un geste irrité, en but une gorgée. Il y eut un silence, tout juste assez long pour que son visage passe de l'agacement au dégoût le plus complet, puis il cracha violemment le liquide dans l'herbe, comme un homme distrait ayant oublié qu'il prélevait de l'acide nitrique concentré au moyen d'une pipette.

— Du désinfectant ? Tu m'as donné du désinfectant à boire ?

La surprise de Horst laissa bientôt place à un regard amusé.

— C'est de la *root beer*, Johannes. Tu n'en as jamais bu ?

Cabal le regarda d'un air méfiant, avant de poser les yeux sur la bouteille.

— Les gens boivent ça ?

— Oui.

— Sans raison médicale ?

— Exact.

Cabal secoua la tête sans même prendre la peine de dissimuler son incrédulité.

— Ils sont fous. (Il posa prudemment la bouteille, mais continua de la surveiller du coin de l'œil, comme s'il craignait qu'elle revienne vers lui.) Bon, qu'as-tu fait tantôt ?

— J'ai observé. (Il n'ajouta rien de plus, préférant attendre que le silence fasse son effet et que son frère commence à enrager.) Je crois que la chance va te sourire ce soir, reprit-il enfin.

Sur le visage de Cabal apparut une lueur d'espoir qui ne manqua pas de troubler Horst, mais la méfiance ne tarda pas à prendre sa place.

— Je croyais que tu n'approuvais pas.

— En effet. Je n'ai pas dit que j'allais lever le petit doigt pour faire avancer les choses, simplement que la chance va peut-être te sourire ce soir.

Cabal réfléchit.

— Et…

Soudain il se retrouva seul. Il poussa un long soupir. Céder à la colère était inutile, d'autant qu'il savait parfaitement que Horst l'avait laissé en plan dans le but de l'agacer au plus haut point. Johannes Cabal regarda la bouteille de *root beer* et décida de filer lui aussi. S'il y avait une chance pour que la fête foraine lui offre l'occasion de fondre sur sa première victime réelle dès ce soir, il était pressé d'y arriver. Il comptait bien forcer le destin si nécessaire, et vu les circonstances dans lesquelles il s'était retrouvé à la tête de l'entreprise, il était probable que les choses se déroulent ainsi. Mais tout d'abord, il lui fallait quelqu'un pour le remplacer à la Maison des Monstruosités Médicales.

— Toi, dit-il en claquant des doigts.

Il pointa son index d'une manière péremptoire.

Un gamin de dix ans avec une calotte du Dr Terwilliker, un tee-shirt rayé rouge et blanc et un sac en papier plein de cacahuètes fraîchement grillées ouvrit la bouche toute grande devant Cabal.

— Moi, monsieur ?

— Oui, toi. Approche. Viens ici, derrière cette estrade. Non, peut-être pas ; personne ne te verra. De ce côté. Enlève ce chapeau ridicule. Et maintenant, mets ce chapeau ridicule. Très bien. Désormais, tu te charges de la promotion de cette attraction jusqu'à ce que je revienne.

Cabal laissa le gamin en panique avec un canotier beaucoup trop grand pour lui.

— Comment je fais ? lui cria le gamin, qui n'eut cependant droit à aucune réponse.

En réalité, Cabal n'était pas bien sûr de la marche à suivre. Malgré des recherches poussées, la fête foraine ne s'accompagnait pas du plus élémentaire des modes d'emploi.

Cabal erra parmi les gens du commun qui bavardaient (des gens vraiment communs et vraiment bavards) à la recherche de l'inspiration. *Ça ne devrait pas être difficile*, se convainquit-il. La fête foraine était une excroissance de l'enfer, un avant-poste, une salle d'embarquement pour pré-damnés. Tout cet endroit aurait dû exprimer son désir de fondre sur les âmes des imprudents. Ainsi, se dit-il, un petit coup de pouce suffirait pour déclencher les choses. Il s'arrêta, tel un noir rocher émergeant de l'océan de l'humanité. Il ne savait pas bien comment donner ce petit coup de pouce à la fête foraine. Aussi abominable cette pensée soit-elle, peut-être intellectualisait-il trop le problème. Peut-être devait-il faire confiance à son instinct. Ça allait être difficile, il le savait (son premier instinct était toujours de faire preuve de raison), mais peut-être, pour une fois, devait-il s'en remettre à son intuition.

Il tenta de se remettre les idées en place, tenta de réduire au silence le millier de pensées bourdonnantes qui constituaient sa conscience, tenta d'ignorer le son de la foule. Il se concentra jusqu'à ce qu'il n'y ait plus rien.

Plus rien du tout.

Assurément rien qui puisse l'aider. Il poussa un soupir exaspéré et laissa son esprit, encore amer de ces quelques instants d'inactivité, reprendre sa vitesse de croisière.

Déçu par cette expérience ratée, Johannes Cabal regarda droit devant lui et tomba sur la salle de jeux de la fête foraine. Il n'avait pas caché sa surprise au moment où Horst avait insisté pour l'ajouter aux attractions, mais, comme toujours, son frère savait ce que les gens aimaient. Même s'il était peu probable qu'elle lui rapporte un jour des âmes, elle avait le mérite de récupérer la monnaie de ceux qui en avaient encore et de la redistribuer à ceux qui n'en avaient plus beaucoup. En fait, les attractions constituaient ses meilleurs atouts. Dans les recoins les plus sombres et les baraques plongées dans le noir, il n'était pas bien compliqué de débattre et de conclure des marchés d'une probité morale plus que douteuse. En revanche, la salle de jeux était conçue comme un centre de redistribution des richesses, car il était fort difficile de tenter des gens incapables de se payer un ticket d'entrée. M. Sac d'Os avait expliqué tout ceci à Cabal pendant que deux des créations les plus extravagantes de Horst s'étaient chargées de construire la salle, à savoir MM. Lintel et Scree. Ils sautaient alentour comme des échassiers, sur des jambes très longues et très fines, en agitant des bras tout aussi fins. Chacun d'eux portait un costume noir et des lunettes de soleil, et avait des cheveux d'un vilain jaune, aussi épais que de la laine à repriser. En les regardant vaciller d'avant en arrière en se hurlant dessus dans leur langue incompréhensible, Cabal avait bien compris qu'il fallait y voir de grossières parodies de lui-même, mais il refusa de souscrire à l'insulte en l'admettant haut et fort. Quoi qu'il en soit, ils connaissaient assurément leur affaire, puisqu'ils assemblaient le bois et le métal, le verre, la peinture et le vernis en une sorte de maelström chaotique qui produisait des machines à sous, des champs de courses mécaniques et des flippers en parfait état. Cabal aimait ce qui était précis et parfait, si bien qu'il s'était pris de sympathie pour Lintel et Scree, même s'il s'était bien gardé de leur en faire part. Ce sentiment de gentillesse l'envahit alors qu'il observait la salle de jeux, le fruit de leur travail. C'est ici qu'il allait tenter sa chance.

La galerie était animée. Aux machines à sous, un homme ne cessait de perdre tandis que son voisin, moins aisé, était en veine, mais ni l'un ni l'autre ne connaissait les tendances marxistes de la salle. Plus loin, des singes en fer-blanc s'agrippaient à des palmiers en fer-blanc, des fantômes apparaissaient aux fenêtres d'une maison hantée pour se faire cribler de plombs au stand de tir[1] et une bohémienne mécanique disait la bonne aventure, protégée derrière une cabine vitrée.

1. « Cela n'a aucun sens, avait dit Cabal. On ne peut exorciser un fantôme avec un fusil. J'ai une bonne expérience en la matière et ça ne marchera tout simplement pas. » M. Lintel y avait réfléchi un petit moment, avant de dire : « Clac. » De son côté, M. Scree avait dit : Dakuouf », ou quelque chose comme ça, et ils avaient repris le travail.

Selon la légende en lettres entortillées jaune, orange et noir qui figurait sur la pancarte au-dessus de la cabine, la bohémienne était une Madame Soleil qui ressemblait à une jeune femme coiffée d'un foulard, avec des boucles d'oreille et un décolleté vertigineux. Elle était assise, les mains immobiles au-dessus de sa boule de cristal, attendant en silence que le groupe d'adolescents réunis devant sa cabine veuille bien cesser de lorgner sa poitrine en se livrant à des grivoiseries et commentaires très explicites. Finalement, encouragé par les autres, l'un d'eux introduisit une pièce dans la fente. Madame Soleil s'anima aussitôt et regarda obligeamment dans sa boule de cristal. D'étranges couleurs apparurent en son centre, et se mirent à tourbillonner. Les garçons se calmèrent ; un certain malaise s'installa parmi eux tandis qu'ils observaient les mains de la bohémienne s'agiter de fort réaliste manière pour du bois et du plâtre, ses doigts allant même jusqu'à se plier là où il ne semblait pas y avoir de charnières.

Soudain, elle trépida avant de s'arrêter, la lumière de la boule de cristal s'évanouit et les adolescents retrouvèrent un peu de leur courage. Puis la cabine produisit une sorte de bruit de ressort qui dura de longues secondes, avant qu'une carte ne tombe dans le bac situé sous la vitre. Grimaçant devant les commentaires de ses amis, le garçon la prit et la lut.

Il lui fallut un long moment pour lire ces quelques lignes. Dès les premiers mots, il écarquilla légèrement les yeux et son sourire s'estompa lentement de son visage, comme emporté par le massage de doigts invisibles. Il revint en arrière et reprit alors sa lecture jusqu'à la fin. Le visage blême, il fit demi-tour et sortit de la galerie d'un pas mal assuré, suivi de ses amis soudain inquiets qui lui demandaient ce qui n'allait pas.

Cabal les regarda partir d'un air mécontent. Il se rendit droit vers Madame Soleil et fit mine de chercher une pièce dans sa poche avant de se pencher pour l'introduire dans la fente. En se rapprochant de Madame Soleil, située de l'autre côté de la vitre, il murmura :

— Très drôle, j'en conviens, mais à des lieues de ce que nous essayons de faire. Le but est de les tenter, pas de les faire détaler comme des lapins.

Dissimulée par Cabal, Madame Soleil se permit de lever un sourcil peint. Un autre bruit de ressort retentissant se fit entendre et une nouvelle carte tomba alors que nul n'avait introduit de pièce. Il se pencha pour la lire, mais ne la toucha pas.

MADAME SOLEIL SAIT TOUT ET VOIT TOUT.
Très drôle en effet.
Il faut bien que je m'amuse un peu.
Le conseil de Madame Soleil :
D'autres choses peuvent rapporter gros.

Malgré le ton indiscipliné, il y avait là de bonnes nouvelles. Cabal fut quelque peu réconforté en comprenant que Madame Soleil semblait lui dévoiler une nouvelle perspective.

— Qui peuvent rapporter gros… Où, plus précisément ?

Les yeux de Madame Soleil roulèrent un long

moment dans leurs orbites. Elle soutint ensuite un instant son regard, puis se tourna vers sa boule de cristal. L'étrange lueur y apparut, et la voyante l'effleura sans jamais vraiment la toucher tout en produisant un ronronnement mécanique. Un clic, un bruit de ressort, et une nouvelle carte tomba dans le bac, recouvrant celle qui s'y trouvait déjà. Cabal prit les deux, glissa la première dans sa poche et lut la nouvelle, qui disait :

MADAME SOLEIL SAIT TOUT ET VOIT TOUT.
Le conseil de Madame Soleil :
Derrière vous.

Cabal se retourna. Il était maintenant face à l'entrée de la galerie, face à un véritable flot humain qui allait et venait comme les vagues sur une plage. Aucun visage n'en ressortait, nul n'attirait son attention. Cabal se renfrogna.

— Ça ne m'est d'aucune utilité, dit-il à mi-voix, en se faisant néanmoins bien entendre de Madame Soleil. J'ai besoin de meilleures indications sur la personne que je cherche…

Il baissa les yeux pour relire la carte. Voir ce qu'elle disait à présent le réduisit au silence :

MADAME SOLEIL SAIT TOUT ET VOIT TOUT
Le conseil de Madame Soleil :
Devant vous.

Curieux, il tourna la carte de quatre-vingt-dix degrés et le conseil de Madame Soleil connut une transition métamorphopsychotique[1], si bien qu'elle disait désormais : « À votre gauche ».

Cabal hocha presque imperceptiblement la tête. Il était impressionné. Ce n'était qu'un mannequin enfermé dans un petit meuble, assorti des rouages nécessaires pour en faire une pendule de salon, mais elle révélait là toute son utilité. Saisissant sa chance comme un VRP se jette sur une petite vieille, Cabal se mit en quête de sa proie.

Il s'enfonça droit dans la foule et, conformément à sa nature comme à ses habitudes, resta insensible aux protestations de ceux dont il marchait sur les pieds ou renversait les cacahuètes, pour se rapprocher de sa proie. En premier lieu, il procéda à une triangulation afin d'obtenir une direction approximative. Après quoi il baissa la tête et s'enfonça péniblement dans la foule, en ne laissant que mécontentement dans son sillage. « Devant vous », disait la carte. « Devant vous ».

Cabal se retrouva soudain face à un roc inébranlable vêtu de son costume du dimanche. Il leva les yeux, eut droit à un regard noir surmonté d'une vilaine coupe de cheveux. Cabal jeta aussitôt un nouveau coup d'œil à la carte. Le conseil de

1. Métamorphopsychose : illusion de scène permettant à des objets ou des personnes de se transformer sous les yeux du public, une variante du fantôme de Pepper tellement obscure que beaucoup de magiciens n'en ont jamais entendu parler. Essayez d'en parler à vos proches, vous allez les surprendre.

Madame Soleil disait maintenant : « C'est lui. Excuses. Vite. »

Cabal rangea la carte de la diseuse de bonne aventure dans la poche de son gilet et posa les doigts sur son chapeau.

— Bonsoir, monsieur, dit-il au mastoc. Désolé de vous avoir heurté ainsi. Veuillez accepter mes plus sincères excuses.

L'homme lui lança un regard furibond, serra les poings et devint livide. Cabal connaissait suffisamment bien le fonctionnement du système endocrinien pour savoir qu'un homme pris d'une colère blanche avait plus de chances de cogner qu'un type rubicond. Sans en être réellement conscient, Cabal referma sa main libre sur le crâne argenté de sa canne, qu'il tourna lentement pour en ouvrir le loquet. En termes de relations publiques, Horst n'allait certainement pas apprécier qu'il embroche un péquenaud avec sa canne épée, mais « Le client est toujours roi », citation figurant dans le manuel de Cabal, perdit tout son sens dès lors que son interlocuteur fit mine de lui balancer son poing en pleine figure.

— Ted, non ! s'écria une femme qui apparut près du géant. (Elle était aussi pâle que Ted, mais pour d'autres raisons, et son maquillage sombre accentuait un peu plus sa lividité.) Non ! Il n'en vaut pas la peine !

Cabal qui, jadis, avait eu à ses trousses les populations entières de villages, les populations entières de villes, la police, l'armée, deux Inquisitions et toutes sortes de citoyens inquiets pensait pourtant en valoir la peine. Prononcée par cette femme, la phrase avait tout l'air d'une formule habituelle, au point qu'elle évoquait un genre d'invocation express, une sorte de charme contre les divers excès de Ted. Vu les circonstances, Cabal était déjà prêt à pardonner la jeune femme pour sa présomption. En revanche, il ressentait une profonde antipathie pour Ted, sachant que ceux qu'il prenait en grippe avaient généralement du souci à se faire.

— Laissez-moi me présenter, dit Cabal en lâchant le pommeau de sa canne pour se tapoter la poitrine. (Le geste lui permit aussi de s'assurer qu'il avait bien l'un des contrats de Trubshaw sur lui, plié dans la poche intérieure de sa veste.) Mon nom est Johannes Cabal, et je suis le copropriétaire de cette fête foraine. (Sans doute impressionné par son statut, Ted se calma à une vitesse étonnante. L'aversion que Cabal ressentait pour cet homme ne fit que grandir.)

Permettez-moi de m'excuser une fois encore pour ma maladresse et de me racheter, si vous le voulez bien. Y a-t-il une attraction pour laquelle je pourrais vous offrir un billet ? Ou un spectacle ? (Les yeux de Ted roulèrent de gauche à droite comme s'il réfléchissait, mais son visage laissait penser qu'il allait mettre un sacré bout de temps avant de répondre.) Un stand, peut-être ?

— Tu aimes le tir, fit la femme d'une petite voix prudente. (Ted y réfléchit un instant, puis opina du chef.) Il aime tirer, expliqua-t-elle à Cabal.

— J'ai tiré sur son chien, ajouta Ted.

Cela lui demanda un gros effort, mais Cabal réprima toute forme de réaction.

— Si vous voulez bien me suivre, monsieur, dit-il d'un ton neutre, en indiquant le chemin du stand de tir.

À l'instar des autres attractions, le stand de tir constituait la parfaite synthèse de tous les stands des champs de foire du pays – une sorte d'archétype tout à fait fonctionnel. On pouvait y tirer sur de petits personnages au garde-à-vous, sur de minuscules caricatures de canards et sur des pipes en fer-blanc, qui défilaient devant une toile truffée de plombs avant de disparaître. Les armes proposées étaient des carabines à air comprimé de calibre .22 que l'on chargeait par la culasse (Cabal s'était fendu d'un sourire en s'apercevant qu'il s'agissait de vieilles Webley, de la même provenance que le revolver 577 Boxer rangé dans un tiroir de son bureau), aux mires tellement déformées qu'on aurait pu les croire inutilisables. À tous ceux qui réalisaient l'exploit d'abattre les cibles mobiles avec cet armement capricieux, le stand offrait des poissons rouges agonisants, des poupées Kewpie déconcertantes, des babioles d'une qualité et d'un goût douteux, et des babouins difformes rembourrés de kapok.

Cabal arriva en compagnie de Ted, qui fendait la foule comme un imperturbable brise-glace. Dans leur sillage venait Rachel, la petite amie de Ted, qui marchait d'un bon pas, la tête baissée, en s'excusant auprès de tous ceux qui avaient l'air de ne pas apprécier qu'on les bouscule. Cabal expliqua rapidement au forain que Ted avait droit à cinq parties gratuites et qu'en cas de gain il fallait le récompenser comme s'il avait payé. S'inclinant un peu trop sèchement pour être sincère, Cabal recula à bonne distance pour observer.

Avec ou sans mire, Ted était un bon tireur. Il ouvrait la carabine d'un coup sec comme si elle l'avait insulté, introduisait un plomb, la refermait tout aussi brutalement, la calait contre son épaule et tirait. Il enchaîna ainsi cinq tirs en faisant pour victimes deux petits canards, deux hommes et une pipe en fer-blanc. Le gérant du stand lui montra la camelote à laquelle il avait droit, mais Ted balaya sa proposition d'un geste de la main. Il comptait bien accumuler cinq jetons cadeaux grâce à ses cinq parties gratuites dans le but de rentrer chez lui avec l'une des babioles situées tout en haut du présentoir.

Cabal observait la scène avec embarras. Il s'attendait à ce que le but infâme de la fête foraine ne se révèle – avec subtilité – qu'aux yeux des individus les plus observateurs, tout simplement parce que c'était dans la nature des lieux. Au lieu de quoi, il assistait à la démonstration de supériorité physique parfaitement égoïste d'un balourd. Il aurait pu tout aussi bien s'agir d'une épreuve sportive professionnelle. En bref, soit cette fête foraine volait des âmes avec une telle subtilité qu'il ne s'en rendait lui-même pas compte, soit il allait devoir prendre les choses en main.

Tout ici était fait pour s'emparer de l'âme des imprudents. Il s'agissait là d'une évidence. Y compris le stand de tir – quand bien même cela n'avait rien d'évident à première vue. Cabal n'en connaissait pas les détails, mais peut-être le forain en avait-il une idée. En sa qualité de propriétaire, le rôle de Cabal consistait à prendre les décisions, à donner le signal, puis à se mettre en retrait et regarder le piège de la fête foraine se refermer sur sa proie. Puisqu'il avait pris la décision, il ne lui restait plus qu'à donner le signal. Pendant que Ted faisait de nouvelles victimes parmi les objets en fer-blanc, Cabal croisa le regard du forain, fit un geste lui indiquant de s'assurer l'âme du client.

Mais l'animateur de l'attraction le dévisagea d'un air interdit.

Cabal retenta sa chance, mais le forain se contenta de pencher la tête sur le côté et de le fixer avec perplexité. Cabal tenta un geste différent, pour lui montrer qu'il voulait cette âme, puis un autre.

Une brise souffla soudain, et Horst apparut près de lui avant de jeter un regard à Ted.

— Oh, tu l'as trouvé alors. Bien joué.

Ignorant son frère, le nécromancien essaya une fois encore de se faire comprendre du forain.

— Johannes, demanda Horst après quelques secondes d'observation, que fabriques-tu ?

— Je fais des gestes, répondit Cabal en continuant de faire des gestes.

— Des gestes, c'est bien ça ? (Horst était apparemment impressionné.) Très bien.

Cabal l'ignora. Horst suivit la direction des gesticulations jusqu'au stand de tir, où le forain tendait une nouvelle poignée de plombs de .22 à Ted tout en jetant un œil curieux à Cabal.

— Et qu'essayes-tu exactement de communiquer avec ces… hum…

— Gestes.

— Ces gestes, c'est ça.

Cabal s'arrêta, parce que cela ne semblait pas marcher, mais également parce qu'il commençait à avoir des crampes.

— Afin de récupérer un contrat signé, j'essaye de pousser l'idiot qui tient ce stand à faire quelque chose de diabolique. Mais cela ne semble pas fonctionner.

— Pas de mode d'emploi, j'imagine ?

— Aucun.

— À dire vrai, cher frère, il faut mettre cela sur le dos de ton manque de jugement et d'imagination. (Cabal, qui observait Ted jusqu'alors, lança un regard noir à son frère qui se tourna par conséquent vers ledit Ted.) Très bon tireur, n'est-ce pas ? Je crois bien qu'il va remporter l'un des gros lots. Attends là une minute.

Une nouvelle brise souffla, et Cabal se retrouva seul. Puis Horst refit son apparition, avec de la compagnie, cette fois. Il avait dans les mains l'un des gros lots, une poupée représentant une très jeune femme à la tête tellement hypertrophiée qu'en comparaison sa poitrine et ses fesses – pourtant disproportionnées – semblaient à l'échelle du reste de son corps. Cette poupée, dont la tête était en Celluloïd et le corps en tissu, affichait une mine aguichante. Horst l'inclina sur la gauche puis la droite et Cabal remarqua qu'elle clignait de l'œil. L'effet produit était d'une concupiscence proprement repoussante, au point qu'il n'en voulut pas quand Horst la lui tendit.

— Que veux-tu que j'en fasse ? demanda Cabal, qui l'accepta finalement en la prenant prudemment entre le pouce et l'index.

En guise de réponse, Horst agita les doigts pour la désigner, en adoptant une expression entendue.

— Es-tu en train de faire des gestes ? demanda Cabal.

Horst soupira.

— Tu disposes encore d'une bonne réserve d'influence diabolique à laquelle tu peux faire appel, n'est-ce pas ? (Il fit un signe de la tête en direction de la poupée.) Mets-y un peu de ton machin.

— Que j'y mette… As-tu perdu la tête ? Regarde-le ! (Il fit un signe de la tête en direction de Ted.) Ce type se rase sans doute avec une tondeuse à gazon !

Horst regarda la victime présumée.

— Bien possible qu'on lui ait coupé les cheveux avec un tel engin, admit-il.

— Démoniaque ou non, quel est l'intérêt d'une poupée face à un type pareil ?

— T'es-tu déjà intéressé à la psychologie ? demanda Horst.

— Pas du tout, répondit Cabal. Je suis un scientifique.

— Oh, comme tu peux être méprisant. Sers-toi de cette influence sur Trixie ici présente, et laisse-moi te montrer.

— Trixie ? répéta Cabal, qui n'était pas sûr d'avoir bien entendu.

Horst grogna d'impatience.

— Vas-y, tu veux bien ? Il aura bientôt ses cinq jetons !

C'était la vérité, s'aperçut Cabal, et puis, il n'avait pas de meilleure idée. Le nécromancien tint la poupée à bout de bras et se mit à murmurer.

— Je t'invoque, fit-il à demi-mot.

Il eut le vague sentiment d'être parcouru par une force maléfique (une sensation entre douleur et rage de dents, qu'il côtoyait depuis la création de la fête foraine, mais à laquelle il ne s'habituait pas), puis cela s'estompa. Il rendit aussitôt la poupée à Horst avant qu'il ne lui pousse des dents et qu'elle ne se jette sur lui, mais rien de tout cela n'arriva.

— Bien, se contenta de dire Horst, avant de briller une fois de plus par son absence.

Cabal le vit réapparaître subitement tout près du stand de tir. Mais son frère n'avait plus la poupée, qu'il avait reposée au beau milieu de la plus haute étagère du présentoir.

Le timing de Horst était parfait. Ted venait de gagner son cinquième jeton. Il se tourna alors vers les lots, mais ne s'arrêta pas sur la poupée.

— Celle-là est jolie, dit Rachel.

Ted lui lança un regard de mépris corrosif.

— C'est mon lot, dit-il. À moi de choisir.

— Quelle chance, dit Horst, qui venait d'apparaître un peu plus loin, contre le comptoir du stand. Cette poupée me plaît et on dirait que c'est la seule qu'ils ont.

Ted tourna la tête vers Horst, situé derrière Rachel.

— C'est une poupée de fille, dit-il sur un ton laissant entendre qu'il venait de deviner les penchants sexuels de Horst, et qu'il les trouvait indignes et répugnants.

— C'est ça, dit Horst en payant pour cinq parties. C'est pour ma fille. Quel est l'intérêt de faire preuve d'une telle adresse si l'on ne peut pas fanfaronner un peu ? (Il chargea sa carabine.) Je gagne cette poupée, je la lui offre et je lui explique comme il m'a été difficile de la gagner, comme je suis bon. (Il visa.) Et elle m'est tout acquise. (Il tira. Un homme en fer-blanc prit le plomb entre les deux yeux et bascula en arrière. Il reposa la carabine et adressa un large sourire à Ted.) C'est de la psychologie.

Ted n'y entendait rien en psychologie, même la moins logique. Le droit de propriété, en revanche, lui parlait beaucoup plus.

— Je vais prendre la poupée, dit-il au forain.

— Oh ! dit Horst, qui parut sincèrement déçu.

Ted récupéra la poupée, la jeta dans les bras de Rachel sans même lui adresser un regard, puis s'en fut.

La jeune femme serra la poupée contre sa poitrine.

Horst les regardait se fondre dans la foule quand Cabal le rejoignit.

— Et c'est de la psychologie ? demanda Cabal.

— Oui. Pas ce que je lui ai dit, mais ce que je lui ai fait. (Il lança un regard de biais à son frère.) Tu sais ce qui s'est passé ?

— Je ne suis pas complètement abruti. Je sais reconnaître la méchanceté quand elle s'étale sous mes yeux. Néanmoins, il y a quelque chose que je ne comprends pas.

— Ah ?

— Pourquoi m'aides-tu ainsi ? Tu n'y es pas allé par quatre chemins en me disant que tu n'aimes pas trop ce qui se passe ici, en insistant même pour ne pas être mêlé aux… magouilles de cette fête foraine, dirons-nous. Pourquoi un tel changement ?

Horst parut songeur.

— Eh bien, Johannes, c'est…

Le silence s'étira ; Cabal finit par se tourner pour lui demander la fin de la phrase, mais Horst avait disparu. Le nécromancien pesta, poussa un vieux juron évoquant des rapports sexuels entre une tribu disparue et une espèce disparue.

Et maintenant ? Il avait envie de filer Ted et sa pathétique copine. Le nécromancien était très curieux – il devait bien l'admettre – de voir comment la poupée allait forcer l'homme à vendre son âme. Mais il comprit à regret que sa petite filature risquait de s'avérer contre-productive. Horst et lui étaient intervenus directement, ils avaient utilisé un peu du sang de Satan. S'il leur fallait déployer davantage d'efforts, eh bien, ce serait pour la fois suivante, et Ted se retrouverait tout simplement dans le dossier des expériences ratées.

Cabal reprit la direction de la Maison des Monstruosités Médicales pour récupérer son canotier auprès du gamin.

Devant Ted, Rachel se montrait aussi heureuse que possible, mais des pensées contradictoires la troublaient. D'un côté, Ted s'était montré très gentil en lui gagnant la poupée, même si elle le soupçonnait de l'avoir fait uniquement pour contrarier cet homme charmant au stand de tir. Mais le doute subsistait, preuve s'il en fallait qu'elle se berçait d'illusions.

À ses yeux, Ted était un homme bon et gentil. Certes, il avait ses marottes : sa façon de balancer des coups de poing au moindre problème, son désir parfaitement compréhensible de s'enivrer quatre fois par semaine, sa manie très masculine de voir des insultes et offenses un peu partout, moment auquel il balançait des coups de poing sans réelle retenue en direction de tout ce qui ressemblait à un menton ou un œil. Mais quel homme n'agissait pas ainsi ?

Apparemment beaucoup, mais il était trop tard. Ted constituait actuellement son modèle masculin et elle était convaincue de l'à-propos de ses croyances, comme un sentiment venu des tripes. Elle était persuadée que tout allait bien. Tout n'était pas parfait, mais elle était certaine que le pouvoir de l'amour allait faire de lui un homme meilleur.

Mais ce n'était plus de la foi ; c'était du désespoir. Il y a une chose à savoir sur les femmes qui disent « Tu dois aimer un salaud » avec les yeux qui pétillent. Ce sont les mêmes qui, par la suite, quand il s'avère que le salaud avec lequel elles vivent est vraiment le pire de tous les salauds, finissent par se plaindre en disant : « Tous les hommes sont des salauds. » Vu le champ très restreint de leur étude, leur conclusion n'est ni très surprenante ni très fiable.

Face à l'appréciation totalement dépourvue d'esprit critique de ses petites gentillesses (ne pas la frapper, ne pas lui cracher dessus, ou encore ne pas peloter ses amies devant elle), Rachel avait le sentiment bien tangible que cette poupée avait quelque chose de bizarre. Elle lui avait paru parfaite sur le présentoir du stand, mais à bien y repenser, la jeune femme ne savait pas bien pourquoi elle l'avait trouvée attachante au point de la réclamer. La seule chose qui l'empêchait désormais de la refiler au premier enfant venu ou de la jeter dans une poubelle était la certitude de mettre Ted en colère. Cette poupée n'était pas à sa place entre ses mains ; plus précisément elle n'avait pas *l'air* d'une simple poupée, elle suscitait un sentiment équivoque, indéfini, dont la nature très floue s'avérait fort contrariante.

Rachel poussa soudain un petit cri d'épouvante ; et lâcha la poupée, qui tomba sur les fesses et resta assise là, dans l'herbe folle du champ de foire, comme si on l'y avait délicatement posée. Ted tourna sur lui-même (il était bien évidemment trois pas devant) et lui lança un regard furieux avant d'en faire de même à l'égard de la poupée.

— Qu'est-ce qui t'arrive ? demanda-t-il en ramassant la poupée.

— Elle… (Elle marqua un temps d'arrêt en s'apercevant qu'elle allait passer pour une idiote en disant ce qu'elle pensait.) Il y a quelque chose de pointu dedans, dit-elle finalement. Ça m'a piquée.

Elle regarda son doigt. Un minuscule croissant de points rouges formait une goutte de sang. Elle se suça le doigt et regarda d'un air méfiant la poupée qui pendouillait dans la main de Ted. Elle était certaine de ne jamais l'avoir vue sourire comme ça avant. Sourire, oui, mais pas comme ça. Pas en montrant ses dents.

Ted fronça les sourcils – à croire que Rachel avait l'habitude d'être blessée par des jouets –, puis considéra la poupée. C'était une belle jeune femme aux cheveux noirs et bouclés vêtue d'une courte robe rouge. Sans doute s'agissait-il d'un personnage de bande dessinée ou de dessin animé, mais il ne la reconnut pas. Quelque chose de pointu dedans ? C'était simplement de la camelote bon marché, il en était sûr. Il serra alors la poupée, en souhaitant presque qu'un bout de métal pointu vienne lui lacérer la main et le fasse peut-être même saigner. Il l'espérait. Cela lui donnerait au moins une excuse pour retourner au stand de tir et tabasser le forain.

Il serra, mais ne sentit rien lui mordre la main. Ce fut plutôt l'inverse puisque la poupée semblait agréablement molle et flexible. Il serra plus fermement, sans violence. La poupée pendait dans sa poigne et lui adressa un clin d'œil indolent. Il la dévisagea, elle parut en faire de même, et le moment s'éternisa. Rachel le regardait, nerveuse à l'idée qu'il soit blessé et s'en prenne à elle, et plus nerveuse encore en constatant que rien de tel n'arrivait. Ted se tenait là, immobile, à observer la poupée.

Une poupée qui était chaude dans sa main. Il sentait les courbes du corps de l'objet, ou plutôt de cette femme, sous sa robe rouge. Elle était parfaite. Comme ce qu'on attendait de n'importe quelle femme. À la peau douce et chaude, aux courbes généreuses.

Rachel battit en retraite quand il la gratifia d'un regard hostile différent de ceux auxquels elle était habituée. Puis il baissa à nouveau les yeux pour examiner la poupée. Le voyant parcourir l'objet de ses doigts vigoureux, elle sentit l'envahir une vague inattendue de jalousie, suivie d'un étrange parfum de peur.

Ted aurait voulu venir seul à la fête foraine, mais il devait composer avec Rachel, qui le suivait partout comme une âme en peine. Il ne s'amusait jamais. Avec une copine comme cette poupée, les choses auraient été différentes. Elle était belle, habillée avec goût, et apaisante. Il s'imaginait presque trouver une femme comme cela, ici, à la fête foraine, se voyait déjà lui faire du plat, bavarder, lui demander son nom.

— *Je m'appelle Trixie.*

— *Trixie*, pensa-t-il, *c'est un joli nom.*

— *Merci. Et comment t'appelles-tu, toi ?*

— Ted, répondit Ted.

— Comment ? demanda Rachel.

Il lui lança un autre regard déplaisant, tourna les talons et s'en alla. Rachel attendit quelques instants, sans réellement savoir si elle avait fait quelque chose de mal ou non, puis elle lui emboîta le pas.

Ted avançait à grandes enjambées en fendant la foule, qui se refermait aussitôt sur son passage. Il n'avait pas franchement idée de ce qui se passait et s'en moquait éperdument.

— *Elle ne t'aime pas.*

Il le savait depuis toujours. Il le savait bien évidemment depuis toujours. Il n'imaginait même pas que deux individus puissent s'aimer. La loyauté, c'était une chose, mais l'amour…

— *Elle ne t'apprécie même pas.*

Il ne lui était même pas venu à l'esprit que Rachel puisse avoir une opinion. Il s'arrêta à l'ombre du grand toboggan, au milieu des clameurs enchantées des enfants qui dévalaient la piste en glissant à toute allure. Il crut vaguement entendre leurs cris étouffés sous terre, ce qui les rendait nettement moins enchantés pour le coup. La nuit était fraîche, mais il suait et se sentait fébrile. Quelque chose se tortilla dans sa main.

— *Je t'aime bien, Ted.*

Il observait les vives ampoules qui faisaient le tour du grand toboggan, leur éclat constituant comme des torrents de lumière. Il s'entendait à peine en raison de la musique, des bavardages, des rires et des cris. Il ne s'entendit sans doute pas dire :

— Moi aussi, je t'aime bien, Trixie.

La loyauté, c'était une chose, mais l'amour…

— Ted ? Est-ce que tout va bien ? (Il se retourna brusquement, comme un ivrogne. Une femme trop maquillée le regardait.) Tu as une mine épouvantable ! On dirait que tu es malade, Ted ! (Il n'avait pas une mine épouvantable, contrairement à elle, qui avait une tête trop petite et qui ne portait pas de robe rouge.) Tu couves quelque chose, il faut que tu rentres à la maison !

Il prononça quelque chose qui aurait dû ressembler à : « Lâche-moi les basques », mais les syllabes se déversèrent de sa bouche comme des patates pourries. Frustré et trop pris de vertiges pour se mettre en colère, il tourna le dos à la femme et s'en alla précipitamment. Pleine de visages aux yeux grands ouverts et aux larges sourires, la foule l'observait mais s'ouvrait devant lui à l'image de spectres bruyants.

La femme avait raison sur un point, pensa Ted : il devait rentrer chez lui. Il devait rentrer en compagnie de Trixie. Il serra la poupée contre sa poitrine et se dirigea vers la sortie en courant à moitié.

De l'autre côté de l'arche, il ferait plus frais. Il retrouverait ses esprits. Il serait heureux. Il serait aimé. Trixie lui procurait un sentiment de bien-être contre sa poitrine, autant qu'une véritable femme, mieux qu'une véritable femme. Cette femme (La connaissait-il ? Rachel ? Ce nom lui rappelait quelque chose) était une véritable femme, mais quelque chose clochait avec elle. Ça ne pouvait pas coller. Elle était douée de vie et avait des besoins, et elle exprimait désormais ses opinions. Il se rappela ce que Trixie avait ressenti quand il l'avait serrée pour la première fois, quand il s'était attendu à ce qu'un fil de fer le blesse. Il s'imaginait maintenant serrer Rachel, serrer une « véritable femme » comme ça, imagina tous les bouts de fer pointus de leur vie et de leur histoire, de leurs désirs et de leurs pensées, superflus et inutiles, s'enfoncer dans ses mains tandis qu'il serrait, son sang coulant de ses blessures et tachant leurs robes de rouge. Toute cette douleur, et toute cette frustration ; il ne serait jamais heureux.

Il sentait Trixie contre lui, la serra fort. Amour et bonheur. Il passa sous l'arche.

Et tout s'estompa.

Ted s'arrêta net. Il ne ressemblait plus qu'à un simple adulte serrant une poupée contre lui. L'homme la prit à deux mains pour mieux la regarder et sentit l'envahir un mélange de surprise et de regret – du regret pour quelque chose qu'il ne savait même pas désirer quelques minutes plus tôt. Il la serra, la serra, mais ce n'était qu'une poupée. Il la secoua, mais cela ne fit qu'ouvrir et fermer son œil coquin de façon intermittente.

Il se retourna, leva les yeux vers l'arche. En passant dessous, c'était comme s'il avait appuyé sur un interrupteur. Intérieur/extérieur : Trixie/poupée. Il voulut revenir, mais le tourniquet refusait de bouger. Il poussa sans résultat les bras en acier, jusqu'à ce qu'il remarque l'homme situé dans la baraque lui adresser un sourire sinistre en tapotant l'écriteau qui précisait : « Toute sortie est définitive. »

Ted plongea sa main dans la poche de son pantalon et jeta toute sa monnaie sur le petit guichet en métal. Il ne savait pas combien il avait donné, et s'en moquait éperdument. Sans même vérifier ce qui s'y trouvait, il actionna la machine ; un ticket aussi rouge qu'une graine de grenade sortit aussitôt de la fente du guichet. Ted s'en empara comme un homme à la mer se raccrochant à un semblant d'espoir et se jeta une nouvelle fois contre le portillon d'accès. L'homme situé à l'abri de la baraque le laissa taper dessus pendant cinq bonnes secondes puis, sans se défaire de son sourire sinistre, il lui ouvrit. Ted entra sur le champ de foire en titubant.

Aussitôt, Trixie redevint Trixie. Il la serrait contre lui, en extase, terrifié à l'idée que son bonheur s'envole une fois la fête foraine repartie. Peut-être pouvait-il s'y cacher, quelque part derrière les décors, et rester quelques jours, dans un recoin sombre, en compagnie de Trixie. Il s'élança en courant aveuglément, effrayé par un avenir incertain, jusqu'à perdre la notion du temps.

Quand il s'arrêta enfin, il était loin de la fête foraine à proprement parler, mais tout près de la voie ferrée et du train. Un homme se tenait là. Ted reconnut celui qui lui était rentré dedans, qui lui avait offert des parties au stand de tir. Cet homme semblait l'attendre comme dans un rêve. Et, comme dans un rêve, cela lui parut parfaitement rationnel et cohérent.

Ted avança, ôta son chapeau et l'écrasa de sa main libre. Il tenait Trixie dans le creux de son autre bras, plus *tendrement* que jamais.

— Monsieur, balbutia-t-il, cher monsieur…

— La Fête foraine des Frères Cabal vous remercie pour votre intérêt, dit l'homme avec un léger accent allemand, mais nous n'avons aucun poste à pourvoir pour le moment.

— Mais…

Ted s'aperçut que l'homme savait déjà qu'il cherchait un travail. C'était parfait. Peut-être qu'en insistant. En le suppliant…

— Aucun… poste à pourvoir pour le moment. (L'homme blond releva son canotier. Le choix de son chapeau était curieux vu qu'il était pour le reste habillé en croque-mort. Il fit un signe de tête en direction de Trixie.) Vous aimez la poupée ?

Ted l'étreignit d'un air protecteur. L'homme secoua la tête avec une incrédulité mesurée.

— Pygmalionisme. Cela tient du miracle. Je dois des excuses à mon frère.

L'homme mit la main dans sa poche intérieure, en sortit un bout de papier plié. Il l'ouvrit d'un geste du poignet, puis récupéra un stylo dans la même poche.

— Je suis persuadé que nous allons trouver un arrangement.

Ted n'écouta pas ce que l'homme avait à lui dire. Il sentit simplement Trixie se tortiller contre lui, entendit sa voix dans sa tête et saisit le stylo.

Par la suite, Horst retrouva Cabal dans son bureau, à bord du train, en train d'examiner d'un air satisfait le formulaire signé.

— Je ne m'attendais pas à ce que ce soit si facile, dit-il en tendant le papier devant lui pour que Horst y voie la signature brouillonne de Ted.

Horst s'assit face à lui, s'enfonça dans la chaise en cuir.

— Moi non plus, répondit-il d'un air un peu mécontent. Et peut-être Satan a-t-il été le premier surpris. Nous avons intérêt à faire attention.

— Vu ma profession, je fais toujours attention. C'est ce qui distingue le succès de l'échec.

— Ha ! Et qu'est-ce qui te fait croire que ton entreprise est couronnée de succès, Johannes ?

— Eh bien, on ne m'a toujours pas envoyé au bûcher. (Il fronça les sourcils. Horst lui gâchait sa petite victoire, mais Cabal décida de le caresser dans le sens du poil.) Mais tu avais raison. Je ne voyais pas bien comment un jouet habité par un esprit diabolique pouvait nous rapporter un homme adulte, mais ça a pourtant marché. Il m'a quasiment supplié de le laisser signer. Il y a cependant deux trois bricoles que je n'ai pas comprises au sujet des événements de ce soir.

Horst le regarda d'un air las.

— As-tu vraiment besoin de tout comprendre ?

— Bien sûr, dit Cabal en écartant cette remarque idiote. Pour commencer, que s'est-il réellement passé ? La poupée a-t-elle pris vie, ou a-t-elle instillé une sorte de paraphilie chez... (il examina la signature) Edward... quelque chose. Il a une écriture épouvantable.

— Para quoi ? Paraphilie ? Mais où vas-tu chercher tous ces mots ? Qu'est-ce qu'une paraphilie ?

— Un charme. Qu'est-ce que le sang de Satan a fait exactement à cette poupée ? S'agit-il d'une possession ou d'une malédiction ? J'aimerais bien le savoir.

— Je n'en ai aucune idée. Un peu des deux, peut-être. Sans doute. Est-ce vraiment important ?

— Possiblement, dans une certaine mesure. Mais il y a une autre chose que j'aimerais savoir. (Il attendit que Horst veuille bien le regarder avant de reprendre.) Je voudrais que tu répondes à la question que je t'ai posée tantôt.

Horst s'enfonça un peu plus dans sa chaise et leva les yeux au plafond.

— Je ne m'en rappelle pas, dit-il en mentant visiblement.

— Je t'ai demandé, dit Cabal avec une patience cryogénique, pourquoi tu t'es décidé à me prêter assistance, après m'avoir clairement fait comprendre que tu ne m'aiderais pas *directement* à faire signer ceci. (Il agita le contrat sous son nez.) Tu m'as donné un coup de main dès que tu en as eu l'occasion. J'attends une réponse claire et honnête de ta part, sans que tu t'évanouisses comme une promesse de campagne le lendemain d'une élection. Alors ?

Plusieurs secondes durant, tout portait à croire que Horst n'allait pas répondre. Il finit néanmoins par prendre une longue inspiration, avant de prendre la parole :

— Alors… Eh bien, il était voué à l'enfer de toute façon, donc pourquoi ne pas l'y envoyer tout de suite et lui éviter l'embarras d'être snobé par saint Pierre. Tu imagines ? Toutes ces nonnes et ces trucs faisant la queue avec toi, et saint Pierre t'annonçant que tu n'es pas sur la liste, que tu ne peux pas rentrer.

— Je doute que ça marche comme ça. Remarque, j'ai eu un aperçu de la bureaucratie post mortem, et c'est peut-être bien le cas. Ce que je sais, en revanche, c'est que tu restes très évasif. Il y avait sans doute pas mal de candidats possibles à la damnation présents cette nuit, et tu as choisi une personne comme… eh bien, comme si tu fondais sur une fille plutôt bien roulée en soirée.

Horst fronça les sourcils.

— Bon Dieu, tu ne m'en veux quand même pas encore pour cette histoire à la soirée de Conrad, quand même ? Je me suis déjà excusé une dizaine de fois. C'était une *blague*.

— C'était une séance d'humiliation préméditée, mais je ne vais pas te laisser m'embobiner. Pourquoi lui ?

Horst gigota pour se mettre à l'aise sur sa chaise.

— Sa petite amie.

— Quoi ? Cette femme inexistante ? Elle n'est pourtant pas ton genre. Sans compter l'excès de maquillage.

— Ce maquillage, dit lentement Horst, avait pour but de cacher son œil au beurre noir.

Cabal se redressa sur sa chaise.

— Un œil au beurre noir ? Tu veux dire… que cet homme ? Edward… machin chose.

— Malgré son after-shave bon marché, je sentais la violence en lui. Je connais bien ce genre de gars. Un jour, il lui aurait fait bien pire et j'ai donc décidé de l'arrêter.

— Tu as décidé de l'arrêter ? fit Cabal en jetant un regard furieux à son frère.

— Oui, j'ai pris la décision. Je connais par cœur ce genre de types, Johannes. J'en ai vu à la pelle. Sa petite amie n'était rien de plus qu'un jouet entre ses mains, et il est bien du style à casser ses jouets. Alors je me suis dit que ça allait le changer d'être à son tour manipulé par un jouet. (Il s'arrêta quelques instants, le regard perdu dans le vague.) Peut-être est-ce lui qui va finir brisé, ajouta-t-il froidement.

Il y eut un silence, et Cabal reprit finalement la parole.

— Tu étais moins généreux de ton vivant.

Horst haussa les épaules.

— Ma devise a toujours été : « Il faut se montrer tolérant. » Vu les circonstances, il m'en faut une nouvelle.

Cabal regarda le contrat.

— Maintenant que tu m'as expliqué pourquoi tu m'as aidé à le faire signer, ça perd un peu de son lustre. Nous sommes censés accomplir l'œuvre du diable, et tu viens la contaminer avec des élans de vertu. Je crois que tu n'as pas l'étoffe d'un agent du mal.

— Nous n'en sommes qu'au début, Johannes. (Horst se leva et s'étira.) La perfection viendra avec un peu d'entraînement.

Rapport au sang de Satan, une brève analyse qualitative et quantitative de son utilisation dans la création et la gestion de la Fête foraine de la Discorde, également connue sous le nom de Fête foraine des Frères Cabal.

Le diamètre de la sphère de sang de Satan originellement fournie en guise de « budget » de la fête foraine s'élevait à 356 millimètres précisément. Cette boule, initialement gélatineuse et donc de forme variable, devint rapidement une sphère parfaite plus lisse encore que la surface d'une étoile à neutrons, que l'on pensait jusqu'alors être la sphère la plus parfaite possible.

Selon l'équation $V = 4/3\ \pi r^3$, où r est le rayon et V le volume, nous nous apercevons que le volume de la sphère est (arrondi au supérieur) de 23,624 centimètres (ou millilitres) cubes de sang diabolique, soit 23,624 litres ou, approximativement, 5,2 gallons britanniques.

Les coûts prélevés sur le « budget » sont exprimés en centimètres cubes (cc). Quelques exemples apparaissent ci-dessous. Notez que deux entités aux fonctions identiques n'ont jamais eu le même coût. C'est sans doute à mettre sur le dos de la nature profondément chaotique de l'enfer.

Automates	
Catégorie inférieure : ex. monteurs	*20 cc*
Catégorie moyenne : ex. rabatteurs	*25 cc*
Catégorie supérieure : ex. Bobbins	*35 cc*
Catégorie premium : ex. Sac d'Os, Layla	*50 cc*

Constructions	
Concession	*30 cc*
Attraction	*50 cc*
Manège	*80 cc*

Souhaits exaucés

(Impossible à quantifier avec précision en raison des différences énormes entre les souhaits formulés. Certaines entreprises majeures ont exigé jusqu'à 200 cc, alors que d'autres ont été réalisées sans faire appel à la sphère de sang, en utilisant simplement les

bénéfices considérables de la fête foraine ou en s'appuyant sur des entités existantes. Soit dit en passant, aucun souhait n'a été exaucé de manière à répondre précisément *aux attentes du bénéficiaire – une règle, dans ce genre de transaction.)*

Chapitre 6

Où Cabal fait un arrêt imprévu et parle de la guerre

LA FÊTE FORAINE se remit donc en route, laissant dans chacune des villes traversées un véritable capharnaüm de tristesse et de discorde.

Cabal sortit de leur boîte les contrats qui n'étaient pas signés, rangea ceux qui l'étaient au fond et reposa les formulaires vierges par-dessus. Puis il remit le couvercle en place, déposa la boîte dans le tiroir en haut à droite de son bureau, et le ferma à clef. Un jour, et il valait mieux que ce soit dans l'année suivant le début de ce pari ridicule, le contrat en haut de la pile trouverait lui aussi signature et la victoire serait assurée. Ensuite, il n'aurait plus qu'à récupérer son âme.

Et une petite voix lui dit : « Tu ne peux pas cracher à la face de Satan, parce que c'est bien de cela qu'il s'agit, n'est-ce pas, Johannes ? Ça a beau avoir commencé avec ton âme, c'est maintenant une question d'amour-propre avant tout. »

Mais Johannes Cabal n'accordait pas beaucoup d'attention aux petites voix. Il profita de ce court instant d'accalmie pour faire le point.

Il appuya ses mains l'une contre l'autre et posa le

menton sur le bout de ses doigts en effectuant un rapide calcul mental. S'ils respectaient leur calendrier, et pour peu que les communautés suivantes soient aussi grossières, *vénales* que Merton Pembersley New Town, Carnforth Green et Solipsis Supermare, il remplirait ses objectifs dans les temps impartis.

Et c'est à ce moment-là que le train s'immobilisa.

Cabal sauta sur la voie et regarda tout autour. Ce n'était pas possible. Elle semblait aussi délabrée que celle sur laquelle il avait trouvé le train. Ils se trouvaient dans une longue tranchée qui sillonnait la campagne – Cabal n'en voyait pas le bout, dans un sens comme dans l'autre. Les talus étaient envahis de buissons épars et d'arbres dont les branches empêchaient presque le passage du train. D'un côté, le nécromancien vit une famille de lapins qui prenait un bain de soleil en observant le convoi avec peu d'intérêt. Ce n'était pas normal. Ils étaient censés avoir emprunté la ligne principale. Cabal se dirigea vers la locomotive, mais croisa Sac d'Os qui faisait justement le chemin inverse. L'homme, invraisemblablement maigre, tenait sous le bras une carte roulée.

— Mauvaises nouvelles, patron. Nous ne sommes pas sur la bonne ligne.

— Vraiment ? (Cabal jeta un coup d'œil aux herbes folles, qui poussaient en grand nombre sur la voie.) Quelle surprise…

— C'est vrai, répliqua Sac d'Os, depuis longtemps habitué aux remarques sarcastiques de Cabal. On en est sûrs.

— Comment est-ce arrivé ?

— Chais pas. Les petits malins installés sur la

plate-forme ne sont plus en état de comprendre quoi que ce soit depuis un bout de temps. J'imagine que des gamins ont tripoté l'aiguillage et que nous nous sommes simplement retrouvés au beau milieu de nulle part, fit-il en agitant la main.

— Peut-on faire machine arrière ?

— Ça dépend de l'endroit où nous sommes. Regardez. (Sac d'Os déroula la carte sur le gravier et en cala les coins avec des cailloux.) Nous sommes sur cette voie latérale, ou sur celle-ci. Vous voyez ? Bon, si nous sommes sur celle-là… (Il désigna une ligne fine qui se détachait d'une autre, plus épaisse.) Eh bien, tout rentrera dans l'ordre. Il nous suffira de poursuivre jusqu'à la voie principale, ici, et nous ne perdrons quasiment pas de temps. Mais si on est sur celle-là, nous allons finir dans les collines. Dans ce cas, il faudra rebrousser chemin.

— Et nous n'avons aucun moyen de savoir sur laquelle des deux nous nous trouvons ?

— Non, pas sans un point de repère.

Cabal se mordit les lèvres. Des gamins tripotant l'aiguillage ? Il en doutait fortement. Cela ressemblait davantage au sale boulot de l'un des avatars de Satan. Encore un coup bas pour lui compliquer la tâche. Sans un mot, il retourna vers le train et grimpa à l'échelle extérieure.

— Z'allez où, patron ? demanda Sac d'Os, en se protégeant les yeux d'un soleil qui ne leur apportait aucune chaleur.

— Chercher un point de repère. Passez-moi la carte, voulez-vous ?

Perché sur le toit du wagon, Cabal n'y voyait pourtant pas bien loin. Les flancs de la tranchée étaient tout simplement trop élevés. Convaincu qu'il était inutile – et dommageable pour sa dignité – de sauter ou de se tenir sur la pointe des pieds, il parcourut la voie des yeux, dans les deux sens. Devant, il ne distinguait qu'une courbe interminable. Derrière, il aperçut cependant le toit d'un bâtiment sans doute situé tout près de la voie ferrée. La carte ne lui offrit néanmoins aucune réponse. Les deux lignes étaient assorties de constructions non identifiées. Mais peut-être pouvait-il au moins y trouver un indice. Il la lança à Sac d'Os, puis redescendit précipitamment.

— Il y a une maison ou je ne sais quoi là-bas, dit-il en la désignant. Je vais y jeter un œil.

Sac d'Os regarda la voie ferrée sans grand enthousiasme.

— Voulez qu'je vienne ?

Cabal longeait déjà les traverses.

— Ce n'est pas la peine, je reviendrai vite.

Cabal commença à se sentir curieusement seul tandis que les sifflements impatients de vapeur s'atténuaient derrière lui. Certes, il avait passé la majeure partie de sa vie seul, son caractère et sa profession en étant les principales explications, mais là, c'était différent. Chacun de ses pas lui donnait l'impression de s'isoler du reste de l'humanité ; une sensation qui, ajoutée à son caractère totalement étranger, était de plus en plus troublante. Il s'arrêta, effrayé – voire légèrement dégoûté – de sentir un frisson le parcourir. D'autant qu'il sentait même les poils de sa nuque se hérisser.

Inhabituel, pensa-t-il. *Je crois que j'ai peur.* Certes,

la peur ne lui était pas complètement étrangère, mais il avait jusqu'à présent toujours eu une bonne raison de la ressentir. Par exemple, lorsque certaines de ses créations s'étaient échappées de son laboratoire, des oubliettes ou, une fois, du fourneau, et étaient restées tapies dans l'ombre, près de la maison, bien décidées à lui sauter dessus pour le tuer. Cela l'avait inquiété. Ou comme cette nuit à la crypte des Duin. Oui, il s'était sans doute senti un peu embarrassé. En ces rares occasions, une menace bien réelle avait pesé sur sa vie et son travail. Alors que là, il n'y avait… rien. Il regarda en direction du train et songea sérieusement à revenir sur ses pas, en racontant que le bâtiment n'avait aucun intérêt, avant d'ordonner que l'on continue jusqu'à atteindre la voie principale ou jusqu'à ce qu'il faille faire demi-tour.

— Reprends-toi, se dit-il fermement. Trêve d'enfantillages.

Il s'imagina en train de se secouer par les épaules, se redressa et reprit sa route le long de la voie ferrée.

La peur ne fit que croître, mais un mélange détonnant de détermination et d'orgueil l'emporta. Ce sentiment s'accentua, pour finalement laisser place à une impression de danger imminent et, curieusement, de manque. Le poids d'un soudain regret qu'il était bien incapable d'identifier fit haleter Cabal sous le coup d'une émotion inconnue. Non. Non, pas inconnue pour un sou, simplement réprimée, et le souvenir brutal lui picota les yeux. Sa gorge se serra, puis il avala une bouffée d'air et reprit son chemin. Même s'il marchait d'un bon pas, le bâtiment apparut au bout de la courbe avec une lenteur effrayante, et le nécromancien s'avisa tardivement qu'il s'agissait d'une gare. C'était une bonne nouvelle. L'endroit semblait abandonné depuis des années, mais il devait encore y avoir un écriteau ou quelque chose qui en précisait le nom, tous les renseignements nécessaires pour déterminer sur laquelle des deux voies il se trouvait. Il espérait simplement ne pas avoir à chercher trop longtemps, car la douleur était maintenant très vive et il n'avait plus qu'une envie : tomber à genoux. Le sentiment de manque était comparable à une lance qui lui transperçait le cœur. Continue de marcher, ne cessait-il de se dire. *Si tu succombes, tu es perdu. Trouve le renseignement et retourne au train. Mission accomplie. Ne cours pas. Ne faiblis pas. Contrôle ta peur.*

De toute évidence, cette gare avait jadis été fort bien entretenue. Près du quai se trouvaient des parterres de fleurs où les capucines et les coquelicots résistaient vaillamment à la progression des mauvaises herbes. Les pierres qui entouraient ces plates-bandes semblaient aussi avoir été méticuleusement blanchies il y a fort longtemps. La peinture s'écaillait, les affiches se décollaient et les fenêtres étaient encrassées, mais l'ensemble dégageait un sentiment d'ordre lentement gagné par l'entropie. Les fenêtres étaient intactes – un point intéressant. Au fil des semaines passées, Cabal avait appris beaucoup de choses au sujet de la nature humaine. Il savait donc que là où il y avait des enfants et du verre sans surveillance, il y avait forcément de la casse en prévision. Cabal avait déjà eu quelques prises de bec avec de jeunes garçons têtus qui semblaient croire que leur âge et leur sexe les autorisaient à se livrer à de petits actes de vandalisme. L'un d'eux l'avait d'ailleurs mis dans une colère noire, ce qui lui avait valu de finir à la Maison des Monstruosités Médicales. Ils avaient promptement levé le camp le lendemain, avant que la police locale ne s'en mêle. Le fait que les vitres soient intactes voulait dire que la gare était peu ou pas fréquentée, ce qui souleva une autre question : « Pourquoi construire une gare au beau milieu de nulle part, et dont personne n'aura l'usage ? », qui resta en suspens dans l'esprit de Cabal. Jusqu'à peu, il se serait contenté du nom de la gare avant de retourner au train, mais un mystère s'offrait désormais à lui, et il avait une sainte horreur des mystères. Son étrange trouble émotionnel l'effrayait toujours, et puisqu'il en avait peur, cela le mettait aussi en colère. Il se sentait en quelque sorte… abusé.

Et il l'était, bien évidemment. Il se sentit idiot à l'idée que l'origine de cette peur était en lui. Elle venait d'ailleurs. Elle provenait de… Il leva les yeux vers la gare. De *là*. Les sentiments confus qui l'avaient à ce point perturbé s'effacèrent devant une froide logique lorsqu'il les remit à leur place. C'était une forme d'empathie quasiment surnaturelle, il en était sûr désormais. Il sentait encore la peur, la solitude et le terrible sentiment de manque, mais cela ne le touchait pas plus que la chaleur et la fatigue ne pouvaient l'affecter sur le plan émotionnel. C'était une simple sensation, quelque chose que son corps avait remarqué et qu'il avait – stupidement – cru faire partie de son être. Le nécromancien monta sur le quai, se dirigea vers la porte de la salle d'attente – en notant au passage le nom de l'endroit, la gare de Welstone –, et entra.

Il fut déçu, comme s'il espérait trouver tout de suite l'explication du mystère. À l'évidence, la salle d'attente était inutilisée depuis de nombreuses années. Il y avait quelques tables et un bar sur lequel figurait une imposante fontaine à thé, ainsi que des vitrines qui avaient certainement abrité divers sandwichs et gâteaux. L'étrange sensation était plus forte encore en ces lieux, remarqua Cabal. Parfois, un spasme de tension lui parcourait la colonne vertébrale et provoquait un mouvement de la tête involontaire. Ça aussi, il s'en aperçut. Des journaux jaunis traînaient sur l'une des tables. Il en prit un et regarda la une. Il y avait deux publicités pour des cigarettes qui reprenaient le nom de la marque imprimé plusieurs fois en colonne, du marketing de pointe pour l'époque, et les gros titres « Énorme avancée attendue » et « Tout sera terminé à Noël ». Cabal secoua la tête. Ça ne s'était pas passé ainsi. Pourquoi les gens s'imaginaient-ils toujours que les guerres devaient finir avant Noël, comme si l'heureux destin voulait que toutes les familles soient à nouveau réunies et qu'on oublie les atrocités passées ? Habitué à extraire la vie de la mort, peut-être était-il plus effrayé par la guerre que le commun des mortels. Il s'était fait chasser de certaines villes par de bons citoyens, qui tous s'imaginaient supérieurs à lui sur le plan moral, et qui n'hésitaient pourtant pas à envoyer leurs fils se faire massacrer dans des conflits qu'ils auraient pu et dû régler par la voie diplomatique. Cabal, quant à lui, tuait rarement quand ce n'était pas nécessaire. Dans le cas de Dennis et Denzil, cela avait été – il fallait bien le reconnaître – une question de légitime défense, mais aussi d'eugénisme. C'était le patrimoine génétique de l'humanité ou eux. Mais la guerre ? Cabal jeta le journal sur la table avec mépris.

Le sentiment surnaturel était désormais là depuis si longtemps qu'il commençait à s'y faire, comme on s'habitue au froid. Il le savait présent, mais ce n'était pas si terrible que ça. Il se dirigea vers une fenêtre sale et observa le monde lumineux situé de l'autre côté. Tout cela ne le menait à rien. Il aurait mieux fait de retourner au train maintenant qu'il avait le nom de la gare, de voir où ils étaient et de partir. Mais… il s'en savait incapable. Pas avant d'avoir découvert pourquoi cet endroit dégageait de telles émanations psychiques et ce qui expliquait qu'on l'ait laissé dans cet état de délabrement pendant tant d'années. Cabal ne se contentait pas du titre de scientifique ; il possédait les atouts dont beaucoup de ses confrères manquaient : l'esprit d'investigation et une terrible curiosité.

— Je vais rester quelques minutes, dit-il à voix haute, puis il faudra que je m'en aille. (Seul le silence lui répondit.) Je suis un nécromancien. Je comprends vos problèmes. Je peux peut-être vous aider. (Il pensa à sa boîte pleine de contrats avant de poursuivre.) Nous pourrions même nous aider mutuellement.

Il continua de regarder par la fenêtre en sortant un fin cigare de la poche intérieure de sa veste. Il ne fumait pas habituellement, mais aimait l'idée d'avoir au moins un vice susceptible de ne pas lui valoir la potence. Il retira le cigare de son étui en cellophane, le fit rouler doucement entre ses doigts et sentit l'atmosphère de la pièce changer. La peur et la solitude le quittaient, quittaient les lieux. Il avait assez d'expérience de ce genre de chose pour comprendre que la source de ses sensations commençait à prendre forme non loin. D'une façon ou d'une autre, elle finirait par se présenter une fois prête. Il rangea la cellophane dans sa poche, coinça le cigare entre ses lèvres, sortit sa boîte d'allumettes en argent préférée de son gilet, et en craqua une.

— Vous avez du feu, monsieur ? fit une voix à la fois proche, mais également aussi lointaine qu'une tombe.

Cabal s'immobilisa un bref instant, puis il alluma son cigare. La flamme ne vacilla même pas. Il se retourna lentement en tenant devant lui l'allumette qui brûlait toujours.

— Vous voilà, lança-t-il d'un ton égal à son interlocuteur.

Cabal observa avec calme le soldat se pencher vers lui et allumer sa clope roulée. Il était vêtu d'un uniforme kaki de la même époque que les vieux journaux : une casquette à visière bon marché, des guêtres, des galons de caporal et des boutons sacrément lustrés qui, malgré tout, ne captaient pas la lumière. C'était comme si Cabal le regardait au travers d'une légère brume. Le soldat tira sur sa cigarette avec plaisir, retint la fumée pendant une longue seconde, et la recracha langoureusement par le nez.

— Dieu vous bénisse, monsieur. Ma dernière sèche doit remonter à un mois. Mon ami Bill m'a emprunté mes allumettes et il ne me les a jamais rendues – du Bill tout craché, hein. J'attends que le zinc à thé ouvre pour m'en payer une tasse, mais je ne sais pas trop ce qu'il en est. Le rationnement, j'imagine.

— Non, j'ai bien peur que ce ne soit pas le rationnement, dit Cabal en se dirigeant vers une table pour y prendre place. Le buffet a définitivement fermé. Asseyez-vous là, si vous le voulez bien.

Il désigna la chaise qui lui faisait face. Le soldat s'approcha, un sourire radieux aux lèvres, mais son sourire se fit légèrement hésitant quand il vit que la chaise indiquée par Cabal était poussée sous la table. Il lui préféra donc celle d'à-côté.

— Définitivement fermé ? Mais beaucoup de gens y viennent. Les usines sont de l'autre côté de la crête.

— Vraiment ? Pour être franc, j'ai l'impression que le commerce, ici, est inexistant. Quand avez-vous vu quelqu'un pour la dernière fois entre ces murs ?

— Oh, il n'y a pas bien longtemps. Je suis descendu du train il y a deux heures à peine. Curieux cependant, car l'endroit était vide. Le chef de gare va avoir du boulot, j'en ai peur.

— Deux heures, répéta Cabal sans plus de commentaires. Et qu'avez-vous fait depuis ?

— Je… (Le soldat se toucha le front comme pour essayer de s'en souvenir.) Je… je me suis assoupi, j'imagine.

— Et de quoi avez-vous rêvé ?

Le soldat le regarda d'un air étonné.

— Quelle importance ?

— Vous avez triste mine, répondit Cabal, qui versait dans l'euphémisme. Je crois que vos rêves vous ont perturbé. Ils ont parfois un sens.

— Et vous savez les interpréter ?

— Possible. Mais si vous ne m'en dites rien, je ne pourrai pas aller bien loin.

Le soldat retira sa casquette et la posa sur la table. Il passa ensuite la main dans ses cheveux blond roux comme pour tenter de se concentrer.

— Et si je ne veux rien en savoir ?

— C'est votre problème. Mais ne croyez-vous pas que vous avez déjà passé trop de temps à ne pas vouloir savoir ?

Le soldat ne répondit pas tout de suite. Il lança un regard dur à Cabal, puis serra les poings avant de les poser sur le bord de la table. Il les regarda attentivement pendant près d'une minute, avant de reprendre tranquillement.

— J'ai rêvé que j'étais dans un train, assis seul dans un wagon. J'étais en permission. L'armée m'avait laissé quelques jours. (Il leva les yeux avant de poursuivre sur le ton d'un mantra éculé.) Croyez-vous que la guerre sera finie à Noël ?

Cabal tapota son cigare au-dessus du cendrier décoré aux armes de la compagnie de chemin de fer, laquelle avait été placée en redressement judiciaire avant même sa naissance.

— Non, ça n'a pas été le cas. Continuez.

— J'ai dû demander au chef de train de s'arrêter quand nous sommes arrivés. Vous vous rendez compte ? Une petite gare bondée comme celle-ci. J'ai dû lui demander de s'arrêter. (Il tira une longue bouffée sur sa cigarette avant de l'écraser.) J'ai attendu une éternité. Que mon père et ma petite sœur viennent. Sans oublier Katy. (Il sourit désespérément à ce souvenir.) C'est ma petite amie. Nous sommes ensemble depuis l'école. Nous nous marierons l'année prochaine, une fois la guerre terminée et ma démobilisation effective. Puis j'imagine que je me suis endormi.

Cabal observait la volute de fumée qui s'élevait de son cigare.

— Et de quoi avez-vous rêvé ?

— J'ai rêvé de mon commandant, le capitaine Trenchard. Il me répétait quelque chose, encore et encore, et je ne comprenais pas. C'était forcément un rêve, car le capitaine est un homme bourru, qui n'aime pas se répéter et n'hésite pas à vous coller un blâme quand il pense que vous vous fichez de lui. Il me flanque la frousse, et je ne suis pas le seul. Bref, il n'arrêtait pas de se répéter, et je ne comprenais pas, mais il n'était pas en colère et je n'avais pas peur. J'étais comme pris d'un fou rire. Il me disait quelque chose que je ne saisissais pas, et reprenait depuis le début avec une patience d'ange. C'est pour ça que c'était forcément un rêve. Le capitaine ne connaît pas la patience. Ça ne pouvait pas être réel.

— Vous n'avez pas la moindre idée de ce qu'il essayait de vous dire ?

— Non. Bien sûr que non. Ce n'était qu'un rêve, vous comprenez ? Ce n'était pas réel.

— Ce rêve, vous souvenez-vous de ce qui s'est passé quand vous vous êtes réveillé ?

— Je ne suis pas bien sûr. Je crois que j'étais juste à moitié réveillé, et j'ai fait un autre rêve.

— Vous étiez de nouveau ici.

— Oui, je me tenais là. (Il désigna la fenêtre.) Et j'ai vu ce groupe de gamins sur la voie. Je ne sais pas à quoi pensent leurs parents, mais ils feraient mieux de ne pas les laisser jouer sur les rails d'une gare si fréquentée. J'étais sur le point de sortir pour leur dire d'arrêter leurs bêtises, quand l'un d'eux est entré. Il m'a regardé, a crié comme une fillette et a détalé avec les autres à sa suite. (Le soldat tapota ses galons.) L'autorité, vous comprenez ? Ils ont simplement vu un uniforme et ont fiché le camp.

Cabal regarda son cigare, s'aperçut qu'il était arrivé au bout, et l'écrasa.

— Je serais d'accord avec vous sans un petit détail, qui a tout de même son importance et que vous vous refusez de voir.

Le nécromancien se leva, se rapprocha de la fenêtre. Il s'arrêta un mètre avant de l'atteindre, fixa le sol et balaya la poussière du pied. Il se baissa aussitôt afin de gratter d'un ongle le parquet, qu'il examina avec minutie en penchant la tête sur le côté pour profiter d'une meilleure lumière. Satisfait, il se releva et marcha jusqu'au mur opposé. Tout en l'observant, il sortit une petite lime et se défit d'un air absent de la poussière qui recouvrait son ongle avant de se servir de l'outil pour sonder un endroit esquinté dans le lambris.

Le soldat l'observait sans rien comprendre.

— Que faites-vous ?

— Avez-vous déjà lu des histoires de Sherlock Holmes ? répondit Cabal.

— Non, mais j'en ai entendu parler, comme tout le monde.

— C'est dommage. Plus jeune, quand je lisais encore des œuvres de fiction, j'ai avalé l'ensemble de ses romans. J'aime beaucoup voir les méthodes scientifiques résoudre le chaos que génère le crime.

Cabal se rendit à la fenêtre où il se trouvait lorsque le soldat lui avait adressé la parole, puis il regarda par-dessus son épaule, se retourna et fit un grand pas.

— C'est bien là que vous vous teniez quand vous m'avez demandé du feu, n'est-ce pas ?

— Je crois, oui. En quoi est-ce important ?

— Vous devriez le savoir. C'est également là que vous vous teniez quand vous avez vu les enfants sur la voie, n'est-ce pas ?

— Je n'en sais rien. Pourquoi me posez-vous cette question ?

— En plus des histoires de Holmes, Arthur Conan Doyle a aussi écrit des récits d'horreur et de mystère. (Cabal dévisagea le soldat.) Ainsi que des histoires de fantômes. Aimeriez-vous que je vous raconte une histoire de fantômes ?

— Je ne crois pas aux histoires de fantômes, dit le soldat, qui mentait très mal.

— Grave erreur. *Moi* j'y crois, sans doute parce que j'en ai déjà vu. Permettez-moi de vous parler des trois types d'apparitions dont j'ai croisé la route.

Le soldat ne répondit pas, mais il était visiblement mal à l'aise. Cabal revint vers lui et s'assit.

— Pour commencer, fit Cabal, il y a les fantômes qui n'en sont pas. Simplement les échos d'événements tragiques et souvent traumatisants. Le meurtre dans la cage d'escalier, le suicide dans le grenier, des combats violents qui se répètent encore et encore sur de tristes landes et effrayent les bergers. Ce genre de choses. En règle générale, les gens n'aiment pas mourir. Toute cette peur et cette anxiété, cette haine et cette passion gravent leurs derniers actes dans l'éther, à défaut de meilleur terme, fit-il en agitant les mains pour désigner l'air tout autour d'eux. Mais il ne s'agit pas plus de fantômes que ne l'est la photographie d'un défunt. Le second type n'a rien à voir avec les fantômes non plus, mais au moins en a-t-il la prétention. Je parle bien de ces personnalités particulièrement puissantes qui sont capables de déformer leur environnement là où elles meurent, ou encore là où elles ont passé le plus clair de leur vie. Ces manifestations donnent du boulot aux chasseurs de fantômes, car elles sont bien souvent le fruit de personnalités aberrantes. Ce qui se traduit par des effets tout aussi aberrants après leur mort : du sang qui coule des murs, des crânes hurlants, des êtres vivants qu'on aide à se jeter par les fenêtres. Toutes sortes de choses dont la presse à scandales est friande. Mais le fantôme n'est pas une entité. Ça ressemble plus à une série de farces que laisse derrière lui un homme – ou une femme – entêté. Il donne l'air d'être doué d'intelligence, mais on ne peut lui faire entendre raison.

Cabal se frotta l'omoplate d'un air pensif et se souvint d'un théâtre de province que les rumeurs disaient hanté. Le nécromancien avait eu de la chance : il s'en était sorti avec une omoplate brisée.

— Ce qui nous laisse le troisième type – le seul qui, selon moi, porte véritablement sur les fantômes. L'âme perdue qui ne sait pas encore qu'elle est morte. Ce n'est pas courant, pas courant du tout. En fait, je n'en ai rencontré qu'une.

Il posa les coudes sur la table, entrecroisa les doigts, dressa les index, posa dessus la lèvre supérieure, et regarda le soldat droit dans les yeux.

— Qui ? demanda prudemment le soldat.

Le visage de Cabal s'assombrit.

— La stupidité des morts m'étonnera toujours. Je devrais pourtant y être habitué depuis le temps.

Il abattit ses mains sur la table, tout près du cendrier ; une brise légère vint agiter les cendres de son cigare – celles de la cigarette demeurèrent parfaitement immobiles. Cabal se leva aussitôt et se rendit d'un air impatient vers l'endroit où il avait vu le soldat pour la première fois. Il resta là, dos à l'homme, et désigna le sol sur sa gauche.

— Des taches de sang, une longue traînée qui va d'ici à là. Sur le mur d'en face (il le désigna du doigt), il y a un trou dans le bois. Un trou provoqué par une balle. Elle a été enlevée il y a longtemps, mais je suis prêt à parier qu'il s'agissait d'une balle de revolver, sans doute un calibre .38. J'ai remarqué que vous étiez droitier – vous deviez donc regarder par la fenêtre à ce moment-là, ce qui me semble logique : Dieu sait qu'il n'y a rien de bien intéressant dans la pièce.

— Non, murmura le soldat, par pitié.

— Pas de « Non, par pitié » avec moi, grogna Cabal par-dessus son épaule. Je croyais me rappeler que les sous-officiers n'avaient pas d'arme de poing. Vous l'avez ramenée des tranchées, c'est ça ? Vu le carnage, vous ne manquiez sans doute pas de cadavres d'officiers que vous pouviez délester d'un revolver, hein ?

— Je ne sais pas de quoi vous parlez. Vous êtes fou, dit le soldat, dont les mots avaient pour seul but de se rassurer.

— Fou, dites-vous ? (Cabal regarda par la fenêtre.) Vous avez dit avoir bénéficié d'une permission. Une permission exceptionnelle, j'imagine. Vous êtes revenu ici, dans une gare désaffectée, et les avez obligés à y arrêter le train. (Cabal posa son index et son majeur contre sa tempe droite.) Bang ! Vous vous êtes fait sauter la cervelle.

Il se retourna. Le soldat le regardait, terrorisé.

Cabal désigna alors le sol souillé et dit gentiment :

— C'est votre sang, n'est-ce pas ? Et ce trou dans le mur, c'est là que la balle s'est fichée après vous avoir traversé le crâne.

Il revint à la table et s'assit. Le soldat avait enfoui son visage dans ses mains et sanglotait.

— Vous le saviez, bien évidemment. Vous avez simplement du mal à l'accepter, dit Cabal. Les enfants n'ont pas fui devant votre uniforme. Ils ont détalé devant le fantôme de la gare. Et ils n'avaient pas le sentiment d'être en danger sur les rails, car cette voie est désaffectée depuis de nombreuses années. Je suis désolé. Vous êtes une âme égarée. Rien de plus. (Il observa pendant quelques instants le caporal aux épaules agitées de soubresauts – le malheureux était en train de sangloter.) La seule chose qu'il vous reste à faire maintenant, c'est de vous libérer.

— Le capitaine n'arrêtait pas de répéter la même chose ! s'écria le soldat, qui parut soudain très jeune. Et moi je ne comprenais pas de quoi il parlait ! Quand finalement ça a fait tilt dans ma tête, j'ai pensé qu'il s'agissait d'une plaisanterie. Je lui riais au nez, alors que *lui* m'expliquait qu'ils étaient tous morts. Ma famille. Disparue. Et Katy. Et Katy. (Il leva ses yeux rougis de chagrin vers Cabal.) C'était ma petite amie. Nous étions ensemble depuis l'école.

Nous devions nous marier l'année suivante, une fois la guerre terminée et ma démobilisation effective.

— Je sais. Je sais, dit Cabal tranquillement. (*Tous morts en même temps*, pensa-t-il. *Curieux*.) Vous l'aimiez sans doute énormément.

— Elle était… Katy. La vie sans elle n'avait plus aucun sens. Je… je ne pouvais tout simplement pas continuer. Vous ne pouvez pas imaginer ce que j'ai subi.

Cabal toussa.

— Vous seriez surpris. Voulez-vous quitter cet endroit ? (Le soldat regarda Cabal d'un air ébahi.) Je peux vous libérer. J'ai quelque expérience de la vie après la mort. Voulez-vous quitter cet endroit ?

— Je finis toujours par m'endormir. Et chaque fois que je me réveille, je ne me souviens que d'un visage en train de hurler dans mes rêves. Je ne pense pas pouvoir le supporter beaucoup plus longtemps.

— Auquel cas je vais vous laisser filer, si vous voulez bien remplir ce formulaire…

Le soldat le dévisagea d'un air hébété.

— Un formulaire ? Je dois remplir un formulaire ?

— Simple détail. J'ai juste besoin d'une signature. (Il fouilla ses poches intérieures à la recherche d'un stylo, en vain ; se rappela finalement avoir utilisé le dernier sorti de la boîte juste avant son départ de Solipsis Supermare.) Ah ! je n'en ai plus sur moi. Si vous voulez bien patienter dix minutes pendant que je vais en cherch…

— Katy sera là ?

Cabal se sentit soudain bien vieux face à l'espoir qui brillait dans les yeux du jeune homme. Il songea à la plaine qui s'étalait aux portes de l'enfer, et aux masses laborieuses qui s'efforçaient de répondre à la célèbre question mille douze du formulaire KEFU/56. Puis il pensa au sens réel de la damnation.

Si je ne le libère pas, le laisser ici reviendra à le damner, pensa-t-il. *Quelle différence qu'il serve en enfer ou dans une gare champêtre ?* Il regarda à nouveau le soldat dans les yeux et saisit la nature de cette différence. Dans la falaise à pic qui surplombait les Portes de l'enfer, défiant toute forme de modernisation ou d'innovation, était toujours gravé « Vous qui entrez ici, abandonnez toute espérance ».

— Vous et moi avons quelque chose en commun, dit-il finalement. Rien ne vous oblige à remplir le formulaire.

Cabal se leva et se dirigea vers la porte, qu'il ouvrit en grand avant d'en franchir le seuil. Il prit un morceau de craie blanche dans sa boîte à cigare et tira soigneusement une ligne d'un montant à l'autre de la porte. Il revint dans la pièce, s'accroupit près du tracé, dessina une série de caractères étranges tout le long en marmonnant quelque chose dans une langue chtonienne. Content de son travail, il se redressa, rangea la craie et se tourna vers le soldat. Le caporal s'était levé et rapproché pour voir ce que Cabal trafiquait. Le nécromancien remarqua qu'il se tenait précisément là où il s'était ôté la vie. Il marcha jusqu'à lui et lui désigna la porte.

— Voilà. Il vous suffit de sortir. C'est aussi simple que cela.

Le soldat se mordit la lèvre inférieure.

— Je ne suis pas sûr de pouvoir. J'ai déjà essayé par le passé, mais je n'y suis jamais parvenu.

— C'était avant que je vous ouvre la voie. Vous voyez ces symboles ? Ce sont des sceaux p'tithiens, le plus puissant et dangereux moyen pour ouvrir un portail, connu de l'humanité et de quatre autres espèces intelligentes, preuve à l'appui. Croyez-moi, vous pouvez partir.

— Et Katy ?

— Je ne puis rien vous promettre, mais vos chances de la retrouver me paraissent élevées. Vous voulez bien filer, maintenant ? Mon train m'attend.

Le soldat avança d'un pas hésitant vers la porte. Le soleil était bas, et le contour de l'homme se découpait contre la tranchée. Cabal ne fut pas surpris de voir sa silhouette légèrement translucide. Il s'immobilisa cependant sur le seuil.

— Continuez, dit Cabal. Rien ne vous retient ici. Continuez avant que je ne change d'avis au sujet de cette histoire de formulaire.

Le soldat jeta un regard en arrière ; un sourire timide se dessina sur son visage quand il fit son dernier pas. Cabal eut le sentiment de le voir se disperser à une vitesse incroyable, puis le passage fut libre. Dehors, il n'y avait plus rien. Cabal sortit et regarda des deux côtés de la voie ferrée avant de lever les yeux vers le ciel bleu et froid.

— Bonne chance, fit-il, comme pour lui-même. Et transmettez mes amitiés à Katy.

Reprenant finalement la direction de la porte, il baissa les yeux vers les étranges symboles. *Je savais que l'apprentissage du p'tithien me serait utile un jour,* pensa-t-il. Les P'tithiens constituaient jadis une tribu parfaitement inutile, qui avait réussi à s'anéantir près de trois mille ans plus tôt. Cabal avait découvert et laborieusement traduit une série de tablettes volées dans un petit musée qui, selon lui, n'avait pas bien saisi leur importance. La traduction lui montra cependant que ce n'était probablement pas le cas. Les P'tithiens s'étaient empoisonnés avec du pain de seigle contaminé par une forme particulièrement virulente d'ergot.

Perdus dans une sorte de brouillard hallucinogène, ils s'étaient d'abord pris pour de grands sorciers et avaient fait la démonstration de leurs extraordinaires pouvoirs en lévitant, en groupe, depuis une falaise. Sans doute auraient-ils dû essayer de moins haut. Cabal effaça les caractères phonétiques de la pointe de sa chaussure en les prononçant.

— Iinie. Miinie. Minie. Mo. Voilà, c'est fini.

Satisfait de lui, il quitta la gare sans se retourner.

De retour au train, il lui fallut moins d'une minute pour trouver l'arrêt de Welstone sur la carte et découvrir qu'ils étaient sur la bonne voie. Dennis et Denzil relancèrent la machine, et comblèrent bien vite la quasi-totalité de leur retard.

Au raccordement avec la ligne principale, ils durent demander à l'aiguilleur de les mettre sur la bonne voie. Cabal s'en chargea lui-même : il gravit les marches en bois menant au poste d'aiguillage et y laissa le pot-de-vin habituel.

— Aucun problème, monsieur, dit l'agent du chemin de fer. Je vais devoir passer un appel afin de prévenir. Laissez-moi quelques minutes et j'aurai la confirmation. Vous voulez une tasse de thé pour patienter ?

Cabal jeta un œil aux grosses chopes en fer-blanc accrochées aux patères, derrière l'évier, toutes recouvertes de tanins, et déclina la proposition avec un minimum de courtoisie. Il fit passer le temps en jetant un œil au tableau d'aiguillage, où il trouva « Gare de Welstone (désaffectée) ».

— L'arrêt de Welstone, monsieur, dit l'aiguilleur, qui remarqua ce qui attirait l'attention de Cabal. Fermé depuis la guerre. Il n'y a rien là-bas, plus aujourd'hui en tout cas. D'où sa fermeture.

— J'ai cru comprendre que c'était autrefois un endroit prospère.

— Oh, ça l'était. J'y suis allé il y a des années, quand j'étais gamin. Pour relever un défi en quelque sorte. L'endroit serait hanté.

— La gare ?

— Oh, oui, mais la ville aussi. Sauf qu'il ne reste plus grand-chose de Welstone aujourd'hui. La gare est le seul endroit qui soit encore en bon état. C'est terrible ce qui est arrivé à la ville. Enfin, je parle de ville, mais ce n'était pas bien grand. Plutôt un gros bourg et son marché. Ce qui explique l'animation qui y régnait.

Le télégraphe se réveilla ; l'aiguilleur lut la bande avec un intérêt manifeste.

— Et voilà, vous avez votre autorisation. Vous feriez bien d'y aller, sans quoi vous allez rater votre créneau.

Une fois sur les marches, Cabal demanda :

— Welstone. Je dois savoir. Que s'y est-il passé ?

— C'était la guerre, vous savez. Ces voies étaient

pleines de soldats et de matériel en partance pour le front. Eh bien, à l'autre bout de la ligne par laquelle vous êtes arrivé, un train de munitions a eu des problèmes. Il a pris feu. La meilleure chose à faire aurait été qu'il poursuive sa route avant d'être abandonné. Il aurait emporté la voie avec lui, mais les tranchées auraient limité les effets de l'explosion, et ça n'aurait blessé personne. Sauf que le conducteur était un nouveau, et qu'il ne connaissait pas la ligne. Il pensait sauver les rails en envoyant le train sur la voie de garage située derrière la gare. Il a donc sauté pour changer lui-même l'aiguillage. Vous imaginez ce qui s'est passé dans sa tête lorsqu'il a contourné la voie latérale et s'est aperçu qu'elle dominait Welstone. De l'endroit où stationnait le train de munitions, on voyait toutes les maisons. Mais vous allez devoir vous contenter d'imaginer le choc que ça lui a fait parce qu'il n'a pas survécu. Le convoi a sauté à cet endroit précis. Il y a une crête entre la voie de garage et la gare, si bien que le gros de l'explosion a été encaissé par la ville. Pas une brique ne tenait debout quand la fumée s'est dissipée. La plupart des gens qui y vivaient sont bien évidemment morts sur le coup. Ironie du sort, la gare n'a pas subi une égratignure, mais sans le village, il a fallu la fermer. Maintenant, vous feriez bien d'y aller, monsieur. *Bon voyage*[1].

De retour dans son bureau, Cabal trouva Horst réveillé et assis sur sa chaise.

— Eh bien, frérot, dit Horst sans lever les yeux

1. En français dans le texte (*NdT*).

de son livre. À quelles bassesses t'es-tu livré aujourd'hui ?

Cabal sourit et, pour une fois, enfants et vieillards n'auraient pas tremblé devant son rictus.

— Tu serais surpris, dit-il pour toute réponse.

MÉMORANDUM DU BUREAU DU DR OST,
DIRECTEUR DE L'ASILE DE BRICHESTER

Chers tous,

Comme vous le savez probablement déjà, Brichester a connu un petit incident de sécurité. Ceci est très fâcheux, et nul doute que des sanctions seront prises, mais je ne souhaite pas que tout cela prenne l'allure d'une chasse au bouc émissaire. Bien sûr, nous avons perdu près de trente-cinq membres de la communauté plus tôt que prévu. Bien sûr, certains, sans doute la plupart, ont un lourd passif en matière de magie noire, ce qui ne les empêche cependant pas de pouvoir s'acheter une conduite. En toute justice, ils ont payé leur curiosité en perdant une partie de leur raison, ce qui explique qu'ils nous ont été confiés.

Après avoir affirmé plus tôt ne pas vouloir rejeter la responsabilité de cette évasion d'envergure sur qui que ce soit, je ne puis passer sous silence le comportement de l'un de nos pensionnaires. Rufus Maleficarus m'a grandement déçu. Je pensais qu'il récupérait de ce que le précédent directeur appelait inutilement une « soif de pouvoir et de vengeance profondément maléfique susceptible de briser son âme et de lui faire perdre toute raison ». En l'occurrence, les leçons de peinture aux doigts se déroulaient très bien, du moins jusqu'à ce que Rufus en profite pour tracer un cercle d'invocation avant de s'enfuir sur le dos d'un chien de Tindalos fort obligeant, en emmenant le reste de sa section avec lui. Je suis certain qu'il avait ses raisons. J'aurais simplement aimé qu'il les expose durant l'une de nos séances.

Soutenez-vous les uns les autres en ces temps difficiles. Et ceux qui parlent à la presse seront renvoyés sur-le-champ.

Chapitre 7

Où Cabal découvre que l'enfer n'a pas toujours la même saveur et qu'il faut constamment avoir l'heure sur soi

HORST ROQUA ET REGARDA PAR LA FENÊTRE.

— Combien de temps encore allons-nous être coincés ici à cause de ce signal ?

Johannes Cabal se passa un doigt sur les sourcils tout en ruminant, déplaça son fou et dit :

— Tu es en train de perdre pied. Échec et mat en trois tours. (Il se leva, s'étira et jeta un œil dehors.) Plus d'une demi-heure déjà. C'est scandaleux. Je vais voir ce qui se passe. (Il s'empara de son manteau suspendu à la patère.) Tu m'accompagnes ?

Horst regarda sa montre.

— Il me reste un peu plus d'une demi-heure avant l'aube. Ça devrait aller. D'accord.

Emmitouflés dans leurs manteaux et leurs cache-col, ils descendirent sur la voie et se dirigèrent vers la gare de Murslaugh, située à moins de deux cents mètres, mais que le train ne pouvait atteindre en raison du signal.

— Un problème d'aiguillage ? se risqua à demander Horst.

— Peu probable. Il y a une activité inhabituelle

sur cette ligne. Il se passe quelque chose, et ces rustauds ne nous en ont pas informés.

— Eh bien, tu es de bonne humeur.

— Non.

Ils arrivèrent au bout du quai 2. L'activité était effectivement inhabituelle. Une locomotive tout droit sortie d'un musée crachait de la vapeur, pendant que des civils agités tentaient de prendre place à bord de wagons d'un autre âge. Le concept des « femmes et des enfants d'abord » semblait avoir totalement échappé à quelques individus.

— C'est une évacuation en règle, fit Horst, atterré. Qu'est-ce que c'est que ce bazar ? Qu'est-ce qui se passe ? Hé ! Vous, là !

Il fila s'expliquer avec un homme qui venait de sortir deux enfants d'un wagon pour prendre leur place.

Cabal n'avait pas de temps à perdre avec une quelconque justice sociale. Tout ce qu'il voyait, c'étaient des âmes potentielles fuyant la ville. Regardant tout autour de lui, il aperçut un employé des chemins de fer très sollicité entouré d'un petit groupe de gens désespérés. C'était là un bon endroit par où commencer. Il se fraya un chemin parmi la foule en abattant sa canne à tête de mort sur quelques crânes, ou bien en envoyant de violents coups de pied dans les tibias des gêneurs. Après quelques cris de douleur, la magie opéra et un passage s'ouvrit devant lui. Cabal porta la main au bord de son chapeau et dit :

— Je suis Johannes Cabal, propriétaire d'une société de théâtre. Que se passe-t-il ?

— J'ai bien peur de ne pas avoir le temps de vous

l'expliquer, monsieur. L'état d'urgence a été décrété en ville. Vous devez en partir aussi vite que possible.

Cabal entendit derrière lui des bruits de dispute ; il reconnut la voix de son frère parmi les belligérants. Se tournant vers l'employé, il reprit :

— J'en doute. Nous venons d'arriver. Je suis le copropriétaire de la Fête foraine des Frères Cabal. Je suis Johannes Cabal.

— Oui, monsieur, vous l'avez déjà dit, répondit l'employé des chemins de fer d'un ton irrité.

Derrière Cabal, la dispute se conclut brutalement par un *ploc* vigoureux, et l'homme qui avait sorti les enfants du train vola littéralement à hauteur de tête. Quelques secondes plus tard, Horst rejoignit Cabal.

— Je n'aurais pas dû faire ça, mais il était exaspérant. J'espère ne pas l'avoir blessé.

— Tu lui demanderas quand il touchera le sol. Voici mon frère Horst, dit Cabal à l'employé, qui se défit aussitôt de son irritabilité.

Seul un réel instinct de préservation pouvait parvenir à ce genre de résultat.

— Et en quoi puis-je vous aider, chers messieurs ?

— Que se passe-t-il ?

— La pire des catastrophes, messieurs. Nous en avons été informés il y a tout juste deux heures et la ville est en ébullition depuis. Je n'ai jamais rien vu de tel.

— Peut-être, mais nous sommes coincés à un jet de pierre de la gare depuis une demi-heure environ. Personne n'a songé à nous prévenir de ce qui se passait ?

— Du reste, demanda Horst, que se passe-t-il

précisément ? Personne ne semble être très clair à ce sujet.

— Quoi ? fit un petit homme rondouillard qui se frottait une bosse sur le front. Vous êtes venus en train ?

— Non, répondit Cabal. Nous cachons notre fête foraine dans nos poches.

Mais la rumeur se propageait déjà.

— Ils ont un train… Ils ont un train.

L'apparition d'un nouveau moyen d'évacuation faisait sensation.

— Ce n'est pas un train de passagers, alors n'espérez pas trop, dit Cabal d'un ton las.

Mais c'était trop tard. Un petit groupe d'hommes, pour qui les phrases « Agissez dans la précipitation, et vous aurez tout le temps de vous en mordre les doigts » et « Pourquoi une souris qui fait la toupie ? » comportaient le même niveau de mystère, avait rapidement formé une foule – qui descendait présentement du quai dans le but de prendre le contrôle du train.

— Monsieur ! s'écria l'employé des chemins de fer. Vous devez les en empêcher ! Ils sont capables de tout !

— Vous devez connaître la théorie de l'évolution ? demanda Cabal.

— Pardon ?

— Ils ne vont pas tarder à découvrir que la survie dépend avant tout de l'intelligence. Bon, donnez-moi la raison de cette panique, maintenant.

— Une armée arrive, monsieur ! Une armée !

Horst et Cabal échangèrent un regard.

— Nous ne savions pas que quelqu'un nous avait déclaré la guerre, dit Horst.

— Oh, non, pas ce genre d'armée, messieurs. C'est une armée d'aliénés !

Un peu plus loin, les vivats des hommes qui avaient décidé de s'emparer du train de la fête foraine cessèrent brusquement.

— Une armée d'aliénés. Chouette. Il y a un match de football qui se déroule dans le coin ?

— Non, monsieur ! C'est… l'Armée Maléficarienne !

Si l'employé s'attendait à une vive réaction, il en fut pour ses frais. Cabal roula des yeux et Horst demanda :

— Qui ?

— Rufus Maleficarus, dit Cabal. Qui l'a laissé sortir ?

— Je crois qu'il s'est évadé, monsieur. Avec la plupart des détenus.

Dans l'obscurité, tout au bout du quai 2, les premiers cris retentirent. L'employé sursauta, le visage blême.

— Ne vous en faites pas, dit Horst d'un ton rassurant. Ces hommes viennent simplement de tomber sur notre personnel de sécurité. Johannes, qui est ce Rufus… trucmuche ?

— Maleficarus. Un soi-disant sorcier, surnommé la Grande Bête. Plutôt un… comment dit-on déjà ? Un branleur. Il a piqué un bouquin ésotérique à une grande université, s'est donné du mal pour le lire, et plus encore pour le comprendre. Ce qui, bien évidemment, fut une grosse erreur de sa part. Toutes ces connaissances ont accaparé une grande partie du volume disponible dans son cerveau, et la raison l'a quitté en lui dégoulinant par les oreilles. Se prenant pour une sorte de manifestation du mal sur Terre, il a fait des sacrifices impies dédiés à ses dieux sombres et leur a demandé un grand pouvoir en échange.

Horst se posa le dos de la main sur le front en feignant de s'évanouir.

— Oh, *déjà-vu*.

Cabal l'ignora.

— Lesdits dieux sombres ont accepté, apparemment ; ils lui ont appris deux trois trucs avant de couper les amarres.

— Des dieux sombres ? demanda l'employé, consterné par une telle horreur.

— Des entités extra-cosmiques dont les noms ont l'air d'avoir été dactylographiés par un égyptologue ivre mort. Mais le fait de pouvoir sortir un calmar d'un chapeau ne lui a pas permis de garder une longueur d'avance sur la police. La dernière fois que j'ai entendu parler de lui, on l'avait bouclé dans une cellule sphérique de l'asile de Brichester. Ainsi il est de nouveau libre ? C'est charmant.

Au vu de ses lèvres pincées, ça ne l'était pas tant que ça.

— Que vas-tu faire, Johannes ?

— Je vais me charger de lui. J'ai croisé M. Maleficarus, un jour. Et autant te dire que nous ne nous sommes pas très bien entendus. Je vais lui dire deux mots, lui demander d'emmener son armée de timbrés ailleurs.

— Tu crois qu'il va t'écouter ?

— J'en doute, mais je me dois de lui offrir cette

alternative avant de le tuer. Pour l'instant, nous devons faire quelque chose pour que nos clients potentiels ne fuient pas la ville.

— C'est mon affaire, dit Horst, qui, plus rapide que son ombre, gravit un tas de malles.

— Mesdames et messieurs, puis-je avoir votre attention ? dit-il d'une voix forte et claire.

La foule déchaînée ne parut pas franchement intéressée. Les « mesdames et messieurs » résistaient *manifestement* aux appels au calme, désormais. Les gens continuèrent donc à se battre pour prendre place à bord du train.

La détonation assourdissante d'une arme à feu suivie de l'explosion de la verrière du quai attira à point nommé l'attention de chacun. D'ailleurs, même le train parut secoué. Cabal souffla sur la fumée qui sortait du canon de son revolver Webley avant de le ranger dans son sac diligence.

— Mon frère a quelque chose à dire, se contenta-t-il d'expliquer pour briser le silence.

— Merci. Mesdames et messieurs, je m'appelle Horst Cabal, de la Fête foraine des Frères Cabal. L'homme détenteur de l'arme à feu, et qui n'hésitera pas à s'en servir si nécessaire, est mon frère Johannes. Nous avons l'intention de vous débarrasser de l'Armée Maléficarienne qui s'approche et de vous proposer le meilleur des divertissements itinérants. Tout ce que nous vous demandons, c'est de faire preuve d'un peu de patience pendant que nous réglons votre problème, et de venir nombreux une fois le champ de foire installé. Merci à vous et soyez bénis.

Il sauta alors au sol.

— Soyez bénis ? siffla Cabal.
— Ils vont en avoir besoin, répondit Horst.

Le soleil était levé depuis trente minutes lorsque Cabal croisa la route de Rufus Maleficarus et de son armée de fous. Dirigé par une foule de citoyens reconnaissants, il s'était frayé un chemin en ville, encensé de toutes parts comme une sorte de héros, un comble quand on sait comment la population le traitait habituellement. Fleurs et embrassades le changeaient sacrément des torches et autres nœuds coulants – même s'il ne les aimait pas davantage.

Puis il gravit la colline, quitta la ville et pénétra dans la vaste lande qui descendait telle une gigantesque masse de terre couverte d'herbe, de moutons et de murets de pierres sèches. Rufus et sa cohorte marchaient droit sur la ville lorsque Cabal les rejoignit, s'arrêta, observa et s'aperçut qu'ils chantaient. Au premier abord, leur chanson ne lui parut pas très adaptée à l'air qu'ils avaient choisi, jusqu'à ce qu'il entende plus distinctement les paroles.

Grosse Tête de Calmar dort au fond de la mer,
Mais un jour, une fois les étoiles en place, il finira par se réveiller pour de bon,
Et risque fort bien de nous éliminer, ce qui ne me plaît pas trop,
Pendant que les Tcho-Tcho chantent cette chanson…

L'Armée Maléficarienne chantait avec l'énergie d'un groupe de scouts fraîchement sortis de leur camp. Ils auraient pu continuer ces sornettes pendant des heures.

— Tous ensemble ! gronda leur chef.

Malgré la distance, Cabal reconnut Rufus à ses goûts vestimentaires, affreusement improbables.

Aïe ! Ftagn ! Ftagn ! Cthulhu !
L'horreur cosmique vient à toi,
Les Grands Anciens sont de retour,
Dans l'espoir de te sucer la cervelle.
Grosse Tête de Calmar dort, mais il semble mort.
Des rêves changent la réalité autour de sa tête.
Il gît dans la terrifiante R'lyeh, sise au fond de l'océan.
Mais surgit et plonge pour s'amuser.

— Et les Tcho-Tcho chantent… ? demanda Rufus, sur un ton signifiant : « J'écraserai le crâne de ceux qui ne s'amusent pas à l'aide d'un poêlon. »

Aïe ! Ftagn ! Ftagn ! Yog-Sothoth !
Les rues seront pleines à craquer de shoggoths,
Comme leurs cris « Tekeli-li ! » sont doux,
Et ravissent l'heure des visqueuses humeurs.

Cabal se rappela vaguement que le génie musical qui avait décidé de composer *Necronomicon : The Musical* avait eu tout ce qu'il méritait : argent, gloire, et la chance d'être taillé en pièces par un monstre invisible.

Rufus finit par le remarquer ; après avoir levé la main – un geste qui lui aurait permis d'arrêter une colonne d'éléphants de guerre –, il poursuivit seul.

Pour s'arrêter à moins de dix mètres de Cabal et fixer sur lui des yeux pleins de mépris. Cabal posa son sac, glissa sa canne dans le creux de son bras avant de se moucher. Derrière Rufus, les aliénés, les toqués et les excentriques constituaient une horde forte de trente à quarante individus. Rufus était un homme de grande taille, avec une belle barbe et une romantique crinière de cheveux qui lui donnait des allures de poète sans qu'il lui soit nécessaire d'agiter une plume. Forcément, il avait la barbe et les cheveux roux. Il portait un manteau Inverness, une culotte de golf et de robustes chaussures. Aussi improbable que cela puisse paraître, il arborait également un cache-théière sur la tête, sur lequel avait été cousu le symbole de l'œil dans une pyramide.

— Voyez-vous ça, hurla Rufus. (Il s'exprimait toujours avec le même volume sonore.) Si ce n'est pas Johannes Cabal… (L'armée hua et siffla.) Le nécromancien.

L'armée retrouva son calme et tenta de se cacher derrière Rufus.

Cabal rangea son mouchoir.

— Salut, Rufus, dit-il d'une voix égale. Fais demi-tour et va-t'en. Merci.

Il ramassa son sac et fit mine de partir.

— « Va-t'en ? » hurla Rufus. *VA-T'EN* ? Tu sais qui je suis ?

Cabal se retourna. Malgré ses verres bleutés, il n'était pas bien difficile de comprendre qu'il avait plissé les yeux.

— Je t'ai appelé « Rufus », Rufus. Peut-être ai-je mal prononcé ? Voyons, c'est « Rufus », prononcé « égoïste, mégalomane, foireux, idiot, mal dégrossi, bigleux, décérébré, mou du genou, néandertalien, babillard, porcin, crétin de Scheifîkopf». C'était mieux comme ça ?

— Tu n'aurais pas dû dire ça, murmura Rufus, en proie à une colère blanche. (Il suffisait d'imaginer un tyrannosaure débarquant sur la scène d'un opéra-comique et prononçant une phrase *sotto voce* pour se faire une idée de sa réaction.) Ne me fais pas sortir de mes gonds. Tu n'aimerais pas que je me fâche.

— Je ne t'aime pas de toute façon, alors ça ne fera pas de grande différence. Je ne t'aime ni heureux, ni triste, ni rayonnant, ni larmoyant. Le seul moyen pour que je t'apprécie un tant soit peu, c'est que tu repartes d'où tu viens avec tes amis.

— J'aurais dû m'occuper de toi il y a des années déjà, Cabal, quand nous nous sommes rencontrés pour la première fois. Tu n'as jamais compris les pouvoirs que j'acquérais alors, jamais compris l'influence cosmique que canalisait cette enveloppe mortelle. Je dispose d'une magie dont tu ne peux même pas rêver.

— Tu parles du tour où quelqu'un signe une carte à jouer, que tu brûles avant de la faire réapparaître, roulée au beau milieu d'une orange, c'est bien celui-là ? Tu as raison, il m'a toujours impressionné.

Certains membres de l'Armée Maléficarienne ricanèrent, mais Rufus était trop en colère pour y prêter attention.

— Je t'ai prévenu, Cabal. Prépare-toi maintenant à subir le courroux mystique de Maleficarus !

Un mouton bêla quelque part, et l'effet tomba à l'eau. Maleficarus pencha la tête en avant, gratifia Cabal d'un regard noir surmonté d'épais sourcils.

Posant l'index et le majeur de chaque main contre ses tempes, il se mit à marmonner des incantations diaboliques.

Cabal se moucha à nouveau.

— Tu n'as rien qui marche contre les rhumes ? J'ai bien peur d'en avoir attrapé un. (Les marmottements de Rufus redoublèrent d'intensité, les secondes s'égrenèrent, et Cabal finit par regarder sa montre.) Tu ne voudrais pas te dépêcher, s'il te plaît ? Je suis quelqu'un de très occupé, tu sais.

Rufus redoubla d'efforts. Cabal attendit, obnubilé par ce fichu nez qui le démangeait. *Peut-être compte-t-il me faire éternuer jusqu'à la mort*, se demanda-t-il. Il porta son mouchoir à son nez en sentant un nouvel éternuement venir, et manqua ainsi la fin des incantations magiques de Rufus.

Après une brève sensation de chute, Cabal heurta le sol les talons en premier, avant de se retrouver sur le dos. Il comprit avec un temps de retard que quelque chose l'avait saisi à bras-le-corps avant de le projeter à terre. Il resta un moment allongé dans l'herbe humide pour reprendre ses esprits. Il allait bien, mais savait que cela ne voulait pas forcément dire grand-chose. Il sentait cependant ses orteils, l'humidité qui traversait ses vêtements et la pluie fine qui lui tombait sur le visage. Il commençait à songer à ce qu'il allait faire à Rufus et sa clique quand une pensée lui vint à l'esprit : *Mais il ne pleuvait pas il y a une seconde.*

Quelqu'un apparut soudain au-dessus de lui : un homme gris et triste, au crâne tapissé de cheveux gris et clairsemés, aux yeux rappelant deux œufs pochés complètement ratés.

— Bonjour ! lança l'individu. Voulez-vous un peu de thé ?

Cabal se releva. Une chose était sûre, il ne se trouvait plus dans la lande. En fait, il semblait avoir atterri dans un jardin – ce genre de jardins où rien ne dépasse et dont les demeures bourgeoises s'entourent parfois sur plusieurs hectares. Sauf qu'il ne voyait pas la maison qui allait avec. Juste une pelouse un peu trop haute parsemée par endroits de buissons, et des restes décrépits de pavillons d'été et de belvédères. Le tout était situé au centre d'une large dépression dissimulant l'horizon, dominée par des boqueteaux qui les encerclaient totalement. Ici et là, il distinguait des gens assis dans les petits bâtiments, ou occupés à flâner. Tout près, trois hommes et une femme jouaient au croquet, un jeu pour le moins reposant. Cabal connaissait suffisamment bien le croquet pour savoir qu'il s'agissait d'un jeu lourd de sous-entendus : un jeu de calcul, un jeu impitoyable où chacun devait réunir le sang-froid nécessaire pour broyer ses adversaires. Mais là, ça n'y ressemblait pas. Les joueurs se contentaient de pousser leurs boules au travers des arceaux. Très étrange.

— Voulez-vous un peu de thé ? répéta l'homme.

Cabal le dévisagea, puis considéra la tasse en porcelaine que l'individu lui proposait. La pluie l'avait remplie à ras bord avant d'en faire déborder le contenu dans la soucoupe. La seule trace de thé prenait la forme d'une vague teinte sépia dans l'eau de pluie.

— Non, merci, répondit Cabal. Par contre, j'aimerais bien savoir où je suis.

— Oh, dit l'homme. Oh. (Il réfléchit quelques instants avant de poursuivre.) Oh, vous êtes dans le jardin.

— Qui se trouve où, précisément ?

L'homme fit un geste avec la tasse, dont il renversa une partie du contenu.

— Eh bien, c'est ici. Là où nous sommes.

— Non, je veux dire, qu'y a-t-il de l'autre côté du jardin ?

L'homme sourit gentiment, et Cabal eut soudain l'envie de lui envoyer son poing dans la figure.

— Le jardin, dit l'homme.

— Un autre jardin.

— Non. Le jardin.

— Quelle taille fait ce jardin ?

— Il va des arbres, dit l'homme en désignant une direction, aux arbres, finit-il en montrant la direction opposée.

— Et qu'y a-t-il derrière ces arbres ?

— Le jardin.

Cabal céda à sa pulsion. Il laissa l'homme dans l'herbe, le nez en sang, et se dirigea vers l'orée du bois. Personne n'y vit la moindre objection, et personne, de toute façon, ne parut y faire attention. Il marcha à grands pas (autant quitter ce triste endroit au plus vite) et passa devant un kiosque à musique en piteux état, un statuaire envahi par la végétation et les joueurs de croquet. L'un d'eux pleurait, appuyé sur son maillet : ses sanglots étaient assez violents pour faire trembler son corps. Les autres attendaient visiblement qu'il finisse sa crise et reprenne la partie. Leurs longs visages grisâtres ne montraient pas la moindre émotion ; Cabal comprit que ce type d'incident était monnaie courante en ce lieu. Peu importe. Il lui fallait retrouver la fête foraine.

— Vraiment très, très drôle, se dit-il en gravissant la pente douce menant aux arbres.

Une fois arrivé, il s'arrêta et se retourna. Chose étrange, il n'y avait ni mare ni étang au fond de la dépression. L'endroit bénéficiait sans doute d'un sous-sol particulièrement drainant. Il secoua la tête et s'enfonça dans le bosquet, dense et sombre, où de grosses gouttes d'eau ne cessaient de tomber du ciel lugubre. L'endroit semblait même de plus en plus humide, car l'eau passait outre son chapeau et son écharpe pour se glisser sous son manteau. Autant dire que ça ne risquait pas d'arranger son problème de rhume. À la réflexion, le nécromancien s'aperçut qu'il n'avait plus l'air enrhumé. Il s'arrêta, remua le nez à titre purement expérimental. Ça ne le chatouillait plus, et il n'avait plus envie d'éternuer. Ça aussi, c'était étrange : Cabal n'avait pas souvent de rhume, mais quand ça lui arrivait, ça durait quand même quelques jours – il commençait *vraiment* à avoir un très mauvais pressentiment au sujet de toute cette histoire… Ce fut donc avec une énergie décuplée qu'il reprit son chemin parmi les arbres.

Lorsqu'il sortit enfin du boqueteau, il fut déçu de ne pas être surpris. Devant lui se trouvait le jardin, exactement comme il l'avait quitté avant de s'aventurer parmi les arbres. Il soupira, chercha une nouvelle entrée dans le bosquet et retenta sa chance sans grand optimisme. Il savait qu'il n'avait pas forcément marché tout droit, à cause des troncs entre lesquels il lui avait fallu passer, mais jamais il n'aurait pu faire demi-tour sans s'en apercevoir. Toutefois, il se devait à lui-même et au concept de la raison scientifique de recommencer. Quelques minutes plus tard, il eut une nouvelle fois droit à une vue de l'herbe, du mobilier de jardin et des dépressifs qui jouaient au croquet sans en respecter l'esprit.

Bien évidemment, il avait déjà entendu parler des univers de poche, mais les avait toujours imaginés plus grands que ça. Et surtout plus intéressants. De toute évidence, Rufus n'avait pas fait que des cache-pots en macramé durant son séjour à l'asile. Cela ne ressemblait cependant pas à un endroit qu'il aurait lui-même créé pour y balancer ses ennemis. Rufus était plutôt du style à user de pointes et de sangles durant ses séances de torture. Un sorcier ou thaumaturge mort depuis bien longtemps avait certainement créé ce jardin pour s'y ressourcer. Rufus l'avait alors découvert entre les plans d'existence et s'en était emparé. Oui, pensa Cabal, *cette version semble plus probable*. Bon, il devait bien exister un moyen d'en sortir. Son créateur avait forcément conçu une sortie, quelle qu'elle soit. Réprimant son mécontentement d'une vilaine moue, il se dirigea vers le centre du jardin.

L'homme à la tasse de thé attendait, pas spécialement Cabal, mais il se tenait là, sa soucoupe à la main.

— Vous m'avez donné un coup de poing, dit-il sans rancœur.

— Je vous ai cassé le nez, admit Cabal, en proie à une certaine incrédulité.

L'appendice nasal de son interlocuteur avait l'air en parfait état, au point qu'il le tapota pour s'en assurer. Soit ce nez s'était rétabli à une vitesse extraordinaire, soit l'homme faisait preuve d'un stoïcisme remarquable.

— Oui, j'imagine. Je crois qu'il n'avait pas vraiment cet angle-là avant.

— En combien de temps a-t-il guéri ?

— En combien de temps ? demanda l'homme, avec une lueur d'incompréhension dans les yeux.

— Long ou pas ?

— Mon nez ?

— Non, dit Cabal en faisant preuve d'une patience inhabituelle. Je vois bien si vous avez le nez long ou pas. La guérison a-t-elle été longue ?

— Si elle a été longue ?

— Oui.

— Mon nez ?

— Oui.

L'homme posa le pouce sous son nez – juste au-dessus de la lèvre supérieure – et son index au sommet de l'arête. Il montra le résultat à Cabal.

— Un peu moins de trois centimètres.

Pour la seconde fois en vraiment peu de temps, le nécromancien se sentit obligé de reproduire son expérience, si bien que l'homme, la tasse et la soucoupe volèrent dans trois directions différentes. Le malheureux resta allongé sur le dos quelques instants en clignant des yeux.

— Vous m'avez encore donné un coup de poing, dit-il, stupéfait par cet étrange comportement.

— En effet, confirma Cabal.

Il regarda le nez fraîchement brisé avec intérêt en sortant sa montre de sa poche, avant de noter l'heure. Le sang cessa de couler presque aussitôt. Au bout de quelques secondes, la vilaine ecchymose qui s'était formée perdit du terrain puis, pour étonnant que cela paraisse, le nez se redressa et se remit en place tout seul en produisant un léger craquement. Cabal consulta sa montre ; le processus s'était déroulé en un rien de temps. Il secoua sa montre et vérifia une nouvelle fois. Les aiguilles restaient désespérément immobiles. Il commença par se dire qu'il avait oublié de la remonter, mais à la réflexion il se rappela l'avoir fait plus tôt, à bord du train, en attendant que Horst veuille bien déplacer l'une de ses pièces sur l'échiquier. Il se demanda ensuite si elle n'avait pas pris l'eau, mais non, elle était parfaitement sèche quand il l'avait sortie de sa poche, et il l'avait gardée dans sa main en regardant le nez de l'inconnu se remettre en place.

— Vous avez l'heure ? lui demanda-t-il en l'aidant à se relever.

— L'heure ? Oh, non. (Il tendit le bras pour montrer à Cabal sa montre-bracelet. Les aiguilles ne bougeaient pas non plus.) Personne n'a l'heure ici. Personne.

Jamais la relativité ne lui avait paru plus pertinente. Cabal pouvait bien compter jusqu'à soixante si ça lui chantait, ça ne prouvait pas grand-chose. Ça avait l'air d'une minute, mais c'était à peu près tout. Cette relativité ne semblait d'ailleurs pas défriser les légumes qui déambulaient dans le jardin, ce qu'il ne se priva pas de dire à la joueuse de croquet.

— Non, convint la femme, ce n'est pas un potager.

En outre, nul ne pouvait lui dire depuis combien de temps il se trouvait là. Cabal ne tarda pas à se rendre compte que tout se résumait à « bientôt ». Il fit le tour des vingt et quelques résidents, en leur posant des questions auxquelles ils n'avaient pas de réponses. En toute objectivité, il lui avait sans doute fallu plusieurs heures pour mener ces entretiens poussés, mais en toute subjectivité, il avait le sentiment que seules quelques minutes s'étaient écoulées et cela commençait sérieusement à malmener sa psyché. Grande était la tentation de renoncer, de s'abandonner à des comportements répétitifs, que l'on pouvait reproduire à l'infini sans que cela n'ait de réelle importance. Tenter de lisser la réalité en faisant de chaque moment qui passe un arbre dans une forêt d'arbres tous identiques.

— Voulez-vous un peu de thé ? demanda l'homme.

Cabal le regarda d'un air consterné. Il eut soudain l'impression d'être à la place d'un condamné voyant son corps se balancer au gibet.

— Non, je ne veux pas de thé. (Il saisit l'individu par les épaules.) Écoutez, il s'agit d'un univers de poche artificiel. Vous comprenez ce que cela veut dire ? (Devant le silence de son interlocuteur, il se résolut à poursuivre :) Quelqu'un l'a créé. Ça signifie qu'il existe forcément une sortie, un moyen de s'échapper. Vous comprenez ? Ici, quelque part, il y a un moyen de sortir.

Pour la première fois, une lueur d'intelligence apparut dans les yeux de son interlocuteur.

— Oh ! fit-il d'une voix chevrotante. Oh, oui ! Un moyen de s'échapper ! La sortie ! Oh, oui ! Oh, oui ! J'aimerais tant, j'aimerais tant, j'aimerais tant !

— Bien. Heureux de susciter votre enthousiasme. Je vais aller parler aux autres, mais vous devez faire quelque chose pour moi. N'oubliez pas à quel point il est essentiel de trouver la sortie. Est-ce clair ?

— Oh, j'aimerais tant, j'aimerais tant, j'aimerais tant !

— Bien, continuez.

Cabal avait peut-être fait deux pas quand l'inconnu reprit :

— J'aimerais tant ne pas avoir oublié de mettre la sortie !

Cabal s'arrêta pendant un long moment subjectif, puis il se retourna pour s'adresser à l'individu.

— Je vous demande pardon ? dit-il avec un calme effrayant.

L'homme s'arrêta pour boire une gorgée d'eau de pluie.

— Oh, j'aimerais tant, j'aimerais tant, j'aimerais, j'aimerais… Oh !

Cabal l'attrapa par le col.

— Vous aimeriez tant ne pas avoir oublié de mettre la sortie ? Est-ce bien ce que vous avez dit ? *Est-ce bien ce que vous avez dit* ? (Il s'aperçut qu'il hurlait, qu'il secouait le malheureux, qu'il avait complètement perdu son calme. Il poussa alors son interlocuteur.) Qui êtes-vous, bon sang ? Pourquoi avez-vous créé cet endroit ? (L'homme cligna des yeux.) Comment avez-vous pu oublier de mettre une sortie, espèce de sombre abruti ? cracha Cabal avec haine.

— J'ai juste… oublié.

Il avait la voix brisée par le désespoir.

— « Juste oublié », siffla Cabal, qui préféra s'éloigner à grands pas avant de se mettre une nouvelle fois en colère.

Cabal ignorait combien de temps il lui avait fallu pour se calmer ; une demi-heure à ses yeux, mais cela ne voulait rien dire. Il s'assit dans une sorte de belvédère d'inspiration orientale et observa la partie de croquet. Au bout d'un moment, les joueurs arrivèrent à la fin du parcours d'arceaux, mais au lieu d'aborder la question de l'enjeu, ils reprirent le chemin du premier arceau. C'était un jeu sans fin, qui n'en résumait que trop bien le jardin.

Je n'arrive pas à croire que tout va se terminer ainsi, pensa Cabal. Je n'arrive pas à croire que je vais rester enfermé dans ce jardin pour l'éternité. Il existe forcément un moyen de sortir. Cet idiot était trop à l'ouest pour songer à mettre une sortie. Il a forcément commis d'autres erreurs, des erreurs exploitables. Si seulement je les voyais. Il leva la tête vers le ciel. Si seulement il arrêtait de pleuvoir. La lumière venue de l'autre côté des nuages bas ne changeait jamais, et l'intensité du crachin restait la même.

Il partageait le belvédère avec un jeune homme au nez chaussé de lunettes, assis sur une chaise en osier. Celui-ci jouait avec des pièces de cuivre sur une planche en bois ayant la forme d'une fenêtre en ogive parcourue de lignes horizontales. Le garçon lui tendit un des disques.

— Une partie de palet anglais ? proposa-t-il.

Cabal lui dit de se fourrer son palet où bon lui semblait et s'en alla.

Il se retrouva au beau milieu de la partie sans fin de croquet. Les joueurs faisaient une pause, car ils étaient confrontés à l'atroce perspective d'un choix tactique. Aussi inexplicable que cela puisse paraître, l'un d'eux avait le droit de roquer et ne savait pas trop comment s'y prendre. Il posa son pied sur sa boule, l'en retira, voulut l'y remettre puis hésita. C'était une situation inhabituelle, qui les sortait de leur routine et les obligeait à réfléchir.

— Si vous me permettez... (Cabal lui prit le maillet avant que le tumulte des pensées du malheureux ne devienne insupportable. L'homme parut soulagé de voir s'évanouir la perspective de devoir faire un choix, mais l'intervention de cet étranger était une expérience nouvelle, qu'il trouvait pour le moins inquiétante. Il regarda Cabal en clignant des yeux comme un idiot.) Un coup délicat, dit le nécromancien avec entrain.

Il regarda la boule, mit son pied dessus avec le plus grand soin, puis réduisit en bouillie le cerveau du malheureux en lui portant un coup d'une rare violence sur le côté du crâne.

Les autres joueurs furent abasourdis pendant un moment, puis ils applaudirent d'un air hésitant, sans plus savoir si cela respectait les règles.

— Bien joué, monsieur, dit l'un d'eux.

Cabal les ignora. Il avait posé un genou à terre, près du corps, dont il cherchait le pouls. Aucun. Le coup l'avait tué net, ce qui était parfaitement normal. Mais il attendit. Son cœur se serra lorsque le cadavre, stabilisé, revint à la vie. La reconstruction rapide du crâne brisé et du cerveau liquéfié suivit comme il s'y attendait. Lorsque les yeux de l'ex-mort s'ouvrirent et qu'il dit : « Ouch ! », Cabal ne s'y intéressait déjà plus. La mort n'avait donc pas sa place ici, elle non plus.

Il marcha lentement sous la pluie, relevant son col

et enfonçant son chapeau sur sa tête. Il ne devait pas céder au désespoir. Car avec le désespoir venait l'acceptation, et avec l'acceptation l'inévitable déclin de ses facultés. L'homme hésitant avait déjà repris sa partie de croquet et la caresse (ou plutôt le coup de boule) de la mort n'avait rien changé.

Cabal ne pouvait, ne devait finir comme cela. Il était tellement concentré qu'il faillit percuter le cadran solaire.

L'incongruité de l'objet lui arracha un sourire amer. Un cadran solaire dans un endroit où le soleil ne brillait jamais. Ridicule. Des gouttes d'eau recouvraient le disque de bronze gravé et coulaient le long de la tige. Le nécromancien remarqua quelque chose d'écrit au bord. Il essuya les gouttes du bout du doigt et lut « TEMPUS ». C'était tout. Après cela, le métal semblait afficher des motifs familiers, un peu comme si un autre mot tentait de se manifester. Lentement, il sortit une nouvelle fois sa montre et en observa le cadran. Les aiguilles n'avaient toujours pas bougé d'une seconde. *Le temps*, pensa-t-il. *Le temps est forcément la solution*. Une idée commença à prendre forme au plus profond de son esprit. Cela pouvait bien évidemment ne pas marcher, et il n'était pas exclu qu'il doive importuner ou même blesser quelques-unes de ces parodies d'êtres humains. Pas que des mauvaises nouvelles, à bien y réfléchir.

— Voulez-vous un peu de thé ? fit une voix familière.

— Merci, dit Cabal en prenant la tasse en porcelaine froide. (Il lui rendit la soucoupe et mit la tasse dans sa poche après en avoir renversé le contenu par terre.) Merci beaucoup.

Il s'en alla, en laissant derrière lui l'architecte et premier pensionnaire du jardin, qui regarda la soucoupe, l'endroit où le contenu de la tasse s'était répandu, et Cabal qui s'éloignait.

— Vous avez ma tasse, dit l'architecte d'un ton plaintif.

L'homme hésitant en était encore à se demander comment il allait roquer. Sa boule était maintenant légèrement enfoncée dans le sol, car il avait mis le pied dessus à de trop nombreuses reprises.

— Si vous permettez, dit gaiement Cabal en prenant le maillet. (L'homme eut aussitôt un mouvement de recul, se protégea la tête. Cabal se baissa et ramassa un arceau.) Vous ne vous en serviez pas, j'espère ? dit-il avant de poursuivre son chemin.

En route pour le belvédère oriental, il arracha une liane d'une statue représentant un homme en toge à l'air pensif. Une fois arrivé, il s'approcha du jeu de palet anglais du jeune homme et lui prit une pièce en cuivre. À y regarder de plus près, il s'aperçut qu'il s'agissait de demi-pennies inachevés. Lorsqu'il voulut ressortir, l'architecte fit son apparition.

— Vous avez ma tasse, protesta-t-il.

Le ton de sa voix laissait entendre qu'une once d'intelligence lui revenait. Il semblait légèrement en rogne.

Cabal lui montra la pièce.

— Vous n'êtes pas au point en matière de détails, rétorqua-t-il. Et ça, ajouta-t-il en lui mettant sous le nez une feuille de lierre, pas de nervures. Pas terrible, vous pourriez faire mieux.

— Vous savez, il n'est pas facile de se souvenir de tous ces détails.

— Je n'ai jamais dit le contraire. Mais quand on fait quelque chose…

— Foutue tête de nœud, répliqua l'architecte, qui jeta la soucoupe par terre et lança un regard furieux au nécromancien.

— Il ne faut pas le faire à moitié, fit celui-ci en grinçant des dents. Regardez autour de vous. Nous sommes tous ici parce que vous avez commis la plus simple et la plus ridicule des erreurs. Aucune sortie. Et je crois bien que vous en avez commis une *autre*. J'ai besoin de votre tasse afin d'étayer mon hypothèse et, par la même occasion, nous faire sortir d'ici. Alors, comptez-vous m'aider ou allez-vous continuer à m'insulter ?

— Vous aider ? Vous aider comment ? demanda l'architecte, dont la curiosité l'emportait désormais sur la rancœur.

Il semblait curieux de savoir pourquoi Cabal se servait du lierre pour sangler la tasse à la poignée du maillet.

— En ne restant pas dans mes pattes, fit le nécromancien. (Après en avoir terminé avec la tasse, il tenta de poser le maillet en équilibre sur sa main. Cela demanda quelques ajustements, mais l'objet finit par tenir en place.) Vous croyez que j'ai trouvé le centre de gravité ? J'en ai bien l'impression, hein ? (Prenant note de l'endroit au moyen du pouce, il entreprit de s'attaquer au bois avec la pièce. À son grand désespoir, ce noble matériau commença à se régénérer peu à peu. Apparemment, les gens n'étaient pas les seuls à jouir de l'immortalité en ces lieux.) Peu importe, pas besoin que ça dure longtemps. Je ferai une nouvelle entaille le moment venu.

Cabal sortit du belvédère et leva les yeux au ciel. La pluie tombait toujours au même rythme.

— Parfait, dit-il à voix haute. (Le nécromancien plaça l'arceau contre une traverse verticale à hauteur de tête ; il était sur le point de l'y enfoncer avec le maillet quand il s'aperçut que la tasse était assujettie à l'autre extrémité.) Damnation ! J'aurais dû faire ça en avant-dernier. Ça devient difficile de faire les choses dans l'ordre. Vous ! (Il désigna la joueuse de croquet.) Donnez-moi votre maillet.

La femme le regarda sans comprendre.

— Vous avez déjà le sien, dit-elle en montrant l'homme hésitant.

Il se rendit vers elle à grands pas et lui arracha le maillet des mains.

— Et maintenant j'ai le vôtre.

Une petite foule s'était réunie près de lui quand il enfonça l'arceau dans le chambranle du belvédère. Il reposa le maillet, la tasse et le lierre sur la tranche de sa main et entreprit fébrilement d'entailler le manche. Ses facultés d'anticipation s'émoussaient au même rythme que sa notion du temps, il en était conscient. Il avait aussi le désagréable sentiment que si son expérience échouait, il serait fichu. Il imaginait déjà une éternité d'actions répétitives, comme tous les autres arrivés avant lui. En fait, il n'aurait plus le luxe d'imaginer quoi que ce soit.

L'entaille était faite. Ses bords déchiquetés commençaient déjà à se reconstituer quand il posa le maillet sur l'arceau. L'étrange construction frémit doucement et tint bon.

— Je veux mon maillet, dit l'homme hésitant.

Il fit un pas pour le prendre, mais l'architecte le repoussa.

— Idiot ! cria-t-il. Ne voyez-vous donc pas ce que c'est ? (Il lança un regard furibond aux détenus hagards.) Pour l'amour du Ciel ! C'est une clepsydre ! Ne voyez-vous pas ? (Il regarda avec mille précautions dans la tasse en porcelaine, inquiet à l'idée de la toucher. Le filet d'eau qui coulait du toit du belvédère la remplissait à vue d'œil.) Le temps, fit-il avec respect. Nous avons le temps.

Pendant que la tasse se remplissait, le manche du maillet auquel elle était fixée bascula lentement, prenant de la vitesse tandis que le centre de gravité se déplaçait sur le pivot. Soudain, il plongea, et le contenu de la tasse se renversa.

— Une unité de temps Cabal, lança le nécromancien.

La tasse remonta et commença à se remplir à nouveau.

Quelque part, dans les rouages du petit univers, un pendule resté longtemps immobile se remit en marche.

— Vous pensez que cela va marcher ? demanda l'architecte.

— Ça marche déjà, répondit Cabal. (C'était vrai : la lumière commençait à changer, les nuages à filer.) Je crois que le ciel se dégage.

— Le soleil ! s'exclama l'architecte en riant. Le soleil !

Ils s'approchèrent du cadran solaire. La pluie avait laissé place à une fine bruine illuminée par des rayons de soleil qui transperçaient les nuages. Ils attendirent jusqu'à ce que le cadran soit baigné de lumière.

L'architecte se pencha pour examiner la plaque sur laquelle se projetait l'ombre du gnomon.

— Il est trois heures environ, dit-il. L'heure du thé, ajouta-t-il à l'adresse de Cabal.

Celui-ci ne répondit pas ; il se borna à essuyer l'eau de l'inscription figurant au bord de la plaque. Le métal usé s'offrait une seconde jeunesse et révélait le mot « FUGIT ».

— Le temps sera..., commença à dire l'architecte, aussitôt coupé par Cabal.

— Le temps est..., le corrigea-t-il.

— Fut un temps où les gens se dressaient en travers de notre chemin ! hurla Rufus.

— Hourra ! exulta l'Armée Maléficarienne, qui manquait sérieusement d'esprit critique.

— Ce temps est révolu ! Nos ennemis eux-mêmes sont voués au néant ! (Il fit un geste en direction du sac diligence de Cabal, resté là où il l'avait posé pour se moucher. Du nécromancien, il n'y avait aucune trace. L'armée s'était d'ailleurs montrée très impressionnée lorsque Rufus avait réussi à le faire disparaître.) Plus rien ne nous résiste ! Aujourd'hui, cette ville sera à nous !

— Hourra !

C'était énorme. Un vendeur de pop-corn aurait fait fortune.

— Et bientôt, ce pays ! Ce continent ! Le mond...

— Oh ! répondit l'armée en chœur, en regardant derrière lui, en direction du sac de Cabal.

Certains des plus courageux pointèrent même le

doigt. Rufus jeta un coup d'œil par-dessus son épaule et, incrédule, dut y regarder à deux fois. Cabal était revenu. Chose étrange, il semblait avoir pris la saucée durant ses trente secondes d'absence, mais il n'y avait pas un nuage dans le ciel. Il se donna un coup de brosse, ôta son chapeau, se passa la main dans les cheveux, et remit son chapeau.

— Salut, Rufus. Tu dois être surpris de me revoir.

— Mais… mais je… je t'ai envoyé…

— Dans le néant. Oui, eh bien, je n'avais pas le temps. Même si, d'une certaine façon, j'avais l'éternité devant moi. (Il afficha l'un de ses fameux sourires. Plusieurs des soldats maléficariens gémirent d'anxiété.) Mais tout ceci est derrière nous. Comme je le disais, cette ville m'appartient, Rufus. Continue à tes risques et périls.

— Tu as goûté au moindre de mes pouvoirs, Cabal ! Prépare-toi à connaître toute l'étendue de ma puissance !

Une fois encore, Rufus pencha la tête, posa ses doigts contre ses tempes et se mit à psalmodier.

— Force est d'admettre que cette translocation m'a pris au dépourvu. Tu n'es pas un sorcier terrible, mais il t'arrive parfois d'avoir des éclairs de génie. Ceci étant dit, fit-il en ramassant son sac avant de l'ouvrir, je ne compte pas prendre davantage de risques avec toi.

Rufus ne l'écoutait pas : il marmonnait dans la langue morte d'une civilisation pré-humaine qui avait accompli de réels prodiges magiques sans pour autant avoir inventé l'eau chaude. Cabal continua de parler en fouillant dans son sac.

— Ton problème, Rufus Maleficarus, c'est que tu

n'as jamais compris pourquoi la magie avait cédé le pas à la science. Si tu écoutes les vieux magiciens enfermés dans leurs châteaux et les sorcières des vallées reculées, tu pourrais croire que cela a un lien avec la disparition des cours féeriques d'Ombre et de Lumière de notre monde. Ou avec cette dose de cynisme ancrée dans nos cœurs qui nous pousse à ne plus croire aux merveilles. Ou encore, avec les enfants qui refusent d'admettre qu'ils croient aux fées. Balivernes ! Et je vais te dire pourquoi. Commodité. Je pratique la nécromancie parce qu'il n'y a pas d'autre façon de faire. Mais quand on en vient à la science, à la technologie, n'importe quel Herbert[1] boutonneux ayant un diplôme et une blouse de laboratoire peut accomplir des miracles dépassant ceux de Merlin.

Rufus parut devenir fou furieux. Sa malédiction allait tomber d'une seconde à l'autre, mais Cabal paraissait s'en moquer.

— Tu as gâché ta cervelle et ta vie. Est-ce que tu comprends ça ? La science permet de parvenir aux mêmes résultats plus facilement, avec un investissement moindre et… (Des feux follets dansaient maintenant autour de la tête de Rufus, dont les pouvoirs ésotériques se matérialisaient. Cabal soupira. Personne n'écoutait jamais.) Et plus rapidement de surcroît.

Il sortit son revolver du sac et tira trois fois de suite. Rufus était costaud, mais il venait de recevoir assez de plomb pour fondre une escouade de petits

1. Allusion probable au Dr Herbert West, créé par H. P. Lovecraft, qui était capable d'animer les morts (*NdT*).

soldats. Il cessa de psalmodier en recevant la première balle, et grogna simplement en encaissant les deux autres. Comprenant qu'il allait mourir, il dévisagea Cabal avec une horreur grandissante – il refusait de croire qu'il ne lui restait plus que quelques secondes à vivre. Il fit alors un étrange geste suppliant en direction du nécromancien, les bras collés aux flancs, les mains tendues en avant, comme si Cabal pouvait le sauver. Enfin, son corps le trahit et il tomba lourdement en avant comme seuls les morts savent le faire ; les feux follets dansèrent au-dessus de sa dépouille pendant quelques instants avant de s'évanouir.

— Et maintenant, dit Cabal, que vais-je faire de vous ?

Les membres de l'Armée Maléficarienne sautaient d'un pied sur l'autre, sans trop savoir que faire. Un cri retentit cependant.

— Notre nouveau chef !

Cette phrase fut rapidement reprise par l'ensemble de la troupe.

— Notre nouveau chef, Cabal ! Cabal ! Notre nouveau chef, Cabal !

Cabal rangea son arme à feu.

— Très bien, dit-il d'un ton sec. Vous pouvez travailler pour ma fête foraine. Suivez-moi. (L'armée forma les rangs et lui emboîta le pas.) Une chose, cependant, s'écria-t-il par-dessus son épaule. Vous allez devoir me remplir quelques formulaires.

Grosse Tête de Calmar dort au fond de la mer,
Il compte les siècles qui constituent l'éternité,

Et quand il en aura fini, ce sera la fin pour beaucoup,
Pendant que les Tcho-Tcho débarquent.

Aïe ! Ftagn ! Ftagn ! Shub-Niggurath !
Nous sommes du côté des gagnants pour voir la suite,
Enfilez vos bottes de marche car nous nous mettons en route,
À la fin des temps, nous venons assister !
À la fin des temps, nous venons assister !
À la fin des temps ! Nous ! Venons ! Assister !

— Et arrêtez-moi ça !

Chapitre 8

Où Cabal apprend le business et fait ce qui doit être fait

LES BONNES GENS DE MURSLAUGH fêtèrent leur sauveur et lui exprimèrent leur reconnaissance en venant en masse à la fête foraine. Dans son cahier d'écolier aux feuilles de papier quadrillé dont il pensait que son frère Horst ignorait l'existence (il se trompait, et Horst trouvait ça très amusant), Johannes Cabal cachait un graphique. L'axe horizontal des « x » représentait une année, tandis que l'axe vertical des « y » allait de 0 en bas à 100 en haut. Il s'agissait de la « table des âmes » de Cabal, et elle se portait bien. Du bout de sa règle en bois, il pouvait déterminer la courbe idéale – le nécromancien avait prévu d'atteindre les cent âmes deux semaines avant la date butoir. C'était une bonne marge de sécurité, mais pas si confortable que ça : il n'était pas encore tiré d'affaire. Vraiment pas. On frappa à la porte. C'était M. Sac d'Os.

— Dites donc, patron, c'est l'patron, dit-il.

Cabal posa le cahier d'exercices et s'enfonça dans sa chaise.

— Je n'ai absolument rien compris à ce que vous venez de dire.

— Vous savez ? Le patron d'la ville, quoi.

Cabal se redressa brusquement.

— Vous voulez dire, le *maire* ? Eh bien, ne le faites pas attendre.

Cabal n'avait guère de temps à consacrer aux politiciens dans l'exercice normal de sa carrière scientifique. Enfin, sauf quand ceux-ci s'accompagnaient de la mention : « sujet expérimental vivant ». S'il avait bien appris quelque chose durant les dernières semaines, c'était que les élus locaux avaient des pouvoirs limités, mais un ego démesuré. Toutefois, une simple rebuffade, réelle ou non, suffisait généralement pour qu'ils appliquent ces pouvoirs limités avec vigueur et imagination.

Deux mois plus tôt, un conseiller municipal mécontent avait presque réussi à faire fermer la boutique pour des infractions sanitaires et des défaillances en matière de sécurité. Cabal n'avait alors pas jugé bon de préciser que le conseil d'administration de la fête foraine, l'enfer en l'occurrence, avait une législation très différente en matière de santé et de sécurité. Il s'était dit, à juste titre, que cela ne risquait pas d'arranger leurs affaires. Il avait donc pris pour carotte une grosse enveloppe brune bourrée de billets de banque usagés, et pour bâton, une visite nocturne de Phobos l'Homme des Cauchemars (alors pitoyablement reconnaissant qu'on le sorte du Tartare : « Ça fait du bien de sortir un peu, de voir du monde. On se tient au jus, hein ? ») pour arranger l'affaire. Tout cela parce que le conseiller en question avait pris la mouche au moment où Cabal avait dit que la dernière fois qu'il avait vu un corps aussi boursouflé que celui de sa femme, un bon paquet de vers grouillaient dedans. Le fait que cette observation soit fondée n'entra bien évidemment pas en ligne de compte.

Le maire de Murslaugh était un homme exubérant et jovial qui, dans un monde parfait, aurait porté le nom de Fezziwig[1]. Mais il s'appelait Brown, preuve, s'il en fallait, que tout était loin d'être parfait.

— Monsieur le maire, dit Cabal, quel plaisir de vous rencontrer. Désolé de ne pas avoir eu le temps de vous rendre visite.

— Pas grave, pas grave, un entrepreneur tel que vous, occupé à chaque heure du jour et de la nuit, pas grave.

Il sourit et attendait apparemment une réponse.

Cabal renonça à chercher un verbe dans cette phrase.

— Bien, en quoi puis-je vous être utile ? Je suis bien évidemment à votre service, et au service de votre charmante ville.

— Ah, eh bien, oui, merveilleux, voyez-vous ? Maleficarus ! Boom ! Oui, envolé ! En un clin d'œil ! Merveilleux ! (Pour une raison inexplicable, il fit mine de frapper une balle de cricket qu'il regarda disparaître au loin.) Exemplaire !

— Oh, je comprends. Vous parlez des soucis que je vous ai épargnés en vous débarrassant de Rufus Maleficarus ? Vraiment, ce n'est rien. Un vrai plaisir, ajouta-t-il en toute sincérité.

— Rien ? Non ! Crénom ! Considérable, pas négligeable. Tous les points marqués. Tous les points,

1. Allusion à un personnage de *Un chant de Noël*, de Charles Dickens (*NdT*).

quand même ! Grandiose, grandiose. (Il secoua la tête en repensant au drame qui avait failli se jouer.) Héros local. (Il regarda le sol d'un air morne pendant un moment, prit une profonde inspiration et eut un large sourire avant de conclure.) Occupé ! Du balai !

Et il partit.

Cabal resta quelques instants face à la porte après que le maire l'eut refermée derrière lui.

— Oui, dit-il finalement. Eh bien, si je suis un jour victime de lésions cérébrales, je sais au moins qu'une carrière politique me tendra les bras.

L'homme laid et le gros homme laid regardaient le stand.

— On est censés faire quoi ? demanda le gros type moche.

— Tout ce que vous devez faire, c'est lancer une balle de ping-pong dans l'un des bocaux à poissons rouges, lui répondit un Bobbins radieux.

— Et je gagne un lot, dit le gros type moche.

— Et vous gagnez un lot, lui confirma un Bobbins radieux.

Bobbins était le fruit d'un bricolage de Cabal basé sur la formule « un chiffon, un os, une boulette de cheveux (et un peu de saindoux) ». Dans le cas présent, il y avait ajouté un peu d'autobronzant. Du coup, tout ce que Bobbins faisait, il le faisait d'un air radieux.

— O.K., dit le gros type moche. Va falloir qu'j'me lance.

Pièces et balles de ping-pong changèrent de mains. Le gros type moche lança une balle en chandelle en direction des bocaux à poissons rouges sans même prendre le temps de viser. La balle toucha le bord d'un bocal, rebondit bien haut et retomba joliment dans un autre.

— Bien joué, monsieur ! s'exclama un Bobbins radieux. Vous avez gagné !

Le gros type moche en parut inexplicablement contrarié, tout comme son compagnon.

— Merde alors, Anders ! J'ai fait n'import'quoi et j'ai gagné, c'est ça ?

Anders faisait une vraie tête d'enterrement.

— Merde, alors, Croal ! On dirait bin. Et maint'nant ?

— Vous gagnez un poisson rouge ! lança un Bobbins radieux.

Croal ne lui prêta aucune attention.

— J'imagine qu'on fait comme d'hab', O.K. ? lança-t-il à Anders.

— O.K., dit Anders. (Puis il se mit à crier en en faisant un peu trop.) Merde alors ! Quelle escroquerie ! Ce stand nous a carottés !

— Ouais ! ajouta Croal. On s'est fait carotter ! Tricheur ! Tricheur !

— Mais… vous avez gagné, fit un Bobbins moins radieux.

Comme par magie, un groupe composé de huit hommes de grande taille, tous armés de manches de pioche, sortit alors de la foule.

— C'est un coup monté ! firent-ils en chœur. Une arnaque ! Cassez tout !

— Oh là là ! dit Bobbins, qui n'était plus du tout radieux maintenant que les types commençaient à démolir son stand.

Cabal était en train d'insérer un morceau de

musique démuni d'étiquette dans l'orgue à vapeur lorsqu'il prit connaissance du problème. En route, il s'arrêta près du tunnel de l'amour, où il trouva Horst qui tentait de charmer une ravissante jeune femme, en vain.

— Horst ! Il y a un problème. Je vais avoir besoin de toi.

Horst voulut discuter, mais le bocal à poissons rouges qui passa au-dessus du tunnel et tomba dans l'eau en produisant un vague *plop* l'en dissuada.

— Oui, ça vaut sans doute mieux, convint-il, avant de se tourner vers la jeune dame. Je suis désolé, ma chère, mais on m'attend ailleurs. Ne bougez pas, je serai de retour dans une minute.

Quand Horst s'en éloigna, Cabal s'aperçut qu'elle continuait de regarder là où son frère se tenait une seconde plus tôt.

— Tu ne peux pas laisser des femmes hypnotisées un peu partout, fit-il d'un ton brusque. C'est… comment dire… pas très hygiénique.

— C'est une fête foraine, fit Horst. Les gens sont habitués à y voir des trucs bizarres. Et puis, j'ai les crocs. Ça remonte déjà à plusieurs jours. Elle est la chose la plus comestible qu'il m'ait été donné de voir ce soir, et je ne vais pas la laisser filer. Maintenant, allons-y.

Il disparut dans la pénombre, entre les allées.

Cabal regarda tout autour, vit Sac d'Os et claqua des doigts pour attirer son attention.

— M. Sac d'Os ! Faites quelque chose pour cette femme !

Sac d'Os observa la silhouette immobile d'un air curieux.

— Vous voulez que j'fasse quoi, patron ?

— Oh, je n'en sais rien. Cachez-la au moyen d'une couverture ou d'autre chose, dit-il d'un ton sec avant de suivre son frère au trot.

C'était *Règlements de comptes à O.K. Corral* à leur arrivée. La destruction du stand avait provoqué des bagarres qui s'étaient propagées à d'autres attractions. Horst attrapa par la peau du cou un type qui essayait de mettre le feu à un jeu de massacre, lui fit remarquer qu'il était très vilain et le balança dans le champ voisin, situé de l'autre côté de la rivière. Le cri de désespoir décroissant que poussa l'homme dans le ciel nocturne contribua grandement à calmer le jeu. Cabal circula parmi la foule et mata les derniers récalcitrants à coups de canne. Au bout de quelques minutes de diplomatie musclée, la bagarre laissa place à un tas de gens, principalement des hommes, qui restaient là, les bras ballants, couverts de bleus et manifestement contrariés. Cabal les observait avec un mépris non dissimulé.

— Qui est à l'origine de tout ça ? demanda-t-il. (Tous ceux qui n'étaient plus en âge d'aller à l'école eurent soudain de désagréables flash-back de bagarres de récréation auxquelles ils avaient été mêlés malgré eux. Comme personne ne répondit, Cabal se mit à faire les cent pas devant les individus réunis, les mains jointes dans le dos.) Je veux simplement connaître la vérité. Personne ne sera puni, dit-il, même si nul n'était dupe.

— Ils sont partis, fit une petite voix venue d'un stand en morceaux.

Une petite voix meurtrie, mais qui n'en voulait pas moins faire plaisir. En un mot, une voix radieuse.

— Que quelqu'un l'aide à sortir de là-dessous, dit Cabal.

Aussitôt, plusieurs hommes aux phalanges éraflées et au nez en sang se mirent au boulot, comme pour prouver qu'ils étaient des types bien, certainement pas du genre à se laisser embarquer dans une bagarre.

Bobbins fut amené devant Cabal comme un trophée de guerre et jeté à ses pieds.

— Qu'entends-tu par « ils sont partis » ?

— Il y avait deux mecs. L'un était on ne peut plus laid, et l'autre on ne peut plus gros et laid. Ils ont tenté leur chance avec les bocaux et ont gagné. C'est là qu'ils ont pété les plombs et ont commencé à dire qu'ils s'étaient fait gruger.

— Alors qu'ils avaient gagné ?

— Oui. J'allais leur remettre leur lot quand tous ces tarés sont sortis de je ne sais où et se sont mis à tout casser. J'ai bien tenté de les arrêter, ajouta-t-il d'un air radieux, mais ils étaient trop nombreux.

Horst balayait des débris du pied. Il s'agenouilla et ramassa un morceau de bois apparemment dangereux qu'il montra à Cabal.

— C'est un manche de pioche. Pas le genre de truc que les gens portent pour se défendre.

Cabal le lui prit pour le soupeser.

— Tu veux dire que c'était prémédité ? Mais pourquoi ? Et par qui ?

— L'un d'eux s'appelait Croal ! fit Bobbins, un peu plus radieux à chaque seconde. C'est comme ça que l'autre l'a appelé. L'autre, c'était Andy. Ou Anders. Enfin quelque chose du genre.

— Mais qui sont-ils ? Et pourquoi ont-ils fait cela ? Et pourquoi souris-tu comme ça ?

Horst affichait une mine désagréablement suffisante.

— Tu ne sais pas grand-chose des forains et des fêtes foraines, hein ?

— Tu sais bien que… (Les agités qu'il avait tancés se trouvaient encore là, s'aperçut alors Cabal ; ils faisaient montre d'un intérêt poli pour la conversation.) Circulez ! Foutez le camp ! La fête est finie ! (La foule se dispersa lentement ; le nécromancien se tourna ensuite vers Horst.) Tu sais bien que je n'y connais rien. Alors vas-y, profite de ton moment de gloire et prodigue-moi tes lumières.

— Ce n'est pas bien sorcier. Quel est le but premier d'une fête foraine ? Enfin, je ne parle pas de celle-là, mais d'une fête foraine normale.

— Faire en sorte que les gens… s'amusent, répondit Cabal comme si ce verbe lui laissait un vilain arrière-goût dans la bouche.

— Aussi étrange que cela puisse paraître, non. C'est seulement la fin qui justifie les moyens. Retente ta chance.

Cabal commençait à bouillir ; il avait horreur qu'on le traite avec condescendance.

— Faire de l'argent. Je ne suis pas stupide. Mais on se fiche pas mal de l'argent. Je ne vois pas bien… (La vérité le frappa en plein visage comme un poisson mort.) Je suis vraiment stupide. Ça tombe sous le sens.

— Des concurrents. Eux ne savent pas que nous ne sommes pas là pour l'argent. C'est entre toi, moi et le grand « S ».

Il regarda Cabal secouer la tête d'un air incrédule et dégoûté, non sans une certaine satisfaction.

— Ça veut certainement dire que nous allons devoir les tuer, dit finalement Cabal.

— Imagine le bruit que cela ferait. Non, ce sont des hommes d'affaires. Nous allons trouver un accord. Crois-moi, ils écouteront la voix de la raison.

Il ne leur fallut pas un gros travail d'investigation pour apprendre qu'il y avait une fête foraine dans la ville voisine : les Attractions Itinérantes de Butler. Cabal leur rendit une petite visite le lendemain, en milieu de matinée, pour régler tout ça, en prenant soin d'emmener avec lui une grosse liasse de billets – dans le cas où ils se montreraient raisonnables –, et Joey Granit (alias Tête de Pierre !) dans le cas contraire.

Le champ de foire était calme à leur arrivée. Au-dessus de l'entrée, un grand panneau mal peint hurlait à la face du monde : *Attractions Itinérantes de Billy Butler ! Les Meilleurs Spectacles ! Les Meilleures Attractions !*

— Ça m'a tout l'air d'être consternant, dit Joey.

— Vous me l'ôtez de la bouche, fit Cabal. À propos, M. Granit, j'apprécierais que vous me laissiez me charger des pourparlers.

— Mais certainement, *kemosabe* !

— Je voulais dire tous les pourparlers.

— Pas de problème. Après tout, vous êtes le patron. Puis-je cependant vous demander pourquoi ?

— Pour être tout à fait honnête, je vous ai emmené pour que vous me serviez de gros bras. C'est un préjugé purement psychologique, mais les gens ont du mal à croire qu'un homme puisse être incroyablement fort et intelligent. En général, c'est l'un ou l'autre.

— Comme les belles femmes et la matière grise. Je comprends ce que vous voulez dire. Vous ne voulez pas diminuer la menace que je représente en me laissant faire preuve d'à-propos. Entendu, motus et bouche cousue !

Espérant avoir ainsi réprimé la loquacité habituelle de Joey, Cabal prit la direction de la caravane la plus grande et la plus criarde, puis il cogna à la porte et attendit.

Un petit homme ébouriffé portant des sous-vêtements et une veste de smoking rouge ostentatoire finit par ouvrir. Curieusement, alors même qu'il ressemblait trait pour trait à un homme au sortir de son lit, ses cheveux noirs synthétiques tenaient parfaitement en place, comme s'ils étaient vernis.

— Qu'est-ce vous voulez ? croassa-t-il en clignant des yeux à cause du soleil.

— Êtes-vous le propriétaire ? William Butler ?

L'homme dévisagea Cabal. Examina Joey. Puis revint au nécromancien. D'aucuns auraient attrapé un torticolis.

— Qui l'demande ?

— Mon nom est Johannes Cabal. Et je vois qu'il ne vous est pas inconnu. (Le visage froissé de l'homme venait effectivement de s'animer un peu.) Je suis venu vous rendre un bien qui vous appartient.

Il fit un signe de la tête à Joey, qui sortit de son manteau un manche de pioche et le tendit à l'homme en le tenant entre le pouce et l'index, comme s'il s'agissait d'un cure-dent émoussé.

— Pouvez rien prouver, dit l'homme. J'ai jamais vu ce truc-là de toute ma vie. Je l'jure sur la tombe de ma mère, c'est pas moi.

Cabal secouait la tête.

— Du calme, M. Butler. Gardez les dénis d'usage pour plus tard. Pour commencer, vous êtes bien M. William Butler, des Attractions Itinérantes Butler, n'est-ce pas ?

L'homme se raidit un peu et Cabal eut le sentiment que les choses n'allaient pas franchement se dérouler comme prévu.

— Seule ma mère m'appelait « William ». Mon nom est Billy Butler. Forain et en-tre-pre-neur. Et vous pouvez pas débarquer comme ça et accuser d'honnêtes gens d'avoir bousillé vot' foire sans preuve, pigé ?

— Vous m'avez mal compris, M. Butler. Je n'ai aucune raison de vous accuser de quoi que ce soit puisque nous savons tous deux que vous êtes coupable, aussi sûr que le soleil se couche à l'ouest. Par pitié, épargnez-moi ce petit numéro. (Butler était rouge comme une tomate, désormais.) Si besoin, M. Granit ici présent mettra votre entreprise en miettes tant qu'il n'aura pas retrouvé M. Croal et son ami provocateur. Face à cette preuve, fit-il en tapotant le manche de pioche, je suis certain qu'ils s'empresseront d'avouer le rôle joué dans les violences de la nuit dernière et vous désigneront comme le commanditaire.

— Sans quoi je leur ferai manger ça, hé, hé ! dit

Joey en grinçant des dents, faisant là preuve d'un amateurisme aussi inattendu qu'inopportun.

Cabal lui lança un regard et il la boucla.

— J'aim'rais bien voir ça, dit imprudemment Butler.

Un peu plus de sept minutes s'écoulèrent avant que Cabal ne pointe Butler du doigt en disant :

— Est-ce l'homme qui vous a chargés de causer du grabuge sur mon champ de foire ?

Croal et Anders ne purent qu'acquiescer. Il était plutôt difficile de parler avec un demi-manche de pioche enfoncé dans la bouche. De ses grandes mains, Joey tenait les deux hommes, qui auraient préféré se trouver à mille lieues de là plutôt qu'à quelques dizaines de centimètres au-dessus du sol.

— Foutues balances, grogna Butler.

— Rien de tout ceci n'est nécessaire, M. Butler. Je souhaite simplement que nous trouvions un accord. Vous et vos employés vous tenez à l'écart de ma fête foraine. En échange, moi et les miens ne viendrons pas vous assassiner, tous autant que vous êtes, ce qui vaudrait à vos âmes un aller simple pour les cercles inférieurs de l'enfer.

— Pouvez toujours essayer, marmonna imprudemment Butler.

Cabal parvint tout juste à empêcher Joey d'écrabouiller Croal et Anders l'un contre l'autre pour en faire une créature dotée de trop de membres pour insuffisamment de têtes.

— Écoutez, cet esprit de contrariété vous offre-t-il le moindre plaisir ? Essayez de comprendre. Vous ne maîtrisez plus la situation. Faites ce que je vous dis ou les choses dégénéreront à tel point que cela en deviendra indescriptible. Ne vous approchez plus de ma fête foraine. (Cabal se tourna vers Joey.) Reposez-les au sol et allons-nous-en.

Joey lâcha Croal et Anders, qui s'effondrèrent tels deux pantins désarticulés. Il suivit ensuite Cabal, qui se rapprochait déjà de la route.

— « Sans quoi je leur ferai manger ça », hé, hé ! s'exclama Cabal quand ils furent hors de portée de voix de Butler et de son gang de monteurs excités.

— J'improvisais juste avec le rôle que vous m'aviez confié, répondit Joey sans prendre la peine de s'excuser. Musclé et muet, c'est vieux jeu.

— Et « musclé et stupide », c'est digne des plus grands comédiens ? Ah, peu importe. On dirait que ça a marché, même si cela ne s'est pas passé comme prévu. Et nous avons économisé une somme rondelette. (Il donna une tape sur la poche qui renfermait le pot-de-vin dont il n'avait pas eu l'usage.) Même si, franchement, nous en avons plus que nous ne pouvons en dépenser.

Les événements de la matinée n'enchantèrent pas Horst quand il en prit connaissance.

— Tu ne comprends rien à ces gens. Tu ne l'as pas remis en place, tu l'as juste fait passer pour un crétin devant ses employés. On n'a pas fini d'entendre parler de Billy Butler.

Cabal se réveilla dans sa couchette alors que les doigts rosés de l'aurore maculaient les nuages telle une fresque peinte par un enfant hyperactif. S'avisant de ce spectacle par la fenêtre de la voiture-lit, il chercha à tâtons ses lunettes de soleil. Ces couleurs étaient quand même un peu inquiétantes…

— Qu'est-ce qu… (Il trouva enfin ses bésicles, s'empressa de les mettre.) Que se passe-t-il ?

— Ça craint, patron, dit Sac d'Os. Y'a l'feu.

Cabal ramassa son long manteau, pour découvrir en sortant un véritable chaos. Les gens couraient dans tous les sens, en proie à l'indécision. Même les Choses du Train Fantôme étaient de sortie et se précipitaient vers les gens pour leur hurler au visage.

— Vous ! Les Choses ! vociféra-t-il. Retournez-vous mettre à l'abri avant que le soleil ne se lève. (Elles hésitèrent.) Tout de suite !

Horst apparut à ses côtés sitôt qu'elles se furent exécutées.

— Désolé, Johannes, mais je vais devoir y aller moi aussi. Ça n'aurait pas pu arriver à un pire moment.

Cabal fit volte-face, lança un regard noir à son frère.

— Ça veut dire quoi ? Que je ne vais pas être capable de gérer ça par moi-même ?

Malgré son grand calme, Horst fut pris au dépourvu.

— Non, pas du tout. Je pensais… (Il regarda à l'horizon. L'apparition du soleil n'était plus qu'une question de secondes.) Écoute, je n'ai pas le temps d'en discuter. Il faut que j'y aille.

Cabal sentit comme une bourrasque et se retrouva seul.

Le soleil se leva sur une scène où une raison sans faille et un bon sens croissant s'associaient pour lutter contre l'incendie qui faisait présentement rage.

Monteurs et rabatteurs formaient une chaîne de seaux, et on avait enfin trouvé un usage à Horatio, le Tuyau Humain.

— *Yo ! Baby !* fredonna-t-il alors que Layla le manipulait. *C'mon, light my fire !*

— Ne l'excite pas, sans quoi nous n'arriverons jamais à bout de ces satanées flammes, cria Cabal, couvert de suie et furieux.

Le sinistre fut totalement maîtrisé au bout d'une heure, après avoir emporté trois attractions, quatre stands et une « Balance qui ne vous dit pas toute la Vérité au sujet de votre Poids ». Cabal n'en finissait plus de faire le tour des décombres, en sifflant quand quelqu'un tentait de lui adresser la parole, tournant encore et encore comme un vautour au-dessus d'une réunion de zombies. Un homme de Neandertal nu était assis au milieu d'une grosse flaque d'eau ; près de lui figurait une pancarte carbonisée disant : « L'Homme de l'Ère Glaciaire ! Enseveli dans la Glace Sibérienne pendant Dix Millions d'Années ».

— Qu'est-ce qui s'passe, mec ? demandait-il à tous ceux qui s'approchaient de lui.

Cabal s'immobilisa subitement, huma l'air et retourna un bout de planche du bout de ses chaussures sur mesure désormais foutues. Il découvrit en dessous une minuscule flaque d'un liquide dont l'irisation témoignait d'une certaine viscosité ultra-hydratée. Il s'agenouilla tout près – bousillant son pantalon au passage –, et renifla. Sac d'Os s'approcha et sentit prudemment lui aussi. Cabal se releva, le visage méchamment pâle sous la couche de suie.

— Un combustible, dit-il tranquillement.

— Ah, ouais ? (Sac d'Os renifla une fois encore.) Ça sent l'essence.

— Un incendie volontaire.

— Eh bien, au moins on sait d'où ça vient.

Billy Butler comprit qu'il avait un visiteur lorsqu'on frappa à sa porte. Ou plutôt, c'est la façon dont la porte fut défoncée, arrachée de ses gonds et balancée dans le comté voisin qui lui mit la puce à l'oreille.

— Encore vous, dit-il en montrant les dents lorsque Cabal entra.

Leur parvint alors un vacarme sans nom de l'extérieur, pareil à une distribution de baffes. Joey dissuadait simplement les monteurs de Butler de venir prêter secours à leur employeur.

— Je croyais que nous avions un deal, Butler, dit Cabal en articulant bien chaque mot.

— Je ne me souviens d'aucun…

— Je croyais, reprit Cabal, que nous étions parvenus à un accord. Vous vous teniez à l'écart de ma fête foraine et je vous laissais vivre.

— J'ai commencé dans le milieu dès mon plus…

— Oui, c'est bien là où je veux en venir, M. Butler. « J'ai commencé dans le milieu dès mon plus jeune âge. » Passé composé. Vous comprenez ? Tout ça, c'est fini maintenant, tout simplement parce que vous n'avez pas voulu nous laisser tranquilles.

Butler essaya une autre tactique.

— C'est une propriété privée ici. Si vous…

— *Ach !* Je n'y crois pas ! Je suis en train de vous expliquer que vous êtes sur le point de vous faire tuer et vous me menacez de porter plainte pour être entré sans votre permission.

Butler marqua un temps d'arrêt. Quelque chose semblait être monté jusqu'à son cerveau.

— Hein ? Vous allez m'tuer ?

— Oui, selon toute vraisemblance.

Ne jamais parler de la façon dont on va tuer sa victime, se rappela-t-il. *Cela enlève toute forme de spontanéité.*

— Pourquoi ?

— Pourquoi ? Vous avez tenté d'incendier mon champ de foire !

Butler croisa les bras et sourit d'un air suffisant.

— Prouvez-le.

— Butler, comprenez-moi… Vous permettez que je m'assoie ? Comprenez-moi bien : je ne suis pas de la police. Je n'ai pas besoin de preuves, fussent-elles réelles ou imaginaires. Je me contente de soupçons solides, et *vous*, Butler, je vous trouve vraiment suspect. Si en ce moment même, quelqu'un usait d'un suspiciomètre aux Antipodes, il se dirait : « Grands dieux, quel est cet objet si suspect que nous avons détecté ? Tiens, on dirait bien Billy Butler, le célèbre pyromane et le plus mauvais menteur de la planète. »

Butler songea aux propos de Cabal, qui venaient visiblement de faire mouche.

— Entendu, dit-il. Rappelez-moi not' marché.

— Trop tard. Vous avez eu votre chance et l'avez laissée passer. (Il regarda par la chiure de mouche qui servait de fenêtre dans cette caravane.) Bon, je ne tiens pas trop à avoir votre sang sur les mains. Ce ne serait pas très opportun. Repartons de zéro, entendu ?

Cabal et Joey Granit durent y retourner vingt-quatre heures plus tard. De très légères volutes de fumée s'élevaient encore des manches et du col de Cabal, et de la suie maculait son visage. De toute évidence, quelque chose l'avait mis de mauvaise humeur.

L'incendie de la veille lui avait laissé un très désagréable arrière-goût dans la bouche, sans compter les dégâts matériels. Cabal s'était réveillé d'un sommeil agité pour découvrir qu'un ou plusieurs inconnus avaient non seulement versé du pétrole sous le train, et donc sous le bureau où il dormait, mais avaient en plus cadenassé sa porte. Tout cela devenait vraiment insultant. Il se demandait quelle fenêtre il allait bien pouvoir briser lorsqu'il entendit un bruit assourdissant et s'aperçut que Horst venait d'enfoncer la porte.

— Tu savais que quelqu'un l'avait verrouillée ? demanda-t-il d'un air inquiet.

Cabal l'écarta de son chemin sans ménagement et sauta sur la voie couverte de gravier.

— Vous deux ! cria-t-il en direction de la cabine. Faites bouger ce train ! Et vite, bon sang !

Dennis et Denzil se regardèrent. Ils s'étaient plus ou moins dit que quelque chose n'allait pas lorsque les flammes s'étaient attaquées au train, mais ils n'avaient pas voulu en faire tout un plat et attirer l'attention. Denzil avait quand même été sur le point de dire à Dennis qu'il fallait faire quelque chose quand il s'était rendu compte que les cheveux de son compère avaient pris feu. Cela lui avait valu un sacré fou rire, qui avait pris la forme d'une suite de ululements sinistres auxquels il s'était habitué depuis qu'il avait les poumons complètement ratatinés. Dennis avait froncé les sourcils, s'était mis à se gratter la tête ; sa main avait pris feu elle aussi, de sorte que Denzil avait cru mourir de rire.

Ils en étaient encore à ne rien faire lorsque le monstre s'était décidé à bouger en poussant un rugissement d'indignation à réveiller les morts. Surpris, Cabal et Horst avaient observé la locomotive reculer lentement. Là où elle passait, son ventre avalait les flammes qui disparaissaient comme aspirées, si bien qu'au bout d'une minute il n'était resté que celles de la chambre de combustion, encore froide dix minutes plus tôt, mais qui crépitait désormais comme une fournaise. Les frères Cabal s'étaient alors dévisagés : leur fête foraine avait décidément plus d'un tour dans son sac.

C'était la veille. Johannes Cabal et Joey Granit se tenaient en silence devant Billy Butler. L'odeur de fumée en disait long.

Butler sourit d'un air méchant.

— Oh, c'est…

Comme souvent dans ce genre de circonstances, ses dernières paroles manquèrent cruellement d'originalité.

— Joey, uppercut, dit Cabal.

Joey Granit frappa avec une précision chirurgicale et un talent artistique certain. Le geste fut d'une beauté et d'une poésie cinématographiques qu'auraient appréciées tous ceux qui aiment assister à une bonne baston, assez puissant pour arracher un petit bâtiment de ses fondations. Une succursale de bibliothèque aurait tremblé avant de s'effondrer. Simple bout de viande, Billy Butler ne jouait bien évidemment pas dans la même cour et ne faisait pas le poids. Sa tête resta miraculeusement attachée au reste de son corps, mais il ne faisait aucun doute que la police allait commencer son enquête bien avant qu'il ne retombe au sol.

— Allons-nous-en, Joey, dit Cabal alors que Butler disparaissait dans les nuages.

Ils traversèrent le champ de foire d'un bon pas, les hommes de Butler hurlant des insultes en restant à une distance raisonnable pendant que les femmes couraient en tous sens, en proie à une hystérie tellement prévisible. Ils ignorèrent résolument les sifflets et les cris et rejoignirent bientôt la route de Murslaugh.

Au bout de huit cents mètres, Cabal s'arrêta.

Quelque chose le chagrinait. C'était cette histoire d'hystérie si prévisible. Une hystérie qui semblait avoir été répétée avec soin.

En y repensant, il aurait juré que plusieurs femmes avaient hurlé : « Rhubarbe ! Rhubarbe ! » Quant aux injures des hommes, il avait vu des poings serrés dans sa direction, mais qu'avaient-ils dit exactement ? « Raffeln-huffeln-ranty-raa ! », c'était ça ? « Grrulveln gnash raffer » ?

— Vous cogitez, mon vieux, dit Joey, un poil curieux. Qu'est-ce qui ne va pas ?

— J'y retourne, dit Cabal d'un air déterminé.

— Ah ? Et pourquoi ?

— Quelque chose ne tourne pas rond. Cette fête foraine ne me semble pas très catholique.

— Vous voulez dire, exception faite de son propriétaire que j'ai placé en orbite ?

— Oui, exception faite de cela. Je suis doté d'un sixième sens qui m'envoie des signes quand on essaye de se moquer de moi.

— Oh, j'en ai entendu parler. Je crois qu'on appelle ça la « paranoïa clinique ».

— J'ai un sixième sens, dit Cabal en adressant à Joey le regard d'un homme qui sait où poser les mains sur un marteau-piqueur et n'a pas peur de s'en servir. Et il me dit que quelqu'un, quelque part, essaye de me rouler dans la farine.

Il tourna les talons et reprit la direction du champ de foire de Butler.

Elle n'était plus là. Il n'y avait quasiment plus le moindre signe de sa présence.

— Je le savais ! (Cabal s'engagea sur le site abandonné à grands pas.) Je le savais !

— Une illusion. (Ses grandes mains posées contre ses hanches, Joey observait les alentours avec un étonnement non dissimulé.) C'est pas croyable !

Cabal s'arrêta et se tourna vers Joey. L'homme aux airs d'ogre avait l'air sincèrement surpris, mais à bien y réfléchir, il était le fruit de l'enfer, créé au moyen du sang même de Satan. Dans quelle mesure pouvait-on lui faire confiance ? Même Sac d'Os, son majordome, en était issu. Horst était peut-être le seul à qui il pouvait vraiment se fier. Les liens du sang sont les plus forts, il ne faut jamais l'oublier. Il avait lui-même signé un papier qui le prouvait.

Joey posa doucement la main sur son épaule et l'écarta. Une demi-seconde plus tard, Billy Butler s'écrasa précisément là où il se tenait un instant plus tôt en creusant un cratère de plus d'un mètre de profondeur.

— Merci, Joey, dit Cabal.

Ils jetèrent un œil au corps estropié situé au fond du trou.

— Au moins, nous n'aurons pas à l'enterrer, fit remarquer Joey. Je vais juste le recouvrir de terre, entendu ?

— Non, dit Cabal d'un ton sec.

— Pas assez profond ? Je vais trouver une pelle.

— Pas assez profond. Vraiment pas assez. (Bras croisés, il contempla le cadavre avec un vif mépris.) D'ailleurs, à quelle profondeur se situe l'enfer ?

Il y eut un long silence. Puis la tête de Butler tourna à cent quatre-vingts degrés en craquant.

— Comment as-tu deviné ? grinça-t-il de sa trachée broyée et déformée.

— Un peu trop théâtral pour être vraiment convaincant. C'est bien toi, Raclure, n'est-ce pas ?

— Ratuth, le corrigea le cadavre avec mauvaise humeur.

La tête fit un nouveau tour avec un bruit sec. Puis elle s'allongea maladroitement, et les vertèbres déchirèrent sa nuque.

Surpris, Joey fit un pas en arrière.

— Oh ! Je crois que…

Cette première plaie fut suivie de bien d'autres à mesure que Billy Butler laissait place à un véritable fouillis de mains, de griffes et de tentacules cornus frétillants. Des angles défiant les axiomes d'Euclide s'élevèrent à la verticale tel l'échafaudage de la tour de Babel. Un crâne de cheval surmonté d'un casque grec stylisé sortit des failles séparant les différentes réalités.

— Pour *toi*, Johannes Cabal, ce sera « général Slabuth », finit le démon en faisant claquer sa mâchoire.

— De qui venait cette brillante idée ? demanda Cabal.

— Je te demande pardon ?

— Cette manœuvre crétine visant à me faire perdre mon pari. De qui venait cette idée ?

— « Crétine », c'est un peu dur, je trouve.

— De qui, répéta Cabal en articulant avec exagération.

— Ah, disons que ce fut une décision collégiale. Vois-tu…

— La tienne, donc.

Ils se dévisagèrent en silence pendant un moment.

— Oui, avoua finalement Ratuth Slabuth.

— Et qu'en pense ton maître ?

— De quoi ? De tricher ? Que c'est par définition une super combine.

— Eh bien, dis-lui que je ne veux plus en entendre parler. Plus d'ingérence sans quoi notre accord est caduc.

— Ah, mais tu ne peux pas faire machine arrière aussi facilement.

— Et pourquoi pas ? Nous n'avons rien signé. Nous ne nous sommes même pas serré la main.

Slabuth réussit à se pincer les lèvres alors qu'il en était dépourvu.

— Ce n'est pas conforme à *l'esprit* de la chose.

Cabal rit sur le ton de la dérision.

— Plus d'ingérence, compris ? Venez, M. Granit.

Il tourna les talons et repartit en direction de la fête foraine des frères Cabal.

Joey resta le temps de dire quelques mots.

— Ravi de vous avoir rencontré. Désolé, mais je dois filer.

Et il fila.

Ratuth Slabuth les regarda s'en aller, puis il s'enfonça jusqu'aux fosses embrasées de l'enfer comme si la terre n'existait pas sous ses pieds.

Il retrouva Satan assis sur son trône, dans la caverne de lave – il lisait une édition grand format de *The Satanist*, de Wheatley.

— C'est une façon bizarre de dire aux gens qu'il ne faut pas me vénérer, fit remarquer Satan en montrant le livre. Ça semble très drôle, d'après ce bouquin, mais je suis sûr qu'ils connaissent tous une mort horrible à la fin. Bah, qui voudrait de la vie éternelle de toute façon ?

— La plupart des gens, dit le général Slabuth.

Satan referma l'ouvrage, qui disparut.

— Alors, qu'est-ce que ça fait d'être humain ?

— Je me suis senti à l'étroit. Pas près de recommencer.

— Et Cabal ?

— Long à la détente, ce qui est plutôt étonnant. Mais j'ai réussi à détruire près d'un cinquième de sa fête foraine avant que ça fasse enfin *tilt*.

— Un cinquième ? Bien joué.

— Malheureusement, il s'en remettra, d'autant qu'il bénéficie de l'aide de son frère.

— Oui, la participation de Horst n'était pas prévue. Mais pas d'inquiétude, tout se déroule comme prévu. Inutile de nous en mêler davantage, du moins pour le moment.

Il y eut un silence, durant lequel Slabuth hésita d'un air embarrassé.

— Seigneur Satan, finit-il par lancer, puis-je me permettre une question ?

— Oui ?

— Toute cette histoire me trouble depuis le début. Si je vois bien l'avantage qu'il y a à laisser Cabal faire de son mieux pour moissonner des âmes, je ne comprends pas pourquoi vous lui avez offert la fête foraine pour l'aider. Nous savons par expérience que ce genre d'endroit dispose d'un très large pouvoir de corruption. Mais le fait de la céder à Cabal revient presque à perdre le pari d'office.

— Et ta question est ?

— Puis-je savoir pourquoi vous lui fournissez une telle aide ?

Satan sourit gentiment.

— Non. La tactique est ton domaine, Ratuth Slabuth, mais la stratégie est ma chasse gardée. Tu peux disposer.

Slabuth voulut dire quelque chose, mais mieux valait se taire. Il s'en alla en tentant de se convaincre qu'il n'était pas qu'un simple subalterne.

Une fois seul, Satan jeta des coups d'œil alentour. Si l'incarnation du péché avait été capable d'arborer un air coupable, on aurait pu le soupçonner d'avoir très légèrement honte. Content qu'il n'y ait personne pour l'observer, Satan claqua des doigts ; un vieux cahier d'écolier aux feuilles quadrillées et écornées se matérialisa aussitôt dans sa main. Il l'ouvrit à une page dévoilant un graphique dont le titre était « Résultats de Cabal », écrit de sa propre main. La courbe en zigzag croisait la barre des cent âmes deux semaines environ avant la date butoir. Satan songea aux revers de Cabal de ces derniers jours, sourit et effaça cette partie de la courbe. Il traça alors soigneusement une estimation revue à la baisse : il n'avait désormais plus qu'une petite journée d'avance.

— Voilà, Johannes, dit Satan, qui devrait mettre un peu de piquant dans ta vie.

Rapport de police (le 22/12/1- - -) :
Évadés de la prison de Laidstone

Voici la liste des évadés de l'aile « E » de Laidstone, le quartier de haute sécurité. Tous les prisonniers en fuite ont été incarcérés pour des crimes graves, et tous sont considérés comme dangereux. L'Appendice A propose les photographies et les descriptions physiques.

— Aleister Gage Baker – « La Bête de Barnwick » : Censé être inoffensif sans son costume de Bête, gardé sous scellés.

— Talbot Saint John Barnaby – « L'Empoisonneur des Pubs » : Ancien patron de bar. Aucun fonctionnaire de police ne doit accepter de boisson gratuite dans les bars et cafés tant que Barnaby ne sera pas sous les verrous.

— Leslie Coleridge – « L'Amuseur Mortuaire à Mi-temps des Enfants » : Dangereux. Si Coleridge se propose de faire un teckel avec des ballons, appelez de l'aide tout de suite.

— Thomas Nashton Cream – « Le Tueur Gauche » : Tentatives de meurtre : une. Nombre de morts : vingt-sept, toutes involontaires. La victime présumée s'en est tirée indemne.

— Frederick Gallagher – « Le Tueur d'Épouses au Bain Acide, Électrifié et Inflammable » : Menace limitée. Ne tue que pour l'argent des assurances. A tendance à surplanifier.

— Henry George Hetherbridge – « Le Tueur à la Bobine de Coton » : A assassiné sa femme, son oncle, son notaire et son épicier avant qu'on ne fasse le rapprochement entre quatre morts accidentelles liées à une histoire de coton en l'espace de six semaines.

— Gideon Gabriel Lucas – « Le Cogneur de Bible » : Seulement dangereux pour les individus ayant Bible pour nom de famille.

— Palmer Mallows – « L'Étrangleur aux Semelles Molles » : Les fonctionnaires de police sont invités à se méfier de toute danse au pied levé.

— Joseph Grant Osborne – « L'Empoisonneur Particulièrement Grossier » : Menace limitée, mais les fonctionnaires de police ne doivent prendre aucune de ses remarques à titre personnel.

— Alvin Simpson : Dossier introuvable. Sans doute dangereux.

— Daniel Smike – « La Mort Larmoyante » : Les fonctionnaires de police ne doivent pas hésiter à faire usage de leur matraque pour maîtriser Smike, même s'il est en larmes.

— Oliver Tiller – « Le Tueur en Vers » : Ancien officier de l'armée détaché aux munitions, expert en

objets piégés. S'ils sont à la poursuite de Tiller, les fonctionnaires de police devront se méfier des râteaux près des étendues d'eaux, des animaux qui broutent près des routes et des fils tirés dans les escaliers. Les esplanades sont à fuir.

Chapitre 9

Ou je vè à la fête forène et voi des trucs

CE QUE JÈ FÈ CE WIK-END
par M. Timothy Chambers, décoré de la croix de Victoria, fléau des treens

Samedi, ma maman et moi on è aller à la fête forène. Ele s'apèle la fête forène Caballe et èle apartient à deuz hommes qui s'apèlent tous les deux Caballe. Cè passe que ils sont frère, comme Victor et moi, mai contrèrement à Victor et moi, ils veule bien qu'on les voi ensamble. Il y avait une grande porte pour vou empêcher de rentré quand vou avé pas payé, mè mon copain Tony è entré jedi en passant sou la clôture et il a di : « Je sui comme lè commandos ki son aussi silencyeu que les chats et je peu rentré dans les fêtes forènes, lè bases de radar et lè abris de soumarin sans que personne me voi. » Ce ki est drôle car il è aussi silencyeu kun cochon mort sur des patins à roulètes avec une sirène de police sur la tète. En plusse, il saute partou en feusant « Hut ! Hut ! Hut » ce ki nè pas très silencyeu non plu je trouve. Donc nou passon la grande porte et ma maman di : « Et maintenant, Timothy, tu doi resté prè de ta chèr maman et ne pa disparètre je ne sèz ou. » Car cè vrè, chèr lecteure, je me sui débarassé des fèrs de l'amoure matèrnel (bouh, passé moi le sac a vomi) et je vole mintenant de mè propres èles. (Ha ha je viens de voir mon frère victor qui è venu lirre par dessus mon épole. Comme d'abitude, il sè levé en urlant en voyant un documentèr d'istoire naturèl interéssant a la télé. Et nous voyons mintenant Mère Nature armer de croz et de grifes qui gronde et s'agite avec du sang partout, et ce balour de Victor qui pleure de peurre dans la cuisine. Mè je mégarre.)

Enfin je courè dans la fête forène, taratata, ma jeune cervèle inocente corrompu par des atractions d'une incroyable pèrvèrcité. Fabuloso ! Jè vu le train phantome et jè couru vèr le gar tou mègre situer devan. « Salut m'sieur, je peux allé dans votre train phantome oh s'il vous plè oh s'il vous plè oh s'il vous plè » car je suis prè a allé jusqua suplier.

— Eh bien, t'en veux, hein, mon petit ? lança M. Sac d'Os en baissant les yeux vers le garçonnet qui sautillait devant lui. Où est ta maman ?

L'enfant parut confus.

— Par là, finit-il par dire en désignant une bonne moitié du comté.

— Oh, fit Sac d'Os. Entendu. Tant qu'elle sait où t'es, mon jeune ami, tout va bien. Tu veux embarquer à bord du train fantôme, c'est ça ?

Le garçonnet hocha la tête comme un forcené, à

une vitesse telle qu'un vieillard se serait claqué un muscle.

— O.K., mais faut qu'tu saches qu'c'est carrément flippant, d'accord ? On voit passer des enfants qui ont au moins deux fois ton âge et qui en ressortent comme des vieuuuuux. (Il arqua les jambes en prononçant son « vieuuuuux » ; ses mains tremblaient.) Tu vois, j'y suis entré avec des cheveux magnifiques. Et r'garde-moi maintenant ! (Il ôta son chapeau melon marron pour montrer son crâne parfaitement lisse. L'enfant rit d'un air enchanté.) Oh, tu peux rire, mais regarde c'que cette attraction a fait de moi. Je n'ai que quinze ans !

> Je croa quil en rajoute un peuh, mè je men fiche car le train phantome m'apèle à lui (métamorophiquement). En fête, pas si métophoriquement que ça car ilya un énorme slequette tout en hau qui m'invite a entré de la main. Ilya ossi un gro gorille avec un roché. Mais non, *quelle horruers, mes petites*[1]. Car je nè pa dargen.

— Pas d'argent, hein ? dit Sac d'Os. Booooon… (Il lança des coups d'œil en tous sens en en faisant un peu trop, puis se baissa subitement pour lui chuchoter à l'oreille.) Ch'peux sans doute fermer les yeux pour cette fois, hein ? Mais ce s'ra not' secret, entendu ? N'en parle pas à tes amis, car j'devrai leur dire non. O.K. ?

Tout excité par ce cadeau, le gamin acquiesça.

1. En « presque français » dans le texte (*NdT*).

— Alors O.K., dit Sac d'Os. (Il mit un pied dans sa baraque et en sortit un bout de carton.) Nous y voilà. Un ticket gratis, avec les compliments d'la maison. (Le garçonnet l'accepta avec respect. Sac d'Os sortit de la baraque et poursuivit d'un air solennel.) T'as un ticket ? Mais oui ! (Il le prit au gamin, le déchira proprement en deux et lui rendit le talon.)

— Embarquement immédiat pour l'train fantôme, dit-il d'un air joyeux avant de lui faire signe d'entrer dans la première voiture.

Le conduteur été aussi un slequette !!! Le gar mègre lui a di « Conduteur, cè mon ami alor fès-lui passé un peu de bon temps. » Et le conduteur a reposer son journal de courses et a di « OK Sac dosse » avec un èr un peu inorique. Alor le gar mègre il è parti et le train phantome a démarer. Le train cè un vrè avec la fumé et la vapheur, pas comme le détritu de la fête de Butler qui été condui par un gamin qu'avè plus de boutons que mon frère, ce ki è fort. Y resté assi a parlé a des filles vrèmen moches mè le conduteur de ce train phantome avè bien lèr mort et pas seuleument mortèlement moche.

Et donc le train a quiter la plade forme et è entré dans le tunèl de la peur ! Je le savè par ce que c'étè marquer au dessu.

Le train accéléra brutalement et se précipita dans le tunnel comme un furet dans un terrier, en ouvrant à la volée les portes qui empêchaient la lumière de rentrer à l'intérieur. Juste avant l'impact, Timothy eut l'impression fugace de lire une vive inquiétude sur l'horrible visage grimaçant. Il crut même avoir entendu les portes dire « Ouch ! » malgré le vacarme produit par leur ouverture brutale.

— Ha, ha ! se dit le conducteur d'une voix laconique.

Le train entama une courbe, dévala une butte qui les emmena assurément sous terre, ralentit pour zigzaguer sur la gauche, puis commença à reprendre de la vitesse. Du fait de son jeune âge, Timothy n'avait pas eu l'occasion d'emprunter de nombreux trains fantômes, mais celui-ci était vraiment différent de tous les autres. Même sa trajectoire – droit vers les portes situées sur la droite de la façade, dans le sens contraire aux aiguilles d'une montre, ce qui s'opposait à la tradition – semblait calculée pour perturber les passagers. Il ne se passa rien pendant de longues secondes, puis il aperçut une petite tache grise, qu'il identifia d'abord comme une fenêtre. Non, elle présentait des contours trop irréguliers. Il comprit soudain qu'il s'agissait d'un énorme lapin en peluche, de plus d'un mètre de haut, qui avait assurément vu des jours meilleurs. Il avait une oreille à moitié déchirée qui tombait sur le côté, la fourrure était usée jusqu'à la toile par endroits et l'un des boutons qui lui servaient d'yeux pendouillait contre la joue, pendu à un fil.

> Pa du tou intiminidé, jè di « Ca fè pas pheur du tou ! Mè alors pas pheur. Cè vrèment de la trishe. Si javè payer, je demanderè mon argen. Mè jè pas payer. »
>
> « Il fau savoar que je sui l'incarnassion dè pheurs dè enfants », a di le lapin. « Je vois bien que den ton ca, j'arrive un peu tau. Donne moa

20 ans et je te filerè une sacrer frousse mon petit gar. »

« Je ne voi pas comment cè possibe, mon chèr ami défrèchi », jè di. « Car je nè jamai eu de lapin pour joué et je ne peu donc pas projeté mè tromas freudiens sur toi. Cè comme ça, orèilles qui tombent. »

Et la je voi une table dans le noir derrière lui ou son assi dotres jouèts. Ils jouent aux cartes et boivent de la bière. Ils dise des choses comme « J'parie que t'avè un ourse en pluche ou un sainge avec de grande dants surnommé M. Nana ou encore un kalamar comique… »

Dans l'ombre une petite voi a di « … ou Cromatty le chaleureux rat pie. » Et tous les autres joué lui ont lancer leur vèr.

« Silance, Cromatty », ilz ont di. « Persone na jamè eu un chalheureu rat pie den toute l'istoire du monde. Silance ou on va encor te coler des bafes. »

Le lapin horible a pousser un gros soupire et a di « J'en è asser de tout cessi. Jè besoin de respiré. Ici », il a di au conduteur du train en lui fesant un geste. « Stop. Jè besoin de me baladé. » Alors on sè arrêter et le lapin horrible, ki s'apelè Yan, est monter avent quon reparte.

Jan le lapin horrible prit ensuite délicatement le fil au bout duquel pendait son œil, qu'il remit au bon endroit.

— C'est mieux, dit-il à Timothy. Cette vision stéréoscopique est un vrai bazar quand on a un œil qui se balade comme ça. Alors, maître… ?

— Timothy, fit le garçonnet d'une petite voix – pas *si* petite que ça, au vu des circonstances.

— Maître Timothy, la fête foraine vous plaît-elle pour l'instant ?

— Elle est plutôt… amusante.

— Oh, oui, dit Jan en se penchant en avant sur son siège pour voir dans l'obscurité. C'est vraiment une fête foraine amusante.

Soudain, de minces silhouettes apparemment faites d'énormes cure-pipes noirs ayant pour tête des cuillers cassées jaillirent de nulle part et se mirent à danser en produisant des glouglous. Timothy sursauta légèrement.

— Allons donc ! s'écria Jan. Fichez le camp, beatniks ! (Les formes disparurent en cabriolant, sans cesser de glouglouter. Jan se tourna vers Timothy.) Je ne comprends pas bien à quoi elles servent. Elles sont complètement ratées. Nous sommes sur ces rails depuis des mois et je n'ai jamais rencontré personne qui ait une peur morbide du surréalisme. Le dégoût ? (Il fit un mouvement de va-et-vient de la patte.) Peut-être. La peur ? Nan.

Ils roulèrent quelques instants sans dire un mot. Un truc particulièrement effrayant avança d'un pas traînant et s'assit près de la voie, une clope au bec.

— Je suis la chose qui vit sous ton lit, bouh !

Ce cri semblait sortir de la gueule d'un monstre manquant cruellement d'enthousiasme.

> « Non, cè pas vrè, jè di. Passe que je dor sur le lit du hau et que mon frère Victor dor en dessous. Et pis tè pas assé moche. »

— Oh, dit la chose. Fais chier.

Elle recula alors dans les ombres jusqu'à ce qu'on ne voie plus que l'extrémité luisante de sa cigarette.

— Vous êtes un dur à cuire, maître Timothy, dit Jan. (Une armoire apparut ; la porte commença à s'ouvrir lentement, d'une manière presque menaçante. Jan se pencha en dehors du train et la referma d'un coup de pied.) Perds pas ton temps, fit-il à l'adresse de la penderie, qui disparut dans la pénombre derrière eux. (Un juron étouffé parut en sortir.) C'est qu'un gosse. (Jan se tourna vers Timothy et l'observa d'un œil inquisiteur. Il tira alors sur le fil et le dévisagea de ses deux yeux inquisiteurs.) On devrait peut-être faire appel à quelques vampires et autres zombies, hein ? Tous ces trucs un peu psychologiques n'ont aucun effet sur vous.

Des portes en forme d'ailes de chauve-souris s'ouvrirent brusquement devant eux, et ils se retrouvèrent dehors.

— Hé, fit Jan tandis que le train s'arrêtait pour laisser au conducteur le temps d'étudier un nouveau trajet, vous voulez voir quelque chose ?

« Qel genre de chose ? » jè di.

« La chose du cauchmar ! » il a répondu.

Alors jè di « ça roule. »

Timothy et Jan parcoururent le champ de foire en suscitant étonnamment peu de commentaires, à l'exception peut-être de quelques remarques peu flatteuses sur l'état du costume de lapin du petit homme.

— Où allons-nous ? demanda Timothy.

— Chais pas encore, dit Jan. (Il s'immobilisa et regarda lentement autour de lui, comme si ses oreilles lui servaient de radar.) Essayons le palais des glaces.

— Ah, berk ! fit aussitôt Timothy. Les palais des glaces, c'est ennuyeux. Tout ce qu'on y voit, c'est plein de miroirs. Y en a un qui te donne l'air gros, un autre qui te donne l'air maigre et un autre encore qui te donne l'air ondulé. C'est assommant.

— Vous êtes encore trop jeune pour tout savoir, maître Timothy, dit Jan. Allez, v'nez vous instruire.

Ils se glissèrent derrière l'attraction et entrèrent par une porte de service.

— On va pas avoir d'ennuis, hein ? demanda Timothy en frémissant.

C'était un jeune homme responsable, qui respectait la vie privée des particuliers et des institutions. Par ailleurs, il n'aimait pas qu'on lui crie dessus. Jan s'arrêta pour y réfléchir en redressant son oreille tombante et en faisant tomber son oreille dressée.

— Des ennuis ? Nan, ça n'arrivera pas. Le palais des glaces est beaucoup plus drôle de ce côté.

Ils se trouvaient dans une pièce sombre, très faiblement éclairée par de longues et fines lampes rectangulaires projetant une lueur tamisée. Ces rectangles de lumière donnaient à la pièce un air sinistre. Timothy finit par comprendre qu'ils étaient disposés de l'autre côté des miroirs, alors même que les lampes étaient braquées directement sur le palais. Les images n'étaient pas déformées de *ce* côté, comme si les miroirs se composaient uniquement de verre. Des gens commencèrent à entrer sitôt qu'il s'en fut aperçu. Il les regarda passer en groupe, s'arrêter, rire, plier les genoux, tirer la langue, pousser leurs amis devant les miroirs et poursuivre leur route, tout cela dans le silence le plus complet.

— Qu'y a-t-il de si drôle dans tout ça ? demanda Timothy.

Jan lui fit signe.

— Venez par ici !

Timothy s'approcha de lui, près d'un miroir situé dans un recoin de la pièce principale. La lumière n'était pas bonne, mais on distinguait tout de même une femme de l'autre côté, occupée à se regarder dans la glace. Elle ne souriait pas. Timothy fit la grimace. Il avait l'impression de l'avoir déjà vue, mais il n'en était pas complètement sûr car contrairement aux autres, ce miroir ne reflétait pas une image claire. C'était comme regarder au travers d'une fine couche d'huile, ou encore observer un corps immergé au fond d'une mare.

— Vous savez ce qu'elle voit ? demanda Jan. (Il murmurait, alors que ce n'était nullement nécessaire.) Elle se voit telle qu'elle aurait voulu être. Sans doute un peu plus jeune, sans doute un peu mieux roulée, sans doute pas comme quelqu'un qui vit en troisième classe sur le paquebot de la vie. C'est triste, hein ?

— Pourquoi voudrait-elle rajeunir ? Moi, je suis impatient de grandir.

— Inutile de vouloir grandir, ça arrivera de toute façon. On ne peut rien y faire. Pas sans un peu d'aide en tout cas.

— Elle m'a pourtant l'air très bien, dit Timothy.

Pour lui, tous les adultes c'était blanc bonnet et bonnet blanc.

— Ouais, mais vous n'voyez pas ce qu'elle voit. Si vous regardiez dans ce miroir, savez-vous ce que vous verriez ? Vous vous verriez avec quelques années de plus.

— En astronaute ?

— Si c'est ce que vous voulez faire plus tard. Mais en ce qui la concerne, je doute qu'elle veuille aller dans l'espace. Mince, elle va filer dans moins d'une minute si le patron ne se remue pas. (La femme secoua la tête d'un air mécontent et se retourna pour s'en aller. Comme si on lui en avait donné le signal, un grand homme blond vêtu d'habits légèrement archaïques s'approcha d'elle, et ils commencèrent à bavarder. L'homme fit un geste en direction du miroir. Malgré elle, la femme ne put s'empêcher d'y regarder.) C'est le patron, dit Jan, Johannes Cabal en personne.

Cabal resta près de la femme en lui parlant tranquillement pendant qu'elle contemplait son reflet, qui n'était pas vraiment le sien.

— Une p'tite minute. (Timothy fronçait les sourcils, à présent.) Il ne voit pas ce qu'elle voit, c'est ça ? Il voit ce qu'il veut être. Mais *qu'est*-ce qu'il voit, dans ce cas ?)

À moins de vouloir être astronaute lui aussi, Timothy n'imaginait pas Cabal autrement qu'en propriétaire de fête foraine. Son poste lui permettait de faire du manège aussi souvent qu'il le voulait et de manger de la barbe à papa tous les soirs. S'il avait observé d'un peu plus près, peut-être se serait-il aperçu que Cabal ne regardait pas du tout dans le miroir, mais ne s'intéressait qu'à la femme. En fait, il semblait même tout faire pour éviter son reflet.

— Chais pas, dit Jan en haussant les épaules. Bon, allons-y.

Cabal emmena la femme, qui ne pouvait s'empêcher de jeter des coups d'œil par-dessus son épaule. Elle semblait pleine d'espoir.

— Signez sur la ligne en pointillé et vous obtiendrez ce que vous désirez le plus pour le prix dérisoire de… Jan regarda sur le côté, en direction de Timothy.

— Êtes-vous sûr de vouloir devenir astronaute ?

— Oh, oui !

— Plus que tout ?

— Oui !

> Mon nouvau ami Yan le Lapin Terrible ma fè sortir du palè des glaces et contourné la foire jusqu'à ce qu'on è arriver à un gros truc. Au début, jè cru que cétè seuleument le grand tobagan qui è pour les filles. Mais non ! C'è une fusé lunère ! Devant, un grand pano disè « Vaisseau pour la lune ! Visitez la base lunaire Oméga ! Combattez les Sélénites ! Faites l'expérience de l'apesanteur ! »
>
> « Je sui impressioner, mon ami lapin à l'oreille tombante », jè di.

La fusée Erebus volait à basse altitude au-dessus de la mer de la Tranquillité. Les transmissions de la base lunaire Oméga avaient cessé près de douze heures standard plus tôt, et les autorités spatiales avaient chargé le vaisseau le plus proche de mener l'enquête. « C'est sans doute les Sélénites », les avait prévenus le colonel Crommarty, un homme bourru. « Ils sont bien calmes ces derniers temps. *Trop* calmes. Fais attention, mon garçon. »

Installé aux commandes hypersensibles de son fidèle vaisseau, le capitaine Timothy Chambers, décoré de la croix de Victoria spatiale, jaugea froidement du regard la base dont il s'approchait.

— Aucun signe de vie, mon vieux. Je n'aime pas ça. Mais alors pas du tout.

Son co-pilote, le lapin de l'espace de première classe Jan, acquiesça d'un air songeur.

— Les Sélénites ne vous ont pas pardonné la raclée que vous leur avez mise la dernière fois, chef. Tout le monde sait que vous patrouillez dans cette zone. On a intérêt à faire attention, car ça pourrait n'être qu'un traquenard.

L'Erebus se posa sans aucun problème près des hangars réservés aux véhicules terrestres.

— Quel est le plan, chef ? demanda Jan. On est quand même loin des sas principaux.

Le capitaine Chambers finit de vérifier son pistolet laser, un double multi-blaster modèle Toblotron, qu'il fixa à sa combinaison spatiale.

— Nous allons sortir par les portes du véhicule. Ils ne s'attendront pas à nous voir venir de là.

— Ah, zut ! fit Jan d'un ton malheureux. Une sortie sur la lune. Ça me fiche toujours la trouille.

Quelques minutes plus tard, les deux vaillants héros de l'espace posèrent les pieds sur l'aire d'alunissage en béton. Après quoi ils se dirigèrent vers le sas menant aux hangars à véhicules. Chambers avançait à grands pas fluides et réguliers, tandis que Jan progressait en exécutant des bonds prudents de cinq à six mètres. À mi-chemin, alors qu'ils ne bénéficiaient d'aucun couvert, ils entendirent une voix familière retentir dans leur casque, une voix rauque accompagnée de cliquetis et de vrombissements.

— Ah, capitaine Chambers. S'il y a bien une chose prévisible chez vous, c'est votre pathétique propension à vouloir vous montrer imprévisible.

— T'shardikara, dit Chambers, qui s'immobilisa et s'accroupit en faisant signe à Jan de l'imiter. La dernière fois que je vous ai vu, vous étiez pourchassé dans les marais vénusiens par la faune locale. On dirait bien que même les predosaurus rex refusent de manger n'importe quoi.

— Continuez avec vos railleries, humain. Ce n'est pas moi qui me retrouve à découvert, tenu en joue par vingt guerriers sélénites.

— Eh bien, chacun ses goûts, rétorqua Chambers avec calme, malgré l'inquiétude qui s'amplifiait en lui. (T'shardikara, le monstre de foire atavique à l'intelligence particulièrement élevée, avait dressé les paisibles sélénites contre les humains, qui ne cherchaient pourtant qu'à les protéger. Autant dire qu'il fallait tout de même le prendre au sérieux. La victoire lui tendait les bras, mais s'il disait disposer de vingt guerriers, c'est qu'il en avait au moins le double.) Jan, mon vieux, j'ai entendu dire que les échasses sauteuses étaient revenues à la mode.

Il dégaina son pistolet et désarma le bouton anti-recul.

Jan comprit aussitôt.

— Sapristi ! Ne me dites pas ça ! fit-il à son grand désarroi.

Il avait horreur de cette manœuvre.

T'shardikara avait de nombreux défauts, mais on ne pouvait pas lui reprocher de faire preuve d'inattention.

— Ils préparent quelque chose, cliqueta-t-il à l'adresse de ses troupes dans leur langue natale. Tuez-les !

Près de quarante carabines spatiales modèle Mutron firent feu en même temps, mais il était déjà trop tard. Chambers, le héros de l'espace de toute une génération, tira entre ses pieds en réglant son arme à la puissance maximale ! Le tir de pistolet, dont les compensateurs d'inertie n'étaient plus activés, s'accompagna d'un recul monstrueux. Grâce à la très faible gravité de la Lune (le sixième de celle de la Terre), le capitaine fut propulsé en l'air. Se retournant pour avoir la tête en bas, il réactiva les compensateurs et se mit à tirer au coup par coup sur les snipers, qui tombèrent comme des mouches. Doté de pattes arrière particulièrement puissantes, Jan s'était propulsé lui aussi dans le sombre ciel lunaire, d'où il offrit à son capitaine un soutien aussi enthousiaste que courageux. Les guerriers sélénites cédèrent face à ce déluge de feu, si bien que leur contre-attaque s'avéra confuse et parfaitement inefficace. Au bout de quelques secondes, l'un d'eux lâcha son fusil et courut se mettre à l'abri dans un tunnel situé au loin, qui leur avait certainement permis de prendre la base par surprise. Tel un filet d'eau se transformant en véritable torrent, les autres comprirent rapidement qu'ils n'étaient pas de taille face au capitaine Tim Chambers, si bien qu'ils se mirent à courir eux aussi, dans le plus grand désordre.

— Reformez les rangs, bande d'idiots ! Regroupez-vous et attaquez ! fulmina T'shardikara, qui s'aperçut soudain qu'il était seul. (La discrétion étant une des caractéristiques premières du courage, il se mit à courir lui aussi.) La prochaine fois, capitaine, vous le regretterez. Oh, oui ! grinça-t-il en se précipitant dans le tunnel.

Chambers et Jan tirèrent quelques salves, et le tunnel s'effondra juste derrière lui.

Dix minutes plus tard, ils s'introduisirent dans la base lunaire Oméga et détachèrent les prisonniers.

— Chapeau, capitaine ! s'écria le commandant de la base en donnant une tape sur l'épaule de Chambers. J'ai bien cru qu'on était cuits, jusqu'à ce que ce Sélénite qui était à leur tête…

— T'shardikara.

— Ils ont des noms ? Vous m'en direz tant ! Bref, quand le chef a dit que tout cela avait pour but de vous piéger, j'ai compris que j'avais vu juste. Hein que j'avais vu juste, Valerie ?

Valerie, la ravissante fille du commandant, regardait Chambers avec une adoration non dissimulée.

— Oh, oui ! dit-elle.

Chambers trouva son attention un peu bizarre, voire maladroite.

> Je veu dire, cè une fille, bavarde, fatigante et tou et tou. Elle va vouloir embrassé et parlé coifure. Néanmoin, fidèle lecteur, je sui cureusement affekté par sa présense.

Le vieu komandent parle toujour. « J'è vu juste, il zont eu les zyeux plus gro que le ventre. »

Pui, le lapin a di.

— Vous croyez que vous pourriez en vivre ? Je veux dire, devenir un héros et tout ça ?

Timothy contemplait encore la pièce, les yeux grands ouverts. Des diodes faisaient apparaître des motifs aléatoires sur les consoles en contreplaqué ; un paysage lunaire peint se déployait au travers d'une fenêtre en plastique, Layla et des jouets géants rembourrés se tenaient là, vêtus d'uniformes lamés d'argent en mauvais état. Layla affichait une moue d'adoration presque indécente, que n'altéraient en rien ses gestes saccadés.

— C'est formidable, murmura-t-il.

— Eh bien, reprit Jan, tout ce que vous avez à faire, c'est remplir ce formulaire et tout ceci sera à vous.

— Un formulaire ? demanda Timothy d'un air de doute.

Les « formulaires » étaient les seules choses du monde des adultes qui lui faisaient peur. Il savait que ses parents en avaient horreur, tant ils étaient compliqués.

— Oh, ne le dites pas sur ce ton. C'est votre ticket d'entrée pour le corps spatial. J'ai juste besoin de votre nom. Ici.

Il sortit un formulaire de son rembourrage ; Timothy le regarda pendant trois bonnes secondes avant de dire :

— D'accord.

— C'est parfait, dit Jan en enlevant des morceaux de kapok du parchemin. Vous ne le regretterez pas. Du moins pas tout de suite, ajouta-t-il à mi-voix avant de tendre un stylo à Timothy.

Et pis il y a troi chose qui se son passer presken même tant. Premèrement, il y a eu un gro brui comme si la moitié du mur s'écroulé derrière nou. Deuxèmement, le stilo a disparu de ma min. Troisèmement, Yan le lapin terrible a été soulever du sol. Un omme qui ressemblé à l'omme du palè des glasses l'a atrapé par la gorje et la secouer come sil été très en colère. « Je tè di pas d'enfant » ! il a urlé. Aï ! Maintenant je sè que je vè avoir des enuis. Cet endroi doi être réserver aux adultes.

« Meussieu Caballe nou a di de fère tout notre possible », a di Yan.

« Et bien, j'anule ses instrutions, a di l'omme en colère. Pas d'enfant ! Ni mintenan ni jamè. Dis à meussieu Caballe quil viène me vor si sa ne lui va pa ! » Aprè, il a lancer Yan contre le mur comme si cétè qun gro joué rembourer, ce qui è san doute lojike. Et pis l'omme sè tourner vèr la dame joli et lè otres joué et a di « Et vou autres, vous devrié avoir onte. » Mè vu la façon quil la di, je ne pense pas qu'il croi qu'ilz auron onte. Et pis il ma pri la min et a di « Vou vené avèc moi, jeune omme. »

Il ma emener deors et a la porte ou ma maman m'attendè et jè compri que j'allè vrèment avoir des problèmes. Mè elle a juste pleurer come une madelène et ma appeler

Timmy et na pa arrêter de m'enbrassé pendant que la moitié de l'école passé par la en disant « Bou ! Le peti Timmy a sa maman ! » Triple zut, c'è vrèment tro pinjuste. Mè l'omme il a di « ne soyer pa tro dur avec Tim. Les enfant son tou teciter et oublie tou le rèste. Il ne voulè pa vou fâché, jen sui sur. » Ce ki est vrèment vrè. Jè juste oublier. Alor ma maman elle a di « Mersi, meussyeu Caballe » et elle ma emmener a la maison et cè seulement sur le chemin que mon inteligeance de renar ma permi de comprendre ke cétè l'autre frère Cabale, comme dans les frères Cabale. Jè eu un bout de pin griller et un vère de lè pour diner et je sui alé au li.

Voila ce que j'è fè ce wikend.

Mademoiselle Raine, l'institutrice de Timothy, termina la lecture du récit, et tapota le bout de son stylo à bille contre ses incisives inférieures. Ce texte était pour le moins inquiétant, voire très inquiétant, et il fallait faire quelque chose. Elle prit le cahier d'exercices, quitta la salle de corrections en passant par la salle des professeurs, puis emprunta le couloir menant au bureau du directeur. Elle frappa et entra après y avoir été invitée.

— Bonjour, mademoiselle Raine, dit-il en notant une dernière série de chiffres sur les grilles budgétaires qu'il était en train de contrôler (Mademoiselle Raine était connue pour faire tout un foin du moindre problème. Il savait déjà la tournure qu'allait prendre la discussion.) En quoi puis-je vous être utile ?

— C'est au sujet de Timothy Chambers, M. Tanner. Son état d'esprit m'inquiète quelque peu.

— Tim Chambers ? Vraiment ? Il a toujours fait preuve d'une imagination débordante, mais quelques années de collège lui feront le plus grand bien. Quel est le problème exactement ?

— Il a rendu aujourd'hui un résumé de son week-end. (Elle le posa sur le bureau.) Cela frise la psychose.

Tanner se pencha pour prendre le résumé ; il s'aperçut alors que la robe de mademoiselle Raine lui tombait juste au-dessus du genou. C'était nouveau. Il se renfrogna sans rien en montrer. Elle s'habillait décidément trop jeune pour son âge. D'un autre côté, il ne s'attendait pas à lui trouver de si ravissants genoux. Des genoux vraiment très ravissants. Il lut le résumé en diagonale, sans réellement prendre connaissance de son contenu. Pourquoi diable ne s'était-il jamais rendu compte que mademoiselle Raine était une si belle femme ? Charmante et attirante. Avait-elle changé de coupe de cheveux ? Lorsqu'elle ajouta qu'il fallait sans doute prévenir le psychiatre du rectorat, il acquiesça d'un air absent. Une menace possible pour les autres enfants ? Eh bien, cela prenait une tournure inquiétante. Ils devaient faire tout ce qui était en leur pouvoir, tout ce qui était en *son* pouvoir, pour qu'une telle chose n'arrive pas.

En moins de dix minutes, Timothy Chambers ne fut plus un gentil petit garçon à l'imagination débridée, mais un tueur en série, pyromane et cannibale potentiel. Il était probable qu'on fasse appel à une expertise psychiatrique, possible qu'on l'interne à des fins d'observation et sûr qu'on le retire de l'école.

C'est une mademoiselle Raine aux anges qui quitta le bureau, et autant dire que Tanner ne regarda pas que son dos lorsqu'elle prit le chemin de la sortie. Arrivée à la porte, elle se retourna et ajouta :

— Après tout, je suis bien placée. J'ai été à la fête foraine hier soir et j'ai passé un moment *fabuleux*.

Extrait du journal du révérend M- - -, vicaire de Sainte-Keyna,
Jessop Leaze. Le 25 avril 1- - -

La rivalité qui oppose Mme J- - - et Mme B- - - a atteint des proportions cataclysmiques. Cette semaine, Mme B- - - a été chargée de confectionner les compositions florales de l'église, une tâche qu'elle affectionne tout particulièrement. Il est à noter qu'elle a toujours réalisé un très bon travail.

Mais ce matin, le sacristain m'a demandé de le rejoindre à l'église, où il m'a dit, et je le cite mot pour mot : « Cette vieille bonne femme l'a vraiment fait, cette fois. » Au début, j'ai cru qu'elle s'était surpassée, au bon sens du terme, mais j'ai pris conscience de mon erreur au moment même où j'ai mis un pied dans l'enceinte de l'église.

La puanteur était stupéfiante, proprement repoussante, semblable à celle que l'on trouve dans une exploitation porcine tenue par des cochons. L'origine de l'odeur ne faisait aucun doute. Là où j'aurais dû trouver les compositions de Mme B- - -, j'aperçus d'extraordinaires tas de végétaux en décomposition.

J'étais en train de voir avec le sacristain comment nous allions nous en débarrasser lorsque Mme B- - - en personne arriva. Je jurerais presque avoir lu une certaine fierté sur son visage, mais celle-ci s'évanouit si vite devant l'odeur, que je ne puis en être sûr. Elle était anéantie. Certes, elle avoua avoir préparé la composition florale comme convenu, mais ne sut expliquer comment les fleurs avaient pu pourrir en un délai aussi court. Elles étaient si belles et exotiques, n'arrêtait-elle pas de dire.

Le sacristain a apporté sa brouette, et je l'ai aidé à emporter les restes grossièrement flétris. Autant dire que ça n'a pas été de gaieté de cœur : les fleurs étaient trempées, et une sorte d'ichor en dégoulinait. Le sacristain voulait jeter tout ce bazar sur le tas de compost situé dans un coin du cimetière, mais je lui ai dit que je ne voulais pas voir une telle chose sur un sol consacré, et qu'il devait donc l'emporter pour le brûler. Cette remarque a donné lieu à une réaction étonnante de la part de Mme B- - -, qui a porté la main à sa bouche, et que j'ai entendue murmurer : « Consacrée ! », comme si elle faisait une terrible découverte.

Elle s'en allait d'un bon pas lorsqu'est arrivée Mme J- - -, accompagnée de son mari, qui poussait une brouette dans laquelle étaient entassées plusieurs compositions florales. À la campagne, les nouvelles vont vite, mais je n'en ai pas moins été stupéfait par la vitesse avec laquelle Mme J- - - s'était engouffrée dans la brèche. Mme J- - - et son mari sont entrés par la grille, et Mme B- - - a une nouvelle fois réagi bizarrement, hoquetant face au couple qui traversait le cimetière avec leur brouette.

Entre les deux femmes a alors débuté une conversation étouffée, qui n'avait nullement l'air cordiale. D'après le peu que j'en ai entendu, tout laisse à penser que les deux femmes s'étaient rendues à la fête foraine la veille au soir. Mme B- - - avait fait l'acquisition des plantes exotiques, ce qui l'avait contrainte à vendre des effets personnels. Ce sont ces mêmes plantes qui ont été utilisées dans sa composition, pour ensuite flétrir sitôt introduites dans l'église, ce que je ne m'explique toujours pas. Mme J- - - y avait acheté quelque chose elle aussi, sans doute un livre sur les compositions florales, car son travail était ce jour-là d'une qualité sans précédent, alors qu'elle ne s'était servie que de fleurs très courantes.

Mme B- - - s'en est allée précipitamment, sans doute pour se rendre au champ de foire dans l'espoir d'y récupérer son argent, mais les forains avaient filé durant la nuit sans qu'on sache où ils étaient partis. Je lui souhaite bien du courage, mais je crains qu'elle ne puisse profiter du SAV de ses fournisseurs.

~~*1. Merton Pempbersley New Town – Mai*~~
~~*2. Carnforth Green – Juni*~~

~~*3. Solipsis Supermare – Juni*~~
~~*4. West Bentley – Juli*~~
~~*5. Stilgoe – Juli*~~
~~*6. Pogleton – August*~~
~~*7. Little Caring – August*~~
~~*8. Candlewick – August*~~
~~*9. Witidge – September*~~
~~*10. Lindisfry – September*~~
~~*11. Cottleham – Oktober*~~
~~*12. Murslaugh – Oktober/November*~~
~~*13. Temple Dorrit – Dezember*~~
~~*14. Yallop – Dezember*~~
~~*15. Pondesbury – Januar*~~
~~*16. Kneasbridger –*~~ März
~~*17. Montfrey – März*~~
~~*18. Bank Top – April*~~
~~*19. Jessop Leazes – April*~~
20. Penlow on Thurse – 29. April

Chapitre 10

Où le voyage de Cabal prend fin et les difficultés se présentent en grand nombre

FRANCIS BARROW plia le dernier bout de pain frit à l'aide de son couteau et de sa fourchette, le piqua et s'en servit pour saucer les restes de jaune froid qui s'étaient échappés de son œuf poché. Il posa ensuite ses couverts dans son assiette pleine de graisse, prit son thé et lança un regard admiratif par la fenêtre de sa salle à manger. Bien évidemment, ce n'était pas là un repas très diététique, et sa fille ne lui autorisait ce genre d'extra qu'une fois par quinzaine. *Un luxe n'est un luxe que si on ne se le permet pas trop souvent*, pensa-t-il avant de s'emparer du journal local.

Leonie entra alors qu'il lisait la une.

— Du neuf? demanda-t-elle en débarrassant la table.

Il renifla, tourna rapidement les pages.

— Non, pas vraiment. Ils repeignent le carrefour situé devant l'école primaire de Saint-Cuthbert, il y a un loto à la salle municipale vendredi et nous jouons bien sûr contre Millsby ce week-end.

Sa fille éclata de rire.

— «*Nous* jouons contre Millsby»? dit-elle.

Quand as-tu porté un pantalon de flanelle pour la dernière fois ?

— Eh bien, oui, dit-il en reposant le journal. Il faut bien apporter notre soutien moral.

— Qui va se limiter à toi et ton groupe de copains, installés dans vos chaises longues au bord du terrain, assistés d'un relais de bons petits gars du coin que vous enverrez régulièrement à la buvette pour vous rapporter de la bière. Tu es incorrigible.

— C'est là tout le sens du cricket, dit-il.

Il la dévisagea, crut reconnaître sa femme dans les lignes de son menton et de son nez. Les cheveux fauves étaient bien les siens, mais la façon dont elle levait parfois la tête… Leonie venait d'avoir vingt-cinq ans, l'âge qu'avait sa mère au moment de leur mariage, il y a si longtemps. Son sourire prit un air triste.

On frappa alors à la porte avec une légère insistance.

— J'y vais, dit Leonie, qui quitta la pièce et emprunta le couloir.

Barrow l'entendit parler à Joe Carlton, qui semblait pressé de lui dire quelque chose. Après quelques instants, Joe entra, plus excité que jamais depuis qu'il avait failli être élu maire, six ans plus tôt.

— Frank ! dit Joe. Il faut que tu voies ça ! Viens !

Il fit quelque chose qui ressemblait à s'y méprendre à une cabriole.

— Calme-toi, dit Frank, sans quoi tu vas te faire un tour de rein. (Joe insista, mais il n'en devint que plus rose.) Maintenant, dis-moi pourquoi tu t'agites ainsi ?

— C'est la gare !

Vu les mouvements convulsifs de l'une de ses jambes, tout laissait penser que Joe allait se livrer à une nouvelle cabriole.
— Quoi, la gare ?
— Elle est revenue !

De l'avis de chacun, c'était une belle matinée. L'air était vif et les oiseaux volaient si haut dans le ciel dégagé qu'ils y prenaient la forme de points minuscules. Les champs étaient d'un vert étonnamment vif sous la voûte azur du ciel, lequel affichait une telle perfection que Frank dut se secouer pour se rappeler qu'il allait voir quelque chose d'ébouriffant. Carlton était très vite tombé à court de mots ; il n'attendait plus que de voir la tête qu'allait faire Barrow une fois arrivé à destination. Tout le monde savait qu'il était difficile de surprendre Barrow, et Carlton regrettait déjà de lui avoir dit ce qui s'était passé, mais il espérait que son compagnon n'en croirait pas ses yeux. Ils empruntèrent une route pavée qui n'était plus fréquentée depuis bien longtemps, prirent un virage, passèrent sur le pont qui n'enjambait plus grand-chose, et la voilà qui apparut.
— Eh bien, dit Barrow, qui sortit sa tabatière et se mit à bourrer sa pipe. Merde alors !
La gare était bel et bien revenue.
La gare avait été construite plus d'un siècle auparavant, avant même l'apparition de la photographie, qui aurait pu l'immortaliser flambant neuve. Mais jamais elle n'aurait pu avoir aussi fière allure que maintenant. Des gouttières peintes avec soin descendaient de l'avant-toit couvert de tuiles, dont la pose était d'une précision telle que des humains n'auraient

pu la réaliser. Une équipe de vingt couvreurs expérimentés frappés de troubles obsessionnels compulsifs et armés de micromètres auraient pu s'échiner un an durant qu'ils n'auraient jamais atteint un tel degré de perfection. Les fenêtres étaient d'une transparence telle qu'elles semblaient repousser la crasse et la saleté. Par ailleurs, elles étaient montées avec habileté et posées comme aucune fenêtre ne l'avait été avant elles. Un seau anti-incendie était fixé à un crochet tout près de l'entrée de la salle d'attente. Jamais un seau n'avait été aussi rouge, jamais le sable qu'il renfermait n'avait été aussi pur, au point que le fait d'y écraser une cigarette aurait arraché une larme à n'importe quel homme.

Et pourtant.

Et pourtant, Frank Barrow avait beau observer cette magnifique gare d'origine surnaturelle, il ne l'aimait pas. Elle semblait trop bichonnée, suffisante et fière d'elle-même. Même la réclame des cinq gamins de la machine à chocolat paraissait déplaisante et troublante à la fois. Sauf que ce n'était pas nouveau. Barrow essayait de comprendre comment cela avait pu se produire quand la porte du bureau du chef de gare s'ouvrit et que, chose incroyable, le chef de gare apparut en personne.

Apercevant Barrow et Carlton, il marcha droit vers eux, en faisant preuve à chaque pas d'une exubérance et d'une aisance parfaitement *naturelles*.

— Frank ! s'écria-t-il alors qu'il était encore à quelques mètres. (Il couvrit la distance qui les séparait, le gratifia d'une tape sur l'épaule.) Tu as vu ? N'est-ce pas fantastique ?

D'un geste de la main, il désigna la gare et le pont

par lequel ils étaient arrivés. Barrow regarda au-delà du bâtiment et remarqua pour la première fois les rails posés là. Ils étaient d'un métal noir et terne, et couchés sur des traverses de ce qui semblait être, de prime abord, de l'acajou. Barrow se tourna vers le chef de gare.

— Bonjour, Wilf. Comment vas-tu ?

— Comment je vais ? dit-il en riant de bon cœur. Comment crois-tu que je vais ? N'est-ce pas merveilleux ? La vieille gare est de retour. Non, non, *mieux* que la vieille gare. Et regarde. (Il plongea ses pouces dans les poches de son gilet et prit la pose.) Un nouvel uniforme ! Pas mal, hein ?

Barrow ne se rappelait pas avoir déjà vu une tenue aussi étonnante, toute noire, avec de légères nuances grisées, comme une taupe au poil crêpé.

— Pas mal du tout. Content de te voir en forme, Wilf.

— Content de me sentir revivre, je ne te le cache pas. Faut reprendre le collier, hein ? (Il rit comme un gamin nageant dans le bonheur.) Merveilleux !

— Oui, dit Barrow sur un ton neutre. (Il lança un regard à Carlton, qui observait le chef de gare avec une tête bizarre, comme un homme qui vient de casser un œuf et y a trouvé son petit soldat en plomb préféré, perdu alors qu'il n'avait que cinq ans.) Je sais que la fermeture de cette ligne et la disparition des rails t'ont brisé le cœur.

Wilf fronça les sourcils.

— Oui, oui, ce fut une journée affreuse.

— Tout comme il est affreux de voir un ami sombrer. Nous avons tous essayé de te venir en aide. Tu le sais.

— Ouais, tout le monde a été très gentil.

— Oui. Et on a tous été très peinés d'apprendre que tu t'étais pendu au pont.

— Ouais, dit Wilf d'un air pensif avant de s'égayer. Toujours est-il que j'ai du travail. Un train doit arriver dans la soirée et la gare ne doit pas faire honte à nos visiteurs. Frank, Joe, je vous souhaite une bonne journée. Repassez quand j'aurai moins de boulot, pour prendre une tasse de thé, par exemple.

Il fit demi-tour et rejoignit le quai en leur faisant un petit signe de la main avant de disparaître dans son bureau.

— Bon Dieu, dit Carlton doucement. Bon Dieu, bon Dieu, bon Dieu.

— Cesse donc de dire des blasphèmes. Du reste, je doute que Dieu ait grand-chose à voir là-dedans.

— Mais, mais..., dit Carlton en désignant la porte maintenant refermée du bureau, il est *mort*.

— Je sais, mais il faut bien avouer qu'il a l'air en pleine santé.

— Nous l'avons détaché, dit Carlton. (Barrow le prit par le coude et entreprit de l'éloigner.) Nous l'avons enterré. Tu étais là, toi aussi. (Il chercha quelque chose pour se convaincre de la finalité de la mort telle qu'il l'entendait jusqu'alors.) Il y avait des *fleurs*, ajouta-t-il avant de se mettre à marmonner.

— Ouais, j'y étais. On y était tous. Tout le monde appréciait Wilf. J'imagine qu'il ne sait même pas qu'un clochard a involontairement mis le feu à la gare il y a une dizaine d'années.

Il s'arrêta près du panneau des arrivées, vide, à l'exception d'un papier coloré : *Ne manquez pas ce soir la venue de la Fête foraine itinérante des Frères*

Cabal! Soyez présents! Vous n'en croirez pas vos yeux.

— Je n'en crois déjà pas mes yeux, dit Barrow d'un air lugubre, avant de ramener chez lui Carlton, qui marmottait toujours, pour y prendre une tasse de thé.

Le sifflement commença à se faire entendre à la tombée de la nuit, sous la forme d'un son morne et lugubre – au point de donner la chair de poule – venu des collines. C'était une sensation légèrement agréable. Sans qu'aucun coup de fil ne soit passé ou qu'on ne vienne frapper aux portes, la ville se dirigea en masse vers la gare qui n'était encore, vingt-quatre heures plus tôt, qu'un tas de poutres carbonisées et de briques noircies. Et les citoyens attendirent en groupes épars. Le sifflement se rapprocha, bientôt rejoint par un gargantuesque ronflement cadencé doublé d'un fracas mécanique. Quelqu'un aperçut la fumée, tendit la main sans mot dire. Le panache de vapeur se rapprocha, et plus personne ne sut s'il fallait rester ou prendre ses jambes à son cou. Les gens attendirent, cependant, car c'était moins fatigant.

Et elle apparut, telle une énorme et monstrueuse bête d'acier et de feu. Sa cheminée crachait des étincelles, semblables à celles des bûchers du temps passé auxquels on livrait martyrs et sorcières, et qui s'élevaient dans le ciel sombre telles des pierres précieuses embrasées sur fond de brocart bleu marine. Le sifflet du train retentit à l'image du hurlement de triomphe d'un grand prédateur qui vient fondre sur sa proie. Le mugissement se fit plus bruyant encore, laissa place à l'air épouvantable et décousu de l'orgue à vapeur installé sur le cinquième wagon, qui semblait jouer une mélopée funèbre endiablée à l'adresse de squelettes fraîchement déterrés.

Le train entra en gare et vomit sa vapeur sur le quai, ce qui obligea les badauds à s'en écarter. Le moteur produisit ensuite un bruit qui, aux oreilles de Barrow, eut tout l'air d'un « Ha ! » de mépris.

Puis plus rien. L'orgue continua de jouer son air, les halètements du moteur s'espacèrent et ce fut tout. Une poignée des plus courageux firent quelques pas en direction de la cabine. Soudain, un épouvantail sorti de l'ombre leur fit un geste de la main en leur adressant une atroce grimace. Les courageux en question jugèrent bon de reculer et notèrent dans un coin de leur tête de veiller à changer de sous-vêtements à la première occasion. De toute évidence, l'épouvantail n'avait pas pour seule fonction d'effrayer les oiseaux. Il portait une salopette crasseuse et roussie, ainsi qu'une casquette à la Casey Jones qui avait connu des jours meilleurs. Le couvre-chef présentait même une vieille et imposante tache qui évoquait du sang séché. Sa face, une véritable caricature de visage, était couverte de maquillage blanc de clown qui devait son salut à plusieurs couches de vernis. Les habitants commençaient tout juste à se faire à cette vilaine bobine sans avoir envie de rendre le contenu de leur estomac quand un deuxième épouvantail fit son apparition – plus gros, mais avec une répartition pour le moins aléatoire de sa masse graisseuse. On aurait dit qu'il avait rembourré son bleu de travail de boulettes de papier. Il affichait lui aussi une grimace horrible et hypocrite sur fond brillant. Pire encore, s'il portait un gant à la main gauche, qu'il agitait toujours, on distinguait nettement l'os couleur ivoire au-dessus de la manche.

Tout près de Barrow, un garçonnet se tourna vers sa mère :

— Maman, je peux aller à la fête foraine ? fit-il sur le ton d'un gamin qui demande à sa mère s'il doit vraiment aller chez le dentiste.

Sa mère ne quitta pas des yeux les occupants de la cabine de la locomotive ; ses fines lèvres ne se détendirent pas même le temps d'une seconde.

— Certainement pas.

— Oh, maman, dit le garçon d'un ton de soulagement qu'elle ne lui connaissait pas jusqu'ici.

L'attention de chacun fut brutalement attirée vers les dernières voitures. Deux hommes élégamment vêtus descendirent à quai et se rapprochèrent de la foule en discutant. Des bribes de conversation voletaient dans les airs :

« … moralement corrompu… »

« … épargne-moi tes sermons… »

« … le traitement est pire que la maladie… »

« … plus que deux jours… »

Johannes Cabal s'immobilisa, jeta un regard noir à son frère.

— Tout ce que je te demande, c'est de mettre ton indignation morale de côté pendant deux jours encore. Est-ce vraiment trop ?

— Je ne sais vraiment pas pourquoi j'ai accepté de me lancer là-dedans. Je pensais qu'il n'y avait rien de pire que huit ans passés en compagnie des Druin, mais l'année passée… Si nos parents étaient encore en vie…

— Oui, eh bien, ils sont morts, et je n'ai rien vu

dans leur testament qui t'octroie le privilège de contredire chacune de mes décisions.

Il attendit une réplique lancée avec esprit, mais fut déçu, car Horst venait de remarquer leur public.

— Johannes, nous ne sommes pas seuls. (Surpris, Cabal eut un mouvement convulsif et se tourna vers les habitants de la ville avant de sourire d'un air triste. Quelque part, un pot de lait cailla.) Pas de quoi s'inquiéter. Dennis et Denzil les ont distraits, dit Horst avant de s'esclaffer.

Cabal se renfrogna. Depuis quelques mois, il avait de plus en plus de mal à préserver les corps de Dennis et Denzil. Les arts funéraires avaient lentement cédé la place à la taxidermie, et finalement à la menuiserie. C'est par une nuit difficile qu'il fit appel au vernis et au fil de fer. Ses tentatives de correction cosmétique avaient pris une tournure grotesque, et il s'était ensuite décidé à « en faire des clowns, enfin des gens un peu comme ça ». Mais cela avait tourné au désastre, sur le plan technique aussi bien qu'esthétique. Il ne l'aurait jamais admis, mais les deux lascars lui faisaient même un peu peur.

— Vous deux, vociféra-t-il en arrivant à la hauteur de la locomotive. Cessez vos grimaces stupides et disparaissez de ma vue.

Ce n'était pas très juste de sa part de les accuser de faire des grimaces alors qu'il s'agissait des seules mimiques dont ils étaient capables, mais Cabal se moquait déjà depuis un bout de temps de la notion d'équité. Leur sourire figé, Dennis et Denzil reculèrent dans l'ombre de la plate-forme. Cabal prit une profonde inspiration et s'apprêta à réparer la bourde qu'ils avaient sans doute commise, et qui nuisait déjà à leur image. Les choses s'étaient compliquées, récemment. S'il avait su un an plus tôt qu'il n'aurait besoin que de deux âmes pour atteindre son but, et qu'il avait seulement deux nuits pour y parvenir, le nécromancien aurait fait preuve d'un certain optimisme, mais il n'était plus tout à fait aussi sûr de lui. Depuis plusieurs semaines, Horst prenait du recul et se montrait prompt à ergoter. Cabal n'imaginait pas son frère saper ses efforts, mais il n'était pas impossible qu'il lui crée des problèmes en lui refusant son aide à un moment particulièrement inopportun. Pire encore, il avait le sentiment que Satan n'allait pas le laisser gagner comme ça. Il allait devoir rester sur le qui-vive pour éviter les sales tours qu'on risquait de lui jouer en toute fin de partie.

Il se tourna vers la foule. Les habitants l'observaient, d'un air neutre pour certains, hostile pour d'autres. Il lança à Horst un regard en coin pour voir s'il comptait s'adresser à la population, car cet exercice lui était familier. Horst lui rendit son regard, croisa les bras et jeta un coup d'œil au loin. *Très bien*, pensa Cabal, *je vais m'en charger moi-même*.

— Mesdames et messieurs, commença-t-il d'une voix claire et sonore. Je suis Johannes Cabal, de la Fête foraine itinérante des Frères Cabal. Et voici…, fit-il en désignant son frère – qui ne put s'empêcher de s'incliner très légèrement –, … mon frère Horst. Nous sommes venus ici, en votre belle ville de Penlow on Thurse, pour…

— Qu'est-ce que vous faites là ? demanda un homme d'âge mûr, qui croisa le regard de Cabal.

Celui-ci eut aussitôt le désagréable sentiment qu'il n'allait pas tarder à avoir des ennuis.

— … vous offrir le meilleur du divertissement familial, de l'émerveillement et du plaisir, poursuivit le nécromancien. Nous disposons d'animations pour tester votre acuité visuelle et vos réflexes, de démonstrations qui ne manqueront pas de vous étonner tout en jouant un rôle pédagogique.

— Nous avons déjà de quoi nous étonner en ville, dit l'homme, soutenu par une vague de murmures.

Cabal lui lança un regard noir. L'homme portait un chapeau mou gris foncé qui n'était pas tout jeune, mais visiblement entretenu. Son pardessus bénéficiait des mêmes soins, son pantalon présentait un pli bien net et ses souliers étaient cirés. Ses cheveux sombres grisonnaient au niveau des tempes et il affichait une grosse moustache soigneusement taillée. Cabal s'imagina qu'il pouvait s'agir d'un ancien militaire. Il inspirait l'autorité d'un officier, d'un commandant ou d'un capitaine de bataillon. Son regard s'accompagnait cependant d'une vigilance qui n'était pas le fruit d'une honnête vie de soldat. Les craintes de Cabal ne s'apaisèrent nullement.

— À qui ai-je le plaisir de parler ? demanda-t-il poliment, mais sans la chaleur nécessaire au dégel d'un cristal d'hélium.

— Je m'appelle Frank Barrow.

— Eh bien, Frank…

— Vous pouvez m'appeler M. Barrow.

Cabal s'imagina la tête de son interlocuteur plongée dans une cuve de ciment frais. Cela lui permit de garder son calme.

— Eh bien, M. Barrow, je suis heureux de constater que notre petite fête foraine fait déjà sensation dans la région. (Les deux hommes se dévisagèrent en se jetant des regards plutôt noirs.) Et à quoi donc devons-nous cela ?

— Cet endroit, dit Barrow en désignant la gare d'un geste du pouce.

— Une bien belle gare, répondit Cabal.

Il ne comprenait pas trop la tournure que prenait la conversation, mais il était toujours bon de flatter les péquenauds en leur rappelant combien était merveilleux l'amas de cabanes qu'ils qualifiaient de ville. Cela dit, même s'il ne le montra pas, le nécromancien fut surpris par l'allure impeccable de la gare qu'il avait sous les yeux. C'était comme si on l'avait construite le matin même.

— Peut-être bien, mais elle n'était pas là hier.

Les habitants acquiescèrent bruyamment, et Cabal espéra de tout cœur n'avoir pas bien compris.

— Je vous demande pardon ?

— Je vous dis qu'hier encore, l'endroit n'était que décombres calcinés, que cette ligne n'a vu ni rails ni traverses depuis une éternité. Et que lui, continua-t-il en désignant le chef de gare, qui sourit en agitant la main, est mort et enterré depuis belle lurette. Du moins l'était-il. Maintenant, ce que je veux savoir, et ce que veulent savoir sans doute aussi les gens qui sont ici, c'est : comment est-ce possible ?

Ils regardèrent tous Cabal comme s'ils attendaient quelque chose.

Le cerveau en ébullition, le nécromancien sourit d'un air absent. Il n'avait rien à voir là-dedans, mais pourquoi l'en croyaient-ils responsable ? Pas de ligne ? Dans ce cas, comment leur venue avait-elle pu être planifiée ? Penlow on Thurse apparaissait distinctement sur la carte comme une gare en activité. Les secondes s'égrenaient et son sourire ne le quitta pas. Il commençait d'ailleurs à avoir la gorge sèche. Un toussotement se fit entendre parmi la foule, pour lui rappeler que tout le monde attendait, les yeux braqués sur lui. Il ne comprenait pas. Penlow était leur dernière étape possible. Ils n'avaient plus beaucoup de temps devant eux. Il était venu y trouver deux âmes et la population semblait dressée contre lui. Une goutte de sueur, qu'il sentit poindre distinctement, naquit sur sa tempe droite. Il lui fallait trouver une explication à la tournure que prenaient les événements. Maintenant. Et tout de suite. Sans perdre une seconde... Mais cette seconde fila et rien ne lui vint à l'esprit. Il savait parfaitement qui était derrière tout ceci. Se méfier des coups tordus ? On leur avait joué celui-ci avant même qu'ils n'arrivent. Il se demanda s'il allait pouvoir sauver la boîte remplie de contrats ou s'il leur fallait décamper à la hâte, poursuivis par une foule brandissant des torches.

— Les foules armées de torches courent plus vite qu'on ne l'imagine, dit-il à voix haute.

Les habitants le regardèrent d'un air bizarre. *Magnifique*, pensa-t-il. *Pourquoi ne pas leur mettre cette idée en tête pendant que j'y suis ?*

— Ce que mon frère veut dire, c'est qu'il y a quelques mois de cela, nous nous sommes fait un ennemi sérieux. (Le ton mesuré et rassurant commença aussitôt à agir tel un charme. Les gens voulaient toujours entendre ce qu'il avait à dire.) Tout laisse à penser qu'il est arrivé ici avant nous et que ce mufle compte nous souiller de son empreinte nécromantique. Son âme corrompue et méphistophélique doit j'imagine y voir une parfaite vengeance saupoudrée d'un soupçon d'ironie.

Des chuchotements confus se firent entendre parmi la foule.

— De quoi parlez-vous, fiston ? demanda Barrow.

— Mesdames et messieurs, permettez-moi de vous présenter mon frère, Johannes Cabal… le Vainqueur. (Le « V » majuscule avait là toute son importance.) Vainqueur du perfide sorcier Rufus Maleficarus !

Un bon point, puisque chacun parut retenir son souffle. Rufus avait longtemps fait les choux gras des pires journaux.

Même Barrow semblait avoir entendu parler de lui.

— Une minute, dit-il. Je croyais que Maleficarus était mort.

— Abattu de la main de mon frère lors d'un duel impitoyable.

— Mais comment parvient-il à faire tout cela s'il est mort ?

Bonne question, mais Horst se débrouillait toujours avec un pour cent de transpiration et quatre-vingt-dix-neuf pour cent d'inspiration.

— Mon cher monsieur. Croyez-vous que la mort constitue un obstacle infranchissable pour un nécromancien ?

Chacun reprit alors son souffle en poussant un sifflement de haine. Cabal craignit soudain que Horst ne le dénonce. Il se montrait si distant ces derniers temps.

— Rufus Maleficarus était un homme mal intentionné. Tout porte à penser que son influence maligne persiste, bien qu'il soit six pieds sous terre. Quand nous quitterons la région, nous ajournerons nos prochaines dates pour retourner là où il est pendu et brûler son cadavre, comme nous aurions dû le faire tout de suite. Pas même un nécromancien ne peut survivre aux flammes purificatrices.

Il y eut, dans la foule, des acquiescements solennels de la part de ceux qui avaient pour habitude d'acquiescer d'un air solennel quand quelqu'un disait quelque chose d'intelligent.

Mais Barrow, qui n'était pas né de la dernière pluie, dressa un sourcil. Il n'allait décidément pas tomber dans le piège que venait de tendre Horst. C'était bon pour les autres, pas pour lui.

— Pourquoi ne l'avez-vous pas brûlé quand vous en aviez l'occasion, hein ? demanda Joe Carlton, sur qui on pouvait toujours compter pour enfoncer les portes grandes ouvertes.

Horst écarta les bras en signe de supplication.

— Nos torches étaient déjà allumées lorsque la mère de Maleficarus est arrivée. (Il prit une voix flûtée et âgée.) « Pitié, disait-elle, ne brûlez pas mon enfant. Il a été très méchant, je le sais, mais il est la chair de ma chair. Je… je ne crois pas que je pourrai supporter de savoir son corps livré à la crémation. » Eh bien, j'étais prêt à brûler malgré tout ce salopard de suppôt du mal quand Johannes, mon frère, a retenu mon bras et a dit : « Non, Horst. Certes, c'était un nécromancien, un assassin et un fieffé scélérat, mais il n'en était *pas moins* le fils de cette femme. Elle a assez souffert comme ça. *Plus* qu'assez. Laissons-le aux corbeaux et poursuivons notre route. » (Incrédule, Cabal regarda ses pieds avec le pire des embarras. Cela passa heureusement pour de l'humilité.) Ainsi avons-nous laissé la vieille Mme Maleficarus sangloter aux pieds de son petit Rufus, poursuivit Horst.

— Arrête ça, s'il te plaît, murmura Cabal, sans quoi cette humiliation aura raison de moi.

— Tu crois que je devrais passer sous silence le moment où tu es reparti précipitamment pour lui remettre de force toutes nos recettes du mois ? Très bien, si tu insistes, chuchota Horst. (Il poursuivit alors plus fort :) Si notre crime est l'incapacité de mon frère à briser le cœur d'une pauvre veuve davantage que ne l'avait fait son propre fils, nous plaidons coupables.

Il enleva son chapeau et pencha la tête d'un air contrit. Et c'est là que la foule fut prise de délire.

Des partisans débordants de joie portèrent Cabal sur leurs épaules et lui firent parcourir le quai dans les deux sens à plusieurs reprises. Grâce à quelques phrases mensongères, il était passé du statut d'ange de la mort à celui du héros conquérant au cœur pur. *Telle est l'inconstance d'une foule*, songea-t-il. *Horst devrait être rédacteur en chef d'un journal.*

Après s'être fait une crampe à la main à force de signer des autographes, Cabal finit par remarquer Barrow, qui se tenait à l'écart, les bras croisés, à l'observer. Finalement, quelqu'un avait résisté à l'exercice de relations publiques de Horst.

— Vous ne semblez pas impressionné, dit Cabal. Comment est-ce possible ? Vous n'avez donc pas écouté mon frère ? Je suis un héros.

— Je ne sais pas ce que vous êtes, dit Barrow. Un

héros ? J'en doute. Avez-vous vraiment tué Maleficarus ?

— Oui, dit Cabal. (Il jeta des coups d'œil en tous sens pour s'assurer que nul ne les écoutait.) Oui, je l'ai tué. Je lui ai tiré dessus à trois reprises.

— Pourquoi ?

— Pourquoi l'ai-je abattu ou pourquoi lui ai-je tiré dessus trois fois ? Je lui ai tiré dessus trois fois pour être bien sûr de le tuer. Et je l'ai tué parce qu'il était gênant.

— Pour *vous* ?

— Si vous voulez.

— Et qu'avez-vous fait des autres ?

— Les autres ?

— Cette pauvre clique d'abrutis qui le suivait partout, ceux qui se sont également enfuis de l'asile.

Cabal sourit.

— Avez-vous déjà entendu parler du concept de « solidarité sociale » ? Vous avez parfaitement raison : ils sont inoffensifs. Ils avaient simplement besoin qu'on les remette sur les rails.

— Ils font partie de votre fête foraine ?

— Parmi le personnel, je vous rassure. Mes monstres de foire sont tous volontaires. (Son sourire s'évanouit purement et simplement.) La plupart du temps.

Barrow grogna.

— Je vous comprends.

— Non. Non, vous ne comprenez pas. Vous lisez entre les lignes, mais ce qui est écrit là vous dépasse. Puis-je vous faire une suggestion, M. Barrow ?

— Allez-y.

— Dans deux jours, nous sortirons de votre vie.

Vous pouvez nous laisser faire notre travail et apporter un peu de joie aux gens ici présents, et tout le monde sera content. Pas de fausse note, et sans rancune.

Barrow se pinça les lèvres.

— Si j'arrivais à y croire, j'en serais ravi.

— Mais vous n'y arrivez pas.

— Mais je n'y arrive pas. Je ne crois pas à cette histoire d'un mort qui descend de sa potence pour nuire à votre réputation. Je n'y crois pas une seule seconde. Pour quel genre d'idiot me prenez-vous ?

Cabal désigna d'un signe de tête les habitants surexcités qui paradaient aux côtés du train de la fête foraine.

— Ce genre d'idiot, dit-il. Désolé si j'ai tort. (Les monteurs commençaient à décharger le matériel du train. Cabal et Barrow les observaient.) Une longue nuit m'attend, M. Barrow. Vous me pardonnerez de devoir vous quitter, j'en suis sûr.

Cabal fit quelques pas sur le quai quand Barrow l'interpella.

— Je serais bien plus heureux si vous quittiez ma ville.

Cabal s'arrêta, fit volte-face.

— *Votre* ville ? Vous n'êtes pas le gardien de votre frère[1]. Ne l'oubliez pas.

— C'est tout ? Pas de menaces ?

— Les menaces, M. Barrow, sont la chasse gardée des vantards et des lâches. Je n'appartiens à aucune

1. Genèse 4.9 – « L'Éternel dit à Caïn : Où est ton frère Abel ? Il répondit : Je ne sais pas ; suis-je le gardien de mon frère ? » (*NdT*).

de ces catégories. (Il fit les quelques pas qui le séparaient de Barrow jusqu'à ce qu'ils soient nez à nez.) Je ne préviens même pas.

Il tourna les talons et s'en alla.

— La plupart du temps, dit Barrow, suffisamment bas pour empêcher Cabal de l'entendre.

Puis il fit à son tour volte-face et reprit le chemin de la ville.

Tandis qu'ils s'éloignaient, tous deux pensèrent exactement la même chose : « Cet homme va me donner du fil à retordre. »

Chapitre 11

Où Cabal se nourrit du malheur des autres et commet une fausse note

Il était parfaitement impossible que la fête foraine ouvre ses portes la nuit même de son arrivée. Cependant, avec moins d'agitation et moins de temps encore qu'il n'en fallait pour dresser une table de pique-nique, la foire au grand complet fut opérationnelle, avec ses trente attractions, stands, manèges et spectacles illuminés de mille feux. Nul ne put expliquer quel prodige avait opéré, d'autant que, par pure coïncidence, les deux cent cinquante habitants venus à la gare regardaient dans la direction opposée au même moment. Tous sursautèrent tel un seul homme en entendant l'orgue à vapeur mugir derrière eux, puis ils se retournèrent et lancèrent diverses variantes de « Oooooh ! », avec un « o » en moins par-ci et un point d'exclamation en plus par-là.

— Offre spéciale pour la première nuit ! s'écria le grand pâle charismatique aux cheveux sombres, pendant que son frère, grand et pâle lui aussi, mais blond, restait derrière lui les bras croisés, en lançant de temps à autre un sourire qui avait l'air d'un rictus mortel. Entrée gratuite !

Les braves gens de Penlow on Thurse apprenaient depuis tout petits qu'il était impoli de refuser un cadeau, aussi firent-ils la queue en bon ordre sous l'étincelante arche de bois peinte et hérissée d'ampoules. Barrow avança lentement, leva les yeux une fois sous l'arche. L'espace d'une seconde, il crut y lire : « Vous qui entrez ici, abandonnez toute espérance ». Mais au bout de quelques instants, elle révéla simplement que les têtes couronnées d'ici, de là et d'ailleurs voyaient la fête foraine comme le divertissement idéal pour ceux qui héritaient de leur fortune et disposaient d'un bagage génétique limité. Et cela faisait une excellente publicité dans certains milieux. Barrow pensa s'être trompé, il s'imagina que son subconscient tentait de lui dire quelque chose. Un homme averti en valant deux, il entra.

Nécromancien et bonimenteur malgré lui, Johannes Cabal observait la foule en se faisant du mauvais sang. C'était leur avant-dernière nuit, et les choses ne tournaient pas rond, mais il était incapable de dire ce qui n'allait pas exactement. La foule semblait se serrer les coudes, évoluer telle une grande famille entre les attractions. Derrière les notes inlassables de l'orgue et les joyeuses plaisanteries des rabatteurs, on entendait presque le silence. Les gens s'arrêtaient, regardaient et reprenaient leur chemin. Quelqu'un réalisa cependant l'exploit d'acheter une pomme caramélisée à un stand.

— Qu'est-ce qui ne va pas chez eux ? Je croyais être un héros, désormais. Pourquoi se montrent-ils encore aussi méfiants ?

Horst apparut à ses côtés, où il n'était assurément pas une seconde plus tôt.

— Ils sont nerveux. J'ai beau leur avoir donné une explication pour la gare, je ne suis pas sûr qu'ils en soient vraiment satisfaits. Cet endroit leur rappelle des événements mystérieux, inexplicables, qui sortent de l'ordinaire. Ne nous leurrons pas, Johannes, je doute qu'il se soit passé quoi que ce soit d'extraordinaire en ces lieux depuis qu'un péquenaud de passage a cru bon d'y fonder un hameau il y a des siècles. As-tu vu toute cette agitation pour une simple pomme caramélisée ? Ils n'en croiraient pas davantage leurs yeux si nous vendions des langues d'alouette en gelée. Cette ville est une catastrophe.

— Ce n'est pas possible. C'est notre dernière étape. Deux âmes. Je dois mettre la main sur deux âmes, sans quoi tout cela n'aura servi à rien.

— Sans compter les quatre-vingt-dix-huit âmes.

— Quatre-vingt-dix-neuf. Ma vie est en jeu.

Horst lui lança un regard sévère.

— Quoi ? Mais tu n'as jamais parlé de ça.

— Crois-moi si tu veux, mais c'est le genre de choses sur lesquelles je n'aime pas trop m'étendre. Qu'importe. Si je ne récupère pas mon âme, je ne pourrai pas poursuivre mes recherches.

— Décidément, c'est un véritable désastre métaphysique que tu laisses dans ton sillage. Tu as gâché ta vie, la mienne et celle de tous ceux que tu as condamnés durant les huit ans et trente-sept jours que j'ai passés dans le cimetière, et tu veux maintenant prêcher la bonne parole auprès d'une centaine d'autres. Et pour quoi ?

— Tu sais foutrement bien de quoi je parle.

Horst secoua la tête d'un air exaspéré.

— Non, non, je ne sais pas. (Il agita un doigt sous le nez de son frère.) Je *pensais* le savoir. J'ai même compati, idiot que je suis, et regarde ce que ça m'a rapporté. Et pour quoi ? Je n'en sais rien. Et je crois que tu ne le sais pas plus que moi. Je crois que tu agis ainsi parce que si tu arrêtais et que tu te demandais : « Nom d'un chien, Johannes, pourquoi passes-tu ta vie à te foutre des gens ? », je ne pense pas que tu serais capable de te répondre en toute honnêteté.

Tout fulminant, Cabal écarta d'une tape la main de Horst.

— Je me moque de ce que tu penses. Je dirai même que ce que tu penses m'indiffère au plus haut point.

Horst haussa les épaules.

— Parfait. Tant que nous nous comprenons.

— Non, non, on ne se *comprend* pas. Toi, en tout cas, tu ne comprends rien. Tu ne t'es jamais consacré à quoi que ce soit de toute ton existence. Tu ne sais ce qu'il en est de faire montre de dévouement. Tu ne sais pas ce qu'il en coûte de se coucher et de se réveiller avec la même pensée en tête, qui ne te quitte ensuite pas de la journée.

— Ce n'est pas du dévouement.

— Non ?

— Non, ça relève de l'obsession.

— Et c'est là tout ce que tu es capable de faire pour me comprendre ? Me coller une étiquette. J'imagine que je n'aurais pas dû attendre davantage de ta part.

— Ce n'est pas une étiquette. Regarde-toi. Grands

dieux, tu étais sur le point d'être docteur ! Tu voulais aider les gens.

— Les docteurs. Des imposteurs et des charlatans. Ils luttent contre l'ignorance et trouvent des excuses à la noix quand ils échouent. Ils sont trop stupides ou apeurés pour revenir vers la lumière. Pas moi. Pas moi ! Je serai le Prométhée des temps modernes, quoi qu'il en coûte, quel que soit le mal que je dois causer avant de trouver le secret.

— Et s'il n'y avait aucun secret ? Et si cela dépassait les mortels ? Dans ce cas, que ferais-tu ?

— Il y en a forcément un, dit Cabal, qui parut soudain accuser les années. Il y en a *forcément* un.

Horst prit son frère cadet par les épaules.

— Écoute-moi. Il nous reste vingt-quatre heures, moins si l'on ne compte que la nuit, mais cela devrait suffire. Nous allons trouver un moyen. (Cabal cligna des yeux d'un air d'incompréhension.) Ces contrats ont sans doute une faille. C'est la règle en la matière. Nous les brûlons, nous te sortons de ce pari, puis nous trouvons une clause invalidante dans celui que tu as signé quand tu as vendu ton âme.

— Mon contrat ne comporte aucune faille, dit Cabal. J'ai cédé mon âme en échange des secrets de la nécromancie.

— Et c'est tout ?

— Je ne sais pas. « Le secret de la vie après la mort », les trucs habituels.

— C'est ce que tu as demandé ?

— Quelque chose comme ça.

— Alors c'est simple ! Ne comprends-tu pas ? Tu voulais le secret de la vie après la mort. Tout ce que tu as eu, ce sont quelques formules qui te permettent d'animer des cadavres grotesques. Et c'est *toi* qui as fait le gros du boulot pour en arriver là. Ils n'ont tout simplement pas respecté leur part du marché !

— Tu joues avec les mots.

— Oh, allez ! Tu crois que Satan raterait une occasion pareille dans la situation inverse ?

— Qu'est-ce que je ferais de l'âme de Satan ?

— Ce n'est pas ce que je voulais dire. On le tient. C'est un vrai champ de mines philosophique.

Cabal s'imagina brièvement Aristote marchant tranquillement dans une plaine avant de sauter sur une mine antipersonnel. Descartes et Nietzsche observaient, comme épouvantés. Il se ressaisit alors.

— Mais on m'a octroyé le pouvoir d'invoquer les formules. Ce fut une véritable aubaine.

— Ça ne te mène nulle part. Oublie. Recommence tout.

— Je… je ne sais pas.

Il tenta de quantifier les recherches nécessaires pour regagner par des moyens ordinaires ce qu'il avait cédé au diable. Cela lui parut énorme.

— Johannes. Fais-le. C'est pour toi la rédemption.

Aux yeux de Horst, son frère Johannes avait tout l'air du petit garçon de six ans qui venait de perdre son chien. Avec cette même paralysie qui l'empêchait de comprendre ce qui s'était passé. Johannes Cabal regarda le sol, la voûte étoilée et, pour finir, son frère. Il semblait complètement perdu.

— Je ne sais pas, marmonna-t-il

Horst le serra contre lui. Il n'avait pas pris son petit frère dans ses bras depuis qu'ils étaient enfants. Ils n'avaient jamais été très proches, mais Cabal avait avoué qu'il détestait alors Horst, ce qui expliquait beaucoup de choses. Quand bien même, les liens du sang étaient les plus forts.

— Hé ! patron !

Sac d'Os sortit de nulle part. Entre le moment où le regard de Horst passa de Johannes à M. Sac d'Os pour revenir à son frère, ce dernier disparut et reprit le visage de Cabal le nécromancien.

— Quoi ? fit ce dernier d'une voix sèche.

— J'crois qu'on en a une, dit Sac d'Os en affichant un large sourire.

Horst soupira. La réalité reprenait ses droits. Il avait apprécié Sac d'Os jusqu'alors, son sourire facile, sa bonhomie. Comme ça avait été simple d'oublier qu'il était le fruit de l'enfer incarné sur Terre, avec un canotier vissé sur le crâne. Mais ce sourire-là était différent. Ils parlaient de prendre l'âme de quelqu'un et s'en délectaient.

— Où ?

— La salle de jeux. Elle traîne là-bas et semble vraiment avoir l'cafard. On a forcément quelqu'chose qu'elle veut.

— La salle de jeux ? Il était temps que cet endroit justifie son investissement.

Cabal s'en alla à grands pas avec Sac d'Os sur les talons.

Horst se volatilisa et s'y retrouva avant eux.

La salle de jeux avait toujours attiré les gens qui voulaient se défaire de leur monnaie, mais elle n'avait guère rapporté d'âmes. Ce soir encore, elle était pleine d'enfants et d'adolescents qui jouaient au jeu de la Bagatelle et au bandit manchot, testaient leur force face à un bras de laiton ou observaient les macabres faits divers des tableaux à un penny. Horst regardait dans tous les sens, comme s'il ne savait plus où donner de la tête. Ils allaient bientôt arriver, et il perdrait alors tout espoir de sortir d'ici la victime présumée. Gêné par les nombreux badauds, il ne progressait pas très vite et devait poliment se frayer un chemin parmi la foule. Dans un premier temps, il ne vit nulle part sa proie potentielle, jusqu'à ce qu'un groupe d'adolescents pubères finisse par renoncer à gagner des peluches à la machine à pince, et ne révèle sa présence en décampant. Elle était jeune, sans doute âgée de moins de vingt ans, et Horst avait rarement vu une mine marquée d'une telle tristesse. Elle était entourée de gens, mais nul ne la touchait, sans doute parce que son chagrin trop perceptible les poussait à l'ignorer. Horst fendit la foule d'un pas décidé.

— Excusez-moi, madame. (Il était tout près de la jeune femme, qui leva les yeux. Trop de nuits sans sommeil. Trop de nuits à pleurer. Il se tourna vers l'entrée et vit son frère et Sac d'Os qui s'approchaient. Il n'avait pas le temps de faire dans la subtilité, ni même de l'hypnotiser et de l'entraîner dehors.) Vous semblez triste. Puis-je vous aider ? (Elle afficha un sourire timide empreint d'hésitation.) Je suis Horst Cabal, l'un des propriétaires. Il me peine de voir… (Cabal et Sac d'Os étaient presque à l'entrée.) Écoutez, qu'est-ce qui ne va pas ? Peut-on arranger ça avec de l'argent ? Nous en avons tellement que nous ne savons plus quoi en faire. Je peux vous donner tout ce dont vous avez besoin. (Son sourire s'évanouit ; elle parut soudain perdue. Il n'avait plus beaucoup de temps devant lui. Il se pencha vers elle et lui murmura à l'oreille.) Quoi que vous fassiez, ne cédez à la tentation sous aucun prétexte. Jurez-le-moi ! (Il reprit ses distances et elle le regarda sans comprendre.) Ne cédez pas, siffla-t-il avant de s'en aller.

Cabal embrassa la salle de jeux du regard. De nombreuses femmes semblaient tristes ou parfaitement quelconques. S'il avait autrefois le chic pour flairer la misère, il avait perdu ce don par manque de pratique.

— Qui ? demanda-t-il à Sac d'Os.

— Celle-*là*, patron. Elle tire une tronche d'enterrement.

Cabal l'observa attentivement. Elle semblait complètement perdue.

— Bon, que veut-elle ?

Sac d'Os haussa les épaules d'une manière qui en disait long.

— Je n'en sais rien du tout.

Exaspéré, Cabal soupira et tenta de se souvenir du principe des jeux. Les attractions y étaient si simples qu'il suffisait de demander au premier venu. Il cherchait donc quelqu'un auprès de qui se renseigner quand son regard s'arrêta sur la diseuse de bonne aventure mécanique. Dans sa cage en verre, Madame Soleil promettait de révéler leur avenir aux clients crédules, en le leur imprimant sur une petite carte, et tout cela pour un simple penny. Elle s'était déjà révélée très utile, se rappela-t-il. Pouvait-elle réitérer l'exploit ?

Cabal se dirigea vers elle et frappa doucement sur la vitre, au niveau de la fente. Il ne se passa rien.

— Réveillez-vous, Madame Soleil, sans quoi vous

allez rapidement faire la connaissance d'une scie à métaux, chuchota-t-il sur un ton sévère.

L'automate prisonnier de la vitrine s'anima aussitôt, regarda dans sa boule de cristal d'un air complaisant, puis s'immobilisa. Un instant plus tard, une carte tomba dans le bac. Cabal la prit et la lut.

MADAME SOLEIL SAIT TOUT ET VOIT TOUT.

VOUS FEREZ LA CONNAISSANCE D'UNE FEMME QUI A CE QU'ELLE NE VEUT PAS.

Donnez-lui la solution et elle se montrera généreuse.

Le conseil de Madame Soleil : les bonnes manières ne font jamais de mal.

Cabal la lut deux fois avant de la chiffonner. Il se pencha plus près de la vitre, comme s'il glissait une pièce dans la fente.

— Cela ne m'aide pas du tout, chuchota-t-il. Qu'a-t-elle qu'elle ne veuille pas ? Une maladie ? Des poux ? Un rire particulièrement agaçant ? Donnez-moi des détails et gardez vos inepties pour les péquenauds.

Avec un peu d'imagination, on aurait pu croire que l'automate se pinçait les lèvres. De toute évidence, son sang ne fit qu'un tour et elle cracha la carte dans le bac avec une telle colère que Cabal dut l'intercepter avant qu'elle ne tombe par terre. Celle-ci disait :

D'accord, d'accord MADAME SOLEIL, ETC.
Cette femme a un bébé qui la rend folle.
Qui n'arrête pas de hurler. Pas de mari.
Sa mère s'en occupe ce soir.
Offrez-lui une solution et elle vous donnera son âme. Facile.
Le conseil de Madame Soleil : pense à dire « merci » un jour, espèce de trou du cul.

Exception faite du conseil, c'étaient précisément les nouvelles qu'espérait tant Cabal.

— M. Sac d'Os, je veux que cette galerie soit entièrement évacuée, à l'exception de cette femme.

— Pas d'problème, dit Sac d'Os, qui entama discrètement son œuvre en distribuant à tout le monde des tickets gratuits pour les manèges.

En moins de cinq minutes, il n'y eut plus dans la salle de jeux que Cabal et la jeune femme, qui introduisait lentement des pièces dans une machine à sous du nom de *Fun Time*. Du moins Johannes Cabal en avait-il l'impression, puisqu'il n'avait pas remarqué la silhouette quasi transparente cachée dans un coin. Horst Cabal observait, plein d'espoir.

Parmi les tableaux à un penny s'en trouvait un, couvert d'une bâche goudronnée et surmonté d'un écriteau indiquant : « Hors service ». En réalité, les frères Cabal étaient à court d'idées au moment où ils avaient récupéré celui-là, si bien qu'il était tout simplement vide. Johannes s'en approcha, concentré, dit en silence : « Je t'invoque », et ôta la toile. Dans la vitrine se trouvait le décor d'une pièce accompagnée d'un minuscule automate qui ressemblait à s'y méprendre à la femme triste. Il s'agissait d'une chambre meublée exiguë et sordide, avec du linge pendu au-dessus d'une baignoire visible par une porte entrebâillée. L'automate se tenait près d'un berceau où se trouvait une toute petite poupée représentant un nouveau-né. Certes, il était petit, mais les détails, épouvantables, étaient si précis qu'il avait peu de chances d'être un jour aimé de quelqu'un. Le tableau avait pour titre « La Fuite de la Mère ». Glissant la bâche sous son bras, Cabal se rendit à l'autre bout de la salle de jeux et fit mine de discuter avec le vieil homme chargé de faire de la monnaie dans sa cabine. En réalité, il observait la femme. Et il n'était pas seul à le faire.

La jeune femme fut déçue quand *Fun Time* ne lui sortit plus que des citrons. Elle se retrouva rapidement à court de pièces – un revers de fortune qui lui sapa le moral. Elle abandonna la machine pour longer sa rangée de camarades. Consciente qu'elle allait bientôt devoir rentrer, elle voulait s'offrir un petit plaisir avant d'entamer une nuit difficile. Voyant la suite de tableaux à un penny, elle alla les examiner un par un. Ils étaient horribles : des histoires de meurtres et d'exécutions, de traque, de justice sommaire. Rien d'engageant au vu des circonstances. Elle était sur le point de partir lorsque son regard se posa sur le dernier tableau. Qu'il s'agisse du titre, de sa troublante ressemblance avec l'automate ou de sa propre chambre, Cabal n'aurait pu le dire, mais le tableau l'attira inexorablement.

Elle s'arrêta près de la vitrine et regarda. C'était étrange, comme dans un rêve. On aurait dit que quelqu'un avait pris sa vie, l'avait recréée au moyen de bois, de fils de fer et de peinture pour l'étaler publiquement. Sur de petits bouts de papier, apparemment âgés et jaunis alors qu'ils n'existaient pas dix minutes plus tôt, était écrit « La Mère Malheureuse » et « Le Bébé Difficile », épinglés aux pieds de leurs sujets respectifs. Les larmes lui montèrent aux yeux. Elle n'était pas seule, après tout. Quelqu'un d'autre avait dû connaître les mêmes souffrances qu'elle pour que son histoire se retrouve ici. Elle plongea sa main dans sa poche pour y chercher l'une de ses dernières pièces, et quelqu'un d'autre pleura non loin, dans le plus grand silence.

Elle devait *savoir*, découvrir comment l'autre personne s'en était sortie. Après tout, le tableau s'appelait bien « La Fuite de la Mère ». Comment ? Comment avait-elle fui ? Il fallait qu'elle le découvre. Se laissant submerger par un curieux sentiment d'urgence, elle posa la pièce sur la fente et l'y poussa.

Le tableau s'anima en produisant un vrombissement. Le bébé levait les bras et les laissait retomber en cadence pendant qu'il tournait la tête sur les côtés, en pleurant, en braillant, sans jamais se taire. Pendant ce temps, la mère avait les mains plaquées sur ses oreilles et secouait la tête. Elle était à bout de nerfs. Il ne se passait pas un jour sans qu'elle ne songe à s'ôter la vie. La femme posa son front contre le verre froid et se mordit la lèvre.

Il y eut un cliquetis caractéristique et le sol pivota à 120° dans le sens contraire des aiguilles d'une montre pour révéler une nouvelle scène. La mère était maintenant dans la salle de bains. Installée face à la table de toilette, elle mélangeait quelque chose, des poudres et des liquides sortis de l'armoire.

Curieusement, alors même que la plus grosse de ses bouteilles faisait la taille d'un ongle, les étiquettes étaient clairement lisibles. Une goutte de ci, une pincée de ça, et le tout fut mélangé dans un mortier. Une fois l'opération terminée, la minuscule mère mécanique versa la solution dans le biberon du bébé. Ce n'était que trop clair. En lisant l'étiquette décrivant la scène (« Une solution se présente »), elle ne fit même pas attention à l'étonnante dextérité de l'automate : elle *vivait* le drame qui se jouait sous ses yeux. Elle faillit pousser un gémissement lorsqu'un nouveau cliquètement révéla le troisième volet de la scène. Qu'il soit d'origine terrestre ou divine, c'était l'heure du châtiment. Elle avait vu trop de ces machines au cours de sa vie pour imaginer une morale à l'histoire. La scène finale se déroulait dans un cimetière. La mère resplendissait dans sa tenue de deuil tandis que les membres du cortège faisaient descendre le minuscule cercueil dans la tombe noire. Ne pouvait-on entrevoir une esquisse de sourire derrière son mouchoir ? L'automate regarda au loin, droit dans ses yeux, et elle y vit son propre visage. Heureux. L'étiquette apposée sur une tombe placée bien en vue annonçait : « La Fuite de la Mère ».

La machine produisit un nouveau cliquetis, et l'odieuse première scène réapparut. À peine le vrombissement eut-il cessé que la jeune femme introduisit une nouvelle pièce. Quand la deuxième scène débuta, cette fois, l'on put distinguer ses lèvres remuer tandis qu'elle mémorisait chacun des ingrédients pour préparer le biberon du bébé.

La police arriva une heure avant l'aube. Cabal fit preuve d'une extrême courtoisie vis-à-vis des agents, qui posaient beaucoup de questions en s'affairant de toute part. Il ne fut cependant pas très content de voir Barrow dans les parages.

— Je ne savais pas que vous apparteniez aux forces de police, M. Barrow, dit-il en réprimant un bâillement.

— Je ne suis pas de la police. Simplement un citoyen préoccupé, répondit Barrow.

— Eh bien, dans ce cas, dit Cabal en se tournant vers le sergent responsable de l'opération, je crois être dans mon bon droit en demandant à M. Barrow de partir.

— Non, dit le sergent. L'ancien inspecteur de police principal Barrow est ici à ma demande et agit en qualité de consultant dans cette affaire.

— Ancien inspecteur de police principal ? fit Cabal, impressionné. Eh bien, vous êtes un homme très doué. « Affaire » ? Que voulez-vous dire ?

— Il y a eu un meurtre particulièrement horrible. La suspecte affirme que cette fête foraine y est pour quelque chose.

— Un meurtre ? dit Cabal d'un air innocent et surpris.

— Un infanticide, pour être exact, ajouta Barrow. Une mère a tué son propre enfant. Elle affirme qu'une machine de votre salle de jeux lui a expliqué comment élaborer le poison.

— Grands dieux ! Vraiment ?

— Vous voulez dire que vous ne saviez pas que votre galerie abritait une telle machine ?

— Non, oh, non, pas l'ombre d'une seconde.

Nous n'avons pas ce genre de machine. Je suis simplement surpris que quelqu'un puisse inventer une histoire aussi saugrenue. Et que d'autres puissent y croire.

Le sergent releva le menton.

— Nous ne devons négliger aucune piste, monsieur.

— Bien sûr. Je comprends parfaitement. Eh bien, en quoi puis-je vous aider ? Vous avez ma parole, il n'y a ici absolument aucune machine similaire à celle que vous m'avez décrite. Je n'en avais d'ailleurs jamais entendu parler jusqu'à aujourd'hui.

— Le poison qu'elle a concocté était particulièrement cruel, monsieur. Le bébé est mort dans d'atroces souffrances.

— C'est épouvantable.

— Elle semblait croire que le poison passerait inaperçu, dit Barrow. C'est une jeune femme très naïve. Je crois qu'elle dit en partie la vérité.

— Ce qui veut dire ?

Elle est venue à la fête foraine hier soir. La nuit même où elle a préparé le poison dont elle s'est servie. Je ne pense pas qu'elle aurait pu se transformer en Lucrèce Borgia en si peu de temps sans l'aide d'un professionnel.

— Insinuez-vous quelque chose ?

Le sergent toussa.

— La galerie, monsieur, si vous le permettez. Nous souhaiterions examiner les machines.

— Très bien, mais vous perdez votre temps. (Cabal mena les trois officiers de police et Barrow à la salle de jeux. Il défit le gros cadenas qui en fermait l'accès et s'écarta.) Je vous en prie.

Les quatre hommes entrèrent, restèrent près de la porte pendant que Cabal faisait le tour de la galerie pour ouvrir les volets.

Barrow s'approcha des tableaux à un penny pour les examiner, suivi de près par les policiers. Cabal s'appuya contre le mur et affecta une certaine nonchalance. Barrow examina toute la rangée en lisant chacun des titres à la suite. « La Maison de Barbe-Bleue », « Le Puits et le Pendule », « La Cour d'Ivan le Terrible », « La Chambre Hantée », « L'Arbre de Tyburn ».

— *Très Grand-Guignol*, monsieur Cabal, dit-il d'un ton désapprobateur.

— C'est ce que les gens aiment, M. Barrow, répondit Cabal.

Barrow était arrivé au bout de la rangée, au niveau d'une machine couverte d'une bâche goudronnée à laquelle était fixé un écriteau.

— Hors service ? Comment ça se fait ?

— Je ne sais pas. Un problème mécanique. Cela me dépasse.

— Nous aimerions y jeter un coup d'œil si cela ne vous dérange pas, monsieur, dit le sergent.

— Ce ne serait pas très judicieux. Vous avez ma parole. Il n'y a pas de machine telle que celle que vous m'avez décrite. Cela ne vous suffit-il pas ?

— Nous aimerions nous en assurer, monsieur. La bâche, s'il vous plaît.

— Je crois que je ne devrais pas.

— Peut-être bien, monsieur, mais si vous voulez bien m'excuser…

Le sergent défit aussitôt la toile et l'enleva.

La machine était bloquée au beau milieu d'une

scène. Dans une rue simplement éclairée par la lune, un mari fou furieux pourchassait un officier de police sur le chemin traversant le jardin de sa maison. À une fenêtre de l'étage, une femme à la poitrine indécemment généreuse faisait mine de hurler son désarroi. L'officier de police avait ceci de remarquable que son pantalon lui tombait aux chevilles. La machine avait pour titre « Cocufié par un Poulet ». Le sergent devint tout rouge. Le petit policier lui ressemblait trait pour trait, un détail que ses adjoints ne manquèrent pas de remarquer. Pire encore, la femme ressemblait vraiment à Mme Blenheim, rue Maxtible, dont le mari travaillait souvent de nuit.

— Eh bien, tout semble en ordre, dit-il rapidement en tentant de remettre en place la bâche goudronnée. Nous ne vous ennuierons pas plus longtemps, monsieur. Merci pour votre coopération. Vous vous êtes montré très patient.

— Ce fut un plaisir, sergent, dit-il aimablement à l'officier qui s'en allait en chassant devant lui des subalternes tout sourires.

Il les regarda partir, puis ajusta ses lunettes.

— Votre fête foraine est un endroit très intéressant, M. Cabal, lança Barrow dans son dos.

— Merci, M. Barrow, répondit-il en se retournant.

— Ce n'était pas un compliment, mais une simple remarque : « un endroit très intéressant ». Cette salle de jeux, par exemple.

— Oh ? fit Cabal en levant un sourcil. Comment ça ?

— Ces machines. (Barrow désigna les tableaux.) Horreur et mort, jusqu'à ce que nous arrivions à la dernière. Comme par hasard, il s'agit de la machine qui, selon les renseignements de la police, propose la formule du poison. Or, elle joue sur le registre de la comédie. Curieux, ne trouvez-vous pas ? Déplacé ?

— Les gens aiment ce genre de chose, répéta Cabal. Du moins c'est ce qu'on m'a dit. Elle a été installée là après coup.

— Après coup. (Barrow se rendit jusqu'à la porte pour observer pensivement le champ de foire.) Je n'aime pas votre fête foraine, M. Cabal. Elle m'est antipathique.

— Nous ne prétendons pas être en mesure de satisfaire tout le monde.

— Ce n'est pas ce que je voulais dire. Quand j'étais encore du métier, il m'arrivait moi aussi d'avoir des pressentiments. Certains étaient fondés, d'autres non. Mais j'avais parfois la sensation *bona fide* d'avoir un arrière-goût très désagréable dans la bouche. Un goût horrible, inimitable. Une fois, j'auditionnais un type, un témoin possible dans une affaire de meurtre. Juste un témoin, vous comprenez ? Un homme respectable qui aurait pu voir quelque chose.

— Et vous avez ressenti cet arrière-goût magique qui vous est si cher ?

— Assurément. Et oui, c'était notre tueur. Mais à ce moment-là, il n'était même pas soupçonné de quoi que ce soit. Et c'est là un détail important. Je n'avais aucune raison de le suspecter.

— Êtes-vous sûr d'avoir arrêté la bonne personne ? Ce n'est pas une affaire que vous avez bouclée à la hâte parce que vous aviez oublié de vous brosser les dents le matin même ?

— Je crois que même les pires partisans de la théorie d'une vaste conspiration au sein de la police ne nous croiraient pas capables de monter un coup contre un homme en enterrant quatre cadavres dans son jardin avant de les recouvrir de rocaille.

— De la rocaille ? (Cabal réfléchit.) Non, cela dépasserait les limites de la crédulité. Vous marquez sans doute un point. Lorsque vous qualifiez ma fête foraine d'antipathique, j'imagine que vous faites référence à votre palais sensible à la médecine légale ?

— En rentrant chez moi, je me préparerai une tasse de thé que je laisserai infuser longtemps dans l'espoir de me débarrasser de ce goût.

— Parfait. Peut-être qu'un jour, les preuves épicuriennes criminologiques seront recevables devant un tribunal. En attendant, je vous souhaite une bonne journée. J'aimerais, si possible, m'offrir quelques heures de sommeil.

— Bonne journée, M. Cabal, dit Barrow, qui reprit le chemin de la ville.

Cabal poursuivit calmement sa route jusqu'à ce que Barrow ait disparu, après quoi il se mit à courir. Ce fut le souffle court qu'il monta à bord de la voiture, déverrouilla le tiroir de son bureau, prit le premier contrat de la pile et le glissa dans sa poche intérieure.

— Alors, elle l'a fait ? demanda Horst, ce qui fit sursauter Cabal.

— Je ne t'avais pas vu, dit-il, en rangeant la boîte avant de fermer à clef le tiroir avec soin.

— Je ne souhaitais pas que tu remarques ma présence. Alors, elle a tué son bébé ?

— Oui. N'est-ce pas fantastique ? (Il s'arrêta.) Je ne parle bien évidemment pas du meurtre du bébé.

— Non, ça ne l'est pas. Ça ne l'est pas du tout. J'imagine que tu vas aller lui proposer un moyen de se sortir de ce dilemme ?

— C'était tout à fait l'idée, dit Cabal, qui n'appréciait pas du tout le ton de son frère.

Horst le dévisagea pendant un long moment, puis il regarda sa montre.

— Le soleil va bientôt se lever. Nous autres, créatures de la nuit, devons nous mettre à l'abri. Et laisser la journée aux créatures de la lumière.

— Tu essayes de me donner mauvaise conscience, mais cela ne marchera pas.

— Mon petit frère vient juste d'orchestrer le meurtre d'un enfant. Rien de ce que je pourrai faire désormais ne suscitera en toi le moindre remords, si cela n'y est pas parvenu. Je t'ai offert une chance de rédemption la nuit dernière. Désolé, c'est de ma faute. Père a toujours dit que j'étais incapable de repérer les cas désespérés.

— Vraiment ? (Cabal enfila son manteau.) Père n'était pourtant pas du genre à te critiquer pour quoi que ce soit.

Horst, qui était assis sur la malle de couvertures, se leva ; Cabal dut lutter contre l'envie de battre en retraite.

— Cesse donc de te voiler la face. Tu ne peux pas te cacher sans cesse derrière une prétendue rivalité fraternelle. « Oh, ne m'en voulez pas pour mes crimes contre l'humanité, Dieu et la nature. C'est de la faute de mon frère qui est si parfait. » Aucun jury ne te condamnerait, c'est sûr… (Tout sourire, il se rassit.) Tu veux entendre quelque chose de ridicule ? Lorsque tu m'as retrouvé, il y a un an, j'ai été heureux de te revoir. Après tout, mon frère revenait me chercher. Il avait mis le temps, mais mieux valait tard que jamais. Oui, tu avais vendu ton âme et j'étais devenu un monstre, mais hormis cela, tout allait être comme au bon vieux temps.

— Et maintenant tu vas me dire que tu as eu tort ?

— Non, simplement que j'ai eu tort à moitié. Je me suis trompé quant à celui de nous deux qui était devenu un monstre. Pendant un an, j'ai regardé qui signait ces contrats et je n'ai rien dit. Car selon moi, l'enfer attendait toutes tes proies, qu'elles signent ce bout de papier ou non. Certains cas étaient un peu limites, mais rien qui ne m'ait vraiment inquiété. En revanche, la femme de la nuit dernière… Jamais elle n'aurait fait cela si tu ne le lui avais pas suggéré. Elle s'en serait sortie, mais elle est damnée dorénavant, qu'elle signe ou pas ton contrat. C'est ton œuvre. Je suis certain que tu as quelque chose à lui proposer en échange de sa signature. Rends-moi service, veux-tu ?

— Un service ?

— Fais ce que tu as à faire, mais laisse le contrat ici.

Cabal fronça les sourcils.

— Mais je n'arriverai pas à cent.

Horst appuya son menton contre sa main et dévisagea son frère. Jamais il ne s'était imaginé que celui-ci pourrait se montrer aussi borné.

— C'est tout l'intérêt, expliqua-t-il.

Cabal regarda Horst comme s'il était complètement fou.

— Dans ce cas, ça n'a *aucun* intérêt.

Il enfonça son chapeau sur sa tête et s'en alla en claquant la porte derrière lui.

Horst garda les yeux braqués sur le battant pendant un très long moment, puis jeta un coup d'œil en direction du sablier. Il ne restait plus que quelques grains de sable très fin dans la moitié supérieure de l'objet, si bien que le délai était quasiment écoulé.

— Je suis désolé, dit-il doucement à lui-même. Je le suis plus que tu ne le comprendras jamais.

Cabal arriva au poste de police pour s'y renseigner. Il était cruellement bouleversé qu'une pauvre femme (il se retint de dire « âme » à la dernière seconde) ait pu commettre une chose aussi horrible alors qu'elle n'était plus totalement elle-même. Tout laissait croire que son passage à la fête foraine avait involontairement déclenché sa psychose ; si le nécromancien n'en assumait pas la responsabilité, il souhaitait *vraiment* l'aider, de tout son cœur. Il lui fallut se montrer particulièrement insistant pour qu'on l'autorise à la voir. À coup sûr, si Horst s'était livré au même exercice, ils se seraient pliés en quatre pour lui servir une tasse de thé. Finalement, en laissant entendre très lourdement qu'il était prêt à payer ses frais de justice, on le laissa entrer seul.

— Eh bien, dit-il en s'asseyant à une table carrée, toute simple, qui faisait face à la jeune femme. Vous vous êtes mise dans de sales draps.

Les yeux rouges à force de pleurer, elle le regarda d'un air pitoyable.

— Je crains que les autorités ne vous traitent très

sévèrement pour ce que vous avez fait. Mais vous l'avez probablement déjà compris.

Elle acquiesça, baissa les yeux vers ses genoux avant de se mettre à jouer machinalement avec un mouchoir.

— J'imagine qu'ils vous ont déjà précisé qu'à ma fête foraine, il n'y a aucune machine ressemblant de près ou de loin à celle que vous croyez avoir vue ? (Elle ne répondit pas.) Je crois qu'il s'agissait de « La Fuite de la Mère ». Elle cessa aussitôt de tripoter son mouchoir et le regarda avec intérêt.

— D'accord, elle était bien là. Je m'en suis débarrassé dès que vous avez quitté la salle de jeux. Je suis au regret de vous informer qu'il s'agissait du pire traquenard qu'il m'ait été donné de tendre. Et je pèse mes mots. Écoutez, j'apprécierais énormément que vous me signiez un petit quelque chose. Si vous acceptez, vous avez ma parole que les choses rentreront dans l'ordre. Mais si vous refusez, vous irez *de toute façon* en enfer, sans compter que votre supplice débutera bien avant votre mort, puisque vous serez incarcérée jusqu'à la fin de vos jours. Je crois savoir que les tueurs d'enfants n'ont pas la vie facile en prison.

Il s'était permis d'observer la pièce tout en parlant : la fenêtre munie de barreaux, la peinture verte d'usage sur les murs, une sorte de règlement fixé à la porte. Puis il la dévisagea et comprit que si un simple regard pouvait tuer, il serait mort depuis quelques instants déjà. Elle l'observait d'un air menaçant, les dents légèrement dévoilées, le visage envahi d'une sorte de mépris animal. Et elle parla si doucement qu'il faillit ne pas l'entendre.

— Nécromancien, dit-elle, comme s'il s'agissait du pire mot qu'elle connaissait, ce qui était sans doute le cas au moment où elle le prononça.

— Une simple déduction ne constitue en rien la preuve de mon implication, répondit-il en sortant le contrat. Souhaitez-vous retrouver le cours normal de votre vie ? Ou dois-je partir ? Je suis très occupé et j'apprécierais une décision rapide.

Elle observa la feuille pliée comme si le recto vierge allait répondre à ses questions. Cabal la posa à plat, la tourna face à la jeune femme et la fit glisser jusqu'à elle. Elle la regarda sans même la lire. Cabal eut le désagréable sentiment qu'elle allait se remettre à pleurer. Puis il sortit son stylo et le lui tendit.

— Signez, maintenant.

Elle prit le stylo et signa d'une main légèrement tremblante.

Cabal entamait une nouvelle journée. La dernière de la fête foraine. Il lui manquait une âme, une seule, et la victoire ne pouvait plus lui échapper. Il se demanda alors pourquoi il se sentait si mal.

Chapitre 12

Où Cabal découvre qu'il existe des lieux parfaits où vivre, mais que l'on ne voudrait visiter pour rien au monde

CABAL TAPOTA LA POCHE dans laquelle se trouvait le contrat pour s'assurer qu'il n'avait pas disparu à la faveur d'un quelconque événement quantique. Non, il était toujours là. Il prit une profonde inspiration. Une partie de lui-même espérait malgré tout qu'il se soit volatilisé. Il était épuisé, plus qu'il ne se rappelait l'avoir jamais été, et pour un homme qui voyait le sommeil comme un mal nécessaire, il s'avouait quand même très fatigué. Et pourtant il n'avait pas l'intention de se reposer. Nul doute qu'il avait depuis longtemps dépassé le moment où le sommeil vient tout seul. Sans compter qu'il aurait pu faire de mauvais rêves.

Il ajusta ses lunettes aux verres bleu foncé et regarda tout autour de lui. C'était la première fois qu'il mettait vraiment les pieds à Penlow on Thurse, et ce qu'il vit le fatigua un peu plus. La ville était parfaitement idyllique, le genre d'endroit où les gens rêvaient de prendre leur retraite avant de s'intéresser à leur pension et de finir sur une terrasse avec un voisin psychotique accompagné d'un chien, d'une batte de base-ball et d'un soubassophone. Une question lui vint alors à l'esprit : « Où donc les habitants de Penlow prenaient-ils leur retraite ? » Cabal s'en fichait. L'endroit l'ennuyait sans qu'il puisse expliquer pourquoi.

Un facteur passa en vélo, le sourire aux lèvres, et le salua lorsqu'il s'approcha d'un carrefour. Il n'y avait pas d'autre véhicule visible dans les parages, mais le préposé au courrier ralentit, regarda des deux côtés et indiqua le changement de direction avant de s'engager sur la route principale. Un endroit où les cyclistes, des facteurs par-dessus le marché, respectaient le code de la route. Cabal avait vu bien des choses étranges au cours de sa vie, et les morts-vivants n'étaient pas forcément les pires. Il avait pris ses jambes à son cou face aux gardiens de la *Clavicula Salomonis*, échappé au regard de la gargouille Bok et étudié (en prenant soin de ne pas s'en servir) un sifflet de bronze sur lequel étaient gravés les mots « *quis est iste qui venit* ». Eh bien, aucun parmi eux ne lui avait jamais inspiré un aussi mauvais pressentiment que ce facteur d'une joviale courtoisie.

— Il ne manquerait plus que je croise le chemin d'un pasteur affable, j'aurai alors la confirmation d'être *vraiment* dans le pétrin.

Il fit volte-face, et percuta un prêtre, un homme doux et cordial âgé d'une soixantaine d'années.

— Veuillez me pardonner, mon fils. Je ruminais mon sermon et… (Il se tut, baissa légèrement la tête pour dévisager Cabal malgré ses lunettes en demi-lune.) Ça par exemple ! Mais vous êtes sans doute de cette fête foraine itinérante ! Comment allez-vous ? Je suis ravi de faire votre connaissance. Je suis le pasteur du temple de Sainte-Olave. (Il fit un geste en direction d'une merveille architecturale posée sur fond de carte postale.) Serez-vous encore des nôtres dimanche ? Peut-être aimeriez-vous assister à l'office. Nous avons toujours de la place pour les visiteurs.

— Non, je crains que cela ne soit pas possible.

— Vous aurez repris la route, évidemment. Plus jeune, j'avais très envie de vivre sur les routes. Maintenant, cependant…

Il écarta les mains et adressa un sourire si gentil à Cabal que ce dernier fut partagé entre l'envie de le frapper et d'accepter.

— Nous ne serons plus là, confirma Cabal, c'est vrai, mais je ne serais pas venu de toute façon. (Il sourit à son tour.) Je suis un sataniste.

Le pasteur lui rendit son sourire. Cabal sentit le besoin de jeter un œil à son propre sourire dans un miroir pour s'assurer qu'il inspirait toujours autant cette épouvante qu'il cultivait avec tant de soin depuis des années.

— Oh là là ! s'exclama le pasteur, qui ne semblait nullement choqué. (Cabal aurait aussi bien pu lui dire qu'il préférait le printemps à l'été, ou lui avouer son amour des biscuits diététiques.) Et êtes-vous heureux ?

Cabal, qui disposait habituellement d'un très généreux arsenal de réponses cinglantes, en eut le bec cloué. Il s'attendait à tout de la part de son interlocuteur, mais certainement pas à de la compassion.

— Non, parvint-il à dire enfin. Non, je ne suis pas heureux. Ce sentiment ne fait pas partie des choix que j'ai faits. Mon expérience se résume seulement à quelques stages en la matière. Mais je compte m'y remettre à la première occasion.

— Mon Dieu ! Je ne souhaite pas remettre en cause votre décision. Comment le pourrais-je, du reste. Elle semble très sage à mes yeux. Eh bien, je dois vous laisser. Je vous souhaite une bonne journée, monsieur.

Cabal s'aperçut alors qu'il venait de serrer la main de l'homme, de le remercier pour sa sollicitude et de lui souhaiter une bonne matinée.

Tout en observant le pasteur filer en direction de sa paroisse si parfaite, le nécromancien se persuada que le sermon risquait d'être intéressant, amusant, et d'une grande finesse. Les gens allaient y passer un bon moment ; il se surprit même à les jalouser. Il s'immobilisa, médita sur cette sensation. Qu'est-ce qui ne tournait pas rond chez lui ? Il s'assit sur un banc idéalement situé – et qui n'avait subi aucun acte de vandalisme –, puis entreprit de s'éclaircir les idées. Il fut presque content de voir la petite fille s'asseoir à l'autre extrémité du banc. Il avait horreur des enfants ; aussi fut-il heureux de constater qu'il pouvait encore réagir tout à fait normalement.

— Salut, dit la fillette en lui adressant un sourire radieux, même s'il lui manquait quelques dents.

Cabal eut soudain le cafard. Une envie folle de trouver une gentille femme, de poser ses valises et d'avoir deux enfants (un garçon et une fille) lui tomba dessus comme une chose tout droit sortie d'un cauchemar.

Se relevant tant bien que mal, il parvint à lui glisser un avertissement décousu – ne pas parler aux étrangers – avant de s'en aller d'un bon pas. Il devait trouver un endroit calme pour reprendre ses esprits, mais une brève expédition dans le cimetière se solda par un repli précipité car ses pieds commencèrent à fumer. Il avait oublié le danger que constituait une terre consacrée depuis qu'il n'avait plus d'âme. Encore un désagrément dont il n'entendrait plus parler, à condition de faire signer un dernier contrat. Il avait perdu la notion du danger et cela l'inquiétait. Des chaussures en flammes, ça ne s'oubliait habituellement pas. Et c'est pourtant ce qui venait de lui arriver. Séduit par la sérénité de l'endroit, il avait eu une absence ; son mauvais pressentiment n'en fut que plus grand.

— Bonjour, M. Cabal, dit Barrow, qu'il rencontra par hasard au bout d'une petite rue encombrée de boutiques. Vous n'avez pas l'air dans votre assiette, si je puis me permettre.

— Non, non, tout va bien, dit Cabal en puisant dans ses dernières réserves d'animosité. Je suis toujours pâle. Je suis… (L'inspiration lui échappa avec une certaine adresse.) quelqu'un de pâle.

— Je m'en étais aperçu, répondit Barrow sans avoir l'air de lui faire un quelconque reproche, mais je ne parlais pas de votre teint. Je songeais plutôt à votre mine. Vous semblez perdu.

Cabal lui lança un regard pénétrant.

— Et alors ? Qu'est-ce que ça peut vous faire ?

Barrow sourit. Cabal en avait assez des gens qui lui souriaient. Et il en avait encore plus assez de cette pulsion qui l'invitait à se comporter comme eux.

— C'est ma ville, dit Barrow. Nous nous sentons responsables des étrangers qui s'y trouvent.

— Vraiment ? Vous êtes sérieux ?

Cabal commençait à avoir l'impression d'être dans la peau d'un vieillard. Vaguement grincheux, mais sans réelle rancœur. Il semblait perdre sa fougue. Le désir de partir en courant retrouver le champ de foire et sa mauvaise humeur était bien là, mais il se voyait contrebalancé, et même *dominé*, par une véritable apathie qui le retenait à Penlow.

— J'ai de bonnes nouvelles, poursuivit Barrow. Je me rendais justement à la fête foraine pour vous en faire part, mais puisque vous êtes là, vous allez m'épargner le déplacement.

— J'avais des affaires à régler, dit Cabal, qui pensa aussitôt : « Mais pourquoi est-ce que je me justifie ? »

— Prendre en charge les frais de justice de la jeune fille, oui, je sais. C'est d'ailleurs très gentil à vous. (Cabal blêmit ; Barrow poursuivit :) Je reviens justement du commissariat. Je m'y suis rendu après avoir entendu les nouvelles du Dr Greenacre.

— De bonnes nouvelles.

— Oui.

Cabal le regarda comme s'il attendait quelque chose, mais rien ne vint.

— Et ?

— Je suis désolé. (Barrow secoua la tête, afficha une fois encore ce fichu sourire.) Je pensais que vous le saviez déjà.

— Savoir quoi ? demanda Cabal, qui savait bel et bien.

— Le bébé. Il s'en est remis.

— Il est revenu d'entre les morts ? Remarquable. Les enfants récupèrent *tellement* vite.

— Le docteur pense qu'il n'a jamais succombé,

que le poison était en fait un produit narcotique qui a provoqué une sorte de coma catatonique. N'est-ce pas remarquable ?

— N'est-ce pas ? Et la fille ?

— Je ne suis pas juriste, aussi n'en sais-je rien. Peut-être sera-t-elle poursuivie pour tentative de meurtre.

— Peut-être ?

— Oui, il régnait une certaine pagaïe dans le poste de police à mon arrivée. Ils ont perdu sa déclaration.

— Vraiment ? (Cabal changea soigneusement de pied d'appui, car il ne voulait pas que le contrat bruisse contre l'autre feuille de papier, avec laquelle il était reparti.) S'agit-il de la déclaration dans laquelle elle avouait sa culpabilité ?

— En effet. Curieux, n'est-ce pas ? Pas de déclaration, pas de condamnation, car elle nie tout à présent. Néanmoins, toute cette histoire va sans doute lui faire le plus grand bien. Ce n'est pas une vilaine fille ; elle a simplement perdu pied. Elle ne parlait à personne de son profond mal-être, mais elle est bien entourée maintenant que les gens savent. Penlow est une communauté très soudée, conclut-il d'un air catégorique.

Soudée, pensa Cabal. *C'est proprement répugnant.*

S'apercevant que Barrow regardait derrière lui, il fit volte-face.

— J'aime la plupart des animaux, dit Barrow, mais les corneilles noires me donnent la chair de poule.

La corneille en avait apparemment eu assez de la fête foraine ; elle était donc venue jeter un œil en ville. Elle était posée sur un mur proche qui, du coup, avait perdu tout son charme. Elle les observa, d'un œil d'abord, puis de l'autre. Ensuite, pour prouver qu'elle n'était pas une corneille comme les autres, elle revint au premier œil.

— Par ici, la corneille, dit Cabal.

L'oiseau s'élança en poussant un « kronk ! » ravi, battit des ailes en produisant davantage de bruit qu'un ornithoptère fabriqué à partir d'un parapluie pliant, et vint se poser sur son épaule avant de regarder tout autour d'elle d'un air suffisant. Barrow parut impressionné.

— Jamais je n'aurais imaginé que vous vous entendiez si bien avec les animaux, M. Cabal, dit-il.

— Ce n'est pas le cas. (Il hocha la tête en regardant en coin la corneille qui, le temps d'une seconde, parut songer à lui béqueter l'oreille avant de se raviser.) Il y a deux façons de se faire obéir des animaux. La première consiste à se montrer gentil, et la seconde… (Il regarda la corneille droit dans les yeux. Le désir presque irrésistible de lui faucher ses belles lunettes étincelantes s'évanouit aussitôt et elle tenta de lui adresser un sourire innocent et enjôleur, comme pour lui dire : « Loin de moi l'idée de vouloir te piquer tes lunettes. » Ce ne fut d'ailleurs pas très joli à voir.) C'était l'autre façon, dit finalement Cabal d'un air lugubre.

— La cruauté ? dit Barrow sans cacher sa désapprobation.

Cabal fut réellement surpris.

— Non, répondit-il. Les menaces.

— Je croyais que les menaces étaient la chasse gardée des vantards et des lâches.

— En effet, quand vous avez affaire à des gens. Les animaux les prennent cependant au pied de la lettre. (Barrow le dévisageait d'un air étrange.) Du moins ai-je fini par le comprendre, conclut Cabal un peu mollement.

— Ah, très bien. (Barrow chercha quelque chose du regard pour changer de sujet.) Aimez-vous la ville, M. Cabal ?

— Aimer… (Cabal réfléchit.) Je ne crois pas que j'emploierais le mot « aimer ». Avec la fête foraine, j'ai eu l'occasion de découvrir de nombreux bourgs et villages, et je dois bien avouer que votre ville est unique. Tout y est tellement charmant, dit-il comme s'il s'agissait d'une malédiction.

— Charmant, en effet, répondit Barrow, qui ne tint pas compte du ton de Cabal. (Le clocher de Sainte-Olave sonna ; la corneille s'envola aussitôt, effrayée.) Déjà dix heures ?

— Comment ? fit Cabal, qui n'arrivait pas à croire qu'il soit déjà si tard.

— Le temps passe à une vitesse folle quand on s'amuse, hein ?

Surpris, Cabal n'eut pas la force de lui lancer un regard noir.

— Ce n'est pas possible, je viens tout juste d'arriver.

— Le pub n'ouvrira pas ses portes avant un bon bout de temps, mais nous pouvons prendre une tasse de thé et des petits pains au lait au salon de thé, dit Barrow.

Cabal n'avait pas mis les pieds dans un salon de thé depuis une éternité, et n'avait pas particulièrement envie de briser son jeûne en la matière. Mais pour une raison qu'il serait par la suite incapable de se rappeler, il se laissa entraîner sans piper mot dans la Maison de Thé de l'Église, située tout près.

Barrow papota avec la serveuse, commanda le thé, les petits pains et autres mignardises, et paya l'addition. Non pas qu'il soupçonnât Cabal d'être pingre : il faut apprécier l'argent à sa juste valeur pour qu'un tel qualificatif ait un sens. Et Barrow doutait que Cabal en ait la moindre notion.

Ils observèrent un silence neutre et bienvenu jusqu'au retour de la serveuse, qui leur laissa le thé et tout le reste, avant de repartir en cuisine dire à sa mère que M. Barrow parlait à l'un des gens marrants de la fête foraine.

Cabal retira ses lunettes aux verres bleus fumés, les replia avec soin et les rangea dans sa poche de poitrine. Il semblait très fatigué.

— Alors... à quoi ressemble votre vie ? demanda Barrow.

— Ma vie ? dit doucement Cabal. On pourrait la comparer à une mince volute de fumée prise dans une tempête.

Un long silence s'installa, durant lequel Barrow dévisagea Cabal, qui regarda le petit pot de crème caillée comme s'il attendait une réaction de sa part.

— Je voulais dire, quel genre de vie a-t-on quand on dirige une fête foraine ? reprit Barrow.

Cabal commença à dire quelque chose qui aurait pu ressembler à : « Comment pourrais-je le savoir ? », mais il se ravisa.

— Par où commencer ? Difficile. Très difficile. Le destin, dit-il d'un ton plein de sous-entendus, comme s'il était fâché avec ce mot, me réserve régulièrement de petites surprises, mais je m'y prépare du mieux possible.

Il regarda Barrow, qui fut étonné, pour une fois, de ne lire aucune malice dans ses yeux.

— Prévoir l'imprévu, hein ?

Cabal faillit sourire.

— Un lieu commun qui ne présente même pas l'avantage d'être drôle. Je garde l'esprit ouvert et je tente de m'adapter. Mais l'avenir reste un mystère au moment même où il devient présent.

— J'ai vu une machine censée dévoiler l'avenir dans votre salle de jeux. Elle ne vous a été d'aucune aide ?

— Pas vraiment. Et elle se montre récalcitrante par-dessus le marché. (Il leva les yeux vers une gravure représentant une scène de chasse du XVIIIe siècle. Barrow ne savait pas trop si la remarque devait être assimilée à une plaisanterie, ou s'il se faisait des idées.) Je désapprouve la chasse, reprit soudain Cabal.

Puis, sans un mot, il laissa tomber une tranche de citron dans sa tasse et la remplit de thé assam. Il en fit ensuite de même avec la tasse de Barrow, qui fut légèrement surpris. Barrow ne prenait peut-être pas son thé ainsi, mais cela ne lui effleura même pas l'esprit. Ce paradoxe n'échappa pas à son interlocuteur : Cabal était prêt à lui servir le thé, mais sans prendre la peine de s'assurer qu'il aimait ou non le lait et le citron. Cela dit, Barrow ne se formalisa pas. Cabal avala une gorgée.

— Le thé vous convient-il ? demanda Barrow.

— Il est parfait, merci. (Cabal observa les quelques minuscules fragments de feuilles passées au travers du tamis couler au fond de sa tasse.) Adolescent, j'aimais le lapsang souchong. (Il regarda Barrow droit dans les yeux ; celui-ci crut qu'il allait ajouter : « Et maintenant que vous connaissez mon secret, vous allez mourir. ») Mais je ne sais plus pourquoi, poursuivit cependant Cabal. Son parfum est aujourd'hui trop fort à mon goût.

Il reposa sa tasse et entreprit de tartiner un scone de crème. Barrow observa la précision de ses gestes. Cabal n'avait pas pris la peine de retirer ses gants de chevreau noirs, et il l'imagina dans la peau d'un chirurgien. À défaut de conversation, il changea de sujet.

— Vous ne m'avez pas l'air d'être issu du milieu des fêtes foraines, M. Cabal. (Le couteau à crème s'immobilisa une fraction de seconde avant de reprendre son œuvre.) J'ai rencontré beaucoup de gens venus d'horizons divers et j'arrive à m'en faire une idée assez vite.

— Je crois savoir que vous êtes retraité des forces de police, M. Barrow, dit Cabal.

Il fit un curieux mouvement du poignet sur le côté du pot ; les ultimes traces de crème disparurent de la lame, comme si elle venait d'être lavée. Il en plongea la pointe dans le bocal, ramena à lui une fraise en gelée, qu'il posa soigneusement au milieu de son scone. Le résultat était d'une minutie telle qu'on eût dit le travail d'une machine. Cabal répéta le geste avec le couteau et le posa sur sa petite assiette, parfaitement propre.

— Tout porte à croire que les vieilles habitudes ont la vie dure, termina-t-il.

Il prit délicatement une bouchée de scone.

Barrow insista cependant.

— Vous êtes un homme très sérieux, M. Cabal. Vous n'avez pas l'air amateur de frivolité. Si je jouais au jeu qui consiste à deviner la profession des gens, je ne vous aurais pas mis dans la catégorie des forains. Cela ne me serait jamais venu à l'idée.

— Un jeu auquel vous n'avez pas intérêt à miser gros, dans ce cas. Du reste…

— Médecin, le coupa Barrow, qui avait deviné sa question.

— C'est parce que j'ai pris le temps de lui rendre visite en garde à vue, c'est ça ?

— Légiste, pour être plus précis.

Cabal l'observa sérieusement.

— Vous me voyez travailler avec les morts ?

Barrow reprit du thé.

— Cela ne demande finalement pas beaucoup d'imagination. Regardez-vous. Vous avez la tête que l'on fait par un mercredi pluvieux, vous êtes habillé tout en noir et, pour être tout à fait honnête, vous manquez sérieusement de charisme. Même les entrepreneurs de pompes funèbres doivent prendre soin des gens. (Barrow sourit, mais pas Cabal.) Le plus drôle, c'est que, d'après l'expérience que j'en ai, les médecins légistes sont souvent des gens aimables et agréables. Ils font un sale boulot, mais ça ne reste qu'un boulot, qu'ils laissent derrière eux quand ils rentrent chez eux le soir. Vous, en revanche, je doute que vous laissiez votre travail au bureau.

— Non, dit Cabal. Je rapporte toujours du travail chez moi. J'ai d'ailleurs plusieurs clowns sous mon lit et un homme capable de chanter les hymnes nationaux de douze pays en rotant dans ma garde-robe.

— Ah, mais comme je l'ai déjà dit, est-ce votre travail ?

— Bien sûr. Je gère une fête foraine avec l'aide de mon frère. Cela ne vous a certainement pas échappé. C'est ce grand machin installé près de la gare. (Il finit son thé, puis reposa bruyamment la tasse sur la soucoupe.) Et je vais y retourner de ce pas. Merci pour le thé, M. Barrow. Ce fut un moment très agréable. Vous devriez venir à la fête foraine en retour, aux heures d'ouverture, pour changer. (Il produisit une carte sortie de nulle part – « Apprends quelques tours de passe-passe », lui avait dit Horst. « Les gens aiment ce genre de chose. » – et la tendit à Barrow.) Un billet de faveur, offert par la direction.

Barrow l'accepta en hochant la tête. Il lut les quelques mots qui y étaient écrits et demanda :

— Puis-je en avoir un autre ? Ma fille Leonie adore les fêtes foraines.

Cabal en sortit deux de plus.

— Venez, venez tous, dit-il sur un ton parfaitement neutre. Amenez également votre épouse.

Barrow prit un billet et le rangea avec l'autre.

— Je suis veuf, M. Cabal.

Cabal tenta de faire disparaître le dernier billet, mais il connaissait mal ce tour : n'importe qui aurait pu voir qu'il venait de le glisser dans sa poche.

— Je suis désolé, dit-il d'un ton qui parut sincère.

— Merci, dit Barrow.

Tout désir de partir apparemment oublié, Cabal passa un long moment à remplir à nouveau les tasses.

Là encore, il ne demanda pas à Barrow comment il aimait son thé. Il sortit de la petite assiette quelques tranches de citron avec les pincettes.

— Est-ce qu'elle vous manque ? s'enquit-il doucement, sans même prendre la peine de regarder son interlocuteur.

— Tous les jours, lui répondit Barrow, qui prit sa tasse. Tous les jours. La vie est parfois cruelle.

— Ce n'est pas la vie qui vous l'a arrachée, dit Cabal en le regardant dans les yeux.

Son regard affichait une intensité semblable à celui de l'homme qui rentre dans une pièce où il sait qu'il va voir quelque chose d'horrible, mais s'y est préparé.

— Le destin ?

— La mort. La mort est votre ennemie. Mon ennemie. La vie peut être cruelle, c'est vrai, mais la mort l'est toujours.

— La mort peut être une libération, dit Barrow.

En regardant Cabal parler, il eut le sentiment d'observer quelqu'un ouvrir une boîte à énigmes chinoise, sans doute en raison de l'émerveillement découlant de sa complexité d'une part, et de la curiosité de découvrir ce qui s'y cachait d'autre part.

— Une libération ? lâcha le nécromancien comme un cobra crachant son venin. Maudite soit-elle. Ce sont des baratins de médecins confrontés à l'échec. « Au moins reposent-ils en paix désormais », « Ils sont partis vers un monde meilleur », tous ces mensonges. Savez-vous ce qui nous attend ?

— Je le saurai bien assez tôt, dit Barrow. En attendant, je profite de la vie comme je le peux. Cabal se pencha vers lui.

— Moi, je le sais, dit-il en oubliant toute prudence. L'un de ces endroits est tenu par un sadique aussi barbant qu'aigri. Et l'autre… Connaissez-vous les conséquences de la transfiguration spirituelle ? On vous prive de tout ce que vous avez été, il ne reste que des traits de lumière, de toute façon trop forte pour que vous les contempliez. (Inconsciemment, il se mit à tripoter les lunettes fumées rangées dans sa poche de poitrine.) L'homogénéité incarnée. Imaginez-vous cela ? C'est à ça que ressemblent les phalanges célestes, d'innombrables traits de lumière, des âmes incandescentes, toutes semblables. Votre personnalité effacée à tout jamais. Des âmes *immortelles*, laissez-moi rire ! C'est la mort ultime. Des sacrifices pour une folle manie de l'ordre. (Il regarda tout autour de lui sans cacher son dégoût.) Des agneaux envoyés à l'abattoir.

Barrow reposa sa tasse.

— Pourquoi haïssez-vous à ce point la mort ?

Cabal parut se reprendre.

— Je ne hais pas la mort. Ce n'est pas une personne. Oubliez ces histoires de squelette armé d'une faux. J'essaye de ne pas détester les concepts abstraits, c'est une perte de temps et d'énergie.

— Ce n'est pas l'impression que j'ai eue il y a quelques secondes. Vous me faisiez penser à un homme qui tuerait la mort s'il le pouvait.

Cabal jeta un œil à sa montre gousset.

— Je n'aime pas perdre mon temps. C'est tout.

— Non, ce n'est pas tout, dit Barrow, qui sut aussitôt qu'il venait de dépasser la mesure.

Cabal se leva et défroissa son manteau.

— Je vous souhaite une bonne journée, M. Barrow, dit-il avec froideur. Cette petite conversation m'a fait plaisir, mais des affaires m'attendent à la fête foraine. Si vous voulez bien m'excuser.

Il tourna les talons et s'en alla.

Barrow secoua la tête. Il eut le sentiment que si le nécromancien devait obtenir le pardon de quelqu'un, ce n'était pas de lui. Il avait déjà eu affaire à toutes sortes de gens, mais jamais il ne s'était confronté à quelqu'un comme Johannes Cabal, et il commençait à se dire que le destin avait jusqu'à présent été bien gentil avec lui. Il laissa un peu d'argent sur la table, puis suivit Cabal.

Une fois dehors, il s'aperçut que ledit Cabal marchait à grandes enjambées en direction de la gare. Il se demandait s'il allait lui emboîter le pas quand un cri l'arrêta.

— Papa !

Il se retourna, vit sa fille Leonie qui sortait de la quincaillerie. Il comprit aussitôt qu'elle venait d'acheter la charnière de la remise dont elle lui avait parlé la veille : « Il va falloir que je m'en occupe un de ces jours. » Avec Leonie, « un de ces jours » voulait dire « demain », sauf lorsque cela signifiait carrément « aujourd'hui ».

Elle le rejoignit en lui adressant un grand sourire. Barrow, qui était parfois victime de crises existentielles, fut rassuré de constater qu'il avait réussi à faire quelque chose de sa vie. Toutefois, une ombre planait sur le bonheur que lui inspirait habituellement Leonie, comme un petit nuage noir esseulé venu se perdre sur la face du soleil. Il tourna lentement la tête dans la direction de Cabal.

Celui-ci était planté comme un piquet de l'autre côté de la place du village. L'intensité que Barrow voyait dans ses yeux fixés sur lui ne manqua pas de le troubler.

Un jour, il avait eu affaire à un chien enragé, un animal qui aurait pu le tuer à petit feu s'il l'avait mordu. Ils étaient restés à se fixer, sans cligner des yeux, séparés de quelques mètres seulement tandis que Barrow ouvrait, chargeait et refermait lentement son fusil de chasse au jugé. Il ne l'avait pas quitté des yeux en portant son arme à double canon à l'épaule. Cette sensation qu'il avait ressentie, le sentiment que l'esprit déchaîné du chien lui communiquait sa folie par son regard, tel un basilic, le réveillait parfois encore à l'aube, le corps couvert d'une sueur glacée.

En observant Cabal, qui se tenait là, parfaitement immobile, à le dévisager, Barrow fut pris d'un frisson irrépressible.

C'est en comprenant que Cabal ne le scrutait pas qu'il parvint à se défaire de sa paralysie. C'était *Leonie* que le nécromancien observait. Une vague de confusion déferla en son for intérieur. Incapable d'en tirer la moindre conclusion, il s'en remit à ses réflexes conditionnés, qui, malheureusement peut-être, l'orientèrent sur la voie de la courtoisie.

Barrow prit Leonie par le bras et l'entraîna jusqu'à l'endroit où Cabal était apparemment cloué sur place.

— Monsieur Cabal. (Celui-ci garda les yeux braqués sur le visage de Leonie.) Monsieur Cabal, j'aimerais vous présenter ma fille, Leonie.

— Vous êtes le propriétaire de la fête ? dit la jeune femme, qui avait reconnu le nom. Oh, j'adore les fêtes foraines !

— M. Cabal nous a très gentiment offert des billets d'entrée, dit Barrow en tapotant la poche dans laquelle il les avait glissés.

— Merci, M. Cabal, dit Leonie. J'adore vraiment les fêtes foraines. Néanmoins, seules les plus petites se hasardent généralement jusqu'ici. Rien de ce que vous qualifieriez de grosses affaires professionnelles. J'ai hâte d'être à ce soir.

Cabal ne la quittait pas des yeux. Tout doucement, comme si elle était douée de volonté, sa main monta jusqu'à sa poche de poitrine, en retira ses lunettes, les ouvrit d'un geste sec du poignet et vint les poser sur son nez. En voyant le monde au travers de ses verres fumés, il parut vaincre sa paralysie.

— Merci, mademoiselle Barrow. Vous me voyez… vous *nous* voyez très flattés de votre intérêt.

Il parlait lentement, en insistant bizarrement sur chaque mot, comme si son esprit était ailleurs. Barrow l'observa de près. Leonie était une belle jeune femme, qui faisait de toute évidence sa fierté, mais le sinistre M. Cabal n'était quand même pas tombé sous son charme ? La simple pensée d'une pulsion romantique de sa part était troublante, voire déplaisante, d'autant que c'était sa propre fille qui suscitait cet intérêt.

— Combien de temps allez-vous rester ? demanda Leonie.

— Rester…, répéta Cabal d'une voix étranglée. C'est notre dernière nuit.

— Et où allez-vous ensuite ?

— C’est la fin de la saison, dit Cabal.

Le timbre de sa voix contenait un sentiment d’irrévocabilité qui, selon Barrow, n’était pas intentionnel, et ce n’en fut que plus suggestif.

Leonie reprit la parole.

— Eh bien, nous ne laisserons pas passer l’occasion qui s’offre à nous. Vous pouvez être sûr que nous y serons présents ce soir, M. Cabal.

Barrow sourit avant de se reprendre. Quelque chose se tramait, il en était certain, et il n’aimait pas ça. Il eut l’une de ses célèbres intuitions et un goût de carcasse de baleine échouée lui resta en travers de la gorge. Il regretta alors amèrement d’avoir présenté Leonie à cet homme, d’avoir accepté les billets, d’être obligé de décevoir sa fille en lui interdisant de sortir ce soir.

— Mais pourquoi ? demanda-t-elle par la suite.

Ils étaient rentrés peu après avoir dit au revoir à Cabal, et que Leonie l’eut une nouvelle fois assuré de leur présence le soir même. Barrow avait simplement dit qu’il ne préférait finalement pas qu’elle y aille, dans le vain espoir qu’elle s’exécute sans plus poser de question. Pas de chance pour lui. Tout cela laissait présager une vilaine dispute entre eux, un événement peu fréquent.

— Il ne se passe jamais rien par ici, dit-elle.

Elle semblait blessée, comme s’il lui demandait de rester par pure malice.

— Il y a quelque chose qui cloche avec ce Cabal et toute cette fête foraine. Il s’y passe des choses, des choses pas très catholiques.

— Mais tu sais très bien pourquoi, dit Leonie

comme s'il faisait l'idiot à dessein. Rufus Maleficarus le nécromancien. Il tente de ruiner l'affaire des Cabal. Nous le savons.

— Maleficarus est mort, fit remarquer Barrow.

— Mais c'est un nécromancien. C'est là le problème. La vie après la mort après la vie. Ils auraient dû le brûler, mais ils ne l'ont pas fait, et maintenant il est de retour.

— Tu y crois vraiment ?

La vie après la mort après la vie. Quelque chose dans cette expression lui donna une idée. Dans l'esprit de Barrow, des rouages de pensée pure naquirent du chaos de données entremêlées.

— Nous avons vu le journal. C'est arrivé à Murslaugh. Les frères Cabal y ont le statut de héros. Ils n'ont rien inventé.

Face à son entêtement, elle haussa les épaules et secoua la tête. C'était un geste qu'elle avait appris de sa mère. Elle ne le savait pas, mais c'était comme un coup de poignard porté au cœur de son père chaque fois qu'elle le faisait.

Il cligna des yeux pour effacer la douleur, tenta de donner un sens à ses arguments. Sans le moindre succès dans les deux cas.

— Écoute, je ne compte pas discuter davantage. Tu n'y vas pas, c'est tout.

— Quoi ? (Elle n'arrivait pas à croire qu'il puisse faire preuve d'une telle intransigeance. De toute façon, elle était une grande fille et il ne pouvait pas l'empêcher d'agir contre son gré. Mais ce qui l'intéressait avant tout, c'était de comprendre ce qui le motivait.) Et où est passé ton sens de la controverse ?

— Entendu, je t'écoute.

— Tu m'écoutes ? Eh bien, je veux aller à la fête foraine parce que ça me fait plaisir. On s'y amuse et j'ai envie de me changer les idées. Mais ça ne semble pas t'avoir effleuré l'esprit.

— Je t'ai dit…

— Tu m'as dit que tu n'aimais pas M. Cabal. Parfait. Je crois que tu te conduis comme un idiot, mais si tu insistes, je l'éviterai. Je n'y vais pas pour son sens de la conversation fascinant. (Elle vit son père réprimer un sourire. Cabal lui avait répondu par monosyllabes lorsqu'elle lui avait adressé la parole.)

— Je veux juste aller au train fantôme, jeter des balles sur des noix de coco et m'amuser un peu. Quel mal y a-t-il à cela ?

— Il n'y a aucun mal à cela, c'est juste que…

— Que peut-il m'arriver ? (Elle regarda son père et sentit sa colère redescendre. Il était prêt à mourir pour elle, et ils en étaient conscients tous les deux.) Que peut-il donc m'arriver ?

Barrow soupira. On y arrivait enfin.

— Je ne sais pas, avoua-t-il. Je n'en ai pas la moindre idée. Peut-être rien. Mais, *mais* il y a peut-être quelque chose, fit-il en lui prenant les mains. Essaye de comprendre. Quand j'étais encore dans la police… Non ! Écoute-moi ! (À la simple évocation de son ancien métier, Leonie avait roulé les yeux. Sûr d'avoir enfin toute son attention, il poursuivit.) Quand j'étais dans la police, j'ai fait la connaissance de toutes sortes de gens. Les criminels, neuf fois sur dix, vous sautent aux yeux. Ils oublient le sens moral… je veux dire de la vraie morale. Ce qui nous permet de nous entendre avec notre prochain. Ils la singent comme le caméléon parvient à reproduire la couleur des feuilles, mais ça s'arrête là. Une simple imitation. Ils ne pensent plus comme nous autres, et certaines des choses qu'ils font sonnent faux. De petites choses, mais on apprend à les flairer. De petites erreurs. Tout ce qu'ils font, tout ce qu'ils disent, grouille d'erreurs.

Leonie fixa sur lui des yeux inquiets, mais il n'aurait pu dire s'il lui faisait peur ou si elle se faisait du souci à son sujet.

— Johannes Cabal serait donc un criminel? demanda-t-elle.

— Non, pas du tout, du moins pas tel que tu l'entends. Je crois même qu'il s'agit d'un homme très moral. Mais je suis persuadé que sa morale diffère de la nôtre. Je crois… (Il y était. Il était au pied du mur, et un millier de journalistes paresseux et de politiciens prétendument honnêtes lui avaient soufflé le seul mot qu'il pouvait utiliser d'une façon à la fois comique et mélodramatique.) Je crois que… Johannes Cabal… est *maléfique*.

Leonie le dévisagea, incrédule. *Maléfique*. Le mot, dont on surabusait, avait perdu de sa force. Il était désormais incompréhensible pour le profane. Barrow voulait en expliquer les subtilités, ce langage né de la souffrance des gens, qu'il avait appris sur de multiples scènes de crime et dans de trop nombreuses salles d'interrogatoire. Le tueur en série et le cambrioleur récidiviste avaient plus en commun qu'ils ne voulaient bien l'admettre : un besoin qu'il faut nourrir jusqu'à la fois suivante, un besoin qui se traduit par la souffrance d'autrui, des justifications faciles. « Ils n'auraient pas dû laisser la porte ouverte. » « Ils n'auraient pas dû s'engager dans cette allée. » « Ils n'auraient pas dû s'habiller ainsi. » Barrow avait tout entendu et toujours senti l'odeur aigre d'un humain défaillant. Mais Cabal était d'un autre calibre. Il y avait une certaine noblesse dans la corruption spirituelle que Barrow avait décelée chez lui, sans l'ombre d'un doute. C'était quelque chose de différent. S'il avait pu y mettre un nom, il n'en aurait certainement que mieux compris Cabal. Le mal tel qu'il l'avait connu jusque-là faisait toujours preuve d'égoïsme. Ce n'était toujours que l'extension d'un comportement stupide digne d'un enfant. « C'est le mien parce que je l'ai dit. C'est le mien parce que je l'ai pris. » Possessions, sexualité, vie. Mais pas dans le cas de Cabal. Barrow jonglait mentalement avec les mots pour tenter d'expliquer à Leonie ce qu'il voulait dire. Cabal était maléfique, mais comment le situer plus précisément ? Froid ? Déplacé ? Détaché ? Déviant ? Altruiste ?

Altruiste ? Comment le mal pouvait-il être altruiste ?

— Cela va à l'encontre de sa nature, dit-il en pensant à voix haute.

— Maléfique ? (Leonie n'en croyait toujours pas ses oreilles. Son père n'employait pas souvent ce mot. D'ailleurs, elle ne se rappelait pas l'avoir déjà entendu.) Es-tu sérieux ?

— Je le suis quand je te dis que je ne veux pas que tu ailles à la fête foraine. (Il lui serra les mains.) J'ai peur pour toi. J'ai peur pour tous ceux qui en franchissent les portes.

— Tu es donc sérieux. (Elle acquiesça d'un léger mouvement de tête ; la confiance qu'elle avait en lui combla la distance qui les séparait.) Alors je n'irai pas.

Après qu'elle fut partie, Barrow plongea la main dans la poche où se trouvaient les deux tickets. Il les observa longuement.

— Toi, dit-il au premier, tu n'es pas nécessaire. (Il jeta le morceau de carton dans la cheminée.) Et toi, dit-il au survivant, tu te rendras à la fête foraine en ma compagnie ce soir. Et nous verrons bien ce qui s'y passe.

Il s'approcha de la fenêtre pour lire ce qui était écrit sur le billet.

Tournant le dos à la cheminée, il ne vit pas que le ticket qu'il y avait jeté s'était envolé et avait remonté le conduit. Miraculeusement, il avait échappé aux flammes. Du reste, même les traces de roussi s'effacèrent tandis qu'il montait vers le toit. Arrivé aux trois quarts du conduit de la cheminée, il négocia un virage difficile et prit la direction de l'un des âtres de l'étage. Leonie était assise à la fenêtre et regardait dehors, du côté du champ de foire. Sans faire le moindre bruit, le billet voleta jusqu'à son bureau, où il se posa en évidence, comme pour attirer son attention.

Chapitre 13

Où la fête foraine de la discorde ouvre ses portes pour la dernière fois et les choses tournent très mal

CABAL PASSA LE RESTE DE LA JOURNÉE à tenter de ne pas penser à un certain nombre de choses. L'échec. La damnation.

Leonie Barrow.

Pour commencer, il travailla son tour de prestidigitation. L'illusion dont il s'était servi pour faire disparaître le billet en trop offert à Barrow était correcte sur le plan technique, mais désastreuse d'un point de vue artistique. C'était insupportable. Muni d'un jeu de cartes, il s'assit devant un miroir et entreprit de les faire méthodiquement disparaître d'une main habile, jusqu'à ce que ses poches et ses manches en soient pleines. Puis il les secoua pour les vider et recommença. Ensuite, histoire de changer un peu, il se mit à les faire disparaître et réapparaître aussitôt. Il observa très attentivement ses mains dans le miroir. Le nécromancien l'avait d'ailleurs positionné de manière à ne voir que ça car il n'avait aucune envie d'y apercevoir son visage.

Une fois les cartes cornées et déformées à l'image de tuiles toscanes, il se tourna vers son bureau en quête de nouveaux objets. Des crayons, des stylos ainsi qu'une règle disparurent mystérieusement avant de faire un retour triomphal. Il était vraiment fier de la façon avec laquelle il avait escamoté les aveux de cette femme sans que nul ne s'en aperçoive au poste de police.

En y repensant, il sortit la déposition et le contrat de sa poche, et prit le temps de les examiner. Elle s'appelait Nea. Il n'était pas sûr d'en avoir déjà croisé une, mais c'était un joli prénom, auquel il songea un moment avec un certain détachement. Puis il tira la petite clef de son gilet, déverrouilla le tiroir de son bureau et glissa le contrat sous le tas. En haut de la pile, il ne restait qu'un seul formulaire vierge, qui devait être signé avant minuit, coûte que coûte. Il rangea la boîte et ferma soigneusement le tiroir avant de se pencher à nouveau vers les aveux, qu'il parcourut en diagonale. Malgré l'état psychique dans lequel elle se trouvait à ce moment-là, Cabal fut impressionné par leur précision – après quoi il s'échina plusieurs fois à faire disparaître la déposition avant de la déchirer et de la livrer au poêle situé dans un coin.

Il s'enfonça dans sa chaise et tapota le bord du bureau des doigts. Encore quelques heures avant le coucher du soleil. Que faire en attendant ? Horst avait promis de rendre la fête foraine beaucoup plus présentable pour les gens coincés de cette ville, mais plus il y réfléchissait, moins il avait l'impression que cela les touchait. Cabal repensa à la conversation qu'il avait eue la veille avec Horst et ressentit une inquiétude qu'il ne parvenait pas à expliquer. Horst avait voulu lui faire part de quelque chose de très important à ses yeux, mais Johannes avait fait preuve de distraction et était passé à côté. Il espéra que ce n'était pas *trop* important.

Il embrassa le bureau du regard en quête d'un divertissement ; ses yeux s'arrêtèrent sur un gros carnet, dont il s'empara. L'orgue à vapeur jouait un morceau de musique, un air étrange et saccadé qui lui semblait confusément familier. Peut-être qu'en le couchant sur le papier, il allait se rappeler où il l'avait déjà entendu. Bien que n'étant habituellement pas du genre à se perdre en occupations oisives, il n'eut pourtant aucun scrupule à prendre son stylo et sa règle pour tracer des portées avant d'y inscrire des notes.

Les minutes s'écoulèrent dans le calme, brisé seulement par les crissements réguliers du taille-crayon. Cabal détestait travailler avec des instruments émoussés. Dehors, les monteurs observaient les instructions de Horst dans le silence le plus complet. Ils n'avaient pas même besoin de respirer, sauf lorsqu'il leur fallait faire illusion auprès des gens. La « Maison des Monstruosités Médicales » était devenue le « Logis des Attractions Génétiques », et son objectif n'était plus de faire peur, mais de tenir un rôle pédagogique. Le « Hall des Souffrances : La Torture au fil des Siècles » avait laissé place à « L'Inhumanité de l'Homme : Un Examen de Conscience » et « Des Monstres ! Des Monstres ! Des Monstres ! » avait maintenant pour nom « Nature Inconnue : Merveilles de Cryptozoologie ». Cabal lui-même commençait à s'intéresser aux attractions au milieu desquelles il vivait depuis un an.

Il acheva sa partition et contempla son travail. Ça ne lui disait rien. Il pencha doucement la tête à gauche puis à droite, mais rien ne vint. Pris d'un doute soudain, il traça cependant de nouvelles portées et réécrivit le morceau à l'envers. Ça ne lui disait toujours rien, mais en y regardant de plus près, le morceau semblait trop gai pour être naturellement associé à cet endroit. Il le sifflota à titre expérimental. Il était maintenant *certain* de l'avoir déjà entendu. Dehors, le soleil surplombait tout juste l'horizon.

Assis dans le jardin, Barrow contemplait le coucher de soleil en se demandant négligemment si ce n'était pas son dernier. Il devait se rendre au champ de foire le soir même et tenter de découvrir ce qui le tracassait tant à son sujet, cerner la nature du mal et de la corruption qui y régnaient. Il n'en avait aucune envie, vraiment aucune, mais c'était son devoir. Et puis, il se sentait l'obligation d'agir. Il aurait bien aimé trouver de l'aide, mais il avait l'étrange sentiment qu'on risquait de le priver de ses bretelles et de ses lacets – sous les recommandations d'un psychiatre – avant la fin de la nuit s'il disait à qui que ce soit que les frères Cabal (et Johannes en particulier) n'étaient pas de simples forains, mais des suppôts du mal, que se devaient d'affronter les flamboyants croisés du bien. Des croisés comme lui, par exemple.

Barrow repensa à ce qu'il avait dit à Leonie. Il avait vraiment peur pour elle, plus que jamais, mais aussi pour lui. *Ce n'est que de la peur*, pensa-t-il, *et je n'ai rien à craindre*. Un imbécile armé d'une hachette, ça c'était dangereux. Il essaya d'imaginer Cabal lui sautant dessus avec une hache, un couteau ou une barre à mine et sourit. L'insensible M. Cabal se comportant comme une brute, ça c'était drôle. Puis il se souvint de la mort qu'il avait aperçue dans les yeux de Cabal lorsque celui-ci avait vu Leonie, et toute bonne humeur l'abandonna. Les vilaines notes railleuses de l'orgue à vapeur situé de l'autre côté des champs vinrent envahir ses oreilles. Barrow comprit que la musique avait débuté au moment précis où le soleil s'était couché, ce qui ne le surprit pas le moins du monde.

Ignorant l'orgue à vapeur, Cabal continua de siffloter le morceau inversé. Bon sang, mais de quoi s'agissait-il ?

— Content de te voir dans cet état, dit Horst, posté derrière lui.

Cabal fit volte-face ; l'air mourut aussitôt sur ses lèvres.

— Qu'est-ce que tu veux dire ?

— Toi, en train de siffler *Happy Days Are Here Again*[1]. Tu as un sens de l'humour très particulier. (Horst enfila son manteau, mit son chapeau.) Si tu veux bien m'excuser, je n'aime pas trop l'ambiance qui règne ici.

La porte s'ouvrit, se referma et Johannes Cabal se retrouva seul, dans tous les sens du terme.

Il observa les portées d'un air incrédule puis se pencha sur le carnet et posa le doigt sur la première note.

1. Littéralement : « Les jours heureux sont de retour ». Chanson de la fin des années 20, de Milton Ager et Jack Yellen, reprise dans des dizaines de longs métrages (*NdT*).

— *Hap-py days are here a-gain*, chanta-t-il doucement tandis que son doigt passait d'une note à une autre. (Oui, Horst avait raison. Pris d'un soudain dégoût, il déchira les pages et les jeta dans la corbeille à papier.) Très drôle. Vraiment très amusant.

Il mit à son tour son manteau et son chapeau et s'en alla trouver Horst. Quelque part, quelqu'un devait bien rigoler.

Horst marchait à grands pas entre les stands et les attractions, en ignorant résolument les monteurs qui l'abordaient pour lui demander des éclaircissements au sujet des plans qu'il avait gribouillés. Johannes Cabal n'eut aucun mal à le trouver puisqu'il lui suffit de suivre le sillage d'hommes grognons qui agitaient des bouts de papier chiffonnés. Il rattrapa Horst près des Mystères d'Égypte, où Cléopâtre avait réussi à l'accrocher. En s'approchant, Cabal l'entendit sermonner Horst.

— Qu'est'c'est qu'tout ça, hein ? braillait-elle en agitant une feuille de papier sous le nez de Horst.

— Votre texte revu et corrigé, dit Horst avec un agacement qui ne lui ressemblait pas. Apprenez-le, et fissa.

— Qu'est-ce qui va pas avec mon vieux texte, hein ? (Elle changea alors de ton : sa voix se fit douce, *sensuelle*.) Je suis Cléopâtre, souffla-t-elle, reine d'Égypte et maîtresse du Nil, ajouta-t-elle en lui adressant un regard plein de sous-entendus. Approchez, venez découvrir les plaisirs… *et* les terreurs du monde antique. (En moins d'une seconde, elle passa de la séductrice éthérée à la poissonnière de Billingsgate.) Là ! Qu'est-ce qu'allait pas avec ça, hein ? Putain, mais c'était du grand art. Et maintenant vous voulez que j'dise cette daube ! (Elle lui agita le papier au visage.) Qu'est'c' c'est qu'cette merde de dynasties et aut' conneries ? Les gens s'en foutent ! Veulent entend' parler d'baise, d'meurtres et d'types qui s'font arracher l'cerveau par les trous d'nez !

Horst n'était jamais impoli avec les dames. Malheureusement pour elle, Cléopâtre n'était *plus* une dame et n'était d'ailleurs même pas humaine.

— La ferme, siffla Horst, qui semblait adopter les manières de son frère. Bouclez-la. À minuit, vous ne serez plus que poussière et cendres, comme tous les autres dans ce véritable cauchemar, alors je me fiche de savoir ce que vous pensez. Apprenez le texte que je vous ai remis et prononcez-le comme il faut. Si je viens par ici ce soir et que je m'aperçois que vous déclamez l'ancien ou que vous mettez de la mauvaise volonté avec le nouveau, vous ne tiendrez même pas jusqu'à minuit. Me suis-je bien fait comprendre ?

Cléopâtre cligna des yeux.

— Entendu, fit-elle d'une toute petite voix.

— Horst, fit Cabal en arrivant. Horst, qu'est-ce qui te prend ? (Cléopâtre regardait les deux hommes d'un air craintif.) Laissez-nous, lui lança-t-il.

La reine fila se cacher sur son stand tel un lièvre badigeonné de khôl.

— Qu'est-ce qui me prend ? (Horst leva les yeux vers le ciel sombre. Quand il les baissa en direction de Cabal, son visage n'exprimait qu'antipathie.) Par où vais-je commencer ?

Cabal tenta de resituer l'événement qui avait pu provoquer une détérioration si rapide de leurs relations.

— C'est au sujet de la femme de la nuit dernière, n'est-ce pas ? Celle avec l'enfant ?

— Oui, c'est au sujet de la femme de la nuit dernière. Celle avec l'enfant. Que lui as-tu fait ? Quel sale tour lui as-tu joué ?

— J'ai exaucé son souhait, c'est tout.

— Et elle a vendu son âme en échange.

— Non, pas du tout. Elle a vendu son âme pour que je revienne sur ce même souhait. Elle voulait la mort de son enfant, Horst. Ce n'est pas un ange.

— Non, elle ne voulait pas la mort de son bébé. De grâce, Johannes, elle voulait simplement un peu d'aide ! Ça t'a échappé ? Comment as-tu pu ne pas comprendre qu'elle avait juste besoin d'un peu d'aide ? Elle avait besoin d'une baby-sitter, pas d'un plan visant à commettre un meurtre.

— Je-me-fous-de-sa-voir-ce-dont-elle-a-vait-*besoin*, dit Cabal, qui sentait qu'il commençait à perdre patience. Elle était prête à signer. C'est tout ce qui compte.

— « C'est tout ce qui compte » ? Non, ce n'est pas tout ce qui compte, mais alors pas du tout. C'est une personne, un être humain, une femme de chair et de sang. Pas un simple nom accolé à l'un de tes pantins. Tu as gâché sa vie, tu en es conscient ? Elle sait ce qui l'attend désormais, ce qui plane au-dessus de sa tête.

— Je ne t'avais jamais entendu me dire de telles inepties au sujet de…

— Prends garde, Johannes ! La différence, c'est qu'elle n'avait jamais fait de mal avant que tu ne la détournes du droit chemin. Toi, tu es finalement devenu ce que tu as toujours été destiné à être.

Le sixième sens de Cabal se déclencha avec un temps de retard. Il avait le sentiment que quelqu'un se moquait de lui, depuis un an pour être exact, et que ce quelqu'un sentait fortement le soufre.

— Qu'est-ce que tu veux dire ? demanda-t-il prudemment.

— Quel idiot tu fais, dit Horst. C'était là le but de toute cette entreprise. Je pensais que tu l'avais compris depuis un sacré bout de temps. Le Vieux Hob ne s'intéresse pas à un tas d'âmes qu'il aurait eues de toute façon. Il voulait te pousser à en prendre une, à en corrompre une. Cette confrontation avec Billy Butler avait pour objet de te pousser à bout, de te faire oublier que quelque part, au fond de toi, il y a un homme bon, fit Horst d'une voix légèrement chevrotante. Mon petit frère Johannes. Tout est fini maintenant. Tu n'essayes plus de vaincre le diable, tu fais son travail. Tu n'es plus mon frère. Je ne puis… je ne t'aiderai *plus*.

Horst fit volte-face, et s'en fut.

— Horst ? fit Cabal d'une petite voix incrédule. (Mettant tout sentiment de côté, son frère ne s'arrêta pas.) Horst, j'ai besoin de toi. Je ne m'en sortirai pas seul. Je suis tout près du but. Horst !

Horst n'hésita pas l'ombre d'une seconde. Johannes Cabal était d'humeur pour le moins versatile, ce que son frère sentait au son de sa voix. Mais cette fois-ci, c'était différent.

Une vague de violence irrépressible explosa par ailleurs dans sa poitrine avant de prendre forme au bout de sa langue, laissant dessus un léger arrière-goût anisé.

— Tu vas m'aider, Horst, dit-il d'une voix plus

ferme, sans quoi tu resteras ainsi jusqu'à la fin des temps.

Horst s'arrêta, resta un long moment immobile avant de se retourner.

— Qu'est-ce que tu viens de dire ? demanda-t-il tranquillement.

Tu le tiens, songea Cabal, qui se demanda tout de même si on ne le pensait pas pour lui. *Il ne peut pas te parler sur ce ton.*

— J'ai dit que tu feras ce que je t'ordonne, sans quoi tu resteras un parasite à jamais.

Horst prit le temps de peser ces mots. Il marcha droit vers son frère jusqu'à ce qu'ils se retrouvent nez à nez.

— Va te faire foutre, Johannes.

Une bourrasque souffla soudain à l'endroit où se tenait Horst. Cabal regarda tout autour de lui en clignant des yeux. Il était vraiment seul.

Qui a besoin de lui ? dit une petite voix dans son cœur. *Tu es l'homme de la situation. Fonce. Plus qu'une âme. Horst ne faisait que te freiner avec ses ridicules petits scrupules. Maintenant, tu n'as plus à ménager la chèvre et le chou pour savoir qui te donnera son âme. Tu peux désormais trouver le bon candidat et la lui prendre.*

Frank Barrow se déplaçait avec une discrétion surprenante parmi les ombres, derrière les attractions. Il ne savait pas bien ce qu'il cherchait, mais il était bigrement certain que c'était sous son nez.

Il s'était présenté au portique, avait remis son billet de faveur en remarquant que presque tout le monde dans la queue en avait un aussi, puis était entré sur le champ de foire en affichant la mine renfrognée de quelqu'un qui s'attendait à s'amuser aussitôt. Il était resté près de l'étroite allée séparant la Perplexe Expérience Parapsychologique (le train fantôme) et l'Esprit Sociopathe (une chambre des horreurs bourrée de mannequins en cire représentant de célèbres assassins[1]), à remonter sa montre encore et encore. Au moment même où plus personne ne l'observait, il s'était fondu dans le décor. Il reprenait ainsi ses bonnes vieilles habitudes de filature dans l'espoir de remarquer quelque chose de louche. Il était tombé par hasard sur les frères Cabal qui se disputaient, mais n'avait pas réussi à s'en rapprocher assez pour saisir la nature de leurs échanges. Chose étrange, il était persuadé que Horst allait finir par donner un coup de poing à Johannes, mais il avait cligné des yeux et Johannes s'était soudain retrouvé seul. Il ne savait pas où Horst avait bien pu filer et, à en juger par les regards qu'il lançait en tous sens, Johannes n'en savait rien non plus. Johannes Cabal s'était ensuite immobilisé et son visage s'était illuminé d'un très vilain sourire, comme un mélanome se formant à la vitesse de l'éclair. Il avait trouvé cela

1. À y regarder de plus près, plusieurs des personnages en cire respiraient, clignaient des yeux et semblaient passablement agités, tout simplement parce qu'ils étaient réels. Les fouilles minutieuses que le directeur de la prison de Laidstone avait organisées dans le but de retrouver les évadés de l'aile des tueurs en série tournèrent au fiasco. La fête foraine passait justement dans les environs au même moment et les fuyards avaient naturellement dû remplir quelques formulaires en échange d'un lieu sûr. Ce n'était que justice après tout. Cabal avait néanmoins omis de leur préciser que leur planque allait disparaître dans l'année. C'est ballot.

d'autant plus curieux qu'un véritable changement s'était opéré en Cabal. Puis, avec une détermination que Barrow trouva alarmante par sa soudaineté, le nécromancien était parti à grandes enjambées vers le centre du champ de foire.

Barrow progressait maintenant en silence, sans se faire remarquer, mais ce qu'il voyait l'inquiétait. Il avait passé une bonne partie de sa vie dans des endroits difficiles où le travail manuel occupait une place de premier plan, et il en connaissait le visage et les nuances. Rien de tel ici cependant. Il avait cherché à quoi ressemblaient les monteurs au pub de la ville. Le propriétaire avait alors haussé les épaules, car il n'en savait rien. Aucun d'entre eux ne s'y était rendu. Pour Barrow, ce n'était pas logique. Il n'y avait aucune explication rationnelle, à moins que Cabal ne se soit entouré de quakers, de musulmans et d'abstinents. À moins, aussi bizarre que cela puisse paraître, qu'ils ne boivent tout simplement pas. Bien décidé à suivre son intuition, il avait rendu visite à l'épicerie pour y poser quelques questions. Oui, la fête foraine avait acheté des provisions, mais rien à voir avec les besoins que pouvait avoir une entreprise de cette taille. « Ils sont rationnés », avait dit l'épicier sur un ton misérable. « Ils ont à peine acheté de quoi nourrir vingt personnes. » En jetant un œil aux grands gaillards situés près de la grande roue, il avait eu du mal à croire que les employés ne soient pas convenablement nourris. Il les regardait sourire et faire signe à un groupe d'adolescents qui passaient par là. C'est alors qu'un autre événement bizarre se produisit.

Au moment où le groupe se retrouva hors de vue,

les deux monteurs s'immobilisèrent. Barrow crut qu'ils avaient aperçu quelque chose et se protégeaient les yeux de la lumière très forte des guirlandes d'ampoules, mais il n'y avait rien à voir, et il finit par comprendre que c'était précisément ce qu'ils regardaient. Il n'y avait là rien ni personne. Personne à qui jouer la comédie, personne qui les oblige à faire semblant.

Barrow aurait pu attendre que quelqu'un d'autre vienne confirmer son hypothèse. Il aurait même pu se montrer en personne pour voir s'ils reprenaient leur petit manège. Il aurait pu, mais il n'en fit rien, sans doute parce qu'il aurait encore préféré se gargariser avec de l'eau de javel. Sa grande expérience lui avait appris qu'il fallait toujours se tenir à l'abri du danger, et il voulait rester dans les parages le plus longtemps possible. Gambader devant deux gorilles aux bras et aux cuisses larges comme des barils de lessive pouvait être interprété comme une provocation. « Tout doux, l'ami » était sa devise officieuse quand il portait un mandat d'arrêt. Quand « l'ami » en question avait la carrure nécessaire pour vous briser le cou et vous arracher la tête, c'était un très bon conseil à suivre.

Il décida donc de disparaître dans les ombres pour accumuler davantage de renseignements. Sans informations, il ne pouvait formuler d'hypothèses. Quand Frank Barrow se chargeait d'une affaire, il ne faisait pas les choses à moitié.

En regardant dans les tentes et en écoutant aux portes entrebâillées, il ne trouva rien de ce qu'on pouvait habituellement voir en coulisse. Tout était d'un calme plat lorsque les habitants de la ville n'étaient pas là. Nul ne parlait, nul ne bougeait (bien qu'il soit sûr d'avoir entendu de longs soupirs après qu'un groupe de visiteurs fut sorti de la Chambre des Assassins de l'Esprit Sociopathe). Rien. Froids comme la glaise. Les rouages de l'idée qu'il avait eue tantôt commencèrent à se mettre en marche. Il n'aimait pas l'allure de la machine qu'ils constituaient. Cela lui semblait trop fantastique, comme un pacemaker conçu à partir de balsa et de chewing-gum. Il se trompait certainement quelque part, mais il ne voyait pas où. Après tout, quand ça a quatre pattes, que ça jappe et que ça veut être le meilleur ami de votre tibia, c'est sans doute un chien. Barrow avait l'impression d'avoir assez d'indices pour que cette idée lui revienne avec une bonne dose de bave s'il lançait au loin un os en caoutchouc. Et il eut le mauvais pressentiment de comprendre précisément ce qui se passait.

— Je vous connais, fit tranquillement une voix derrière lui. (Barrow se retourna brusquement et vit qu'il s'agissait de Horst.) Vous êtes Frank Barrow. (Horst leva les mains pour le rassurer.) Je ne vous veux aucun mal. J'ai cru que vous étiez le maire de Penlow, ou quelque chose comme ça. Avez-vous pour habitude de fureter sur les champs de foire ?

— Depuis combien de temps m'observez-vous ? demanda Barrow d'un air bravache.

Il avait simplement besoin de quelques secondes pour se remettre de l'effet de surprise.

— Moi ? Oh, je traîne. Je suis ici, et là… (Horst parut prendre la forme d'une longue traîne sur les rétines de Barrow, puis il se retrouva à une demi-douzaine de mètres.) Partout, ajouta-t-il en réapparaissant brutalement à moins de deux pas.

Barrow ouvrit toute grande la bouche. Il avait déjà assisté à des tours de prestidigitation étonnants, mais celui-ci remportait la palme.

— Comment faites-vous ça ? balbutia-t-il.

Horst haussa les épaules d'un air désinvolte, comme si ce n'était pas plus compliqué que de remuer les oreilles.

— De l'entraînement. Un talent inné. Des pouvoirs surnaturels. Qui sait ? Qu'est-ce que cela peut bien faire ? Je m'en moque, et vous feriez bien d'en faire pareil. Mais également de répondre à ma question.

— Je ne faisais rien de mal, alors que me voulez-vous ?

— Peut-être n'avez-vous rien fait de mal pour l'instant, mais je crois que vous y songiez. Certaines autorités considèrent néanmoins les pensées comme aussi graves que les actes. Pour moi, c'est une manie relevant de l'auto-flagellation. Êtes-vous un homme moral, M. Barrow ?

— Pardon ? (Barrow songeait aux issues qui s'offraient à lui ; le malheureux venait de comprendre qu'il était vain de vouloir prendre la fuite face à un homme capable de franchir le mur du son en pantoufles.) Je suis un ancien officier de police.

Horst dressa les sourcils pour feindre un intérêt poli.

— Vraiment ? Bah, c'est très bien, mais comme je vous le demandais, êtes-vous un homme moral ?

Barrow ne céda pas à la provocation.

— Oui, je pense l'être. Et vous, M. Cabal ?

— « M. Cabal », c'est mon frère. Appelez-moi Horst. Et oui, je le suis. (Il répéta les mots, comme s'il prenait pour la première fois conscience de la vérité qui se cachait derrière eux.) Oui, je suis un homme moral. Certaines choses doivent être faites, quel qu'en soit le coût. Oubliez le sang et l'eau. Pour ma part, je dois oublier le sang. Et vous, pourquoi venir ici alors que vous avez si peur ?

Il regardait droit dans les yeux Barrow, qui s'aperçut soudain qu'il ne pouvait plus bouger, ni même respirer. Ses muscles semblaient décidés à ne plus l'écouter… Horst continua de parler.

— Ne me sortez pas ce baratin de pilier de bar en me faisant croire que vous avez les nerfs solides. Je *sens* votre peur, alors même que vous êtes contre le vent. Qu'est-ce qui vous amène ici malgré l'effroi qui vous habite ? *Votre* morale ?

Le regard de Horst s'adoucit ; Barrow parvint enfin à parler :

— J'imagine, oui. J'ai… (Maintenant qu'il était là, cela paraissait idiot. Idiot, mais pas moins vrai malgré tout.) Je suis venu vous arrêter.

Horst ne cacha pas son étonnement. Il se frappa doucement la poitrine.

— M'arrêter ? Si c'est le cas, je crains que vous ne soyez venu pour rien. J'ai très sérieusement levé le pied. J'ai même tout arrêté. Vous n'en croiriez pas vos oreilles.

— Nea Winshaw. Est-ce que ce nom vous dit quelque chose ? demanda Barrow d'un ton sec.

— Non. Ça devrait ?

— Elle prétend, ou *prétendait*, que cette fête

foraine avait joué un rôle dans la mort présumée de son enfant.

— La femme de la galerie de jeux, dit Horst, qui se parlait presque à lui-même.

— C'est bien ça. Elle a fait des aveux étonnants.

Horst ne semblait pas surpris. Barrow, qui n'avait jamais tiré de conclusion hâtive de toute sa vie, s'engagea alors en terrain glissant.

— Vous voulez dire que son histoire est *vraie* ?

— Je n'en sais rien, je ne l'ai pas entendue. Mais quelle qu'elle soit, oui, elle est fondée.

Malgré son intuition, Barrow fut choqué d'apprendre que le récit extraordinaire de Nea Winshaw était en partie avéré. Sur ce, l'idée qui germait depuis la veille prit forme et se révéla à lui dans toute sa splendeur.

— Oh, mon Dieu. Johannes Cabal est un nécromancien, dit lentement Barrow, complètement horrifié.

Cela expliquait beaucoup de choses, mais restait dur à avaler. Oui, la magie existait bien dans ce monde, mais elle était très rare de nos jours. Barrow n'avait eu affaire à elle qu'à de rares occasions, et il ne s'agissait alors que de sorciers en herbe. Les nécromanciens se situaient à l'autre bout de l'éventail de la magie. Ils étaient rares, très rares, et chaque fois que la justice d'État ou de la rue en repérait un, ils se faisaient plus rares encore.

Horst ne fut que moyennement impressionné.

— Pas mal. Vous étiez sans doute un bon policier. D'autres conclusions, Hercule ?

— J'ai vérifié le dossier de Rufus Maleficarus…

— Oh, ce n'est pas juste. Si les gens vérifient les

faits chaque fois que j'ouvre la bouche, je vais en perdre le sens de la conversation.

— Certes, il était dangereux, mais ce n'était pas un nécromancien, ce qui ne veut pas dire qu'il n'a pas tenté de s'engager sur cette voie. Cependant, votre frère l'a bel et bien tué et est effectivement devenu une sorte de héros à Murslaugh. J'y ai envoyé un télégramme destiné à l'inspecteur principal. Il y a eu d'autres incidents au même moment. Ils ont fini par se persuader qu'une partie de la clique de Maleficarus était encore en activité et continuait de nuire. Étonnant qu'ils n'aient retrouvé aucun de ces malades après que Maleficarus eut été abattu de trois balles. Et pourquoi à votre avis ?

— Eh bien, ils sont à l'évidence venus travailler dans cette fête foraine.

— Incontestablement. Votre frère me l'a déjà dit, en toute sincérité. C'est d'autant plus évident que vous les hébergez.

— Moi ? (Horst éclata de rire.) Qu'est-ce qui vous fait croire que j'ai mon mot à dire dans tout ce qui se passe ici ? Je ne les ai jamais hébergés. Ils sont simplement venus, pendus aux basques de Johannes comme un troupeau de moutons hébétés. Du moins, si l'on part du principe que des moutons hébétés puissent être pendus aux basques de quelqu'un. Ce qui, à bien y réfléchir, semble peu probable.

Barrow n'était pas d'humeur à faire l'analyse de comparaisons douteuses.

— Pourquoi ? Où votre frère veut-il en venir ? Quel est le but de tout ceci ?

— Je ne puis rien vous dire. Après tout, les liens

du sang sont les plus forts. Je ne pourrais délibérément dénoncer mon petit frère.

— Votre petit frère ? Mais il semble plus âgé que vous.

— C'est justement la réflexion que je me suis faite l'autre jour. J'imagine qu'il a fini par me rattraper à un moment ou un autre.

La machine à idées de Barrow tournait maintenant à plein régime ; chaque donnée était broyée et triée avant de livrer ses lumineuses conclusions, rangées dans de jolis petits présentoirs. Cette information fut traitée sans cérémonie ; et ressortit quelques instants plus tard, sous l'étiquette : « Horst Cabal a probablement trouvé la mort à un moment ou un autre ».

— Vous êtes mort, dit Barrow, qui espérait bien comprendre le numéro que lui jouait Horst.

— Mort-vivant, si l'on peut dire. Je précise tout de suite que ce n'est pas l'œuvre de Johannes. Du moins pas directement. Il avait *promis* de trouver le moyen de me ramener parmi les vivants, dans le sens où je ne fais plus partie de leurs rangs, vous comprenez ? Je parle au sens figuré. Maintenant, je n'en suis plus très sûr. J'ai besoin d'un peu de temps pour y réfléchir.

— Je ne vous suis pas.

— Moi non plus, j'en ai bien peur. C'est pourquoi j'ai besoin de réfléchir. D'une façon ou d'une autre, tout sera terminé ce soir et je ne sais plus quoi faire de Johannes. J'aimerais que vous gardiez bien une chose à l'esprit. (Horst s'approcha encore et poursuivit sur le ton de la conspiration.) C'est un homme désespéré. Plus que vous ne pouvez l'imaginer. Plus que je ne le croyais moi-même.

— Pourquoi ne l'arrêtez-vous pas ?

— Je suis son frère. Je ne peux pas ; je ne peux tout simplement pas. Mais vous, peut-être pourriez-vous faire quelque chose *avant qu'il ne soit trop tard.* Avant qu'il ne soit trop tard, répéta-t-il comme si c'était déjà le cas. Je dois y aller. Bonne chance, M. Barrow.

— Attendez ! Une seconde ! (Barrow ne voulait pas que Horst lui refasse le coup de la disparition soudaine.) Il y a encore quelque chose que je ne comprends pas. Que trame votre frère ? Pourquoi est-il ici ?

— Je vous suggère de poser la question à mademoiselle Winshaw.

— Elle ne veut rien dire.

— Est-ce nécessaire ?

Barrow repensa à ce qu'il savait de cette affaire. Les faits étaient quelque peu insondables. Peut-être se servait-il un peu trop de sa matière grise. Après avoir été accusée de meurtre, elle avait paru consternée par ce qu'elle avait fait. Elle ne pensait plus qu'à l'horreur de son acte. Elle avait avoué tout de suite, sans se dérober, et cherchait de toute évidence l'absolution en gâchant sa propre vie. Elle avait même semblé soulagée en signant ses aveux.

Puis Johannes Cabal était venu à son secours. Le bébé n'avait pas tardé à devenir moins *mort* que ce qu'avaient cru deux médecins expérimentés ; la déposition avait miraculeusement disparu, et la jeune femme avait commencé à tout nier en bloc. Autre chose ? Eh bien, oui. Son comportement avait changé lui aussi. Elle était devenue franchement sinistre. La seule chose qui l'intéressait, c'était le rétablissement de son enfant, non pas parce qu'aucune charge ne pesait plus contre elle, mais parce que son bébé était en vie. Ses horizons s'étaient considérablement rétrécis, au point qu'elle pouvait presque les toucher de la main. Qu'est-ce qui avait pu anéantir ses espoirs ? Qu'avait bien pu dire Cabal ? Qu'aurait pu dire un nécromancien ? À quoi avait affaire ce genre de personnage ? À la vie et à la mort.

— Des âmes, dit finalement Barrow.

— Bingo ! dit Horst avant de marquer une pause et de regarder tout autour de lui. Soyez très prudent désormais, dit-il alors avant de s'évanouir dans la nuit.

Barrow n'eut pas le loisir de réfléchir bien longtemps après le départ ébouriffant de Horst.

— Que faites-vous ici, M. Barrow ?

Il se retourna au son de la voix de Johannes Cabal.

— Je faisais une petite balade, M. Cabal. Pour profiter du spectacle.

Cabal sourit presque imperceptiblement, puis désigna d'un geste les alentours.

— Il n'y a *aucun* spectacle ici, M. Barrow. Vous manquez les principaux divertissements de la fête foraine. (Il regarda alentour.) Où est votre fille, M. Barrow ? La délicieuse Leonie.

Barrow n'aima pas du tout le ton de Cabal.

— Elle est à la maison. Elle est désolée, mais elle ne pourra être présente.

— « Elle ne pourra être présente » ? Vous y

mettez les formes, M. Barrow. Mais il est vrai que vous avez été officier de police.

— À la retraite.

— Oui, à la retraite. Certaines personnes ont beaucoup de mal à laisser derrière elles leur ancien métier et ne peuvent s'empêcher de reprendre leurs vieilles habitudes. (Il regarda alentour comme s'il espérait y trouver quelque chose, et finit par revenir à son interlocuteur.) Prenons vous, par exemple. Vous arrive-t-il de rechercher un crime là où il n'y en a pas ? Avez-vous du mal à vous adresser aux gens sans imaginer qu'ils cachent forcément quelque chose ? Vous arrive-t-il de traîner dans certains endroits la nuit, comme un voleur ?

— Non, répondit Barrow en toute honnêteté. Pas ces derniers temps.

Les deux hommes se tenaient dans l'ombre des attractions, séparés par une bande d'herbe d'une demi-douzaine de mètres de large. Pour Barrow, cela avait l'air d'un gouffre séparant deux galaxies, mais ce n'était pas encore suffisant. L'homme qui se tenait devant lui et l'homme avec lequel il avait bavardé le matin n'étaient pas les mêmes. Le Cabal rencontré plus tôt semblait humain, imparfait. Celui-ci, en revanche, se comportait comme le félon d'une pièce de théâtre. Sa condescendance et ses piques commençaient sérieusement à l'agacer. Il devait se montrer prudent, histoire de ne pas trop en révéler. Pourquoi ne pas ouvrir une attraction ayant pour nom « Tout ce que je sais à votre sujet ! » pendant qu'il y était ?

— Sauf quand c'est pour une bonne cause, ajouta-t-il finalement.

— Comme c'est étrange. J'étais persuadé que

nous avions fini par nous comprendre. Et voilà que je vous trouve à fouiner à l'écart du champ de foire, sans âme qui vive à l'horizon.

— Un bien maigre choix pour vous, dit Barrow, qui se maudit à peine les mots eurent-ils franchi ses lèvres.

S'il s'attendait à une réplique pleine d'esprit de la part de Cabal, il n'aurait pas pu plus mal tomber, car le nécromancien se jeta tout simplement sur lui. Une fraction de seconde plus tard, Barrow perçut le « clic » caractéristique d'un cran d'arrêt, un bruit qu'il n'avait plus entendu depuis qu'il avait fait une descente dans un repaire de malfaiteurs de la ville. Il comprit alors que le nécromancien comptait le tuer ici même. En arrivant à sa hauteur, Cabal se fendit telle une lance pourvue d'une lame en acier de dix centimètres de long, mais Barrow se laissa choir sur le côté. Il attrapa la main qui tenait le poignard et profita de l'élan de son adversaire pour le faire basculer au-dessus de lui. Cabal fit la roue avant de retomber sur la pointe des pieds et de s'étaler de tout son long dans l'herbe. Barrow se moquait bien des cascades dont Cabal était capable, mais craignait que celui-ci ne fasse appel à une véritable armée de brutes. La discrétion semblait de mise, aussi se rua-t-il vers la lumière. Peut-être aurait-il une chance en trouvant un agent de police qui n'était pas en service.

Près d'une minute s'écoula.

Johannes Cabal roula sur le dos et retira lentement le poignard de ses vêtements. Il avait eu beaucoup de chance. La lame avait glissé le long de ses côtes, sans doute déviée par les plis de son gilet et de sa chemise. Écœuré, il jeta dans l'herbe le couteau couvert de sang, qui fut rapidement rejoint par ses gants. Il toucha la blessure du bout des doigts et grimaça de douleur. Vraiment beaucoup de chance. Il comprima alors la plaie à l'aide d'un mouchoir et tenta de remettre de l'ordre dans ses pensées en regardant le sang qui maculait sa main libre. Qu'est-ce qui lui avait pris ? Aussi répugnante fût-elle, la violence était parfois nécessaire, et cela ne lui posait alors aucun problème. Mais ça ? Il était resté là à bavarder comme un idiot, Barrow en avait imprudemment trop dit (*comment* avait-il découvert la vérité au sujet de la fête foraine ? Peu importe, il avait d'autres chats à fouetter) et, soudain, armé de son poignard, il s'était jeté sur lui comme l'un de ces minables voyous des gangs dont il entendait parfois parler. Cela ne lui ressemblait pas. Il lui fallait bien évidemment se débarrasser de Barrow, mais il aurait pu le faire avec un peu plus de tact. Il avait désormais disparu dans la nature, et semait certainement la peur et l'épouvante dans son sillage. C'était presque comme si Cabal œuvrait contre lui-même.

— Oh, dit-il brusquement, je vois.

Quelques minutes plus tard, Cabal apparut près de la baraque à pop-corn et plongea ses doigts couverts de sang dans le bac à sel. Décision fut aussitôt prise de ne plus servir que du maïs sucré.

— Je t'abjure, gronda-t-il d'un air furieux avant de lancer le sel par-dessus son épaule gauche.

Les passants ébahis jurèrent alors avoir entendu un jappement venu de nulle part ; Cabal se redressa légèrement, comme si on venait de lui retirer un poids des épaules. L'envahissant goût d'anis disparut au même moment de sa bouche.

— Très bien, où est Sac d'Os ? demanda-t-il à la vendeuse de pop-corn avant de se frayer un chemin parmi la foule.

Plus bas, en enfer, Ratuth Slabuth observait avec intérêt et courtoisie Mimble Crassejupe, une diablotine connue pour ses accès de colère, rincer ses yeux irrités par le sel brûlant.

— C'est stérile, au moins ?

— Comment ch'pourrais l'savoir, bordel ?! répondit Mimble avec un manque de tact qui allait lui assurer une promotion rapide au sein de la piétaille infernale. Quelle conne. Ch'fais juste mon foutu taf et… pouf ! ch'me r'trouve la gueule pleine de sel poisseux. Exorcisée, comme une vulgaire canaille ! Parbo[1] !

— Ne te donne pas de grands airs, dit Ratuth Slabuth. Tu es incapable de posséder qui que ce soit. Il ne s'agissait donc pas vraiment d'un exorcisme. Tu pouvais simplement ajouter un peu de piment à ses actes, certainement pas en prendre le contrôle. (*Et tu as joué ton rôle à merveille*, pensa-t-il.) Cela ressemblait plus à une éviction.

Mimble laissa le général Slabuth, persuadée que la différence entre l'éviction et l'exorcisme était infime

1. Le plus inquiétant, c'est que tous les jurons de Mimble voulaient dire quelque chose, mais qu'ils étaient bien pires que ce que les hommes pouvaient en entendre. « Il y a tout de même des limites », avait dit Satan.

et n'intéressait que les généraux de salon qui ne remuaient jamais leur gros cul…

Moment auquel Ratuth Slatuth, qui n'était certainement pas aussi raffiné qu'il se l'imaginait, écrasa du pouce Mimble Crassejupe, ainsi réduite à une tache anisée. Puis il alla faire son rapport à Satan et laissa la salissure broyer du noir pour les six cent soixante-six années à venir, le temps qui lui serait nécessaire pour se reformer.

Chapitre 14

Où nécessité fait loi

LES MONSTRES SE RASSEMBLAIENT derrière le champ de foire. Cabal était retourné au train dans le but de soigner sa plaie au plus vite et de changer de vêtements dans la foulée. Il souleva le couvercle de la grosse malle du bout de sa chaussure, mais Horst n'était pas là. Décidément, il n'était jamais là quand on avait besoin de lui. Il laissa bruyamment retomber le couvercle et entreprit d'ajuster sa fine cravate noire. Tout le monde l'attendait dehors lorsqu'il en eut terminé.

Cabal s'adressa aux groupes de recherche depuis le marchepied.

— Bonsoir. Nous avons deux graves problèmes. Pour commencer, la fête foraine s'évanouira dans un peu plus d'une heure et nous sommes *encore* à une âme de notre objectif. Ensuite, nous avons un homme en fuite qui en sait beaucoup trop sur nos affaires. Cela n'est pas bon pour nous, et pas bon pour lui. Cet homme nous créera des ennuis s'il n'est pas localisé et neutralisé au plus tôt. M. Sac d'Os ?

— Yo ? fit le maigrichon en agitant la main à l'arrière du groupe.

— Barrow est-il sorti du champ de foire ?

— Impossible, m'sieur. On l'a zieuté à deux r'prises, mais l'a aussitôt disparu comme une chauve-souris sortie d'l'enfer. (Il fronça les sourcils.) Jamais pigé c't'expression vu qu'y'a pas d'chauves-souris en enfer.

— M. Sac d'Os, dit Cabal, veuillez rester concentré, je vous prie.

Sac d'Os se reprit.

— J'ai mis Joey à la porte principale. Barrow n'ira nulle part.

— Bien. Avez-vous organisé les équipes de recherche ?

— Carrément ! Y'en a deux. Dolby, Holby et Colby, de la grande roue, pa'ce qui savent à quoi y r'ssemble…

— Une minute. Qui surveille la grande roue ?

— Oh, deux anciens sbires de Maleficarus s'en occupent.

Cabal marqua une pause. Il ne fallait laisser les anciens pensionnaires de l'asile de Brichester livrés à eux-mêmes qu'en cas d'absolue nécessité.

Les deux hommes regardaient la grande roue tourner sans jamais l'arrêter.

— Tu vois ? dit le premier. Elle ne s'arrête jamais. Des roues dans la roue, des angles infinis.

— Oui ! Oui ! L'incarnation d'Ouroboros ! Qui se mord la queue.

— Qui se mord la queue ? dit le premier. Où ça ? Où ça ?

— Pardonnez-moi, s'écria une femme qui avait embarqué à bord de la grande roue. Voulez-vous bien nous laisser descendre à présent ? Nous tournons depuis une demi-heure et cela devient un peu ennuyeux.

Les aliénés ne l'écoutèrent même pas.

— Le cercle est achevé !

— La dixième carte ! La roue de la fortune !

— La dixième ! Très, très importante !

— Oui ! Non ! N'est-ce pas plutôt la vingt-troisième ?

Cabal haussa les épaules intérieurement. Tout allait bien se passer.

— Et l'autre équipe ?

— Certaines des Choses du train fantôme. Denis et Denzil les remplacent en attendant, ajouta rapidement Sac d'Os pour devancer la question suivante de Cabal.

— Ce que nous avons là, dit le conducteur squelette de l'attraction, renommée à la hâte la Perplexe Expérience Parapsychologique, est une sorte de problème d'attribution. Je n'aimerais pas monter sur la plate-forme de *votre* locomotive. *Ici*, vous êtes censés jouer aux fantômes.

Il désigna l'entrée obscurcie de l'attraction. Fermement cramponnés au minuscule train, Dennis et Denzil suivirent de la tête la direction qui leur était désignée – leur cou craqua comme des souliers neufs. Ils se retournèrent ensuite vers le conducteur du train fantôme et produisirent de nouveaux grincements en secouant la tête. Un léger bruit laissa même penser que quelque chose roulait dans le crâne de Denzil.

— Très bien, dit le conducteur. Si vous ne voulez

pas le faire de manière civilisée, nous le ferons à votre sauce.

Denzil et Dennis se regardèrent et acquiescèrent d'un air de triomphe en craquant plus que jamais.

— Konga ? s'écria le conducteur en direction du sommet de la structure. (L'énorme gorille mécanique qui menaçait les clients avec un rocher en papier mâché – du moins le croyaient-ils – depuis les hauteurs de l'attraction se pencha par-dessus le garde-fou pour fixer des yeux curieux sur le conducteur. La tête à l'envers, il avait l'air encore plus menaçant.) J'ai un peu de mal avec ces deux-là, conclut le conducteur en désignant Dennis et Denzil du pouce.

Le gorille géant leur lança un sourire méprisant, dévoila des crocs impressionnants, et poussa un grognement de basse profonde qui les fit claquer des dents. Dennis et Denzil ouvrirent alors grand ce qu'il leur restait d'yeux avec un craquement de vernis.

— C'est les deux groupes, mais on a aussi tous ces brav'gens et l'personnel qui flânent sur l'champ d'foire d'un air nonchalant.

Cabal les observa et soupira. Même munis d'un manuel en la matière, beaucoup d'entre eux auraient été incapables de flâner, encore moins de le faire d'un air nonchalant. Il s'aperçut que son regard ne cessait de glisser vers une partie du groupe. Il se concentra quelques instants sur l'endroit en question et remarqua finalement un petit homme si *quelconque*, que cet adjectif était un peu trop palpitant pour le décrire.

— Qui êtes-vous ? demanda-t-il.

Surpris, tous ceux qui l'entouraient portèrent la main à la poitrine et il fallut quelques instants de : « Non, pas toi, à côté ; non, de l'autre côté ; non, derrière toi », avant que l'individu ne prenne conscience qu'on parlait de lui. Chose intéressante, certains continuèrent de regarder dans sa direction, l'air étonné, comme s'il n'était pas là.

— Oh, fit l'homme d'une voix douce et plate. Vous parlez de moi.

— Oui, dit Cabal, qui s'efforçait de garder les yeux braqués sur lui. Qui êtes-vous ? Je n'ai pas le souvenir de vous avoir déjà vu.

— Je m'appelle Alfred Simpkins, monsieur. Vous avez eu la gentillesse de me recueillir quand mes collègues et moi nous sommes enfuis de la prison de Laidstone.

— Vous êtes l'un des *assassins* ?

— Oui, monsieur.

— L'un des tueurs en série ?

— Oui, monsieur.

— Eh bien… (Cabal dévisagea le petit homme pâle aux cheveux soigneusement rabattus sur le sommet de son crâne pour dissimuler sa calvitie, avec sa petite moustache, ses petites lunettes, son cardigan et son costume bon marché aux coudes raccommodés.) En quoi cette affaire vous intéresse-t-elle ?

— Vous cherchez l'inspecteur de police principal à la retraite Francis Barrow, n'est-ce pas ? Je l'ai vu rôder dans la Chambre des Assassins ce soir.

Des couleurs faillirent lui monter aux joues. Deux de ses voisins le remarquèrent enfin et hoquetèrent de surprise.

Intéressant, pensa Cabal. *Il n'est visible que lorsqu'il montre ses émotions, sans quoi il est beaucoup trop falot pour qu'on fasse attention à lui.*

— C'est lui qui vous a arrêté, c'est ça ?

— Oui, monsieur. Et avec votre permission, j'aimerais le tuer.

Il venait de dire ça comme d'autres auraient pu lancer : « Je voudrais une autre bière et un pack de yaourts. »

— Si vous le trouvez, informez-en les autres. Je le veux vivant. (Cabal pensait toujours à son dernier contrat vierge.) Pas de vendettas personnelles, j'ai une entreprise à faire tourner.

— Très bien, monsieur, répondit Alfred Simpkins sur un ton dénué de quoi que ce soit.

Cabal jeta un coup d'œil au reste du groupe avant de hocher la tête, non sans une certaine satisfaction.

— Parfait. Vous savez qui nous recherchons. Trouvez-le. Rompez les rangs. (Il chercha Sac d'Os pendant que les autres partaient.) M. Sac d'Os, avez-vous vu mon frère récemment ? Disons, au cours de la dernière heure ?

— J'ai bien peur que non, patron. Voulez qu'j'lui dise de vous r'trouver si j'le vois ?

— Oui, merci.

Caché derrière les auto-tamponneuses, Barrow songeait à la suite des événements. Il avait commis une terrible bourde tactique en ne quittant pas le champ de foire pendant qu'il en avait encore l'occasion. Il s'était convaincu qu'il y trouverait de l'aide, mais quelle erreur ! Il n'avait pas vu une seule personne susceptible de l'aider, et ne voulait pas mettre les autres en danger. Il le comprit avec un temps de retard, et prit alors la direction de la sortie, où se trouvait un gigantesque individu dont la tête semblait faite de pierre animée. Le colosse montait la garde près de la grille ; il dévisageait tous ceux qui repartaient. Sans un bon bazooka, Barrow dut bien admettre qu'il n'était pas de taille à affronter ce mastodonte. Un examen superficiel de la clôture du champ de foire des frères Cabal lui montra qu'il n'allait pas davantage pouvoir sortir par là, car elle faisait près de quatre mètres de haut et était surmontée de barbelés. La clôture était montée à l'envers, orientée vers l'intérieur, ce qu'il avait d'abord mis sur le compte d'une erreur ; mais ce n'en était pas une, car cela permettait surtout d'empêcher les gens de sortir, et non de rentrer. Il était donc pris au piège. Il n'avait désormais plus d'autre choix que de rester caché jusqu'à l'aube. D'après ce qu'il avait vu de sa première visite, la plupart des employés de la fête foraine n'étaient pas bien dynamiques le jour. Il avait aperçu un groupe de choses sombres et vacillantes passer sur les toits et enjamber les panneaux quelques minutes plus tôt. Le fait qu'il se tienne alors à l'écart de la lumière lui avait permis de les remarquer. Les habitants de la ville, eux, n'avaient rien vu de la clique cauchemardesque qui passait à quelques mètres au-dessus de leur tête, protégée par les ampoules, les néons et les tubes fluorescents qui rendaient l'obscurité au-delà plus noire encore.

Barrow resongea au très mauvais pressentiment qui l'accompagnait depuis le début de la journée, qu'il avait assorti du mot « peur ». Il sourit. Non, ce n'était alors que de la frousse. Maintenant, il avait vraiment peur. Ils employaient désormais toutes leurs ressources pour le retrouver, et cela comprenait des choses décrites dans certains ouvrages cachés au fin fond de la bibliothèque du Vatican. Des choses très différentes des monstres humains qu'il avait passé sa vie à arrêter et à livrer à la justice. Cela l'aida cependant. Peut-être allait-il trouver une solution en se souvenant des prédateurs qu'il avait arrêtés et mis au trou. Il se concentra alors.

Smith, le type des assurances, qui avait touché un nombre un peu trop élevé de polices pour être honnête. Il se souvenait encore de sa tête à l'annonce du verdict, un peu comme un enfant gâté démasqué. Jones, le médecin qui jouait à Dieu avec la vie de ses patients et se débarrassait de ceux qui n'étaient pas d'accord. Une affaire difficile. Jones avait été appelé en sa qualité d'expert judiciaire et la transformation d'une preuve avait attiré l'attention de Barrow. Grands dieux ! Quel mal il avait eu à convaincre ses supérieurs d'ouvrir une enquête sur cet homme. Brown, le chapelier à l'imposante collection de bustes dont il se servait pour fabriquer ses marchandises. Si un homme se délectait de sa folie, c'était bien Brown. Il était devenu chapelier par pure association avec sa psychose. Une fois condamné, il avait demandé à voir le responsable de son arrestation en privé. Là, tandis que le fourgon pénitentiaire attendait pour le conduire en prison, il s'était penché vers Barrow pour lui murmurer en riant doucement : « Je ne suis pas vraiment fou. Je fais juste semblant, juste semblant ! » Il avait continué de faire « chut » à Barrow pendant qu'on l'emmenait. Cela devait rester leur petit secret.

Et Simpkins, l'homme qui tuait parce que rien ne l'en empêchait. La police l'avait arrêté sous quinze chefs d'accusation, et il avait tranquillement prétendu en salle d'interrogatoire qu'il fallait ajouter trente-deux personnes à la liste. Barrow se souvenait encore de la tête de Simpkins sur le banc des accusés, alors même qu'on faisait l'énoncé des charges retenues contre lui. Il était resté poli, sans faire montre de la moindre émotion, à part un léger ennui. « Plaidez-vous coupable ou non coupable ? »

Simpkins avait remonté ses lunettes sur son nez avant d'afficher un timide sourire pour montrer qu'il voulait bien collaborer : « Oh, coupable, bien évidemment. » Lors de ses interrogatoires, il n'acceptait de parler qu'à Barrow et ignorait les questions des autres, même si l'inspecteur de police principal était présent.

— Pourquoi tenez-vous tant à ne parler qu'à moi ? avait finalement demandé Barrow. Ce n'est pas très pratique.

— Parce que vous me voyez, inspecteur principal Barrow. Les autres gens m'oublient après quelque temps. Vous, et c'est un véritable plaisir, vous me voyez toujours.

— Je ne comprends pas.

— Ma vie ressemble à une note de bas de page écrite d'une main très molle. On ne me voit pas, on m'ignore, et j'en ai beaucoup souffert. Vous n'avez pas idée. Enfant déjà, j'étais le dernier que l'on choisissait, quand on ne m'oubliait pas tout bonnement. Je faisais toujours tapisserie, même si je me mettais bien en évidence en criant : « Moi ! Moi ! » On ne m'a jamais aimé, on ne m'a jamais méprisé, je n'ai jamais suscité la moindre émotion. Alfred Simpkins, l'homme invisible. Au bout d'un moment, ça m'a sérieusement tapé sur les nerfs. C'est là que j'ai commencé à me faire remarquer.

— Et que vous avez commencé à tuer des gens.

— Oui. Même là, ça m'a déçu. Je m'attendais à une grande émotion de la part de ceux auxquels je prenais la vie. Se faire tuer par un petit homme blafard – je sais que c'est ainsi que vous me voyez – qui a quelque chose à se prouver, j'imaginais au moins que cela les mettrait en colère. Cela paraissait plus qu'injuste, non ? Mais j'avais simplement le droit à de légères expressions de surprise. Pour être très honnête, je crois qu'ils ne comprenaient même pas que je les assassinais. J'en suis persuadé. Ils semblaient juste un peu contrariés, comme résignés face au jugement de Dieu. « Oh, on m'a tranché la carotide d'un coup de rasoir. Je savais que j'aurais dû lever le pied sur les matières grasses. » « Flûte ! On me tape dessus avec une hache d'armes du XIVe siècle. Pas de chance, hein ? » J'avais beau me tenir devant eux avec un pistolet-mitrailleur ou leur rouler dessus avec un motoculteur en hurlant : « Je suis Alfred Simpkins et je vais vous tuer ! Auriez-vous l'amabilité de bien vouloir m'accorder quelques secondes, s'il vous plaît ? », rien n'y faisait. Alors j'ai continué. L'espoir fait vivre, comme on dit.

— Mais vous saviez tout de même que vous finiriez par vous faire prendre ?

— Oui, c'est sûr. Vous savez, j'étais assis dans mon salon, couvert de sang de la tête aux pieds, les mains fermées sur l'arme du crime, déjà étiquetée « première pièce à conviction », et j'étais interrogé par vos collègues. Avais-je aperçu ma voisine récemment ? Ça oui. Un peu moins de trois heures plus tôt, lorsque je l'avais battue à mort avec cette massue, inspecteur. Eh bien, monsieur, nous devons poursuivre notre enquête. Bonne journée. Ils n'avaient rien remarqué. Personne ne fait attention à moi. À part *vous*, inspecteur principal Barrow. La première fois que vous m'avez vu, vous avez su que j'étais coupable. Souhaitez-vous savoir ce que j'aimerais faire par-dessus tout, inspecteur principal Barrow ?

— Non.

— J'aimerais vous tuer. (Barrow lui avait alors lancé un regard pour le moins signifiant.) Sans rancune. Simplement parce que vous prendriez conscience que je vous assassine. Cela me confirmerait que j'existe bien et je n'aurais alors plus jamais à tuer.

Barrow avait rejeté la requête de Simpkins sans faire dans la dentelle. Sa peine était telle qu'il avait peu de chance de sortir de Laidstone avant la prochaine ère glaciaire, même en jouant la carte de la bonne conduite. Son comportement à son égard avait alors changé ; c'était devenu personnel.

Curieux, Barrow marqua une pause et se demanda pourquoi il pensait en ce moment même à Simpkins. Peut-être à cause de ce petit homme qu'il avait aperçu dans la foule. C'était son portrait tout craché, et la ressemblance expliquait le véritable maelström d'idées qui faisait rage dans son esprit. C'était bien beau, mais la nostalgie n'allait pas l'aider à se mettre à l'abri et encore moins à arrêter Cabal. « Arrêter Cabal », plus facile à dire qu'à faire. La situation était d'une complexité effarante. Comment l'arrêter ?

L'arrêter de faire quoi ? L'arrêter quand ? Mais une chose à la fois : il fallait commencer par se mettre à couvert.

Imitant la démarche assurée d'un forain, il se glissa derrière une attraction, dans la partie réservée aux employés. *Je dois trouver un coin sombre*, pensa-t-il, *un endroit où je peux*... Il s'immobilisa et inspira profondément par le nez. Quelle était donc cette odeur ? Un curieux parfum aigre, synthétique. Barrow avait une mémoire d'éléphant ; il n'oubliait jamais rien. Il avait déjà senti cette odeur. Malheureusement, sa mémoire d'éléphant s'accrochait aux détails et refusait parfois de les transmettre aux centres cognitifs à des fins de traitement. Il écarta doucement un rideau et jeta un coup d'œil par l'ouverture. Ce qu'il vit le cloua sur place. Il était du mauvais côté de la corde de velours qui séparait les visiteurs d'une exhibition, si l'on pouvait la nommer ainsi. Pour le coup, le mot était parfaitement adapté. *Parfaitement*, puisqu'il s'agissait là d'exhibitionnisme.

De l'autre côté de la corde, Barrow distinguait les silhouettes des clients qui payaient leur entrée. De peur d'être vus ou reconnus, ils restaient dans la pénombre, où de fausses bougies électriques dévoilaient les formes, mais pas les détails. C'était un endroit qui suscitait une grande curiosité, mais où personne ne voulait être surpris. La raison de cet intérêt coupable, langoureusement allongée dans une méridienne, observait les clients bouche bée – et en nage – avec une insouciance qui dépassait de loin les limites des hommes. Depuis ses conversations précédentes avec les frères Cabal, il avait enfin ouvert les yeux. Par exemple, il savait sans la moindre hésitation – aussi sûrement que Horst l'avait su au sujet de Cléopâtre un peu plus tôt le soir même – que Layla la Femme Latex, quelle qu'elle soit, n'avait rien d'une femme. D'ailleurs, elle n'était même pas humaine.

Il y avait dans sa façon d'évoluer, lente, posée, qui ne semblait même pas faire appel à ses articulations, un caractère à la fois reptilien et chaudement mammifère qui suscitait un bourdonnement de soupirs de la part du public aux lèvres humides – le bruit blanc du désir. Elle avait la peau foncée, gris foncé, douce et légèrement réfléchissante, comme celle d'une jeune otarie tout juste sortie de l'océan. Et lorsqu'elle bougeait, elle produisait un léger son organique, comme le bruissement de la peau contre la peau. Cette odeur aigre, c'était le caoutchouc, et le parfum légèrement douceâtre, la poudre de talc. *Elle doit s'en mettre des kilos tous les jours*, pensa-t-il. Sa peau douce recouvrait chaque centimètre carré de son corps, à l'exception du cou et de la tête, qui se détachaient du reste à l'image de la partie peinte d'une statue vert-de-gris. Barrow ne fut pas réellement surpris de constater qu'il n'y avait pas de démarcation nette entre le caoutchouc et la peau : l'un semblait tout simplement fusionner avec l'autre. Les seules particularités visibles sur son corps étaient les talons hauts qui semblaient naître de ses pieds comme s'ils étaient liés à son anatomie, ce qui était d'ailleurs le cas. Aucun autre détail n'était représenté, pas même les ongles.

Barrow en fut déçu. Avec davantage d'éléments, il aurait pu faire fermer la fête foraine pour atteinte à la pudeur. Pas de chance. Cabal n'avait pas commis cette erreur. Il se surprit alors à imaginer ces détails qui n'existaient pas. Elle avait un corps tel que Vargas aurait pu le rêver par une nuit particulièrement humide. Il ferma bien fort les yeux, se dit qu'il y avait dehors (et sans doute dedans) des gens prêts à le tuer, et qu'il avait intérêt à se concentrer un peu mieux que ça.

Layla observait le public avec une arrogance empreinte d'amusement. Une foule typique : principalement des hommes, et quelques femmes dont certaines se posaient des questions embarrassées. Elle inspira pour sentir leurs phéromones poussées par la très légère brise qui soufflait paresseusement sur l'attraction. Portée par le vent du nord, leur odeur était moins forte que d'habitude, mais elle repéra autre chose, et c'était délicieux. Layla en trouva dans l'air des traces chimiques, qu'elle goûta goulûment du bout de la langue – ce qui donna lieu à quelques murmures approbateurs parmi ses admirateurs – avant de les étaler sur son palais, un peu à l'image d'un amateur de vin qui prend son temps pour déguster un grand cru. La peur. Quelqu'un craignait pour sa vie et le goût en était merveilleux. Elle ferma les yeux et fit le tri parmi les différents composants de ce parfum : un homme, la cinquantaine, fumeur de pipe occasionnel, derrière elle. Elle avait entendu parler des recherches entamées, et savait à présent où se trouvait précisément Frank Barrow. Elle savait aussi qu'il lui restait moins d'une heure à vivre. La meilleure chose à faire était certainement de prévenir Johannes Cabal, mais elle était issue du sang même de Satan. Cela voulait dire que la meilleure chose à faire n'était pas toujours suivie d'effet. Que Cabal s'excite. Au moins s'amuserait-elle un peu.

Barrow vit Layla faire un signe au garde du corps situé sur le côté et lui chuchoter à l'oreille.

— Très bien, le spectacle est terminé ! hurla-t-il au public en se redressant. Z'avez bien une maison, hein ?

Le ton employé ne laissait nulle place au doute. Il était prêt à arranger un séjour de quelques semaines dans un sympathique hôpital pour les récalcitrants. Les clients sortirent en bon ordre après avoir poussé un soupir collectif et jeté un dernier coup d'œil mélancolique à Layla, suivis de près par le garde du corps.

La porte principale se referma et un cliquetis se fit entendre. Barrow ne sut pas s'il fallait y voir une bonne nouvelle, contrairement à Layla. Elle roula sur le dos et tendit une jambe pour admirer la lumière qui se reflétait sur sa cuisse, son tibia et son pied ne formant plus qu'une ligne droite. Puis elle tourna lentement la tête jusqu'à ce que son regard croise celui de Barrow.

— Bonsoir, Francis, dit-elle.

Barrow comprit que les nouvelles n'étaient pas bonnes. Il s'éloigna du rideau, se rapprocha de la porte par laquelle il était entré. À peine fut-elle entrouverte qu'elle se referma brusquement, et que quelqu'un la verrouilla de l'extérieur. Il la secoua, entendit un rire, puis le garde du corps qui lui disait : « Amusez-vous bien, M. Barrow », avant de filer en s'esclaffant.

Barrow comptait parmi ces gens qui, confrontés à une situation de stress, réfléchissent vite. Autant dire que son esprit tournait maintenant à plein régime, cherchait à dresser le portrait-robot de la personnalité de Layla, de son comportement probable. Lorsqu'il portait encore l'uniforme, il avait participé à une descente dans une maison close, une expression délicieusement surannée. Les filles, car il s'agissait de « filles », quel que soit leur âge, n'avaient alors même pas pris la peine de cacher leur ennui : elles étaient restées assises dans l'escalier à fumer et à bavarder aimablement avec les jeunes flics, qu'il n'était pas bien difficile de faire rougir. Ce qui avait marqué Barrow, c'était que la sexualité n'y était pas affichée, qu'elle passait au second plan. Malgré leurs tenues, plus ou moins habillées, les bottes en cuir qui remontaient jusqu'aux cuisses, les fouets à bœufs, les uniformes d'écolière, d'infirmière ou, aussi déroutant que cela puisse paraître, de policière, l'endroit avait l'air d'un lieu où l'on travaillait. Elles louaient leur temps, leur corps et leurs talents de comédiennes, mais ça s'arrêtait là. Il avait parlé avec une grande brune vêtue d'un long peignoir recouvrant un vêtement qui grinçait d'un air menaçant quand elle bougeait. Elle lui avait demandé du feu et ils avaient discuté de tout et de rien le temps de la descente, qui semblait mystérieusement s'éterniser. Tiraillé par une très légère indignation morale (n'oublions pas qu'il était un officier de police et pensait que son travail consistait à incarner la conscience de la société), il lui demanda pourquoi elle faisait ça, ce qui l'avait complètement déroutée. « Pourquoi fais-je cela habituellement ? Pour l'argent, bien sûr. Pourquoi fais-je *cela* précisément ? » Elle dévoila alors les dessous de son peignoir ; avant de détourner le regard, Barrow entraperçut une tenue de cuir sophistiquée. « Parce que je touche à peine les hommes. Ils font tout eux-mêmes ; ils restent de l'autre côté de la pièce, pendant que je leur rappelle comme ils ont été vilains. Les horaires sont corrects, les revenus excellents et, hormis l'ennui, c'est le meilleur job qu'il m'ait été donné de faire. » À ce moment-là, le préfet de police était apparu en pyjama et imperméable en demandant pourquoi personne ne l'avait prévenu de la descente. L'opération fut aussitôt annulée et chacun rentra chez soi. Détail intéressant, la grande brune en lingerie craquante semblait connaître le prénom du préfet, qu'elle appela même une fois « Patricia ».

Barrow n'imaginait pas qu'une cigarette et un brin de causette allaient lui permettre de se faire apprécier de Layla. Il lui fallait sortir *avant* qu'elle ne le trouve. Il se tourna vers l'étroit couloir coincé entre les lourds rideaux et les murs de la baraque. Espérant que la porte de devant n'était pas fermée à clef elle aussi, il partit au petit trot. Il n'entendait rien dans le bâtiment et s'attendait à la voir surgir devant lui d'une seconde à l'autre. Que ferait-il alors ? Il n'avait jamais levé la main sur une femme (enfin si, une fois, mais celle-ci le menaçait d'une tronçonneuse) et bien qu'il ne sût pas trop si Layla était vraiment humaine, il ne voulait pas innover ce soir. Il arriva au bout du couloir, sortit à découvert sans l'ombre d'une hésitation afin d'atteindre la porte en quelques pas. Il tira sur la barre de sécurité, mais un cadenas et une chaîne situés de l'autre côté se moquèrent immédiatement de lui. Il sentit une ombre passer derrière lui et se retourna.

Barrow était seul. Il n'y avait plus nulle part le moindre signe de Layla. Il ne se leurrait pas ; elle était probablement affairée à le chercher de l'autre côté des rideaux. Parfait, cela lui permettrait de rester seul quelques instants dans la pièce principale. Il remarqua quelque chose dans l'obscurité, au-dessus de sa tête, qui ressemblait à une lucarne peinte. Ce n'était pas grand-chose, mais il était à court d'idées, aussi enjamba-t-il la corde de velours pour y regarder de plus près. C'était bel et bien une lucarne, mais il ne pouvait pas l'atteindre, même en grimpant sur la méridienne. N'ayant pas grand-chose d'autre à faire, il tira d'un mètre le canapé, le positionna juste au-dessous du ciel noir, monta dessus et tendit le bras. Trop loin. Il tenta bien de sauter, mais cela ne servit à rien. Il s'immobilisa, car quelque chose venait de heurter le rideau. S'accroupit. Se fit aussi petit que possible. Songea aux muscles de ses jambes, les imagina le catapulter vers le haut, ses mains atteindre le loquet et l'ouvrir. Suivi d'un nouveau saut pour trouver une prise, pousser la lucarne d'un coup d'épaule et lui permettre de se hisser dehors. C'eût déjà été un véritable exploit s'il n'avait eu que vingt ans. Par ailleurs, il aurait préféré se laisser guider par son instinct, sans doute plus utile face au danger, plutôt que par sa raison. Ce dont il avait besoin, c'était de la force prodigieuse à laquelle peut faire appel un homme animé par la peur et la colère, une force herculéenne dont il avait plusieurs fois été témoin. Il leva les yeux, supplia la lucarne de se rapprocher et sauta.

Il se détendit tel un ressort, et la méridienne se déroba inopinément sous ses pieds. Oubliant cette histoire de lucarne, Barrow s'efforça surtout de rester bien droit. Ce conflit de priorités se solda par un saut court qui renversa la méridienne sur le côté. Il retomba en perdant l'équilibre et chut maladroitement. En touchant le sol, parallèlement au canapé, il ajouta l'insulte à la douleur en tombant en arrière et en poussant un cri étouffé.

Barrow eut le souffle coupé pendant un moment avant de se redresser et de s'asseoir contre la méridienne. Les choses ne se présentaient pas très bien. Il leva les yeux et comprit que ça allait même plutôt mal.

— Eh bien, Francis, vous avez eu un petit accident. (Elle tira sur le rideau, qui tomba alors qu'elle faisait un pas vers lui.) Un petit baiser… (Un autre pas. Peut-être était-ce l'angle, une perspective erronée, mais la distance qu'elle couvrait à chacun de ses pas était tout simplement impossible.)… Et cela ira mieux.

Elle se tenait désormais au-dessus de lui. Il leva les yeux vers elle, qui l'écrasait de son incroyable présence, et réagit d'une manière tout à fait incongrue. Une partie du cerveau reptilien généra une activité étonnamment élevée. Barrow faillit vomir en sentant monter en lui un désir écœurant teinté de ce comportement de meute, celui-là même qui explique la défense préférée des criminels de guerre du monde entier : « Je ne faisais qu'obéir aux ordres. » Désir irraisonné et obéissance aveugle : la combinaison gagnante du prédateur ultime.

Layla était née une cinquantaine de semaines plus tôt, et ne fêterait jamais son premier anniversaire. Peu importait. Elle en avait vu bien plus en quelques mois que beaucoup au cours d'une vie entière. Horst Cabal avait trouvé tous les éléments qui la constituaient dans une énorme boîte à café en fer-blanc rangée dans un wagon, sur laquelle figurait l'étiquette *Layla*. Il l'avait alors rapportée à Johannes pour la lui montrer.

— Tu as vu ça ? avait-il demandé en la vidant de son contenu sur le bureau de Cabal.

Ce dernier avait pris quelques instants pour observer tout ce bazar avant de demander :

— Eh bien ? Qu'est-ce que c'est ?

— *Layla la Femme Caoutchouc*, d'après l'étiquette et le contenu. Tu te souviens de l'écriteau que je t'ai montré ? Elle a dû faire partie des quelques membres de cette fête foraine qui ont été produits avant que le tout ne soit débranché.

— Par conséquent, moins de travail pour toi. En quoi suis-je concerné ?

— En quoi ? Regarde-moi tout ça, Johannes. Je pense sérieusement qu'il faut l'animer.

Cabal avait regardé son frère d'un air perplexe avant de prendre un crayon et de trier ce véritable fouillis. Il n'y avait ni chiffon ni os, mais plusieurs objets en caoutchouc, reconnaissables pour beaucoup, méconnaissables pour d'autres. Cabal avait sous les yeux un petit morceau de latex, pas loin de vingt-cinq gommes, quelques objets qui, fort heureusement, n'avaient jamais servi, et une poignée d'autres, qui lui laissaient penser que leur concepteur devait avoir bien du mal à expliquer leur rôle en bonne compagnie. Il y avait en guise de cheveux une longue queue-de-cheval surmontée d'un chignon. Il l'avait brandie en pleine lumière et s'était étonné de la multitude de couleurs qu'elle offrait. Il ne semblait pas y avoir l'équivalent d'un os, jusqu'à ce que Horst finisse par lui désigner un gros tube de silicone.

— Ça, par exemple ! avait dit Johannes Cabal qui, pour une fois, en perdait ses mots.

Ils avaient trouvé tout un ensemble hétéroclite d'accessoires : une collection de vieilles publicités jaunies pour des corsets, talons hauts et bas, réunies au moyen d'un gros trombone. Plus loin, il y avait des pages arrachées aux parties lingerie de catalogues modernes de vente à distance, des photographies de murs de toilettes publiques couverts de dessins puérils, et des lettres anonymes décrivant des fantasmes aussi détaillés que dérangeants reproduits à l'aide d'un miméographe. Cabal s'était mis à tousser avant de ranger les objets dans la boîte en métal.

— Les gens aiment ce genre de choses, tu l'as dit toi-même.

— C'était avant que je voie tout cela. Maintenant, j'ai quelques doutes.

— Nous n'avons pas de temps à perdre avec des doutes, avait dit Johannes Cabal, avant de répandre le contenu de la boîte au sol et de procéder dans la foulée à l'invocation.

Cabal s'était rapidement aperçu que Layla constituait l'attraction phare de la fête foraine, au point qu'il n'hésitait pas à se servir d'elle dès qu'il pouvait en tirer un avantage. Il n'aimait cependant pas la savoir dans les parages. D'une certaine façon, elle lui plaisait, mais il n'appréciait pas qu'on joue avec ses instincts les plus primaires.

Car Layla était l'incarnation physique de l'érotisme dans toute la culpabilité qu'il peut susciter : l'esprit du peep-show, le regard en coin en direction de l'escabeau de la bibliothèque, la carte postale culottée, la pulsion refoulée, le penchant pour le mauvais goût tapageur, le frisson interdit. Des fortunes s'étaient bâties sur des versions édulcorées de tout cela. Sous cette forme concentrée, avec une silhouette dessinée par un million d'imaginations enfiévrées, un visage hypnotisant pour les hommes et parfait pour les femmes, l'effet était purement dévastateur. Les hommes venaient à elle pour repartir amoindris. Privés de leur dignité. Privés d'amour-propre. En sa présence, la très complexe carte routière de l'esprit moyen prenait la forme d'une autoroute à sens unique privée d'échangeurs et de demi-tours. Tout devenait dangereusement simple.

Les choses commençaient à devenir dangereusement simples pour Barrow, qui la regardait avec ravissement. Comment avait-il pu trouver sa peau sans intérêt maintenant qu'il en distinguait tous les détails : anatomique, parfaite, émoustillante et franchement hypnotique. Les fonctions supérieures de l'esprit de Barrow, son moi et son surmoi, étaient conscientes que tout ne tournait pas rond ; elles tambourinaient contre la herse de sa raison. Malheureusement, le bestial M. Ça était aux abonnés absents, si bien que Barrow ne réagissait pas et se contentait de trembler et de suer à grosses gouttes, le souffle court.

— Là, très bien, dit Layla, qui prenait une fois de plus le contrôle de la situation.

Elle s'agenouilla lentement à califourchon sur lui et prit sa tête entre ses mains. Il eut la très légère impression qu'elle lui massait l'arrière du crâne au moyen de ses ongles. Comment pouvait-elle avoir des ongles ? Ses mains n'étaient-elles pas constituées de latex ?

Le surmoi de Barrow se tenait sur les épaules de son moi et hurlait au travers de la herse : « Si tu ne fais rien, on va avoir de sacrées emmerdes, espèce de balourd velu ! Bats-toi ou tire-toi ! Marche ou crève ! » Le ça n'écoutait pas, bien évidemment. Il était assis dans le fauteuil de capitaine, sous une tente grossière, vêtu d'un caleçon, et contemplait d'un air idiot les yeux de Layla, des sables mouvants parfaitement enchanteurs dont peu réchappaient.

Quand ses lèvres s'entrouvrirent et qu'elle se pencha pour l'embrasser, Barrow ne bougea pas, tout simplement parce qu'il en était incapable. Sa bouche se détendit tel un élastique avec un incroyable sens artistique, mais il resta assis là, à attendre qu'elle fasse ce qui lui passait par la tête. Quand ses lèvres recouvrirent tout ce qui séparait son menton de l'arête de son nez, il se demanda vaguement où elle avait bien pu apprendre un truc pareil. Ils restèrent ainsi quelques instants, lui-même respirant son haleine et se souvenant qu'on lui avait arraché une dent sous anesthésie gazeuse à l'âge de sept ans. Sa langue entra en contact avec ses lèvres avant de venir lui titiller les narines.

Elle fut alors prise d'un spasme qui la secoua de la gorge à l'abdomen, et elle vida l'air des poumons de sa proie. Elle en avait assez d'assouvir les fantasmes des humains et voulait tuer quelqu'un, pour changer.

Le cerveau de Barrow se remit alors en marche, sans doute un peu tard. Il l'attrapa par les cheveux, la tira en arrière comme un forcené et la frappa à coups de poings dans la tête pour tenter de se dégager, en vain. Elle avait une force tout bonnement incroyable. Il avait beau se débattre, elle se contentait de le regarder droit dans les yeux avec une satisfaction non dissimulée, comme si elle attendait que toute vie le quitte. Il se sentait de plus en plus faible ; ses poumons s'efforçaient de puiser quelques forces dans le peu d'air qu'ils contenaient encore. La pièce, toujours plus floue, prenait désormais la forme d'un tunnel – signe que le malaise, l'inconscience et la mort n'étaient plus très loin. Barrow la frappait mollement, par à-coups, et cela lui donnait l'impression de cogner sur un pneu. Il aurait volontiers ri à cette idée, s'il l'avait pu… Cette pensée allait-elle être sa dernière ? Hors de question : il voulait réserver celle-ci à Leonie. Qui allait s'occuper d'elle après son départ ? Bon, c'était à présent une adulte, bien sûr et… il faisait si sombre… une adulte capable de capable de capable et cadouallader Memphis divot spigot olli olli oxinfri…

Son cerveau coupa à regret ses fonctions verbales et attendit le moment où il allait devoir éteindre tout le reste.

… et on n'apprécie l'air frais à sa juste valeur que quand on a été enfermé toute une journée dans une usine de pneus, même s'il reste une légère odeur et que l'on dévisage…

Barrow reprit conscience et ouvrit les yeux. Il regardait toujours Layla, qui le fixait en retour, mais la perspective avait changé et elle semblait vaguement déçue. Se rappelant soudain qu'elle avait essayé de le tuer, il tenta de la repousser. Il lui donna un coup de poing, mais sa main ne rencontra aucune résistance. Il essaya de la gifler et, aussi surprenant que cela puisse paraître, Layla le relâcha comme si de rien n'était. Barrow en fut quelque peu rassuré, mais sa surprise monta de plusieurs crans quand il vit la tête de la jeune femme s'écarter de lui et retomber à quelques mètres. Dans un hurlement, il se dégagea du corps, pour finalement se retrouver dos contre la méridienne. Le souffle court, il regarda tout autour de lui d'un air affolé, comme pour reprendre ses esprits. Il se trouvait toujours dans la pièce, par terre, et, sur la tête de Layla située à moins de deux mètres de lui, se dessinait lentement une grimace, alors que son corps décapité, toujours à genoux, continuait à convulser. Derrière elle, un petit bonhomme parfaitement quelconque – à l'exception du couteau à pain qu'il tenait – s'efforçait en vain de se débarrasser de la gelée transparente qui souillait une bonne partie du devant de sa veste.

— Oh là là ! fit l'individu sur le ton de la conversation quand il s'aperçut que Barrow le regardait. Je ne crois pas que ça va partir.

— Bonsoir, M. Simpkins, dit Barrow d'une voix rauque.

— Bonsoir, *ancien* inspecteur principal Barrow, dit l'homme sans cesser de frotter la tache. On finit par s'habituer aux traces de sang, vous savez. Mais ça, c'est nouveau. (Il désigna les deux moitiés de Layla.) Je ne voulais pas vraiment décapiter la jeune dame, simplement lui trancher la gorge. Lorsque la lame a glissé contre la… la peau, si je puis dire… elle a poursuivi sa route, un peu comme dans une saucisse de Francfort. Et paf ! Plus de tête. Ce qui, d'un point de vue purement professionnel, aurait été gratifiant sans cette horrible matière visqueuse qui m'a aspergé. Les geysers de sang, j'y suis habitué. Il faut juste se rappeler que c'est un peu désagréable, comme une visite chez le dentiste. Mais ça ? (Il secoua la tête, comme s'il venait de faire une grande découverte.) Je doute que ce soit vraiment naturel.

— Et maintenant, M. Simpkins ? demanda Barrow. (Son interlocuteur pencha la tête sur le côté.) Vous avez dit que vous finiriez par me tuer un jour. Ce jour est-il arrivé ?

— Oh, cette vieille promesse, dit Simpkins avec dédain. Je viens de vous sauver la vie, ancien inspecteur principal Barrow. Dans certaines cultures, cela signifie que votre vie m'appartient. Pourquoi devrais-je vous tuer maintenant ? Pourquoi prendre ce qui m'appartient déjà ?

— Bien vu, M. Simpkins, à condition que vous souscriviez à l'une de ces cultures. Ce dont je doute.

Simpkins éclata d'un rire qui évoquait une espèce de reniflement étouffé.

— Vous avez bien évidemment raison. Toujours

inspecteur ? Non, bien sûr, je comptais vous tuer, mais je ne crois pas que je vais le faire tout de suite. (Il tendit la main, fit le V de la victoire.) Et ce pour deux raisons. Premièrement, je vous ai sauvé la vie pour un motif purement égoïste. J'étais convaincu que si quelqu'un devait vous tuer, c'était bien moi, mais il serait grossier de poursuivre aussi vite. Deuxièmement, et c'est bien plus important à mes yeux, vous vous êtes souvenu de moi. J'ignore si ça vous dit quelque chose, mais dès que vous avez été en mesure de parler, vous avez dit : « Bonsoir, M. Simpkins », ce que je trouve d'une courtoisie touchante de nos jours. D'une grande politesse. Vous vous êtes souvenu de moi, et nul doute que vous vous rappellerez à jamais le petit rôle que j'ai joué dans votre sauvetage.

— Vous pouvez en être sûr, dit Barrow.

Sauvé d'un succube synthétique par l'un des plus célèbres tueurs en série du monde… Non, il n'était pas près d'oublier un truc *pareil*.

— Vous faites précisément partie des personnes que je souhaite protéger – vous en êtes d'ailleurs mon seul exemple à ce jour. Si je vous tuais, je signerais mon arrêt de mort. Et je ne suis pas suicidaire, du reste.

— Vous vous cachiez dans la Chambre des Assassins, c'est bien ça ?

— Oui, c'était moi. Avec une carte épinglée à ma veste faisant de moi Albert Simmonds, parmi tant d'autres inexactitudes.

— Et Cabal d'abriter les évadés de Laidstone alors ?

— Pour sûr ! Et nous sommes plus nombreux que les véritables personnages de cire.

— Pourquoi ?

— Pour nos âmes. Je suis athée, alors cela n'a pas été une grosse perte en ce qui me concerne. (Il regarda le corps de Layla, qui se dégonflait lentement et, curieusement, prenait des formes beaucoup plus normales.) Ou devrais-je plutôt dire que *j'étais* athée. Nous étions de toute façon voués à aller en enfer bien avant de signer ces formulaires, alors c'est du pareil au même.

— Des formulaires ? demanda Barrow. Il avait des formulaires ?

— Eh oui. J'ai lu le mien avant de le signer, contrairement aux autres qui ne savaient pas lire ou étaient trop heureux de se retrouver enfin dehors. Plutôt bien rédigé, mais bourré de termes archaïques. Et valable sur les plans juridique et contractuel. Le porteur a tous les droits sur l'âme du signataire à la mort de ce dernier. J'imagine que cela n'a rien de bien inhabituel quand on travaille pour Satan.

— Écoutez, M. Simpkins…

— Vous pensez même à prononcer le « p » ! Soyez béni, ancien inspecteur principal Barrow !

— Je dois trouver ces formulaires et les détruire. Voulez-vous m'aider ?

— Moi ? Oh, désolé, mais je ne suis pas un homme d'action.

— J'espère que vous me pardonnerez de vous le rappeler, mais vous arrivez à vous glisser n'importe où sans vous faire remarquer.

Simpkins secoua la tête avec regret.

— Pas ici, j'en ai peur. C'est comme ça que j'ai

compris que quelque chose n'allait pas dans cette fête foraine. Une bonne partie du personnel me voit, contrairement à cette jeune dame. Et ils me voient justement parce que ce ne sont pas des gens. D'ailleurs, moins ils ressemblent à des gens, plus ils ont de chances de faire attention à moi. Non, j'ai bien peur de ne pas pouvoir vous aider directement. Si vous voulez mon avis, vous ne perdrez rien à fouiller le secrétaire de M. Johannes Cabal. Il se trouve dans la voiture qui abrite les bureaux administratifs. (Il observa le couteau.) Je crois que je n'en ai plus besoin. (Il le lâcha et le regarda tomber bruyamment par terre sans rien dire, puis il sourit.) C'est plus facile que d'arrêter de fumer. Bonsoir, ancien inspecteur principal Barrow.

— Bonsoir, M. Simpkins, répondit Barrow, qui le regarda sortir par la porte de derrière.

Il lui laissa deux minutes, puis prit le même chemin après avoir enjambé un curieux ensemble de babioles en caoutchouc et de magazines jaunis – sans oublier de ramasser le couteau à pain au passage. La porte arrière avait été ouverte au moyen de la clef. Tout près se trouvait un os enroulé dans un chiffon ainsi qu'une poignée de cheveux, le tout maculé de graisse et entouré de photos d'hommes musclés en petite tenue. Barrow s'imagina que Simpkins avait surpris le garde du corps de Layla. L'endroit était assurément étrange, mais il commençait à en cerner les règles. Il regarda sa montre : onze heures vingt. Il prit alors la direction du train.

Chapitre 15

Où minuit sonne et le jour se lève

Armé d'une paire de jumelles de théâtre, Cabal menait les opérations depuis le sommet du grand toboggan. Il était dans les pattes des derniers clients, mais s'en moquait éperdument, conformément à ses bonnes vieilles habitudes.

— Hé, papy, dit un jeune branché, comme pour prouver que tout ce qui est vieillot finit toujours par revenir à la mode. (Cabal baissa lentement ses jumelles et lança au jeune effronté un regard à faire geler de la neige carbonique. Le gamin, qui manquait d'expérience, mais certainement pas d'audace, n'y prêta même pas attention.) Tu m'empêches d'passer, vieux. Et tu gênes ma poule.

Sa « poule » eut un sourire affecté et le salua d'un signe de tête avant de dire :

— Bonsoir, monsieur.

— Voyons voir si je comprends bien votre curieux langage, jeune homme, dit Cabal, qui avait moins de dix ans de plus que lui, mais considérait déjà le mot « jeune » comme un synonyme du mot « stupide ». Vous voulez dire qu'en me tenant tout en haut de mon propre toboggan, je gêne le passage de votre *jeune* dame.

Il se tourna vers la fille, qui fit la bouche en cœur.

— Bouge de là, le vieux, dit le jeune qui commençait à trépigner en croisant et décroisant les bras tout en faisant le signe des cornes. (Cabal se demanda s'il n'était pas fou.) Ouv' grand tes oreilles, gros naze, tu f…

— Un instant. J'ai cru entendre le mot « naze ». Est-ce que vous venez de me traiter d'idiot ?

— Comme deux et deux font quatre. T'es un naze, un gros naze ! T'es un… pauv' débile ! Dégage, ducon !

Cabal le prit alors par la peau du cou et le jeta la tête la première dans le toboggan.

— J'imagine que vous préférez y aller à votre façon ? dit-il à la fille en reposant les jumelles contre ses yeux.

— Oui. Désolée pour Rupert. Il est un peu nigaud, mais il est tellement craquant. Eh bien, au revoir !

Elle sourit gentiment et sauta dans le toboggan avant de disparaître.

— Au revoir, madame, dit Sac d'Os, qui arrivait enfin en haut de l'escalier. Sac d'Os au rapport, général. Pas l'moindre signe de vot' type. Il a si bien disparu… (il marqua un temps d'arrêt ; une comparaison étrange lui vint alors à l'esprit)… qu'il n'y a plus d'traces de lui. Enfin, un truc comme ça. (Cabal lui lança un regard interdit, et Sac d'Os se reprit.) C'que j'veux dire, c'est qu'on n'arrive pas à l'trouver. L'bonhomme s'est évaporé, patron.

— Le périmètre est bouclé ?

— Ça, ouais. Une fouine aux yeux bleus sortirait

pas d'ici sans qu'on l'sache. J'comprends pas comment il a fait.

Quelqu'un montait l'escalier avec entrain. C'était Bobbins qui, malgré son air radieux, semblait contrarié.

— Monsieur ! Oh, monsieur ! Regardez !

Il lui tendit un sac en papier brun. Cabal y jeta un coup d'œil et y plongea lentement la main pour en sortir une gomme couverte d'une matière visqueuse. Il piocha à nouveau dans le sac et trouva une vieille publicité pour des semelles orthopédiques de femme, elle aussi maculée.

— Layla ?

— Quelqu'un l'a tuée, monsieur ! Qui ferait une chose pareille ?

Cabal jugeait Bobbins vraiment trop gentil pour être une manifestation de l'influence de Satan.

— Et son garde du corps ?

— Mort, lui aussi ! Et en plus, l'un des types de Laidstone a disparu.

C'était forcément l'œuvre de Barrow. Maintenant qu'il savait ne pas avoir affaire à des humains, celui-ci ne se sentait plus l'obligation morale de faire des prisonniers et ne prenait plus de gants. Il était 23 h 30, et ne restait au nécromancien qu'une demi-heure pour trouver Barrow et une dernière âme. Sans l'aide de Horst, il ne pouvait pas mener ces deux tâches de front. D'ailleurs, où donc était passé Horst ? Plus qu'une solution dans ce cas : Barrow allait être l'heureux donneur. Cabal prit le temps de la réflexion. Où irait-il à sa place ? Il ne pouvait pas quitter le champ de foire, dont il connaissait et désapprouvait le rôle, et n'avait nulle part où aller. Il n'avait d'autre choix que de passer à l'attaque, mais quelle serait sa cible alors ?

— *Scheiße* ! Les contrats ! Barrow va détruire les contrats !

Sac d'Os acquiesça d'un air songeur.

— C'est moche.

— Nous devons arriver au train avant lui ! Vite !

Il fit un pas vers l'escalier, comprit que l'urgence l'emportait sur sa dignité, et sauta dans le toboggan.

Garé au fin fond du champ de foire, le train vide n'était pas surveillé, mais protégé par la clôture qui longeait la voie. Après tous les ennuis que Cabal avait eus avec Billy Butler, la sécurité du train était devenue une véritable obsession. Barrow mit quelques minutes à trouver un pied-de-biche dans l'un des wagons plates-formes, après quoi il força la porte du bureau, munie d'un cadenas et d'une lourde chaîne. Le chambranle en bois céda le premier ; Barrow se félicita du brouhaha incessant des manèges et des attractions, qui étouffa les hurlements grinçants des gonds arrachés. Après avoir jeté des coups d'œil en tous sens pour bien vérifier qu'il avait le champ libre, il se hissa dans la cabine. Il referma la porte derrière lui et regarda à gauche puis à droite.

Dans la pénombre, il distinguait tout juste un bureau ainsi qu'une grosse malle, le genre de meuble qui, aux dires de son oncle, renfermait forcément un corps. Mais n'imaginant pas Cabal entasser des cadavres dans un tel endroit, il se rapprocha de la table. Aucun des tiroirs n'était fermé à clef, mais ils n'abritaient rien de bien intéressant. Celui du haut, à droite, refusa toutefois de bouger. Il n'avait pas le temps de faire dans la subtilité, aussi se résolut-il à le forcer lui aussi. Encore fallait-il qu'il retrouve ce pied-de-biche, qu'il avait posé une seconde plus tôt. Où donc… ?

Les lumières s'allumèrent soudainement et il se mit à cligner des yeux en les protégeant de sa main.

Johannes Cabal, qui avait pris le temps de mettre ses lunettes bleues avant d'allumer, n'était pas logé à la même enseigne.

— Si j'étais de meilleure humeur, dit le nécromancien, je me permettrais une petite plaisanterie en vous demandant si vous êtes en possession d'un mandat de perquisition. Mais comme ce n'est pas le cas, je vais aller droit au but.

Barrow essuya les larmes qui coulaient de ses yeux rougis. Derrière Cabal se trouvaient trois monteurs aussi impressionnants que ceux de la grande roue, ainsi qu'un homme d'une extrême maigreur. Les fenêtres étaient sa seule issue, mais il y avait peu de chances qu'ils le laissent filer, et quand bien même : il risquait de se blesser dans la chute. Cabal ramassa le pied-de-biche là où Barrow se souvenait maintenant de l'avoir laissé et le posa sur un fauteuil rembourré.

— Très subtil, fit-il remarquer sur un ton légèrement sarcastique. J'aurais pensé qu'un voleur quelconque vous aurait appris à crocheter les verrous.

— Ce n'est pas en crochetant les serrures que les voleurs sauvent leur vie. S'ils étaient capables de développer un tel savoir-faire, sans doute exerceraient-ils un métier qui paye davantage que le crime. « Génie criminel » est un oxymore. La grande majorité des criminels n'y vont pas avec le dos de la cuiller. Et c'est bien pour cela qu'on parle d'effraction, dit Barrow qui espérait ainsi pouvoir jouer la montre contre Cabal.

— Vraiment ? Quelle déception. Encore une idée préconçue qui vole en éclats. Mais ce n'est pas ce qui nous intéresse pour le moment. La question sur laquelle nous devons nous pencher concerne votre avenir proche.

— C'est-à-dire ?

— Reste à savoir si vous en avez un. Voulez-vous vivre, M. Barrow ?

— Nous sommes tous destinés à mourir un jour ou l'autre.

Cabal sourit malgré le ton méprisant de son interlocuteur.

— C'est ce que je me suis laissé dire. Permettez-moi de reformuler ma question. Aimeriez-vous vivre passé minuit, M. Barrow ?

— Pourquoi ? Que va-t-il se passer à minuit ?

— Eh bien, si vous ne me signez pas un petit formulaire, je me ferai un plaisir d'étaler votre cerveau contre ce mur en guise de consolation.

Barrow ajouta cette nouvelle pièce au puzzle qu'il assemblait depuis une trentaine d'heures déjà. L'ensemble prenait merveilleusement forme.

— Vous avez un délai imparti, c'est ça ? Jusqu'à minuit. Et vous voulez que je signe car vous avez un quota à remplir. Je commence à comprendre, dit-il.

Le sourire disparut du visage de Cabal comme un poisson trempé glissant sur un parapluie.

— Comment le savez-vous ? À qui avez-vous parlé ?

— On ne m'a rien dit, rien révélé en tout cas. Simple déduction, ajouta Barrow en regardant sa montre avec calme. Il vous reste moins d'un quart d'heure. Désolé, M. Cabal, pas de récompense de dernière minute pour vous, car je ne signerai pas.

Cabal avança d'un pas d'un air menaçant.

— Je crois que vous ne comprenez pas bien la gravité de votre situation.

— Au contraire, j'en suis parfaitement conscient. Si je signe, vous jouirez d'une formidable récompense et je passerai le reste de mes jours sur Terre en attendant la damnation. Ce n'est pas franchement une vie, n'est-ce pas ? Si je ne signe pas, vous me tuerez, j'irai là où l'on m'attend, et vous subirez la sanction qui vous est réservée. J'espère qu'elle est des plus désagréable, M. Cabal, car je n'ai pas l'intention de vous aider. Vous feriez mieux d'en finir tout de suite.

Cabal soupesa le pied-de-biche.

— J'ai déjà tué…

— Tant mieux pour vous, le coupa Barrow. J'espère que vous vous ferez plaisir en vous acharnant sur mon crâne, car une fois minuit venu, ma vie sera la dernière que vous aurez prise. Je me sacrifie avec la certitude de mettre un terme à vos exactions. Je crois que ça en vaut la chandelle. Allez-y, M. Cabal. Tuez-moi.

Cabal le dévisagea d'un air consterné.

— C'est ridicule. Vous vous comportez comme si j'étais un meurtrier ordinaire.

— Vous n'avez rien d'ordinaire.

— Merci, fit Cabal d'un ton sec. Je suis sérieux. Je vois la mort comme les médecins voient les blessures et les maladies. Je ne veux pas la propager, seulement la vaincre.

— Nécromancien.

— Oui ! Oui, je suis un nécromancien, du moins d'un point de vue purement technique. Mais je ne suis pas l'un de ces imbéciles qui élisent domicile dans un cimetière pour y lever une armée de morts. Avez-vous déjà vu une telle armée ? Elle coûte beaucoup plus cher qu'une armée de vivants et elle est bien moins utile. Une vraie pagaille. À peine ont-ils fait dix kilomètres qu'ils en perdent leurs jambes. Napoléon aurait adoré de telles troupes, lui qui pensait qu'une armée marche le ventre plein, jusqu'à ce que leurs tripes leur tombent sur les chevilles. Ça ne m'intéresse pas. Je souhaite repousser la mort. Je souhaite… eh bien, à défaut d'un meilleur terme, je souhaite l'éradiquer. Est-ce mal ? Pouvez-vous me regarder droit dans les yeux et m'affirmer qu'à aucun moment de votre vie, vous n'auriez voulu rappeler quelqu'un d'entre les morts si vous en aviez eu le pouvoir ? Je ne parle pas de goules ou de monstres, mais de gens tels qu'ils étaient. Chauds. Vivants. Capables de respirer à pleins poumons. De rire. (Barrow comprit avec étonnement que Cabal l'implorait.) Pouvez-vous me dire qu'à aucun moment vous n'auriez tout donné pour vous réveiller à leurs côtés ?

Barrow repensa à cette froide journée d'octobre, quinze ans plus tôt.

— Il faut l'accepter.

— Non ! hurla Cabal, dont la colère soudaine le fit reculer. Non, il ne faut pas ! Non, je ne le ferai pas ! (Il plongea la main dans sa veste et en sortit un bout de papier, une sorte de contrat qu'il agita devant Barrow.) Signez ceci ! Signez-le, bon sang ! Je suis si près du but, si près. (Il se calma, se mit à chuchoter d'une voix rauque, plus inquiétante que jamais :) J'ai besoin de votre signature, Barrow. Vous vous dressez en travers du chemin de la science. Vous ne voulez tout de même pas passer pour un luddite[1] aux yeux de l'histoire ?

— À quel moment avez-vous basculé, Cabal ? Qu'est-ce qui vous a rendu ainsi ? Ne voyez-vous pas que ce que vous faites est mal ? (Il soupira.) Non, vous ne voyez bien évidemment rien. J'avoue avoir fait une erreur à votre sujet, Cabal. Jusqu'à maintenant, je pensais que vous étiez quelqu'un de mauvais, de très mauvais. Peut-être même de maléfique. Mais j'avais tort.

— Alors vous allez signer ? demanda Cabal, qui ne comprenait pas ce que voulait lui dire Barrow et espérait enfin avoir son consentement.

— Vous n'êtes pas mauvais, vous êtes juste fou. (La lueur d'espoir qui illuminait le visage de Cabal vacilla avant de s'évanouir.) Lorsque nous avons bavardé ce matin, j'ai eu l'étrange sentiment que nous avions quelque chose en commun. Je crois qu'au fond de vous, il y a un homme bon qui tente d'émerger. Je crois même qu'avec tout ceci, fit-il en embrassant d'un geste le bureau, le champ de foire et le contrat que tenait Cabal, vous tentez de faire quelque chose de bien, mais de la mauvaise façon. Si

1. Luddisme : mouvement de protestation ouvrier anglais du début du XIXe siècle, dont les membres brisaient les machines des usines, accusées de provoquer le chômage. Par extension, « luddite » désigne parfois celui qui s'oppose au progrès technologique (*NdT*).

j'ai raison, alors je puis compatir, sans pour autant vous laisser continuer. Non, je ne signerai pas votre sale petit contrat. Faites ce que bon vous semble, mais vous n'obtiendrez rien de moi.

— Très bien, dit Cabal avant de lui porter un coup de biais à l'aide du pied-de-biche.

Cabal regarda sans la moindre émotion Barrow se plier en deux et tomber à ses pieds. Le nécromancien soupira, commença à accepter ce dont il avait pris conscience depuis le crépuscule : que les choses allaient de mal en pis. Au moins ne s'était-il pas trompé sur ce point.

— Qu'est-ce que vous voulez qu'on fasse de lui, patron ? demanda Holby en désignant Barrow.

— Je n'en sais rien. Est-ce vraiment important ? Jetez-le dans la chaudière si vous voulez.

Perdu dans ses pensées, il se dirigea vers la porte et descendit les quelques marches. Il pouvait toujours tenter d'aborder la première personne qui croisait son chemin, lui demander le numéro de son ticket d'entrée et lui annoncer qu'elle venait de gagner le fabuleux trophée de fin de saison, à savoir les recettes de l'année. Après avoir rempli un peu de paperasse, bien sûr. À bien y réfléchir, ce n'était pas un mauvais plan, vu la situation. Tiré par les cheveux, certes, mais pragmatique, comme le reste de sa vie.

À peine eut-il posé un pied par terre que quelqu'un s'adressa à lui.

— Excusez-moi. Pourriez-vous m'aider ?

— Certainement, mais puis-je vérifier votre ticket ? (Il se retourna tout en s'époussetant.) Peut-être avez-vous gagné l'incroyable prix de fin de saison et…

Les mots lui restèrent bloqués en travers de la gorge.

— Avez-vous vu mon père ? demanda Leonie Barrow.

— Mais bien sûr… euh… je crois l'avoir aperçu sur le champ de foire. Quelque part. Il ne doit pas être bien loin.

Cabal la prit doucement par le bras et commença à l'éloigner du train, mais Dolby poussa un cri et ils se retournèrent tous les deux.

— Hé, patron, dit-il en désignant le corps de Barrow qui pendait mollement entre Holby et Colby. Ch'crois qu'il est trop gras pour qu'on l'jette à la chaudière en un seul morceau. On peut l'découper un peu d'abord ?

— Oh ! dit Leonie Barrow.

— Ah, fit Johannes Cabal.

Barrow était trempé, car il avait fallu le plonger dans l'eau pour le ranimer. Un mince filet de sang coulait de sa blessure à la tête et se mêlait à l'eau dont il était couvert. Cabal prit place derrière le bureau, Barrow fut installé face à lui et Leonie se retrouva à droite du nécromancien. Devant eux étaient posés le contrat et un stylo. Cabal resta aux aguets, mais ne fit rien quand Leonie prit la main de son père.

— Tout va bien ? chuchota-t-elle, comme si Cabal et M. Sac d'Os – qui se trouvait derrière le petit groupe – ne pouvaient pas l'entendre. Qu'est-ce qu'il t'a fait ?

— Une simple égratignure, répondit Barrow, qui

désigna sa blessure de la main en prenant bien soin de ne pas y toucher. Je m'attendais à bien pire.

— Vous n'êtes pas encore tiré d'affaire, M. Barrow, dit Cabal, qui avait le sentiment de passer pour le félon d'un vaudeville et n'aimait pas ça. (Il jeta un rapide coup d'œil au sablier posé sur l'étagère. Le contenant du haut semblait vide, mais des grains de poussière en tombaient encore en scintillant. C'était maintenant ou jamais, tout ou rien.) Je dois encore faire signer ce contrat, et le temps me fait défaut, aussi vous serais-je reconnaissant de bien vouloir vous dépêcher.

— Qu'est-ce que tu fais ici ? demanda Barrow à sa fille, sans même tenir compte de ce que disait Cabal.

— Eh bien, qu'étais-je censée croire lorsque tu as laissé le billet dans ma chambre ? J'ai cru que tu étais revenu sur ta décision.

— J'ai brûlé ce billet. Je ne voulais pas que tu viennes, en aucune façon. Tout irait bien si tu n'étais pas là.

— Ah, intervint Cabal. Je peux vous aider. Retour à la maison assuré pour vous deux. (Il tapota le parchemin.) Signez.

Barrow le regarda d'un air las.

— Allez en enfer, Cabal.

— C'est précisément ce que je veux éviter, rétorqua le nécromancien d'une voix un peu nerveuse. Mais si j'y vais, soyez sûr que vous ne vous en tirerez pas aussi facilement.

— Et ma fille ? Qu'allez-vous faire d'elle ?

Cabal se tourna vers Leonie. Elle portait bien son nom, avec son épaisse chevelure blonde qui faisait penser à la crinière d'un lion, sans compter que son visage, quoique marqué par la fatigue et l'angoisse, affichait une certaine détermination et une volonté qu'il trouvait touchantes. Les précieuses secondes, maintenant irremplaçables, s'égrenaient. Plus que deux minutes. Soudain, Cabal plongea sa main sous sa chaise, ouvrit le sac diligence qui y était caché et sortit son pistolet.

— Je crains ne plus avoir le temps de faire dans la finesse, M. Barrow. (Il pointa le revolver dans sa direction.) Signez ou vous mourrez.

Leonie poussa un cri étouffé, mais Cabal l'ignora. De son côté, Barrow se contenta de bâiller.

— Nous en avons déjà discuté et ma réponse n'a pas changé. C'est non.

— Très bien. (Cabal ne s'attendait de toute façon pas à le voir craquer maintenant, mais il se devait de tenter sa chance. Son bras pivota jusqu'à ce que le revolver soit pointé en direction de Leonie.) Signez ou elle mourra.

— Papa ! dit Leonie avant de plaquer la main contre sa bouche.

La malheureuse venait de se trahir… Elle fronça les sourcils. Cabal comprit qu'elle ne voulait pas contrarier son père plus qu'il ne l'était déjà. La jeune femme le laissait mener la partie et, malgré leur situation, pensait encore à lui. Pourquoi avait-il toujours affaire à eux dans des circonstances aussi fâcheuses ?

— Vous n'oserez pas, dit Barrow.

— Comment ça ? Vous me lancez un défi ? Bon sang, mais c'est la vie de votre fille qui est en jeu.

— Je le sais, et je vous connais, Cabal. J'ai vu votre réaction quand vous l'avez rencontrée pour la première fois en ville. Il m'a fallu un peu de temps pour comprendre ce qui se passait dans ce mausolée que vous qualifiez de cervelle, mais j'ai fini par saisir l'idée, aussi répugnante qu'elle puisse être.

— Je n'ai pas le temps d'entendre vos démonstrations de psychologie de comptoir, Barrow. Je vais compter jusqu'à…

— Vous avez eu le coup de foudre.

Malgré l'urgence, Cabal, en proie à l'incrédulité, rit de bon cœur.

— Le coup de foudre ? Vous parlez *d'amour* ? Vous faites erreur, M. Barrow, je dirais même plus, vous faites une grosse erreur. Leonie est charmante, à n'en point douter. En d'autres circonstances, peut-être aurions-nous pu devenir amis, et je m'en voudrais de lui faire exploser le crâne, soyez-en sûr. Mais, dit-il en tirant sur le chien au moyen du pouce, je le ferai sans la moindre hésitation.

— Vous n'oserez pas, dit Barrow avec fermeté.

Il croisa les bras, s'enfonça dans son siège.

La scène parut se figer pendant un long moment : Barrow sûr de lui et déterminé ; Cabal qui le regardait, son arme obstinément pointée vers Leonie ; la jeune femme qui observait – tout en s'efforçant de ne pas avoir l'air effrayé – le doigt du nécromancien posé sur la gâchette. Il l'effleurait à peine.

Soudain, le silence s'abattit sur le champ de foire. L'orgue à vapeur s'arrêta au beau milieu d'un morceau et les rabatteurs se turent. Cabal cligna des yeux, mit Leonie en joue et vérifia sa montre.

— Que se passe-t-il, Sac d'Os ? demanda-t-il. Il reste encore une minute.

Sac d'Os enfonça ses pouces dans son gilet.

— C'est juste, patron. Z'avez encore une minute

pour faire signer c'contrat, mais la fête foraine plie bagage.

— Quoi ? fit Cabal en se levant. Comment osez-vous ? C'est ma fête foraine et j'ordon…

— Vous ordonnez beaucoup trop d'choses avec vos grands airs et vos grands mots. En plus, c'est pas vot' fête foraine et ça l'a jamais été. L'avez juste empruntée quelque temps et l'bail prend fin, patron. Cette dernière minute est à vous. Et elle commence… (il prit une pose particulièrement théâtrale, fit mine d'écouter à la fenêtre, puis l'orgue à vapeur reprit vie et Cabal reconnut l'air dès les premières notes, une version discordante et dérangée de la *Valse minute*) … maintenant ! (Sac d'Os se mit à danser comme un furet en tapant dans les mains.) Enfin, on s'éclate un peu ! (Il s'immobilisa près de Cabal.) Hé, est-ce que je vous ai déjà dit que vous aviez fait un vrai boulot d'saligaud en me créant ?

— Souvent, oui.

— Et j'n'exagère pas, regardez-moi ça. (Le visage de Sac d'Os glissa de son crâne, dévoilant os et muscles avant de tomber par terre en produisant le même bruit qu'un riz au lait s'écrasant par terre. Cabal se contenta de le fixer. Barrow avait assisté à de nombreuses autopsies – il avait donc vu pire –, mais Leonie détourna le regard. Elle eut le sentiment que la minute à venir allait d'une façon ou d'une autre être la pire de son existence.) C'est un peu moche à r'luquer maintenant, hein ?

Puis il poussa un rire aigu, ouvrit la porte et sauta dehors.

S'engouffra aussitôt à l'intérieur toute une foule de bruits, y compris de nombreux cris et hurlements.

— Mais c'est infernal ! s'exclama Cabal en faisant quelques pas vers la porte.

Et ça *l'était*, effectivement.

La fête foraine tombait en morceaux et se reformait avec horreur sous ses yeux. Cela lui rappela aussitôt *Le Jardin des délices* de Bosch. Pas vraiment un endroit où venir en famille. Les Choses du train fantôme volaient à toute vitesse en rase-mottes entre les îlots de destruction qui remplaçaient les attractions, harcelant les habitants paniqués, qui s'enfuyaient dans le plus grand désordre. Le gorille géant avait quitté le train fantôme pour monter sur le grand toboggan (qui ressemblait désormais à une tour menaçante hérissée de pointes et de lames) ; il s'y exhibait d'un air triomphal en tapant sur les quatre jockeys de l'attraction Un Jour aux Courses, qui incarnaient désormais la Mort, la Guerre, la Peste et la Famine, même s'ils portaient encore leur casaque en soie colorée. Le gorille tenait d'une main un individu qui tentait mollement de se dégager. Au pied de la tour, Denzil agita la main en direction du malheureux Dennis, qui cessa de se débattre pour lui rendre la pareille. Il n'arrivait vraiment pas à la cheville de Fay Wray.

— Arrêtez-moi ça ! hurla Cabal, que personne n'écouta. Joey ? Joey ! Remontez votre *verdammt* pantalon sur-le-champ ! Vous faites peur aux gens !

— C'est justement le but, mon pote ! Sincèrement désolé, répondit Joey, en faisant preuve d'une extrême courtoisie diabolique.

Cabal regarda tout autour de lui.

— Sac d'Os, arrêtez-les ! C'est encore moi qui commande !

— Pour les trente prochaines secondes, s'écria Sac d'Os – déjà à plus de cent mètres – avant de reprendre son sérieux. Je vais voir ce que j'peux faire, patron, ajouta-t-il, pour aussitôt se tourner vers l'espèce de chaos bouillonnant qui animait désormais le champ de foire. Je vous demande de vous arrêter, dit-il d'une petite voix en remuant l'index.

Il éclata de rire et reprit son chemin en titubant, manifestement ravi de sa plaisanterie, puis sa tête explosa telle une pastèque bien mûre.

Cabal tira le chien de son arme dont le canon fumait encore.

— Je ne supporte pas qu'on se moque de moi, dit-il sans s'adresser à personne en particulier avant de se tourner vers Barrow. Assis, dit-il à l'homme qui voulut se lever. (Cabal balaya la pièce du regard. Les lambris commençaient à pourrir, le vernis du bureau disparaissait, une odeur d'humidité vint lui chatouiller les narines, et Cabal sut qu'il allait bientôt retrouver le train dans l'état où il l'avait découvert. Il fit quelques pas vers les Barrow et posa le canon de son arme contre la tempe de Leonie.) Quinze secondes. Signez maintenant.

— Non, répondit fatalement Barrow.

— Alors tout est fini, dit Cabal d'une voix blanche avant de viser la tête de Barrow.

D'un geste rapide et sûr, Leonie s'empara du contrat et du stylo, puis signa avant de lancer le papier à Cabal.

— Laissez mon père tranquille, dit-elle simplement.

— Non ! s'écrièrent les deux hommes, ce qui fit sursauter la jeune femme.

Cabal lança un regard noir à Barrow.

— Regardez ce que vous avez fait avec votre stupide intransigeance !

Barrow était consterné par le geste de Leonie, mais il ne se laissa pas démonter pour autant.

— Ce que *j'ai* fait ?

Au loin, le clocher de Sainte-Olave sonna les douze coups de minuit, au moment précis où les derniers grains de poussière tombaient dans la moitié inférieure du sablier.

— C'est fini ! dit le corps de Sac d'Os, qui se montra à la porte avec son canotier plein d'esquilles. (La voix, un peu étouffée, sortait de son cou sanguinolent.) Embarquement immédiat à bord du Damné Express !

Il disparut aussitôt ; Cabal vit alors par l'ouverture que le champ de foire était désert, à l'exception de quelques badauds qui couraient sans trop savoir où aller.

Cabal se tourna vers Barrow et sa fille pour leur dire quelque chose, mais il se ravisa. Barrow pleurait à chaudes larmes ; quant à Leonie, elle le serrait contre lui en lui disant que tout allait bien se passer. Cabal regarda le contrat qu'il avait dans la main. Il ouvrit la bouche, mais le train se mit brutalement en marche et il tomba sur le dos. Leonie jeta alors des regards apeurés dans tous les sens. Étrangement, le train semblait avancer, mais eux (du moins elle et son père) ne bougeaient pas. Puis les murs de la voiture devinrent translucides, comme s'ils appartenaient à une autre dimension ou étaient faits de brume. Même Cabal, qui fit une lente culbute en arrière, ne semblait plus totalement tangible.

Le train laissa là les Barrow, qui furent délicatement déposés sur les rails. Sauf qu'il n'y avait plus de rails, plus de traverses, plus aucun signe de leur présence, hormis les vestiges qui remontaient à de nombreuses années. Le train, qui avait maintenant l'allure d'un monstre spectral brillant de vert et de bleu, poussa un mugissement en passant devant la station de chemin de fer, qui reprit l'apparence d'une ruine carbonisée. Le chef de gare disparut du monde des vivants alors qu'il les saluait tristement, pour retourner à l'endroit réservé aux suicidés – le seul dont ils étaient dignes, comme convenu lorsque les règles avaient été fixées.

La locomotive, qui hurlait et fulminait, s'enfonça dans la nuit, en direction de l'horizon obscurci. Avant qu'elle ne disparaisse totalement, Leonie eut même l'impression qu'elle décolla du sol et traversa la voûte céleste telle une grande anguille lumineuse jaillissant des profondeurs de l'océan.

— Pourquoi as-tu fait ça ? demanda son père, en proie au plus grand chagrin.

— Il allait te tuer, papa. C'était un risque à courir, ajouta-t-elle en se tournant vers le ciel vide. Un risque calculé.

Cabal sentit sa lèvre le chatouiller légèrement. Il voulut passer la main dessus pour y mettre un terme, mais s'aperçut qu'il avait du mal à coordonner ses gestes. Il essaya une première fois, puis une deuxième, avant de se dire que ce n'était pas si désagréable que ça et qu'il avait sans doute d'autres chats à fouetter, quand quelqu'un se chargea de l'en débarrasser.

En fait, quelqu'un venait de lui coller une gifle monumentale.

— Aaaaïe ! dit Johannes Cabal en roulant sur le côté avant de se mettre à quatre pattes.

Sa tête lui faisait un mal de chien, il se sentait complètement désorienté et avait légèrement envie de vomir.

Horst ne se permit pas le moindre commentaire en regardant son frère rendre pitoyablement le contenu de son estomac sur le sol du bureau. Quand il fut certain que Cabal en avait terminé, il se baissa, le saisit par le revers de sa veste et le balança à l'autre bout de la pièce. Sans lui laisser le temps de reprendre ses esprits, il le souleva pour le coller au mur.

— Tu n'as vraiment pas écouté un seul mot de ce que je t'ai dit !

Cabal tenta de mettre un peu d'ordre dans ses idées. Malgré la vue imprenable qu'il avait sur le visage froid et enragé de son frère, il comprit qu'il était toujours dans le bureau. Le train avait certainement continué de pourrir pendant sa période d'inconscience (la commotion expliquait sans doute qu'il se sente aussi mal) car la voiture ressemblait au wagon plein de déchets qu'il avait découvert un an plus tôt. La seule modification prenait la forme d'un poster moisi et corné accroché au mur : « Les Frères Cabal vous Présentent leur Illustre Fête foraine de Renommée Mondiale ! » Un cloporte tenta de s'aventurer sur l'affiche, sans succès, et tomba par terre. Cabal comprit alors ce qui lui avait chatouillé la lèvre. À travers la fenêtre, il distingua des arbres noueux et des collines basses. Ils étaient revenus dans les Plaines. La fête foraine avait retrouvé ses cartons.

— Tu as encore pris une âme innocente, c'est ça ?

— Je n'ai rien pris du tout…

— Ne me mens pas ! J'étais là, dans cette foutue malle, et je t'ai entendu !

— Dans ce cas, tu sais que je n'ai rien pris ! hurla Cabal, qui se tortilla pour se dégager. (Il lança à Horst un regard furibond en essayant de défroisser sa veste.) Elle me l'a donnée.

Son frère affichait un air méprisant.

— Elle te l'a donnée ?

— Oui, elle me l'a donnée ! Ne joue pas au défenseur de la morale avec moi ! Si tu étais là, pourquoi n'as-tu rien fait ?

— J'étais prêt, crois-moi. Si j'avais entendu le cliquetis caractéristique que produit ton doigt en se posant sur la gâchette, tu n'aurais pas eu le temps de la presser.

— Tu ne m'as pas empêché d'abattre Sac d'Os.

— Tu étais penché par la porte et tu ne pointais pas ton arme dans la bonne direction. (Il sourit d'un air sinistre.) Tu as descendu Sac d'Os, hein ? Il ne me manquera pas. Je ne lui ai jamais fait confiance. Je n'ai jamais fait confiance à aucun d'entre eux. Ils ont fini par te trahir, c'est ça ?

— Comme tu t'y attendais.

— J'avais donc raison. Tout comme toi. Tu n'es pas idiot, Johannes. Inhumain et dénué de moralité, peut-être, mais pas idiot. Ils ont bien choisi leur moment, dirait-on.

— Oui, et ils n'ont pas fait les choses à moitié. (Cabal poussa les débris qui recouvraient un coin du bureau et s'y assit, car son fauteuil en cuir préféré semblait abriter une famille de souris.) Écoute, je ne suis pas fier de ce que j'ai fait, mais on ne peut pas revenir dessus. J'ai été manipulé du début à la fin, j'ai commis des actes que je préférerais oublier, mais tout cela c'est du passé. Je ne prétends pas que la fin justifie les moyens, mais les faits sont là. J'ai gagné mon pari. Je récupère mon âme et je peux reprendre mes recherches.

— Youpi ! fit Horst.

Cabal réprima son agacement. Horst avait supporté beaucoup de choses.

— Je suis désolé au sujet de la nuit dernière, des choses que j'ai dites. Je dois ajouter pour ma défense que je n'étais pas moi-même. Je ne suis pas insensible au travail et aux efforts que tu as réalisés pour cette fête foraine : je dois bien avouer que sans toi, jamais je n'y serais arrivé.

— Passe-moi de la pommade, tant que tu y es.

— Le *fait* est…, dit Cabal, qui refusait de se laisser distraire. Le fait est que tu as respecté ta part du marché, et que je vais donc en faire de même. J'ai déjà quelques idées pour te soigner. Rentre à la maison avec moi, et je te promets que je n'aurai de cesse de chercher jusqu'à ce que je trouve un remède. (Il y eut un long silence.) J'ai dit ce que j'avais à dire, conclut-il.

Horst le dévisagea pendant un long moment.

— Non. Non, ce n'est pas possible. J'ai bien peur de devoir refuser ton offre sympathique, et ce pour plusieurs raisons. Tout d'abord… (Il se dirigea vers la fenêtre, mais son pied heurta quelque chose. Il ramassa le pied-de-biche, en toucha l'extrémité et la renifla.) C'est du sang. Est-ce avec cet objet que tu as frappé Frank Barrow ?

— Oui, répondit Cabal, agacé par cette interruption. Il s'en est servi pour tenter de forcer le tiroir, pour mettre la main sur les contrats. Je m'attendais à une démarche un peu plus subtile de sa part. (Il marqua une pause et réfléchit.) Un instant.

Il fit le tour du bureau pour examiner le tiroir. Il y avait une rayure sur le verrou – Barrow avait donc bel et bien tenté de le forcer, ce que le nécromancien avait déjà subodoré un peu plus tôt. Il n'avait pas les idées bien en place, et cela l'agaçait.

— Premièrement, reprit Horst, indifférent, je ne souhaite pas rester enfermé dans la même maison que toi pendant toutes ces années que réclameront inévitablement tes recherches. Deuxièmement, nous savons que ton intérêt te poussera forcément vers le cœur de tes recherches, et que tu me laisseras certainement en rade. Troisièmement, tu es un être humain méprisable, qui aurait dû mourir dès sa naissance.

— Je me moque de ce que tu racontes, dit Cabal, qui ne lui prêtait déjà plus attention. Le pied-de-biche était sur cette chaise. Comment Barrow a-t-il pu tenter de forcer le tiroir alors que ce levier n'était même pas à portée de main.

— Quatrièmement, je ne souhaite pas vivre plus longtemps après toute l'aide que je t'ai apportée, et certainement pas mille ans, ce qui, vu mon état, me pend clairement au nez.

Cabal ne l'écoutait toujours pas.

— Par ailleurs, pourquoi s'en prendre à la serrure alors qu'un pied-de-biche aurait permis de briser le tiroir ? (Il examina l'éraflure.) Elle est trop fine pour avoir été causée par cet objet. Quelqu'un a crocheté cette serrure.

— Et cinquièmement, je ne vais pas accepter ta proposition, car tu as perdu ton pari.

Cabal tourna les yeux vers lui avec horreur. Horst plongea la main dans la poche de son gilet et en sortit deux outils de crochetage étincelants. Il les tint devant lui pour les observer de plus près, puis sortit une feuille de parchemin familière de l'une de ses poches intérieures. Il la déplia d'un geste du poignet et la tendit face à Cabal.

C'était l'un des contrats, et il n'était pas signé.

Cabal sentit ses jambes flancher ; il s'assit lourdement par terre.

— Horst ? dit-il. Mais qu'as-tu fait ?

— Je t'ai tué, mon frère. Tout comme tu m'as tué. J'aimerais tout de même croire que *mes* actes ne sont pas totalement dénués de noblesse.

Cabal n'arrivait pas à détacher les yeux du papier.

— Quand as-tu fait ça ?

— J'ai crocheté le tiroir et j'ai volé ceci il y a dix mois environ.

— Dix mois ? Tu l'as depuis dix mois ?

— Il m'a fallu un peu de temps pour me rendre compte que tu ne comptais jamais tes contrats : tu te bornes à les cocher dans ton ridicule petit carnet. Et une coche n'est pas bien difficile à reproduire. Tu étais persuadé que les contrats allaient rester là où tu les rangeais. Ce que je ne puis même pas te reprocher, car j'ai eu un mal de chien à crocheter cette serrure. Je m'y suis repris à dix fois au moins.

— La qualité est toujours payante, dit Cabal d'une voix éteinte. Pourquoi ? Pourquoi l'as-tu pris ?

— Quand tout a commencé, les gens que tu faisais signer allaient de toute façon finir au Mauvais Endroit quoi qu'il arrive. Ça ne me posait aucun problème. Mais parfois, tu semblais prêt à ôter le capuchon de ton stylo pour une pauvre andouille dont le seul péché était d'être un peu crétin ou crédule. Oui, je sais que ce sont pour toi des péchés capitaux. Mais pas en ce qui me concerne. Je devais intervenir et te pousser vers des candidats un peu plus appropriés. C'est là que j'ai décidé de glisser un atout dans ma manche.

— Et tu as volé le contrat.

— Et j'ai volé le contrat.

— Mais comment espérais-tu changer mon comportement alors que je ne savais même pas que tu me l'avais volé ? Quel intérêt de disposer d'une telle menace si c'était pour ne pas s'en servir ?

— C'est là le fossé qui nous sépare. Le but n'a jamais été de te menacer. Si nous en étions arrivés à cette extrémité, et que j'avais été convaincu que tu étais revenu dans le droit chemin, je me serais fait un plaisir de trouver un signataire en personne. On trouve des cibles potentielles partout, même dans un endroit comme Penlow. Quand tu as pris l'âme de cette femme, dans la galerie de jeux…

— Nea Winshaw, dit Cabal d'une voix égale.

— Au moins tu te souviens de son nom. Oui, Nea Winshaw, c'était bien ça. J'ai alors perdu tout espoir. J'ai su que plus rien ne pouvait te sauver.

— C'est le cas de le dire, dit Cabal sans rancœur. Cette enveloppe mortelle va m'être violemment arrachée sur les ordres de Satan et je vais passer l'éternité plongé dans un bain de soufre, empalé sur des tridents ou pire encore. Merci, Horst, merci mille fois.

— Je suis désolé, Johannes.

— Tu peux l'être.

— Non, je ne suis pas désolé pour ce que j'ai fait. Je suis désolé pour tout ce qui nous a conduits à cette situation, tout ce qui fait que je n'ai pas eu le choix. Je suis sincèrement et profondément désolé. Si cela peut te soulager, j'ai cru que tu pouvais être sauvé jusqu'au dernier moment.

— Sauvé ? Sauvé de quoi ? La seule chose dont j'avais réellement besoin qu'on me sauve, c'était de mon propre frère. La rédemption ? Tu en parles comme si j'en avais besoin. Pourquoi ne pas sortir un tambourin de ton chapeau et te mettre à danser comme un ahuri quand tu tiens de tels propos ?

Cabal posa ses bras croisés sur ses genoux relevés, puis son front sur ses avant-bras. Il avait gâché sa vie. Ses recherches n'avaient contribué en rien au progrès de l'humanité. Il ne s'était même pas rapproché de son but. Il allait bientôt mourir et l'ensemble de son œuvre allait sombrer dans l'oubli ou passer pour une simple plaisanterie. S'il s'était consacré à quelque chose d'inutile, comme l'argent, il serait riche aujourd'hui. Ironie du sort, il *était* riche, chose facile quand on exploite une affaire lucrative sans payer de salaires. Malheureusement, il allait perdre la vie avant de pouvoir faire quoi que ce soit de cette fortune.

— Je n'aurais jamais dû retourner à la crypte des Druin. J'aurais dû acheter un encart publicitaire dans la presse spécialisée. « Offre d'emploi : directeur adjoint de fête foraine itinérante. Talent et cupidité essentiels. Moralistes s'abstenir. »

Horst baissa les yeux en direction de Cabal, voulut dire quelque chose, mais changea finalement d'avis. Johannes avait l'air d'un homme qui comprenait enfin qu'il avait perdu son temps. Il s'approcha alors de la fenêtre et regarda vers l'est, à l'horizon, tout en déchirant le contrat maintenant inutile.

— Le jour se lève. Je vois poindre l'aube. Je n'ai pas vu le soleil depuis neuf ans.

Il ouvrit la porte et descendit du train.

Johannes Cabal resta assis, seul, à s'apitoyer sur son sort et à se maudire pendant une longue minute. Finalement, il releva la tête avec une expression d'horreur sur le visage.

— L'aube ? souffla-t-il dans un épouvantable chuchotement.

Il se releva d'un bond, tituba légèrement jusqu'à ce que le sang circule à nouveau dans ses jambes, reprit ses esprits et courut vers la porte restée ouverte.

Horst s'était éloigné d'une quinzaine de mètres à l'extérieur. Il ôta sa veste, qu'il plia proprement avant de la poser par terre. Cabal s'arrêta sur le marchepied et hurla désespérément :

— Horst ! De grâce ! Reviens ! Reviens ! Ne fais pas ça !

La lueur de l'aube inonda telle une vague les Plaines. Le sourire aux lèvres, Horst la regarda déferler avec insouciance et sérénité. À l'inverse, Cabal sauta à terre et atterrit lourdement avant de courir vers son frère en enlevant son manteau, pour le protéger de la lumière.

— Horst ! Par pitié ! Je t'en supplie ! Ne fais pas ça ! Tu peux encore te mettre à l'abri si tu cours !

Horst contemplait l'horizon qui s'éclaircissait ; il

sentit sa peau qui commençait à chauffer, à le picoter sans que cela soit particulièrement agréable ou insupportable. Il entendait son frère et, chose inattendue, fut touché par la peur qu'il ressentit dans sa voix. Mais décidé comme il l'était, il ne lui accorda pas même un regard. Il avait vécu plus longtemps que bien d'autres, et en était reconnaissant, mais le temps était venu pour lui de faire ses adieux. Il garda les yeux rivés sur l'horizon.

— Désolé, Johannes. Je pars là où j'aurais déjà dû me rendre il y a neuf ans.

L'instinct de conservation le submergea soudain, mais il était trop tard : il n'avait plus aucune chance de se mettre à couvert. Il se demanda si tout ceci était de sa faute, si le soleil allait lui faire mal, espéra qu'il avait fait les bons choix, sut qu'il s'agissait de ses dernières pensées et qu'elles n'avaient aucun sens.

— Au revoir, mon frère, dit-il.

Puis il ne pensa plus à rien lorsque le soleil s'abattit sur eux et aveugla momentanément Cabal, avant de poursuivre sa route vers la chaîne de montagnes située au loin. Cabal cligna des yeux, poussa un juron et tenta de trouver Horst en tendant les bras, mais il n'y avait plus personne. Il se retourna, referma les mains dans le vide, mais c'était déjà bien trop tard, il le savait. Lorsqu'il recouvra enfin la vue, il n'y avait plus rien. Juste quelques feuilles mortes, une poussière grise emportée par le vent et le parfum amer de rendez-vous manqués. Cabal pivota sur lui-même pour contempler l'horizon, mais il était seul, comme toujours.

Une nouvelle journée commençait. Johannes Cabal le nécromancien était assis près d'un train pourri et croulant, sur une vieille ligne de chemin de fer désaffectée, la tête entre les mains, les graviers à ses pieds humides des chaudes larmes salées qu'il versait, ses lunettes de soleil jetées sur le côté.

Chapitre 16

Où un scientifique retourne en enfer et un marché est annulé

Assis en tailleur, « Dan Dingo » Clancy songeait avec application à la réponse suivante. Tout droit sorti du Far-West, ce hors-la-loi n'avait jamais vraiment pris la peine de réfléchir à ce qui l'attendait après sa mort, tout simplement parce qu'il avait passé l'essentiel de son temps à jouer et à boire. Gagnant de la seconde place lors d'un duel mortel, il avait échoué dans le grand abîme des limbes, condamné à y rester pour l'éternité d'une part, et à parcourir une poignée de feuillets d'autre part. Et c'est bien ces bouts de papier qui le terrifiaient le plus.

La question (Formulaire UNCH/14/K, section 45, n° 215) était précédée d'un avertissement : « Ce formulaire sera annulé pour vice de métachronisme. » Enfer ou pas, Clancy n'avait pas la plus petite idée de ce que pouvait être un métachronisme, et cela l'effrayait au plus haut point. Son UNCH/14/K avait déjà été refusé soixante-sept fois sans qu'on lui dise pourquoi. Trubshaw, l'odieux Trubshaw, le méprisable Trubshaw, lui avait juste dit : « Nous n'avons pas le personnel suffisant pour vous signaler toutes vos erreurs. Et vous n'êtes pas à l'école, mon garçon ! Si vous voulez franchir cette porte, vous feriez bien de faire un peu plus attention, compris ? » Il s'était ensuite mis à glousser avant de refermer le guichet de la porte. Clancy dut faire un effort quasi physique pour chasser Trubshaw de son esprit et se concentrer sur la question. En écrivant sa réponse, il mit par mégarde une barre supplémentaire à un « F » (la règle était la suivante : « Sauf indication contraire, toutes les réponses doivent être rédigées en LETTRES CAPITALES »). « FOUR FEATHER FALLS » devint ainsi « FOUR FEATHER EALLS ». Il s'immobilisa, considéra sa faute, puis tenta d'effacer cette fichue barre au moyen de sa seule volonté. Rien à faire. Il tenta habilement de repasser sur les lettres pour que l'ensemble colle davantage à la réponse attendue, mais il se retrouva avec un « BALLS ». Il n'avait d'autre choix que de *refaire* la queue pendant trois mois pour obtenir le formulaire nécessaire à l'obtention d'un nouvel exemplaire du présent formulaire.

Une ombre passa sur lui ; avant même qu'il n'ait eu le temps de se retourner, quelque chose tomba entre ses jambes sur le sol desséché. Il le ramassa, et sa découverte ne manqua pas de le surprendre. C'était le Graal, la chose qu'il désirait le plus depuis qu'il était enfermé dans ce trou perdu. Une gomme.

— Elle est un peu visqueuse, mais ça devrait partir, dit l'ombre, qui avait un léger accent allemand. Profitez-en.

Johannes Cabal arriva en vue des Portes de l'enfer pour la deuxième fois de sa vie. Rien n'avait vraiment changé, à l'exception d'un panneau en mélaminé fixé au-dessus de la porte du concierge, et qui disait : « Faites la queue ici ». Cabal avança droit vers elle.

Non loin de la porte, la procession de prédamnés de passage s'était immobilisée en raison d'une discussion très animée entre Hawley Harvey Crippen et Kunigunde Makamotzki, alias Belle Elmore, alias Cora Crippen.

— Où suis-je ? gémissait-elle d'un air théâtral. C'est *lui* qui m'a assassinée ! Et qui m'a découpée !

— Cora, écoute-moi, s'il te plaît, dit Crippen, qui, de toute évidence, se répétait une énième fois. Je ne t'ai pas assassinée. C'était un homicide involontaire. Un accident.

— Tu m'as *accidentellement* découpée et enterrée dans la cave ? Recouverte de chaux vive ? C'est un accident pour le moins invraisemblable, espèce de misérable !

— C'est ce qui s'appelle « limiter la casse », m'dame, dit un soldat de l'armée américaine – plus connu pour sa capacité à détruire des documents que pour son habileté au tir à la carabine – qui faisait la queue derrière eux.

— Mais je suis la *victime* ! hurla-t-elle. Qu'est-ce que je fais ici ? Pourquoi suis-je là ? Pourquoi, pourquoi, pourquoi ?

Arthur Trubshaw leva les yeux de son Rolodex.

— Vos multiples adultères, dit-il d'une voix lasse avant de passer à la fiche suivante, puis à celle d'après. On ne les compte plus.

Tout le monde se tourna vers Cora Crippen, qui se décomposa très légèrement.

— Eh bien, j'étais seule, dit-elle doucement.

— Fascinant, fit une autre voix. (La foule s'écarta, comme fendue par un boulet de canon, en voyant arriver Cabal, habillé de pied en cap.) Bonjour, Trubshaw. Je suis revenu. Soyez assez gentil pour m'ouvrir cette porte.

Trubshaw le regarda de travers pendant quelques instants, puis un épouvantable rictus se dessina sur son visage.

— Encore vous, M. « J'veux rentrer et je n'ai pas pris de rendez-vous ». (Il gloussa à nouveau, disparut subitement, puis réapparut avec un épais formulaire qu'il tendit à Cabal par la petite fenêtre.) Dès que vous aurez rempli la paperasse !

Cabal ne prit pas la peine de prendre le tas de feuilles ; il se borna à pencher la tête pour lire l'intitulé de la première.

— « Formulaire VSKW/1 : Fiche d'Admission des Vivants à Titre Tout à Fait Exceptionnel ». (Cabal se raidit, dévisagea Trubshaw.) Vous n'êtes tout de même pas sérieux ?

— Oh, que si ! Je l'ai rédigé rien que pour vous. Je dois bien avouer qu'il est un peu compliqué. Il n'est pas impossible que vous soyez amené à vous y frotter à plusieurs reprises avant de le remplir correctement ! Disons, deux ou trois cents fois, hé, hé, hé, ha !

Chacun sait qu'on ne peut pas introduire un objet carré dans un trou rond de surface égale. Sauf que ce n'est pas totalement vrai : quelqu'un de particulièrement stupide, de très têtu – ou qui n'aime pas les objets carrés – peut parfaitement y parvenir.

Cabal plongea les deux mains par la fenêtre, attrapa Trubshaw par les oreilles et tira. Trubshaw poussa des hurlements désespérés, mais le nécromancien continua de le ramener à lui jusqu'à ce que toute la tête soit passée par la fenêtre, puis il lui glissa le bras autour du cou et appuya de tout son poids. Trubshaw avait beau ne pas être costaud, ses épaules ne passaient pas – jusqu'au moment où l'une d'elles se brisa, ce qui fit grimacer l'assistance. Cabal le sortit alors en entier et le laissa choir sur le sol desséché.

— Salopard ! sanglota Trubshaw. Enfoiré de salopard ! Z'allez rester là jusqu'à c'que j'dise au Vénérable ce que vous v'nez de faire et…

Le nécromancien n'était pas d'humeur à écouter. Il redressa Trubshaw.

— Je m'en contrefous, lui gronda-t-il au visage. Vous feriez mieux de vous préoccuper de ce qui vous attend… (Il fit pivoter Trubshaw, qui se retrouva face aux plaines des limbes, bondées jusqu'à la ligne d'horizon, pleines de gens munis de formulaires et de crayons qu'ils jetèrent au sol en se levant, et qui formèrent bientôt une incroyable marée indignée prête à régler ses comptes avec son bourreau.) Voici votre public, conclut Cabal en lui assénant dans le dos un coup de pied qui le propulsa dans cette mer d'âmes en peine. Celle-ci se referma aussitôt sur lui.

Cabal n'était pas amateur de lynchages, mais s'il devait un jour expérimenter la chose, il perdrait si vite conscience que cela se résumerait à un contretemps éphémère. Trubshaw n'eut pas droit à tant de miséricorde. Cabal passa le bras par la petite fenêtre des Portes de l'enfer et, un sourire aux lèvres, ouvrit le verrou. La journée s'annonçait mauvaise pour lui, mais il n'y avait aucune raison que le nécromancien soit le seul à prendre.

Lorsque Ratuth Slabuth, général des Hordes infernales, eut vent de l'invasion de l'enfer et des émeutes dans les plaines des limbes, il jeta un œil à son journal personnel pour se remémorer les événements qui s'étaient déroulés un an plus tôt, lâcha un soupir, et promit de s'en charger en personne. Il croisa la route de Cabal au niveau du quatrième cercle.

— Salut Cabal, dit-il en se manifestant aussi discrètement que possible. De retour, à ce que je vois ?

— Tu as deviné ça tout seul ? Je comprends mieux pourquoi tu es devenu général, Slabuth.

— Mal te sied de me rayer de la sorte, répondit Slabuth avec condescendance, en se demandant si son verbe était correct.

Cabal lui lança un regard tel qu'il comprit aussitôt son erreur.

— Je n'ai que faire de ton opinion. Comme tu le sais, je suis venu voir Satan, alors écarte-toi de mon chemin… (Cabal s'avisa au même moment que Slabuth n'avait pas de jambes)… du moins si tu en es capable. J'ai un rendez-vous.

— Très bien, mais je suis un peu curieux. Est-ce que tu as réuni les âmes ? Je veux dire, les cent âmes ?

— Cela ne te regarde pas.

— C'est donc que tu as échoué.

Tout en lui lançant un regard froid, Cabal plongea la main dans son célèbre sac diligence pour en sortir la boîte pleine de contrats.

— Tous ces contrats sont signés, dit-il sans mentir, même s'il n'avouait pas toute la vérité.

Il rangea la boîte dans son sac.

— Ah, mince alors ! dit Slabuth, tandis que la crête de son casque grec s'effondrait. J'étais pourtant certain que tu échouerais.

— J'en prends bonne note. Je dois bien avouer que cette crasse de Billy Butler ne m'a pas aidé.

— Tous les coups sont permis, en amour comme à la guerre. Sans rancune, hein ? fit Slabuth sur le ton de la plaisanterie, sans se soucier le moins du monde de ce que pouvait penser Cabal.

— Je ne savais pas que nous étions en guerre, et je suis sûr que nous nous aimons toujours autant. Mais c'est très aimable de ta part.

— Vraiment ? dit Slabuth, consterné.

— Vraiment, sans rancune. (Ils se fixèrent un long moment.) Bon, j'y vais, dit finalement Cabal.

Le général Ratuth Slabuth regarda Johannes Cabal disparaître au coin du tunnel. Il caressa son menton osseux d'une griffe. Même s'il n'était pas toujours capable de comprendre le double langage de ses interlocuteurs, au moins le sentait-il, sans quoi il ne serait jamais arrivé à la place qu'il occupait aujourd'hui. Quelque chose avait l'air bien louche dans toute cette histoire. Oui, cela ne faisait pas l'ombre d'un doute. En se retournant, il renversa un objet qui roula au sol bruyamment. Il se baissa et ramassa un bocal en verre presque vide dont le couvercle était transpercé par un pinceau. Un pot de colle. Qu'est-ce qu'il fichait là ?

Une clique de diablotins complètement chauves arrivèrent en trombe du troisième cercle et s'immobilisèrent en hurlant quand ils le virent. Une fois n'est pas coutume, ils saluèrent dans la plus grande confusion en faisant toutes sortes de gestes, mais Slabuth entendit des ricanements étouffés et crut déceler un parfum d'insubordination parmi ses troupes. Il tapota le sommet de son casque et dit avec une certaine réserve :

— Rompez, diablotins.

Ils filèrent aussitôt comme des fous pour se rendre on ne sait où. Juste avant qu'ils ne disparaissent, il entendit distinctement l'un d'eux dire : « À plus, Canaille ! », suivi d'une explosion de rires.

Aussitôt, il fit volte-face et se rua vers le troisième cercle.

Quelques minutes plus tard, Cabal manqua de marcher dans des restes d'humeur visqueuse, sans doute les dernières traces d'un truc ou d'un machin indicible des abîmes. Le temps d'une seconde, il eut une sorte de flash, une intuition au parfum d'anis. La tache dégoûtante fut alors prise d'un frisson et, contre toute attente, un œil apparut en son centre.

— Ah, dit Cabal en s'accroupissant près d'elle, vous devez être tout ce qu'il reste de ce malheureux diablotin qui a été chargé de mettre le bazar dans mes affaires. On dirait que l'échec n'est pas bien toléré par ici. Il se trouve, dit-il en se redressant, que j'étais pressé lorsque nous nous sommes quittés. Je crois que je vous ai laissé vous en tirer trop facilement. (Sur ce, il écrabouilla l'œil, qui produisit un bruit de succion.) Au revoir, ajouta-t-il avant de partir.

Mimble Crassejupe n'avait plus l'air que d'une flaque et autant dire qu'elle eut de très, très vilaines pensées.

Satan écoutait les prières de ses disciples du plan

matériel, et trouvait ça vraiment long. Des voix émanaient d'une lueur flottant dans l'air sulfureux, tandis qu'une des secrétaires sataniques dotées d'ailes de chauve-souris voletait de-ci de-là en prenant consciencieusement des notes. « Oh seigneur Satan, exauce mes vœux les plus chers… », « … et je veux une voiture, ainsi que plein de gonzesses et… », « … simplement la pierre philosophale, ce n'est quand même pas trop demander… », « … de me permettre de te servir plus efficacement… », « … morts ! Tous morts ! Ils apprendront à se moquer de moi ! ».

— Betty, quelque chose d'intéressant aujourd'hui ?

La secrétaire descendit jusqu'à son épaule et compulsa son bloc-notes.

— Pas vraiment. Oh, il y a bien quelqu'un qui vous conjure de lui venir en aide aux heures difficiles, etc., etc., comment avez-vous pu l'abandonner après tout ce qu'il a fait pour vous, bla-bla, j'en passe et des meilleures.

Satan se gratta la nuque.

— Juste par curiosité, il a vraiment fait quelque chose pour moi ?

— Non, il a passé un disque à l'envers et a cru vous entendre lui parler.

— Du heavy metal ?

— *Spanish Eyes.*

Satan hocha la tête d'un air songeur.

— Si cela avait été *The Girl From Ipanema*, il aurait pu marquer un point. Et cette heure difficile, de quoi s'agit-il exactement ?

— Il a sacrifié une vieille tante célibataire en votre honneur et il va être exécuté.

— Il n'a que ce qu'il mérite. Qu'est-ce que je pourrais bien faire d'une tante restée vieille fille ? Les gens pourraient quand même prendre la peine de réfléchir de temps à autre.

— On ne fait rien, alors ?

— On ne fait rien. Quand il arrivera, je veux qu'on lui mette des prêtres sans foi ni loi dans les pattes. Ça lui coupera l'herbe sous le pied.

Betty le nota, puis vérifia la liste des rendez-vous.

— Oh, vous êtes censé voir un certain M. Johannes Cabal.

— Ah, oui, je l'attends avec impatience. Quand doit-il arriver ?

— Je suis là, fit une voix familière à ses pieds.

Satan leva un sourcil en regardant Betty, qui haussa les épaules. Il se pencha en avant pour regarder entre ses genoux. Cabal était en train de nettoyer ses lunettes de soleil à proximité du lac de feu.

— À l'heure, comme toujours, dit Satan, qui sourit d'un air peu convaincant.

— J'ai été victime d'ingérences dans l'exécution de ma mission, dit-il enfin d'un air grave. Notre pari est donc nul et non avenu.

— Je suis moi aussi ravi de te voir, répondit Satan, qui réprima un bâillement théâtral. Quant au pari, il n'a jamais été question de cela. Rien dans les règles que j'ai énoncées ne m'empêchait de pimenter les choses si je jugeais bon de le faire. Et j'ai jugé bon de le faire.

— Ne faites pas l'imbécile, répondit Cabal. Il n'a jamais été question de règles.

— Dans ce cas, de quoi te plains-tu ?

— D'accord, alors la période d'un an s'appliquait donc à une année plutonienne.

— Je te demande pardon ?

— Une année plutonienne, c'est-à-dire deux cent quarante-neuf années terrestres, à peu de chose près. (Il croisa les bras.) Vous n'avez pas le monopole des interprétations farfelues.

— Dois-je comprendre que tu demandes une prorogation ? (Un sourire merveilleusement suffisant et hautain se dessina sur le visage de Satan.) Que tu n'as pas réussi à réunir cent âmes ? Je ne te cache pas ma surprise. On m'avait dit que tu avais réussi quinze secondes avant le gong.

— Simple erreur administrative. Je n'en ai que quatre-vingt-dix-neuf.

— Oh, quel dommage, dit Satan en battant des cils. Je gagne quatre-vingt-dix-neuf âmes *et* je te tue en prime ? Ô jour frabieux ! Callous ! Callok[1] ! glousa-t-il de joie. N'en jette plus !

— Il n'est pas question de jeter quoi que ce soit. C'est l'un ou l'autre. (Cabal ouvrit le sac posé à ses pieds et en sortit la boîte pleine de contrats.) Quelle que soit votre interprétation laxiste des règles, c'était l'un ou l'autre. *Soit* je vous rapportais cent âmes, *soit* vous me tuiez. Hors de question que vous ayez le beurre et l'argent du beurre. Si vous voulez le contenu de cette boîte (il accompagna la parole d'un geste ample), le pari est tout simplement annulé et nous repartons sur de nouvelles bases. Dans le cas

1. Extrait de *Jabberwocky* de Lewis Caroll. (Traduction de H. Parisot - 1946) (*NdT*).

contraire, ces titres de propriété disparaissent avec moi et leurs donneurs récupèrent leur âme.

— Mais ton âme m'appartiendra, Johannes, dit lentement Satan, et l'éternité est si longue.

— J'ai une sainte horreur des menaces, dit Cabal sans la moindre hésitation avant de faire mine de vouloir jeter la boîte dans le lac de lave.

— Attends ! gronda Satan. (Cabal s'immobilisa.) Attends, répéta-t-il sur un ton plus calme.

Il afficha un sourire doucereux, comme pour dire : « Oublions ce petit incident. Après tout, nous sommes tous deux des hommes raisonnables, au sens figuré du moins. »

Ses narines se dilatèrent en sentant le délicieux parfum de l'innocence. Quatre-vingt-dix-sept âmes sans intérêt, de vraies scories spirituelles, des cas désespérés dont les noms n'étaient pas dignes de figurer dans le grand livre céleste. Mais les deux dernières, les femmes, Winshaw et Barrow, étaient enivrantes. Nea Winshaw avait complètement perdu les pédales ; la tentation dans toute sa splendeur était à l'origine de son grave péché, mais la jeune femme ne s'en était pas moins damnée de son propre gré pour sauver la vie de son enfant. C'était charmant. Et puis, il y avait Leonie Barrow, une honnête femme, cela ne faisait aucun doute, apparemment incapable de commettre le plus petit méfait. Là, les mots lui manquaient (bien qu'il soit certainement capable de produire des grognements exprimant parfaitement ses sentiments). Et son âme lui appartenait. Du moins s'il arrivait à en délester Cabal. Évidemment, Nea et Leonie ne resteraient ses petites copines que le temps de leur peine, jusqu'au jour du

Jugement dernier, mais il salivait déjà à l'idée du plaisir qu'elles allaient lui procurer d'ici là. Il souffrait du problème récurrent de l'épicurien dissolu, à savoir un palais blasé, sans compter des nouvelles rarement excitantes en ces lieux.

Par ailleurs, il en avait ras le bol du crib. L'entrée théâtrale du général Ratuth Slabuth, qui passa au travers du plafond de la caverne et plongea dans le lac de lave, sortit Satan de ses pensées. La roche en fusion mit une seconde à peine à se refermer sur lui avant d'exploser, et Slabuth d'en jaillir sous la forme d'une imposante colonne de membres, d'angles et de fureur volcanique. De la lave coula de ses orbites vides et un hurlement de colère primordiale à vous percer les tympans retentit. Il avança à la surface du lac et s'arrêta près de Cabal, qu'il domina de toute sa hauteur.

— Espèce de petite enflure ! s'écria-t-il.

Satan s'enfonça dans son trône.

— Tu sembles bouleversé, général. Veux-tu qu'on en parle ?

Sans même détourner les yeux de Cabal, qui ne semblait s'intéresser qu'aux gouttelettes de lave s'écoulant de Slabuth – il ne paraissait pas inquiet outre-mesure –, le général gronda :

— Cet… humain a distribué des tracts dans les trois premiers cercles de l'enfer !

— Oh, dit Satan, moyennement intéressé, qui pensait surtout à ses âmes potentielles. Et que disent-ils ?

— Ils… (Pour la première fois, Ratuth Slabuth parut hésiter. Il semblait vraiment embarrassé.) C'est… c'est personnel.

Satan lança un regard à Betty, qui partit comme

une flèche avant de revenir, quelques secondes plus tard, avec une affichette. Satan s'en empara pour la lire :

« Oyez, oyez !

Avis à la population de ces régions de l'enfer.

Qu'il soit entendu que l'archidémon RATUTH SLABUTH, général des Hordes infernales, souhaite désormais être appelé par son ancien sobriquet, celui qu'il chérit tant, à savoir Finaud la Canaille, le Cailleur de Lait et l'Emmêleur de Lacets, le Trouble-Fêtes des Émissions Musicales Radiophoniques, le Distributeur de Courriers Indésirables. »

Satan se renfrogna.

— J'écoutais l'autre jour un concert de Paganini, l'un de mes préférés, il faut bien le dire, à la radio nationale, mais d'insupportables bruits et sifflements sont venus gâcher le spectacle. C'était donc toi, c'est ça ?

— Non ! répondit Slabuth, humilié. Il ment ! Je n'ai rien à voir avec cette affiche ! Ce mortel, ajouta-t-il en désignant Cabal – qui fit une moue désapprobatrice –, a tout inventé !

— Mais on t'appelait quand même Finaud la Canaille si mes souvenirs sont bons ?

— Euh, oui, mais c'est de l'histoire ancienne. La radio n'existait même pas à cette époque ! C'est un tissu de mensonges !

— Oh, dit Satan, c'est tout de même contrariant. Je suis censé être le maître du mensonge et je me ferais avoir par un amateur ? Allons…

Slabuth/Finaud se tourna vers Cabal.

— Je suis *vraiment* content que tu aies perdu ton pari, mortel, parce ce que ça veut dire que je vais pouvoir te tuer. Prépare-toi à mourir !

S'il s'attendait à voir Cabal couiner de terreur, il en fut pour ses frais. À sa grande consternation, le nécromancien agita un doigt pour le mettre en garde avant de désigner Satan.

— Pour être tout à fait exact, dit ce dernier d'une voix calme qui ne présageait rien de bon, tu conviendras qu'il a fait ce pari avec moi, caporal Finaud. Si quelqu'un a le droit de le tuer, c'est à moi qu'il appartient de le faire. Il se trouve que M. Cabal et moi renégocions les termes de ce pari. Merci de bien vouloir rejoindre ta caserne et de te tenir à l'écart des affaires qui ne te regardent pas.

— Qui ne me regardent pas? NE ME REGARDENT PAS ? Vous devez tout de même savoir que… Attendez. Une minute. Qu'est-ce que vous avez dit ? (Ses vociférations laissèrent place à un chuchotement incrédule.) *Caporal Finaud ?*

— Tu m'as très bien entendu, caporal. Je ne suis pas très content de tes résultats depuis quelque temps. Il va falloir te secouer les puces.

— Caporal, répéta Finaud la Canaille d'une voix défaillante.

— À ta place, je ne prendrais pas ça comme une rétrogradation, même si c'en est clairement une. Essaye d'y voir un défi. La première fois, tu as gravi les échelons en un clin d'œil.

— Mille deux cents ans, dit Finaud en articulant bien chaque syllabe.

Il ôta lentement son casque, le contempla longuement, le posa aux pieds de Satan et s'en alla sans demander son reste. Satan éclata de rire bien avant qu'il ne se retrouve hors de portée de sa voix.

— Comme vous pouvez être mesquin, dit Cabal.

Satan essuya une larme qui lui coulait au coin de l'œil.

— C'est toi qui as distribué les tracts.

— Mais je ne prétends pas vouloir devenir un dieu un jour.

Satan le regarda de travers.

— Tu m'en diras tant. Bref, revenons-en à nos moutons. Tu possèdes un bien qui m'intéresse. Je suis sûr que j'ai quelque chose que tu convoites. On devrait pouvoir s'arranger.

— Je ne suis pas un marchand de tapis. Me rendrez-vous mon âme en échange de cette boîte, oui ou non ?

— Oh là là ! Il va falloir faire mieux que cela. Tu oublies que j'ai inventé les avocats, parmi tant d'autres créations. La boîte ne m'intéresse pas. C'est son contenu que je veux. (Satan fut ravi de voir Cabal plisser les yeux derrière ses lunettes ; quand on vit dans des cavernes envahies de nuages de soufre, on est tout naturellement capable de voir au travers de verres fumés. Il essayait d'abuser de la confiance du grand Satan en personne. L'année passée l'avait de toute évidence changé.) Je ne suis pas l'un de tes péquenauds, Cabal, ne l'oublie pas.

Le nécromancien se livra à un long débat intérieur ; Satan se demanda s'il allait vraiment se sacrifier pour sauver les signataires. Il n'avait quand même pas changé *à ce point* ?

— D'accord, finit par lancer Cabal. Je vous cède le contenu et je vous laisse la boîte en cadeau.

— Marché conclu, dit Satan, avant d'éclater de rire comme un dément. Marché conclu !

Des pierres se mirent à tomber des murs et Cabal jeta des regards apeurés en tous sens. Satan n'allait tout de même pas revenir sur sa parole alors qu'ils venaient de trouver un accord ? Des balcons jaillirent des parois et des diablotins sortirent de minuscules tunnels qui s'ouvraient à l'image de sphincters telluriques dans la roche. Plusieurs tombèrent aussitôt dans la lave, mais cela n'eut pas l'air de perturber qui que ce soit.

Satan se leva et se tint bien droit, colossal et maléfique, la tête presque perdue dans les nuages nauséabonds. Derrière lui, le sol trembla et s'ouvrit tandis que ses généraux, princes et barons se manifestaient : Baal-berith, Belzébuth et Carreau ; Melmoroth, Shakarl et M. Runcible ; Olivier, Léviathan et Yog-Sothoth, qui était là parce qu'il ne pouvait pas s'en empêcher.

— Pardonne-moi, Johannes Cabal. C'est l'orgueil qui m'anime, mais je compte en faire un événement et j'ai besoin d'un public. (Il s'adressa à la horde réunie.) Mesdames, messieurs, et autres créatures défiant toute description. Devant nous se tient un homme qui a cherché à me vaincre, qui a cherché à m'escroquer. (Tout ce petit monde hua, siffla, hurla, tapa du pied, ou du sabot – on entendit même quelques cuivres. Satan leva la main pour obtenir le silence, qui s'abattit dans la seconde.) Il s'agit d'un homme qui était prêt à livrer cent de ses semblables à une éternité de supplices (certains poussèrent des cris de joie) pour le bien de son âme immortelle, pour un esprit auquel il n'a jamais accordé d'importance quand il était sien, pour lequel il a bien voulu se prostituer lorsqu'il l'a perdu, pour *ceci*…

Tel un magicien de quartier convié à se produire à l'anniversaire d'un enfant, il exhiba l'âme de Cabal.

De l'index parfaitement limé de Satan pendillait une horrible petite chose blanche, évoquant un drap sorti d'un asile de nuit. Dénuée d'intelligence, mais consciente que son propriétaire n'était pas bien loin, elle se tortillait misérablement. Cabal fut pris d'un frisson légèrement agréable, comme s'il allait bientôt rentrer chez lui pour la première fois depuis des années et que rien n'avait changé. Il lâcha la boîte et recula de quelques pas.

— Très bien, dit-il, elles sont à vous. À votre tour de respecter vos engagements, ajouta-t-il d'une voix presque imperceptible à cause des hurlements et beuglements du public en proie au délire.

Mais Satan l'entendit.

— Respecter mes engagements ? Permets-moi de te dire quelque chose qui va te faire rire, Johannes Cabal. Je comptais de toute façon te rendre ton âme. Te tuer ? Tu m'es beaucoup plus utile sur Terre qu'ici.

— Je ne travaillerai plus pour vous. C'est terminé, dit Cabal d'un ton qui se voulut neutre mais qui en disait long.

— Je ne te demande rien de tel. Tes machinations pathétiques causent autant de dégâts qu'un couvent rempli de nonnes possédées. Tu as besoin de ton âme pour semer le chaos dans le monde des mortels ? C'est parfait, la voici ! (Satan sourit de toutes ses dents.) *Je ne garde pas les breloques de mauvais goût.*

Sur ce, il jeta son âme à Cabal.

Celui-ci ne la sentit pas le toucher physiquement, mais il eut soudain l'impression d'être rentré chez lui. Il ferma les yeux, les quolibets et autres railleries s'évanouirent doucement, et il eut le sentiment d'être à la maison.

Tout comme Satan, cela dit.

Cabal humait le parfum de l'herbe et des arbres, entendait les oiseaux chanter et une rivière couler; il sentait une brise fraîche souffler sur son visage, lui caresser les cheveux et dissiper l'odeur de soufre qui imprégnait ses vêtements. Il prit une longue inspiration, retint un moment son souffle, expira, puis ouvrit les yeux. Il était sur un sentier dans la vallée, un boqueteau se dressait à flanc de colline au-dessus de lui et le cours d'eau coulait à moins de cent pas sur sa droite. Il savait exactement où il se trouvait. À trois kilomètres derrière lui il y avait le village, et sa maison était à un kilomètre droit devant. Il commença à marcher.

L'après-midi était déjà bien entamé, et Cabal prit le temps de flâner, de sentir chaque caillou sous ses semelles, de s'arrêter pour regarder les nuages et les oiseaux qui traversaient le ciel. Il eut un sourire, qui témoignait de plaisirs simples, puis poursuivit sa route.

Il s'arrêta brusquement; son sourire s'envola aussi vite qu'une bille violemment frappée par une queue de billard lorsqu'il aperçut brièvement un oiseau noir au comportement familier, un grand volatile assez hideux qui n'avait rien d'un merle et produisait de sinistres : « Kronk ! ». La journée perdit aussitôt une bonne partie de son charme.

Cabal atteignit le virage où la corneille avait disparu, la découvrit occupée à tourner autour d'un rocher situé à flanc de colline, près du chemin. Denzil et Dennis se trouvaient là, occupés à expérimenter une version remaniée de pierre, papier, ciseau. Denzil l'avait tout simplement rebaptisée « pierre, ciseau, papier, dynamite, coup de poing dans la tronche de Dennis ». Et vu l'état du nez de ce dernier, ils jouaient depuis un bon moment.

Ce fut lui qui vit Cabal en premier : il tourna vers lui sa face sanguinolente. Il essaya de sourire, mais le vernis qui lui entourait la bouche se craquela. Denzil n'arrêta pas de jouer pour autant : Dennis prit un violent coup de poing dans la tempe. Il y eut comme un bruit de raphia broyé, et le malheureux bascula sur le côté. La corneille finit par se poser maladroitement et se rapprocha de Cabal par petits bonds. Il la regarda alors sans la moindre affection.

— Pourquoi n'as-tu pas pris la forme d'un animal avec un peu plus de panache ? lui demanda-t-il. Comme un corbeau, ou un freux.

— Kronk !

— Ou un manchot. Ça ne m'aurait pas vexé. (Il contempla la corneille, qui lui rendit son regard comme si elle attendait quelque chose de lui.) Oh, très bien, dit-il finalement en se tapotant l'épaule.

Accompagné de l'oiseau confortablement installé et des deux morts chamailleurs, Cabal reprit sa route d'un air un peu moins enthousiaste.

Malgré cette compagnie peu enviable, il ressentit un certain plaisir en apercevant enfin sa maison. Bien que datant du milieu de l'époque victorienne, la grande demeure s'élevait à flanc de colline comme si elle se trouvait là depuis toujours. La cheminée d'usine la moins lointaine avait beau se situer à une cinquantaine de kilomètres, une espèce de suie recouvrait les pierres de taille de l'édifice. Vu que les plus proches voisins vivaient à une demi-douzaine de kilomètres, il pouvait sembler curieux que la propriété dispose d'un portail et d'un mur. Après tout, la maison avait sans doute pour jardin tout le flanc de la colline ? C'est ce que les gens pensaient de prime abord, mais non. Le jardin proprement dit cachait des choses que Cabal ne voulait pas voir sortir, d'où le fait que chacune des pierres surmontant le mur dissimulait un sceau de protection, une empreinte magique qui gardait les choses de l'intérieur à l'intérieur, et les choses de l'extérieur à l'extérieur.

Cabal s'arrêta devant la grille. Près de la boîte aux lettres figuraient quelques os qui n'étaient certainement pas là un an plus tôt. Des lambeaux de chair s'accrochaient même encore à certains d'entre eux. Il les ramassa et les jeta vers le bas de la colline pour la corneille, qui s'envola à leur suite en poussant des croassements de joie, ou plutôt, des « kronk ! ». Il secoua la tête. Distributeurs de prospectus, colporteurs et représentants de commerce étaient tous les bienvenus ; cela revenait quand même moins cher que d'acheter de la viande. Les habitants du jardin avaient eu de quoi se remplir le ventre et ne lui chercheraient pas trop d'ennuis.

Il ouvrit le portail et entra, suivi par Dennis et Denzil. Une foule de minuscules voix carillonnantes chuchotèrent dans les parterres remplis d'herbes.

— C'est Johannes Cabal ! Johannes Cabal ! Il est revenu !

Dennis et Denzil, avec leurs faces de clown grinçantes, se regardèrent d'un air dubitatif. Cabal s'arrêta au coin de la maison et grimpa le petit sentier qui en faisait le tour.

— Vous. N'y voyez rien de personnel, mais il est hors de question que deux catastrophes ambulantes viennent se répandre sur mes tapis persans. Vous trouverez une cabane un peu plus loin. C'est votre nouvelle maison.

Il les observa qui s'éloignaient d'un pas traînant. Une nouvelle fois, se dit-il, des choses pas très catholiques élisaient domicile dans l'abri à bois.

La corneille se posa bruyamment sur le mur, fixa sur la bordure d'herbes des yeux pleins d'intérêt. Un petit en-cas lui faisait très envie, et les choses murmurantes pouvaient très bien faire l'affaire.

— Je ne ferais pas ça, si j'étais toi, la prévint Cabal, qui cherchait son trousseau de clefs. Mon jardin est une maison d'arrêt pour fées atteintes de diverses pathologies. D'où croyais-tu que venaient les os situés près de la grille ?

La corneille le dévisagea, pencha la tête sur le côté et fit preuve d'une intelligence qui différencie son espèce des autres vermines du monde. Quelques battements d'ailes plus tard, elle se posa sur le petit portique situé au-dessus de la porte d'entrée, à l'abri des fléchettes, pierres et autres projectiles féeriques. La discrétion n'était pas seulement la plus grande marque de courage des corneilles, c'était la seule.

Cabal poussa la porte d'entrée, qui s'ouvrit presque en silence. À l'intérieur, il faisait sombre.

Les volets étaient fermés et les rideaux tirés. Sur un paillasson se trouvait une carte qui n'avait rien à faire là. Autant dire qu'il allait avoir une discussion sérieuse avec les habitants du jardin, en leur rappelant quelques principes essentiels à coups de fiches techniques et de fer froid, car il était hors de question de laisser entrer n'importe qui. À l'évidence, un prospectus vantant les mérites de patios s'était frayé un chemin jusque-là. Cabal le retourna et y vit un message écrit à la hâte : « Je suis cerné. Pour l'amour de Dieu, aidez-moi. » Il le chiffonna et le jeta dans la corbeille à papier. Qu'aurait-il pu faire d'un patio ?

Il posa son sac diligence sur la console de l'entrée et respira à pleins poumons. L'endroit sentait le moisi, mais pas autant qu'il avait pu le craindre. Il aérerait demain, car il attendait quelqu'un et ne souhaitait pas être pris de court. Par où commencer ? Il lui tardait d'allumer un bon feu de cheminée pour assainir les lieux. L'âtre du salon était légèrement poussiéreux, mais propre, tel qu'il l'avait laissé un an plus tôt. Il trouva suffisamment de charbon et de petit bois dans le sceau, mais le tout était glacé, un peu humide – cela ne risquait guère de prendre sans un petit coup de main. Il saisit des morceaux de papier qu'il avait à portée de main et les disposa autour du bois, qu'il surmonta d'un petit tas de charbon. Ensuite, il craqua une allumette – au soufre, pour être précis – et embrasa le papier. Il s'assit en tailleur sur un petit tapis et observa la flamme qui chassait l'humidité du petit bois, qui prit finalement feu. Après avoir soufflé doucement dessus pour aider la flamme naissante, il s'autorisa enfin à se détendre. Il aurait bien aimé se préparer de petites crêpes chaudes au beurre, mais il n'y avait rien dans le garde-manger. Une nouvelle commande à l'épicier s'imposait. Il sortit son bloc-notes et l'ouvrit, puis effleura son crayon du bout de la langue. Pourquoi pas un thé, dans ce cas ? Il serait sans doute un peu éventé, mais buvable. Il commença à prendre des notes.

Soudain il fit beaucoup plus froid dans la pièce ; le thé allait devoir attendre, comprit le nécromancien. Son visiteur était arrivé un peu plus tôt que prévu. D'un recoin sombre sortit le Petit Vieux.

— Hum ! fit-il avec un flegme et une raideur que deux chameaux n'auraient pu prendre pour une formule de politesse.

— Je me demandais quand tu allais te montrer, dit Cabal sans même lever les yeux du bloc-notes sur lequel il rédigeait la liste de tout ce qu'il avait à faire.

— Le Vénérable n'est pas très content, dit le Petit Vieux d'un air grave. Je dirais même qu'il est d'une humeur massacrante.

— Bien. Si je peux lui faire subir ne fût-ce que le millième des souffrances et des déceptions qui m'ont été infligées cette année, je serai un homme heureux.

— Il prétend que tu l'as escroqué.

— Je n'ai rien fait de tel. Dis-lui que s'il continue à me calomnier, il recevra un courrier salé de mon avocat.

— Mais tous les avocats lui sont acquis.

— Alors peut-être devrait-il jeter un œil à la définition de « être pris à son propre piège » dans un dictionnaire et prendre ses cachets. Nous avons mis fin à nos accords et je ne l'ai pas escroqué.

— Il était pourtant question des quatre-vingt-dix-neuf âmes que tu as récupérées. Tu l'as roulé, et je t'assure qu'il n'est pas content. Tu t'en es vraiment fait un adversaire.

— Il doit avoir l'habitude.

— Tu sais très bien ce que je veux dire. Je ne te parle pas d'un ennemi comme les autres. Écoute, Johannes, mon garçon. Toi et moi, on se connaît depuis un bail. On doit pouvoir trouver un arrangement ?

— La seule chose que j'aimerais « arranger », c'est ton foie, à coups de scalpel.

Fâché, le Petit Vieux fit un pas en avant ; sa bonhomie s'évanouit à l'image d'un flocon de neige sur un barbecue. Son visage se déforma, comme s'il avait une attaque, puis il poussa un hurlement tel qu'on n'en avait plus entendu dans cette partie du monde depuis la fin du mésozoïque. Grandissant à la lueur vacillante du feu de cheminée, il fit un autre pas vers Cabal, qui daigna enfin lever les yeux dans sa direction.

— Ah, dit Cabal, te voici. Tu prends enfin un peu d'épaisseur ?

Le Petit Vieux ressemblait davantage à un suppôt de Satan désormais.

La chose, qui n'était plus franchement petite ni humaine, gratta le sol de ses griffes et gronda :

— Où sont les contrats de Winshaw et Barrow ? Elles étaient incluses dans le marché !

— Non, dit Cabal, qui se leva lentement et regarda la chose droit dans les yeux. Le marché concernait les contrats de la boîte. Et tu les as eus.

— Ce ne sont pas ceux que je voulais ! Ils n'ont aucun intérêt !

— Mon Dieu, comme tu es de mauvaise humeur. Je sais que tu aurais fini par prendre ces âmes, mais tu pourrais tout de même faire preuve d'un peu plus de reconnaissance. Peut-être en ai-je sorti un ou deux de la boîte avant d'arriver, c'est vrai. Mais le marché valait pour ceux qui y étaient encore, ni plus ni moins.

— Nea Winshaw ! Leonie Barrow ! Ce sont elles que je veux ! Donne-les-moi ! (Au-dessus de la cheminée figurait, dans une profonde niche, une cassette en bois carrée d'une trentaine de centimètres de côté, apparemment démunie de couvercle, qui pouffa sans qu'on s'y attende. Le Petit Vieux la regarda d'un air méfiant.) Qu'est-ce que c'était ?

— Rien. Quelqu'un m'a dit un jour que les bonnes manières ne faisaient jamais de mal. De ce côté-là, tu as encore des leçons à prendre. Allez, tu n'as aucune raison de te montrer aussi désagréable. Prends donc une chaise. Et profite du feu, ajouta-t-il en dressant un sourcil.

— Profiter du feu ? As-tu une idée du temps que je passe parmi les flammes ? Je ne comprends pas pourquoi… (La Grosse Vieille Chose se tut et se tourna vers l'âtre.) Tu n'as quand même pas… ?

— Je me suis absenté pendant un an et le petit bois était humide. Heureusement, j'avais sur moi de vieux papiers qui m'ont permis d'allumer ce feu splendide. Enfin, ce n'était pas vraiment du papier, mais du parchem…

— Tu… ! Tu… ! (La chose, qui n'avait plus rien

à voir avec le Petit Vieux, semblait à court de malédictions.) Tu n'as pas fait ça ?

— Si, dit Cabal. Et j'en avais tous les droits. Tu ne peux t'en prendre qu'à toi-même. Il te suffisait de demander à Trubshaw de superviser l'échange. Ce ridicule petit gratte-papier qui a l'œil sur tout et ne laisse rien passer aurait insisté pour que ces contrats soient comptés et recomptés. À ce sujet, comment va ce *cher* Arthur ?

— Impossible de lui remettre la main dessus, fit la Chose furibonde. Les damnés de la plaine ne veulent pas le relâcher ! De ta faute, une fois de plus !

— C'est ça, répondit Cabal d'un air prosaïque. C'est de ma faute.

— Tu n'as pas fini d'entendre parler de toute cette histoire ! hurla la Chose avant de disparaître dans un nuage de soufre nauséabond.

Cabal dispersa la fumée en agitant la main.

— Ça m'étonnerait. (Il posa ses mains sur ses hanches, tourna sur lui-même pour observer l'ensemble de la pièce.) Bon, qu'étais-je en train de faire, déjà ? (Il baissa les yeux vers son bloc-notes.) Ah, oui. Du thé.

La journée toucha lentement à sa fin et la nuit tomba sur la vallée, mais Cabal n'y prêta même pas attention. L'année passée lui avait permis de faire de nombreuses observations, qu'il allait lui falloir consigner dans ses impressionnantes archives codées. Le travail préliminaire lui prit des heures, durant lesquelles il avala le contenu de deux théières et une ration de viande de porc en conserve qu'il mangea à même la boîte. L'assam avait le goût d'une décoction de copeaux de bois chauds – Johannes se promit de se rendre au village le lendemain pour refaire le stock de provisions. Il rédigea également deux lettres adressées à des habitantes de Penlow on Thurse, qu'il remerciait pour leur contribution, bien qu'elle ait compliqué les choses. En fin de soirée, il s'aperçut qu'il venait d'écrire deux fois de suite la même ligne et comprit qu'il était temps d'aller se coucher.

Il moucha les bougies, poussa les braises au fond de l'âtre, installa soigneusement le pare-feu et prit la direction de la cuisine en empruntant le couloir. Il s'arrêta près de la porte située sous l'escalier, l'ouvrit, s'empara de la lanterne à huile et descendit dans la cave fraîche.

Dans un coin se trouvait le groupe électrogène, qui attira toute son attention. Travailler à la bougie ne le dérangeait pas, mais il avait besoin d'électricité à présent. Il tapota la jauge de fuel, parut satisfait et démarra le moteur. Après deux échecs consécutifs, l'engin se mit en route et les lumières de maintenance fixées au mur s'allumèrent doucement.

Il regarda tout autour de lui. La cave n'avait rien de spécial : quelques étagères encombrées de pots de peinture vides, de vieux outils, des paquets de journaux anciens, quelques pièges à souris. Cabal avait longuement étudié des caves pour que la sienne ait l'air parfaitement quelconque. C'était du bon boulot. Il avança dans la partie du sous-sol destinée à stocker les fruits, passa la main sur la maçonnerie blanchie par les nitrites et tira un levier caché. Ensuite, il posa les deux mains contre le mur, à hauteur d'épaules, poussa fort la paroi escamotable et tâtonna quelques secondes dans l'obscurité avant de trouver l'interrupteur.

Devant lui s'ouvrait une grande pièce carrée de douze mètres de côté et de trois mètres de haut. Contre les murs apparaissaient des établis, des rayons couverts de spécimens plongés dans le formol, des instruments et des étagères garnies d'ouvrages obscurs dérobés dans des bibliothèques interdites. Au milieu de la pièce, surmontée d'un éclairage de bloc opératoire, se trouvait une table d'opération qui faisait également office de table d'autopsie. Cabal prit le temps d'observer les lieux pendant que les dernières ampoules bleues fluorescentes tremblotaient jusqu'à reprendre vie. Tout avait l'air normal, tout était à sa place. Tout ce qu'il avait laissé mort à son départ l'était encore. Cela simplifiait toujours les choses.

Il se débarrassa de sa veste d'un mouvement d'épaules, la jeta sur la table, s'arma de courage et poussa le lourd bloc d'ingénierie chirurgicale. En braquant la lumière sur le côté, il mit en évidence un système de poulies et de cordes fixé au mur du fond, qu'il fit coulisser au moyen d'un rail installé au plafond jusqu'aux dalles entourant la table. Chacune d'entre elles était imposante, un mètre vingt de large et deux mètres quarante de long, mais celle qui se situait juste sous la table était différente à deux égards. Premièrement, elle était en pierre ponce, et donc plus légère que les autres. Deuxièmement, en son centre était encastré un anneau. Cabal attrapa le crochet du système de poulies, le passa dedans. Il s'empara ensuite de la corde et tira. Le nécromancien avait longtemps songé à remplacer ce système manuel par un appareil électrique, mais à force de remettre ce projet à plus tard il avait fini par comprendre qu'il aimait employer ici toute sa force. Produire un véritable effort pour soulever la pierre avait pour lui quelque chose d'important.

Le matériel cliqueta et grinça pendant qu'il soulevait lentement la grande dalle. Quand elle fut assez haute, il poussa doucement l'ensemble, qui coulissa dans le rail sans se laisser entraîner par l'élan. Une fois la dalle dégagée, il revint vers le centre de la pièce et resta immobile quelques instants, les mains sur les hanches, à contempler ce qu'il venait de révéler. Un grand panneau de verre épais bouchait la cavité ; Cabal en observa un long moment la sombre surface réfléchissante. Il repensa à l'année écoulée, à tout ce qu'il lui était arrivé, à tout ce qu'il avait fait. Il repensa à toutes les villes et à tous les gens, aux larmes et au chagrin. Il repensa à la fête foraine qui pourrissait désormais sur la ligne de desserte abandonnée, et au mal indéniable qu'elle avait causé. Il repensa à Nea Winshaw dans la salle d'interrogatoire et à l'ultime geste de défi de Leonie Barrow. Il repensa à son frère Horst. Puis les yeux fixés sur la vitre, il se dit :

— Tout cela en valait la peine.

Il s'agenouilla près du trou et chercha un loquet caché sous le rebord. Au bout de quelques instants, des tubes au néon se mirent à clignoter un mètre plus bas, sous le grand sarcophage de verre d'un mètre sur deux qui y reposait.

Cabal dévisagea la jeune femme en suspension située au centre, comme un bel insecte pris au piège de l'ambre, avec son épaisse chevelure blonde qui faisait penser à la crinière d'un lion, flottant tel un halo autour de sa tête. Il toucha le verre du bout des doigts. C'est tout ce qu'il lui restait. Tout ce qu'il lui restait depuis ce jour, dix ans plus tôt. Il observa les joints d'étanchéité pour s'assurer qu'ils jouaient encore leur rôle, que l'étrange et limpide liquide de conservation ne fuyait pas. C'est tout ce qu'il pouvait faire pour l'instant. Il ne voulait pas ouvrir le cercueil de verre avant d'être sûr de lui. Mais l'espoir lui était maintenant permis, enfin.

Il s'allongea par terre, le visage contre le verre froid, et se sentit rassuré. Il prononça un mot, un nom, tout doucement, et de la buée apparut sur le verre. Enfin, Johannes Cabal s'endormit.

Remerciements

Ray Bradbury, mon héros attitré, la source d'inspiration de ce roman. C'est La Foire des ténèbres *qui m'a poussé à me demander d'où pouvait bien venir une fête foraine maléfique.*

Marsha A. Davis, pour ses encouragements, ses conseils, et pour avoir repris ma ponctuation aussi gentiment que possible. Michael Davis, obligé de supporter Marsha, qui lui rappelait sans cesse : « Jonathan a dit… »

Jane E. Eddlestone, pour ses recherches, son enthousiasme et son « toupet énigmatique ».

Katharine Long, pour sa précieuse amitié et sa patience remarquable. Linda « Snugbat » Smith, pour ses magnifiques illustrations. Emma L. B. K. Smith, pour ses prouesses photographiques.

Les Mediæval Bæbes, pour Salva Nos. Je n'aime habituellement pas les auteurs qui associent une musicographie à leur œuvre, mais je suis toujours prêt à faire une exception pour moi-même. Cet album, que j'ai souvent écouté en écrivant ce roman, a sans doute eu un effet sur mon imagination. Publicité ou simple mise en garde ? À vous de juger.

Pour finir,

À Louise, pour une multitude de raisons, trop nombreuses pour que je les cite.

DU MÊME AUTEUR

Aux Éditions ActuSF

JOHANNES CABAL

LE NÉCROMANCIEN (Folio Fantasy nº 742)

LE DÉTECTIVE

Dans la même collection

507. Laurent Genefort — *Omale*, 1
508. Laurent Genefort — *Omale*, 2
509. Laurent Whale — *Les étoiles s'en balancent*
510. Robert Charles Wilson — *Vortex*
511. Anna Starobinets — *Je suis la reine*
512. Roland C. Wagner — *Rêves de Gloire*
513. Roland C. Wagner — *Le train de la réalité*
514. Jean-Philippe Depotte — *Le chemin des dieux*
515. Ian McDonald — *La maison des derviches*
516. Jean-Michel Truong — *Reproduction interdite*
517. Serge Brussolo — *Anges de fer, paradis d'acier* (INÉDIT)
518. Christian Léourier — *Le Cycle de Lanmeur*, III
519. Bernard Simonay — *Le secret interdit*
520. Jean-Philippe Jaworski — *Récits du Vieux Royaume*
521. Roger Zelazny — *Les princes d'Ambre* (Cycle 1)
522. Christopher Priest — *Les insulaires*
523. Jane Rogers — *Le testament de Jessie Lamb*
524. Jack Womack — *Journal de nuit*
525. Ray Bradbury — *L'Arbre d'Halloween*
526. Jean-Marc Ligny — *Aqua*™
527. Bernard Simonay — *Le prince déchu* (Les enfants de l'Atlantide, I)
528. Isaac Asimov — *Fondation 1*
529. Isaac Asimov — *Fondation 2*
530. J. G. Ballard — *La forêt de cristal*
531. Glen Duncan — *Talulla*
532. Graham Joyce — *Les limites de l'enchantement*
533. Mary Shelley — *Frankenstein*
534. Isaac Asimov — *Les vents du changement*
535. Joël Houssin — *Argentine*

536.	Martin Millar	*Les petites fées de New York*
537.	Mélanie Fazi	*Le jardin des silences*
538.	Graham Joyce	*Au cœur du silence*
539.	Bernard Simonay	*L'Archipel du Soleil* (Les enfants de l'Atlantide, II)
540.	Christopher Priest	*Notre île sombre*
541.	Bernard Simonay	*Le crépuscule des Géants* (Les enfants de l'Atlantide, III)
542.	Jack Vance	*Le dernier château*
543.	Hervé Jubert	*Magies secrètes* (Une enquête de Georges Hercule Bélisaire Beauregard)
544.	Hervé Jubert	*Le tournoi des ombres* (Une enquête de Georges Hercule Bélisaire Beauregard)
545.	Hervé Jubert	*La nuit des égrégores* (Une enquête de Georges Hercule Bélisaire Beauregard, INÉDIT)
546.	L. L. Kloetzer	*Anamnèse de Lady Star*
547.	Paul Carta	*La quête du prince boiteux* (Chroniques d'au-delà du Seuil, I)
548.	Bernard Simonay	*La Terre des Morts* (Les enfants de l'Atlantide, IV)
549.	Jo Walton	*Morwenna*
550.	Paul Carta	*Le Siège des dieux* (Chroniques d'au-delà du Seuil, II)
551.	Arnaud Duval	*Les ombres de Torino*
552.	Robert Charles Wilson	*La trilogie Spin*

553. Isaac Asimov	*Période d'essai*
554. Thomas Day	*Sept secondes pour devenir un aigle*
555. Glen Duncan	*Rites de sang*
556. Robert Charles Wilson	*Les derniers jours du paradis*
557. Laurent Genefort	*Les vaisseaux d'Omale*
558. Jean-Marc Ligny	*Exodes*
559. Ian McDonald	*La petite déesse*
560. Roger Zelazny	*Les princes d'Ambre* (Cycle 2)
561. Jean-Luc Bizien	*Vent rouge* (Katana, I)
562. Jean-Luc Bizien	*Dragon noir* (Katana, II)
563. Isaac Asimov	*Cher Jupiter*
564. Estelle Faye	*Thya* (La voie des Oracles, I)
565. Laurent Whale	*Les damnés de l'asphalte*
566. Serge Brussolo	*Les Geôliers* (INÉDIT)
567. Estelle Faye	*Enoch* (La voie des Oracles, II)
568. Marie Pavlenko	*La Fille-Sortilège*
569. Léo Henry	*La Panse* (INÉDIT)
570. Graham Joyce	*Comme un conte*
571. Pierre Pevel	*Les enchantements d'Ambremer* (Le Paris des Merveilles, I)
572. Jo Walton	*Le cercle de Farthing*
573. Isaac Asimov	*Quand les ténèbres viendront*
574. Grégoire Courtois	*Suréquipée*
575. Pierre Pevel	*L'Élixir d'oubli* (Le Paris des Merveilles, II)
576. Fabien Cerutti	*L'ombre du pouvoir* (Le Bâtard de Kosigan, I)
577. Lionel Davoust	*Port d'âmes*

578. Pierre Pevel	*Le Royaume Immobile* (Le Paris des Merveilles, III)
579. Jean-Pierre Boudine	*Le paradoxe de Fermi*
580. Fabrice Colin	*Big Fan*
581. Fabien Cerutti	*Le fou prend le roi* (Le Bâtard de Kosigan, II)
582. Jo Walton	*Hamlet au paradis*
583. Robert Charles Wilson	*Les Perséides*
584. Charles Yu	*Guide de survie pour le voyageur du temps amateur*
585. Estelle Faye	*Un éclat de givre*
586. Ken Liu	*La ménagerie de papier*
587. Chuck Palahniuk et Cameron Stewart	*Fight Club 2*
588. Laurence Suhner	*Vestiges* (QuanTika, I)
589. Jack Finney	*Le voyage de Simon Morley*
590. Christopher Priest	*L'adjacent*
591. Franck Ferric	*Trois oboles pour Charon*
592. Jean-Philippe Jaworski	*Chasse royale – De meute à mort* (Rois du monde, II-1)
593. Romain Delplancq	*L'appel des illustres* (Le sang des princes, I)
594. Laurence Suhner	*L'ouvreur des chemins* (QuanTika, II)
595. Estelle Faye	*Aylus* (La voie des Oracles, III)
596. Jo Walton	*Une demi-couronne*
597. Robert Charles Wilson	*Les affinités*
598. Laurent Kloetzer	*Vostok*
599. Erik L'Homme	*Phænomen*
600. Laurence Suhner	*Origines* (QuanTika, III)
601. Len Deighton	*SS-GB*
602. Karoline Georges	*Sous-béton*

603. Martin Millar — *La déesse des marguerites et des boutons d'or*
604. Marta Randall — *L'épée de l'hiver*
605. Jacques Abeille — *Les jardins statuaires*
606. Jacques Abeille — *Le veilleur du jour*
607. Philip K. Dick — *SIVA*
608. Jacques Barbéri — *Mondocane*
609. Romain d'Huissier — *Les Quatre-vingt-un Frères* (Chroniques de l'Étrange, I)
610. David Walton — *Superposition*
611. Christopher Priest — *L'inclinaison*
612. Jacques Abeille — *Un homme plein de misère*
613. Romain Lucazeau — *Latium I*
614. Romain Lucazeau — *Latium II*
615. Laurent Genefort — *Étoiles sans issue*
616. Laurent Genefort — *Les peaux-épaisses*
617. Loïc Henry — *Les océans stellaires*
618. Romain d'Huissier — *La résurrection du dragon* (Chroniques de l'Étrange, II)
619. Romain Delplancq — *L'Éveil des Réprouvés* (Le sang des princes, II)
620. Jean-Philippe Jaworski — *Chasse royale – Les grands arrières* (Rois du monde, II-2)
621. Robert Charles Wilson — *La cité du futur*
622. Jacques Abeille — *Les voyages du fils*
623. Iain M. Banks — *Effroyabl Angel*
624. Louisa Hall — *Rêves de Machines*
625. Jean-Pierre Ohl — *Redrum*
626. Fabien Cerutti — *Le Marteau des Sorcières* (Le Bâtard de Kosigan, III)
627. Elan Mastai — *Tous nos contretemps*
628. Michael Roch — *Moi, Peter Pan*
629. Laurent Genefort — *Ce qui relie* (Spire, I)
630. Rafael Pinedo — *Plop*

631. Jo Walton *Mes vrais enfants*
632. Raphaël Eymery *Pornarina*
633. Scott Hawkins *La Bibliothèque de Mount Char*
634. Grégory Da Rosa *Sénéchal*
635. Jonathan Carroll *Os de Lune*
636. Laurent Genefort *Le sang des immortels*
637. Estelle Faye *Les Seigneurs de Bohen*
638. Laurent Genefort *Ce qui divise* (Spire, II)
639. Ian McDonald *Luna – Nouvelle Lune* (Luna, I)
640. Lucie Pierrat-Pajot *Les mystères de Larispem, I* (Le sang jamais n'oublie)
641. Adrian Tchaikovsky *Dans la toile du temps*
642. Karin Tidbeck *Amatka*
643. Jo Walton *Les griffes et les crocs*
644. Grégory Da Rosa *Sénéchal II*
645. Saad Z. Hossain *Bagdad, la grande évasion !*
646. Al Robertson *Station : La chute*
647. Peter Cawdron *Rétrograde*
648. Fabien Cerutti *Le Testament d'involution* (Le Bâtard de Kosigan, IV)
649. Yoon Ha Lee *Le gambit du Renard*
650. Sabrina Calvo *Toxoplasma*
651. Karoline Georges *De synthèse*
652. George R. R. Martin / Lisa Tuttle *Elle qui chevauche les tempêtes*
653. Katherine Arden *L'Ours et le Rossignol*
654. Laurent Genefort *Ce qui révèle* (Spire, III)
655. Léo Henry *Thecel* (INÉDIT)
656. Grégory Da Rosa *Sénéchal III*
657. Romain d'Huissier *Les Gardiens célestes* (Chroniques de l'Étrange, III)
658. Thomas Spok *Uter Pandragon*
659. Estelle Faye *Les nuages de Magellan*

660. Chris Vuklisevic — *Derniers jours d'un monde oublié* (INÉDIT)
661. Annalee Newitz — *Autonome*
662. Nicolas Texier — *Opération Sabines* (Monts et merveilles, I)
663. Ray Bradbury — *Le Pays d'octobre*
664. Patrick K. Dewdney — *L'enfant de poussière* (Le cycle de Syffe, I)
665. Mary Robinette Kowal — *Lady astronaute* (INÉDIT)
666. Lucie Pierrat-Pajot — *Les mystères de Larispem, II* (Les jeux du siècle)
667. Lionel Davoust — *La Messagère du Ciel* (Les dieux sauvages, I)
668. Thibaud Latil-Nicolas — *Chevauche-Brumes*
669. Nicolas Texier — *Opération Jabberwock* (Monts et merveilles, II)
670. Ernest Callenbach — *Écotopia*
671. Adam Roberts — *Jack Glass, l'histoire d'un meurtrier*
672. Élisabeth Vonarburg — *Chroniques du Pays des Mères*
673. Pierre Alferi — *Hors sol*
674. Alain Damasio — *Les Furtifs*
675. Michael Roch — *Le livre jaune*
676. Yoon Ha Lee — *Le stratagème du corbeau*
677. Ian McDonald — *Luna – Lune du loup* (Luna, II)
678. Gareth L. Powell — *Braises de guerre*
679. Christopher Priest — *Conséquences d'une disparition*
680. Lionel Davoust — *Le Verrou du Fleuve* (Les dieux sauvages, II)
681. Manon Fargetton — *Dix jours avant la fin du monde*
682. Katherine Arden — *La fille dans la tour*

683. Philippe Auribeau *L'héritage de Richelieu*
684. Jean-Philippe Jaworski *Chasse royale – Curée chaude* (Rois du monde, II-3)
685. George Orwell *1984*
686. Adrian Tchaikovsky *Chiens de guerre*
687. John Varley *Blues pour Irontown*
688. Patrick K. Dewdney *La peste et la vigne* (Le cycle de Syffe, II)
689. Ian McDonald *Luna – Lune montante* (Luna III)
690. Lucie Pierrat-Pajot *Les mystères de Larispem, III* (L'élixir ultime)
691. Katherine Arden *L'hiver de la sorcière*
692. Jo Walton *Pierre-de-vie*
693. Lionel Davoust *La Fureur de la Terre* (Les dieux sauvages, III)
694. Philip K. Dick *Radio libre Albemuth* (Prélude à la trilogie divine)
695. Estelle Faye *Les révoltés de Bohen* (Le cycle de Bohen, II)
696. Fabien Cerutti *Les secrets du premier coffre*
697. Philippe Testa *L'obscur*
698. Jean-Philippe Jaworski *Le sentiment du fer*
699. Thibaud Latil-Nicolas *Les flots sombres* (Chevauche-brumes, II)
700. Aurélien Manya *Trois cœurs battant la nuit*
701. Rozenn Illiano *Le phare au corbeau*
702. Ted Chiang *Expiration*
703. Laurent Genefort *Colonies*
704. Adam Roberts *La chose en soi*
705. Gareth L. Powell *L'armada de Marbre* (Braises de guerre, II)
706. Sébastien Coville *L'Empire s'effondre*
707. Lionel Davoust *L'Héritage de l'Empire*, 1 (Les dieux sauvages, IV)

08.	Lionel Davoust	*L'Héritage de l'Empire*, 2 (Les dieux sauvages, IV)
09.	Jacqueline Carey	*La marque* (Kushiel, I)
10.	Jacqueline Carey	*L'élue* (Kushiel, II)
11.	Ken Liu	*Jardins de poussière*
12.	Auriane Velten	*After*®
13.	Grégoire Courtois	*Les agents*
14.	Mary Robinette Kowal	*Vers les étoiles*
15.	Geoffrey Le Guilcher	*La Pierre jaune*
16.	Emmanuel Chastellière	*La piste des cendres*
17.	Estelle Faye	*Un reflet de lune*
18.	Jacqueline Carey	*L'avatar* (Kushiel, III)
19.	Antonio Exposito	*Le quatrième Roi mage*
20.	Élisabeth Vonarburg	*Le silence de la Cité*
21.	Frank Herbert	*Nouvelles, I*
22.	Frank Herbert	*Nouvelles, II*
23.	Thibaud Latil-Nicolas	*L'appel des grands cors* (Chevauche-brumes, III)
24.	Olav et Viat Koulikov	*Enquêtes d'un détective à vapeur*
25.	Pascale Quiviger	*Le Royaume de Pierre d'Angle, I* (L'art du naufrage)
26.	Adrian Tchaikovsky	*Dans les profondeurs du temps*
27.	Sabrina Calvo	*Melmoth furieux*
28.	Chris Brookmyre	*La ville dans le ciel*
29.	Emmanuel Chastellière	*Célestopol 1922*
30.	Patrick K. Dewdney	*Les chiens et la charrue* (Le cycle de Syffe, III)
31.	Sébastien Coville	*Toucher la peau du ciel* (L'Empire s'effondre, II)

*Tous les papiers utilisés pour les ouvrages
des collections Folio sont certifiés
et proviennent de forêts gérées durablement.*

*Composition IGS-CP à L'Isle-d'Espagnac (16)
Impression Novoprint
à Barcelone, le 17 décembre 2024
Dépôt légal : décembre 2024*

ISBN 978-2-07-305024-3 / Imprimé en Espagne

621345